韩松
科幻作品

高铁

韩松

著

上海文艺出版社

目录

动车

一、事故 ... 001

二、医务室 ... 002

三、"去住院部吧" ... 005

四、废墟中的陌生男人 ... 007

五、病友 ... 009

六、女人 ... 014

七、答案 ... 019

八、舞器 ... 022

九、坦克车手与小学教师 ... 024

十、车顶餐厅 ... 027

十一、故障的起因 ... 031

十二、钱 ... 039

十三、绝不下车 ... 042

十四、群众 ... 044

十五、"宇宙" ... 050

十六、信号问题 ... 055

十七、长征 ... 062

十八、突破"孤岛"的战斗 ... 067

十九、飞船设计师 ... 071

二十、老婆婆讲的故事 ... 076

二十一、实验室 ... 084

二十二、彩绘玻璃 ... 089

二十三、人工智慧生物 ... 091

二十四、神 ... 095

二十五、通往虫洞的集结点 ... 105

二十六、造反 ... 109

二十七、自由 ... 115

二十八、列车长 ... 117

二十九、时间 ... 121

三十、播种 ... 125

三十一、新生 ... 133

产房

一、新家 ... 136

二、老爷子 ... 139

三、烟幕 ... 141

四、真正厉害的角色 ... 144

五、粉丝们 ... 146

六、姑娘 ... 151

七、梦 ... 153

八、新衣 ... 154

九、"未来" ... 155

十、女秘书发布的新闻 ... 157

十一、毁灭与复制 ... 162

十二、出逃 ... 170

高塔

一、交通工具 ... 173

二、又出事了 ... 178

三、自由市场 ... 179

四、骚动 ... 182

五、温室效应 ... 183

六、躲起来 ... 185

七、孩子们 ... 188

八、列车熵 ... 191

九、气候期货厅 ... 195

十、人造太阳 ... 198

十一、颠覆高铁的阴谋 ... 201

十二、火灾 ... 203

十三、亚姐 ... 206

十四、机器 ... 211

十五、车厢拆除者 ... 217

十六、"夔门" ... 221

十七、九州研究院 ... 227

十八、父亲 ... 229

十九、"鹦鹉螺"号 ... 232

二十、高处不胜寒 ... 237

二十一、归去 ... 242

雷霆

一、车顶 ... 244

二、城市 ... 247

三、农业 ... 250

四、藏匿 ... 256

五、晚霞 ... 259

六、衰败的世界 ... 262

七、梦想列车 ... 266

八、铁道游击队 ... 269

九、前世 ... 274

十、天涯海角 ... 279

十一、卑俗的本性 ... 281

十二、异物 ... 284

十三、探险 ... 286

十四、"西部乐园" ... 288

十五、美少女战士 ... 290

十六、银河 ... 295

十七、身份 ... 297

十八、模板 ... 302

危楼

一、探险者 ... 305

二、乘客 ... 306

三、餐车 ... 308

四、硬座 ... 310

五、盘陀路 ... 312

六、"苦海" ... 314

七、世界 ... 317

八、时间与生命 ... 323

九、水晶花 ... 328

十、记忆之旅 ... 332

十一、展品 ... 335

十二、欧洲 ... 337

十三、火车迷 ... 341

十四、地图 ... 349

十五、前兆 ... 352

十六、销毁 ... 356

十七、集便器中的杀伐 ... 358

十八、观众 ... 362

后记　未来难以改变 ... 364

动车

一、事故

周原醒来，感到不对劲。手表停了。身边狂风呼啸，好像要把他吹下铺位。车厢破裂了，噪声震耳，四面透气，看得见在外奔跑的原野，但很不清晰。

发生了什么事？隐约记得，像有过几次震荡。兴许是冲撞吧，或者爆炸。但是，列车仍在行驶，没有停下。

有可能出事之际，周原就昏迷了。这时，他感到耳蜗中胀满压力，身体疼痛，并嗅到了血腥味儿，头晕恶心，不禁呕吐了。

他往下铺看，见到两个死人，肚肠漫涌出来。是他父母，双双死了。是他带他们上车的。他号哭一声，爬下去察看父母尸体。老人自带的点心还撒落在身上，沾满鲜血和呕吐物。周原有些饿，就伸手取了一块，塞进嘴里。

随即，他发现妻子失踪了。她是睡在他对面的。是掉到裂开的车厢外面去了吗？还是在出事关头，抛开他独自逃跑了？他不禁恼火。

他又往外看去。电闪雷鸣，火光闪耀。车门边一块摇摇欲坠的平面液晶视屏显示器上，滚动出红色字迹：时速三百五十公里。

——出事的列车仍在高速行驶。周原刚开始觉得荒谬，但渐然麻木。习惯性地，他摸到手机，试图拨打，却发现移动通信没有信号了。过了好一阵，他忽然想到，自己还年轻，能上这趟车不容易，应该活下去，不能自暴自弃、坐以待毙。

于是，他挣扎着爬下来。因为不知道还会发生什么情况，他就把撒在父母身上的那些点心用床单包好，随身携带，以备不时之需。

这一瞬间，他记起高铁上是有医务室的，就沿着车厢往医务室方向走去。

二、医务室

周原走出接近粉碎的包厢。过道上灰尘飞扬，冷飕飕的。看样子，通风系统、供暖系统、加湿系统以及环境自动控制系统均失效了。还有好多神情漠然、浑身是血的旅客，也在强风中踉跄而行。这再度表明，的确发生了事故。但那是什么造成的呢？

虽然陷入危境，人们却不甘寂寞，吵吵嚷嚷，并期待成真似的莫名兴奋：

"终于出事了呀！早就在说，高铁一旦出事就是最厉害的，无可匹敌！"

"怕是一级事故哟。"

"出轨了吗？但是如果用起重机一类的庞然大物拉回铁道，再拿老虎钳修理一下，就又可以继续行驶了。"

"是的,他们恢复通车的效率是最高的。"

"放屁,列车不是仍然在行驶吗?"

"为了赶速度,就这样把生命当儿戏吗?"

"生命算什么呀?开到目的地才最重要!"

"别想那么美啦。"

"看这惨烈不堪的模样,像是外面的世界也出问题了,不仅仅是列车哟。"

"是呀,不是早就在传说世界末日什么的嘛。"

"怎么还不停车呢。再这么开下去,怕是要散架哟。所有人都得死!"

"听说,高铁因为体量和动能太大,要停下来,不是一会半会的事情。请耐心些。"

"制动系统不起作用了吧,就只知道一往无前了。"

"可别那么说,这本是高铁的气势嘛,意气风发,强劲有力,别无他顾!死算什么呢……"

"我们的高铁是世界第一噢。"

"但总得停下来吧。也不知道下一站在哪里。司机是怎么考虑这个问题的呢?"

"不知道司机是不是还活着哩。"

"他当然还活着!司机怎么会死?否则这车早翻了。"

……

这些话就像梦呓,或者自编自导自演的电视剧。无人谈怎么逃离灾难中的列车,去到安全处,就好像高铁出事反倒与乘客无关。这令周原体会到一种极度的不真实。人们像被妖怪般的幻境捉住了。他又朝车窗外看了看,没有见到救援队伍。也许外界还不知道列车出事了……周原于是加快脚步,穿过闲谈不止的人群。

他跌跌撞撞走了一阵,终于看到许多呻吟的乘客排成长队,彼此拉扯着,候在一个房间前。哦,医务室到了。一个穿白色上装、绿色短裙、戴黄色护士标志臂章的女孩,站在门口做接待工作。她一边剔牙缝,一边漫不经心为大家办理手续。伤员们纷纷把贪婪的目光停驻在她标致的脸蛋上。

有人插队。一群人厮打起来。殴斗中,几个人被推出飞驶的列车,掉下路基,惨叫数声,就无声无息了。其余人笑起来。周原也想笑,但他忍住了,只装着没看见。

一个小时后,才轮到周原。他忐忑凑到护士跟前。她敏捷地转身打开一个灰色铁皮大立柜。周原忽然意识到,她是去拿病历的。这真是奇怪,原来,周原的病历早就存放在高铁上了吗?是谁做了这件事呢?难道是早知道列车要出事,就把如何抢救乘客生命的措施都事先考虑到了吗?

但周原记不得为什么会这样了。他推测,会不会是根据铁道部门的规定,在上车时就要与车票和身份证一起,向乘务员提交病历呢?好像是为了以防万一,随车医生需要全面掌握每个乘客的情况,包括血型、基因图谱和药物过敏史。

这么说,他们真的早料到要出事了。这再正常不过。想到这里,周原目不转睛欣赏起女护士蚂蚱一样佝下去的腰肢,看到她清爽纯净衣裙的臀部位置沾染上了几块污血。他的肾上腺素立即沸腾了。

然而,病历并没有马上拿出来。周原眼睁睁看到,铁皮大立柜的抽屉中伸出一排脚踝,全都绿了,是死人的脚。

三、"去住院部吧"

护士用苗条惹火的身子半遮住那些尸体,回头冲周原一笑。他哆嗦一下,还了一个讨好的微笑。这时,他发觉她长得真是漂亮。能上高铁的乘务员都是千挑万选的,这让周原自惭形秽,不由得把头埋了下去。

但护士眨眼间变得一脸严肃,说:"你是来做什么的呢?"

"我希望得到治疗呀。我受伤了。"

周原受委屈的孩子般说,想起父母尸骨未寒的样子,心里又有些不平静,但他还是鼓起勇气,把头抬了起来。

"你受伤了?"护士嘲讽一般问。

"是的,是的!"

"那你带钱来了吗?"

周原摸摸口袋。钱包不见了。他想,是这样啊。他忍住疼痛,赶快掏出一个点心,送给女人。她接过来,看也不看,啵的一声扔进嘴里,大嚼起来。那张嘴就跟蝙蝠似的。

后面的乘客等得不耐烦了,伸手往周原伤口上捅了一捅。他眼前一黑,晕死过去。但一个意念告诉他:不能这样,否则,就要被这帮人扔出车厢了。于是,他奇怪地醒转了,看到护士正兴高采烈冲他嚷嚷:"着什么急,正是要让你们统统住院呐!"

"什么?住院?"

这时,护士手里变魔术般变出一个绿色的塑料硬皮大册子。她把它打开来,从中利索地抽出周原的病历,原来是一张活页,上面印着周原身体的 X 光透视图。她又拿起一个拳头大的戳子,在上面啪地压了一下。周原恭敬地拿过来一看,见盖的是一个红色住院章。

"去住院部吧。"她例行公事地说。

"住院部在哪里呢?"周原低着头,像个遣返的战俘一样小声说。他万没想到,高铁的服务设施竟这样先进而齐全,连住院部都准备好了。

"往前面一直走就到了。"

护士仿佛很随意地朝一个方向指了指。周原一阵眩晕,却只得听命。他躬身称谢,就跟随别的伤员往那边去了。一边走,他一边恋恋不舍回头看护士。她却不再理睬他。

路途仿佛很遥远且不好走,这也难怪,铝合金车体变形了。走着走着,周围的人一个个不见了。有的不小心掉到了车外,有的似乎改变了主意,溜进破坏程度轻微一些的软卧包厢,几个人一伙,在那儿玩起扑克牌。

真是要命。周原孤立无助。他又想起护士身后柜子里那些绿色的脚踝,它们像风铃一样富有深意地摇晃。似乎,列车正在试图把死伤惨重的真相掩盖起来。毕竟是一场事故。说出去多不好听啊。在这个国家,高铁是最风光最时髦最火爆的交通工具,它经过之处,据说连飞机都受气包一般靠边儿站了。

最后,只剩下周原一个人还在走,他就像被发射到火星上的无人探测器一样。有的车厢停电了。锯齿状的闪电不停刺进来,照亮地板上横七竖八、面目全非的尸体。他倒不怎么害怕,只是担心还没有走到住院部就死了。他曾经臆想,自己或会在飞机坠毁或汽车相撞中丧生,但从未料到会死在高铁上。这可是官方一直鼓吹的万无一失的安全交通工具啊。真是倒霉。他心疼那张车票。只怪自己生不逢时吧。早十年都不会有高铁。

这时,眼前忽然出现了一个长相奇特的男人,当头把周原拦下。

四、废墟中的陌生男人

周原见到活着的人,虽然不认识,但这时觉得有些意思,就像见到援兵似的去拉对方的手。但那人把手抽走,生硬地用北方口音说:"走什么走。前面的车厢,都是废墟呀。"

"废墟?"周原回头看看。他刚刚走过的车厢,已经森然冷寂了,只剩下尸体的臭味在飘荡。

"是呀。你以为呢?"

"都是废墟吗?"

"是的,一片残垣。你走不过去的。"

"到底出了什么事?"

"不知道。在高铁上,什么事都有可能发生。"

"我要过去。住院部就在前面。我伤势严重,我想活下去。"

周原暗暗怨怪这人怎么这样说话,现在是泼凉水的时候吗?拿什么废墟来吓人,以为大家没有见过废墟吗?高铁不是还在行驶吗?但他却一点儿也不想反驳。万一形势真的很严峻呢?在这个国家,高铁毕竟是新生事物。

又一道闪电啪地抽过来,才看清,面前的这家伙是一个枯槁如鬼的中年男人,他长得很奇怪,脸上身上的皮肤都黑乎乎的,一绺绺像破布一样悬吊着,显得他就如同刚刚从火海里逃生出来。不过,仔细一看,那些皮肤又像是他自己用手生扯下来的,目的就是为了好在车厢里吓唬人吧。他戴了一副黑框近视眼镜,左手扛了一只很大的蛇皮口袋在肩上,右手握着一柄沾满红白色黏稠物质的小斧头。

"我这是为了你好!你不要走了,跟着我吧。"

他用利诱和威胁的口吻对周原说。周原试探着往前迈了一步,他怀疑,这超出了自己的心理承受力。但又能怎样呢?戴眼镜的男人冷笑着瞅了周原一眼,就伸出小斧头来勾他,周原赶紧一纵身,兔子一样跳到前面去了。那人似未料到如此,发出气愤的吼叫。

经历这场遭遇,周原对于是否还要走下去,不知如何是好了。但伤痛难忍,没有办法。父母死了,不能为他提供庇护了。妻子下落不明。这是在飞一样的、停不下来的高铁上,而他又没有办法逃出列车。他需要先疗伤,然后才谈得上活下去。至于活下去做什么,那却是一个比较次要的问题。重要的是,美丽的女护士已为他办好了手续。狭路相逢的陌生男人怎能挡他路呢?

又通过几节车厢,果然,前面是一片废墟,好像整个车厢都塌下来了,残骸上长满绿幽幽的、孢子般的细小颗粒,密密麻麻像疱疹一样。周原不记得高铁上有这种东西。他只听说过,设计者在列车上作出了很多有特色的安排。

周原感到双腿好像在不停抽筋。他看到走道上用人机工程学设计的一排排座椅,都严重损坏了,软软塌塌的填充物爆胀出来,互相簇拥着挤压在一起。电热饮水机开膛破肚。厨房设备、冰箱、扬声器和电视机随处抛掷。行李架塌落了下来。许多不知名的物件支棱着从瓦砾中探出半截脑袋,可怜兮兮的。废墟间掩埋着许多尸首,到处是枝枝丫丫的断胳膊断腿儿,还有破裂的内脏。散乱的塑料、铝皮和玻璃间,混杂着浓烈的血腥气,死人们无家可归的眼神在木然漂游。他们曾经对这列火车,多么的充满期待啊。

下意识地,周原沿着车厢侧面的裂缝往外看去,见到苍茫大地正在往后飞驰，一眨眼就过去了。好像是雪野，但又不是。那种白滑艰涩的感觉，夹带着漉漉的湿黑，滚滚脑浆一样浇到心底。天空中仍然不时爆发出电闪雷鸣，多半却已哑暗无声。

周原的嗓子发烫，两眼也灼烧了。他又一次犹豫还要不要走下去，他不知道怎样才能跨过死尸构筑的长城。但是相比死尸，他更怕刚才那个拦阻他的烂皮男人，如果往回撤退的话，再遇上他，说不定他还要报复周原的无礼，用那把锋利的斧头劈开他的脑袋呢。列车已经这样了，旅客也已发疯了吧，什么事做不出来呢。

周原便喉咙里干咳两声，对自己说，不过如此吧，如果不是在高铁上，其实类似的事情，在别处早已见惯不惊。他就又硬着头皮走入下一节车厢。

这儿没有乘客，却有花花绿绿的衣服鞋帽，万国旗一样零乱张挂在顶棚和椅背上，都很新鲜，洗烫痕迹分明，沾着血迹。但它们的主人在哪里呢？

车厢中浮动着一片森然寒意。周原屏住呼吸，快步通过，心想住院部就在前面，应该快到了吧，哦，就这样，无所谓了。

五、病友

终于，在一节损坏的车厢里，见到一群人，在灰暗的蘑菇状植物和垃圾中，或坐或卧，紧闭双眼，面色煞白，每个人的胳膊上都打着吊针。原来护士说得不错，高铁上真有病房啊，以前竟不知道！太幸运了，多亏咬牙走到了这儿。

周原急忙挤过去，向那些人出示盖章的病历。他们对他的到来没有反应。"请问这儿就是住院部吗？"周原问了好几遍，才有一个失掉鼻子的年轻男人微微睁开一双沾满眼屎的小眼睛，茫然地好像点了点头，不情愿地往里面挪了挪，蝾螈般腾出一小块空地。周原这时方感到困乏，就坐下了。他坐在那些茂密的蕈状植物中，这是住院部里甚至整个列车上生长得最为旺盛的生命，稍微挡住了车厢里刮动的劲风。周原以为，这表明这里的人把他当作病友接纳了。他觉得很惭愧。但医生呢？没有医生。

"这里的一切都是自助的，明白吗？自助！平时还好，出事了，没有人会来管你。不弄清楚这一点，就没有活下去的资格呀。这是高铁，明白吗？"无鼻年轻人像个过来人似的发出嗡嗡声。

"明白啦，明白啦！"周原赶紧点头称是。他这才看到，这么多伤病员，却只有一个吊瓶，装满污浊的、发绿的生理盐水，悬挂在车厢顶棚上，但有好多个分支导管，从瓶子下部引出来，蛛网般垂到每个人的手上。无鼻年轻人不耐烦地为周原分拆出一个导管，又递来一个针头。

"谢谢啦，谢谢啦！"周原做出万分感激的样子。他接过对方递来的东西，才发现针头和导管上还有血污。这让他觉得惊奇。

"新来的，快躺下吧，待会儿再来人，就没有你的位置啦。"无鼻年轻人欠欠身，坦白地告诫周原，"难道不知道是在随时都会发生危险的高铁上吗？什么时候，都是保住小命最要紧哟。有的人不明白，一心考虑舒适和快捷。真是太天真啦。"

周原就躺下了，把带血的针头扑哧一声扎进自己的胳膊。他很熟练。那些伤病员的好奇心得到了满足，就又默默无语把眼睑合上了。众人的身体臭烘烘的，周原感受到了人气，觉得还不错。他累坏了，想抽根烟，把手伸进口袋，却发现连香烟也掉了。这时，耳边又响起一个阴郁的声音："这里是不让抽烟的哟。"

"为什么呢？"周原扭头看去，见是一个浑身缠满灰色绷带的老头儿，他就像一只茧中的虫子，却似乎是所有伤病员的头目。

"这是高铁，你不懂呀，你农村来的呀。像飞机一样，全程严禁吸烟。"

"都什么时候了，列车不是已经坏掉了么。"

"谁说坏啦，不是还在运行嘛。受伤的只是它的表面，系统仍然保持完好。说到高铁，那可是千锤百炼的哟。"绷带老头儿活动了一下身子，躺得舒舒服服，仿佛在享受一种特殊待遇，把医院当休养所了。

"到底出了什么事？"

"一切正常嘛。"

"正常？"

"哎，你为什么要上高铁？"

"旅行……"

"很浅层的目的。真是乡巴佬啊。"像是有默契似的，听了绷带老头儿的话，伤病员们睁开眼，哄然大笑。

"是呀，没想到，直接进了住院部。高铁改医院了。"周原自嘲。

"严格来讲，它不是医院，而是认识世界的地方。"绷带老头儿严肃地说。

"啊？认识世界哪？"

"是呀，是呀！"伤病员都欢呼起来，神情却十分诡异。

"这才是高铁的本色。"绷带老头儿说，"速度就是角度。这帮助我们以一种几千年来农业社会从未有过的崭新视野,来洞察世界的真相,当然,也会付出代价,就是受惊哪负伤哪什么的,搞不好还要死几个人。但这是必要的。就在我国,机动车一年还要夺去十万条性命呢,更不要说吃了有毒食品像虫子一样大把死掉了。哎,只有认清了世界的本来面目,一切才会好起来。我们怀着时代的使命感,可不是为了旅行而旅行哟。车票意味着什么呢?它可不是纸面上那点儿含义。它是通往伟大新天地的护照!所谓认识世界的地方,也就是类似于天文台的去处,懂吗?合格的乘客志存高远。你知道什么是宇宙吗?"

绷带老头儿颤巍巍伸手指了指,引导周原看过去。只见黑洞洞的车厢正隧道一般连绵延伸着,就好像望远镜筒一样指向莫测的太空。

"是天文台呀……那儿就是'宇宙'吗?"周原看着深不见底的车厢,有些发呆。他的确还没有以这样的视角去看过列车。

"哈哈,哈哈,正是呀。而外面那个才不是哩。"

老头儿狂笑不止,又呸了一声,把一口黄色的脓痰吐在周原的衣袖上。他所说的"外面那个",就是指列车之外的天空大地吧,那种干燥的面团一样黑白不分、一掠而过、只被断续的闪电所耀亮的广阔世界。但这是什么意思呢?与列车上的"宇宙"是什么关系?

周原很累,不愿想那么多。他看了看满地打滚笑抽了的病人。他们还是与他一起登上列车的那些乘客吗?

"看上去,你的伤势比较轻,不,分明看出来了,其实你根本没有受伤!你的状况是伪装出来的,目的就是不要被人看出你是个正常人。你也想享受医院的舒适和安全呀。你很清楚列车上的资源是有限的……不过我们其实也都没有伤病,这又有什么打紧呢？我们躺在这儿，是为了等待形势发生变化，才好去继续认识世界。这样吧，如果我们一时半会儿恢复不过来，不能行动，就要劳驾你代表我们去探索宇宙了，答案就在宇宙的那一端啊。事故让我们丧失了记忆。大家不是都很想知道自己是谁吗？"

绷带老头儿似乎饱含睿智地对周原说了这些话，然后就一偏头美美睡了过去，嘴角涌流出大团白沫。

周原也想跟着睡去，却睡不着。他躺在这群伤病员中间，心里很空洞。他无法理解绷带老头儿所讲的。是的，说到周原这个人，他又是谁呢？他只记得自己是带着家眷来旅行的。但随着高铁出事，一切在刹那间错乱了。

他饿了，就背着病友，偷吃自带的点心，那上面还染着父母的鲜血。他试着回想了一下亲情，却很模糊。然后，他想验证一下，看看自己的伤究竟是不是伪装出来的，就一挣身站了起来。

原来，他还能站起来。难道真的是伪装出来的伤病？他实在是不记得了。他对自己所做的事情感到一点儿惊诧和厌恶。但这不是他的错。

这时周原觉得脊背上落满了一层层疹子似的目光。病友们都把眼睛像汽车大灯一样打开来，恶狠狠盯着他。周原不好意思地笑了笑，试图重新躺下，才发现位置已经没有了，他的那袋点心也被无鼻年轻人窃走了。大家注视周原，就像在看一个笑话。周原很后悔。他想到那些掉下列车的人。他试图重新回到病人堆里，却为时已晚。他赶紧对他们说：

"别、别这么看我，我都明白啦。"

说罢，他便拔腿往"宇宙"走去，头也不回，好像要逃脱一个更可怕的灾难。不过，他对于自己在高铁上竟然做起这样一件事情，倒也感觉特别。

"那你可要小心哟,找到答案后一定要回来告诉我们。大家的未来全靠你了!"

绷带老头儿和无鼻年轻人一齐怪腔怪调嘱咐周原。周原想,原来是未来啊,却不知道怎么回答他们。

许多年了,周原就从没有想过未来。他过一天是一天。在高铁出现前,他早已是一具行尸走肉。

隐藏在列车上的"宇宙",像只巨虫蜕去的壳一样,黑黢黢裸露在前方。但那儿真的有未来吗?

六、女人

离开了奇臭、肮脏而舒适的医院,周原一边走,一边试着回忆自己是个什么人,以及他是怎么登上高铁的。他模糊记得,他似乎是一家私营公司的技术人员,从事的工作却与高铁无关。他有可能是搞人脸识别的。他工作忙碌辛苦,每天加班,却也没做出什么可以称道的业绩。人脸识别正在成为国内很有市场的一项业务,因为各地各部门都希望借此加强对人口的管理。但这个领域的核心技术都被外国公司掌握着,由有政府背景的国内企业与其合资垄断经营。周原山寨出来的识别终端,在实际运行过程中总是错误百出,张冠李戴,把甲认成乙,把乙认成丙,该识别的识别不出来,不该识别的却瞎识别一气,弄得满城风雨,令客户好生尴尬恼怒,纷纷要求退货赔偿,他也老挨经理的骂。又由于公司没有后台,在项目中难以中标,并且贷款困难,资金链也要断了。上上下下快撑不下去了。周原只好从公司逃出……

他这是第一次坐高铁,没想到就出事了。以前听同事说起过,高铁虽然名气很大,安全方面却有问题——这与公开的宣传不同。保障高铁安全运营，就是要保障人、设备、环境以及管理四个因素的各自完善和互相匹配，同时通过安全状态检测，尽量及时发现并切断事故发生和传播的途径。但是这些方面都做得不够好。据说，不仅高铁，社会上各个方面，都存在类似问题，这已不是秘密。时代就像列车一样，来到了一个倾翻点的边缘。对于同事的说法，周原并没有往心里去。相反，他觉得还挺好的，就仿佛那条危险的铁轨真的为他打开了一个逃之夭夭的出口。

他来坐高铁，除了单位的不顺，另外一个缘由，似乎是因为女人。高原的妻子在一家国有企业工作，是商业银行还是电信公司，记不得了，收入反正比周原要高许多。自打结婚第一天起，她就瞧不起自己的男人，时常对他冷嘲热讽，说他没有出息，干不了大事。她跟他结婚，是瞎眼了。有一次，她对周原说："我发现你竟然在网络上征婚，我只是很无意地在你的邮箱里看到'世纪佳缘'客服发来的邮件，我登录那个网站，破解了密码，进去一看你的登记资料，竟说自己未婚，还虚构身高，这难道不可笑么。"周原听了，吓了一跳，而她真的像见到一个特别滑稽的事物一般大笑了。在妻子若无其事却入木三分的质问下，周原脸红脖子粗地只好说是玩玩。对此她笑得更厉害了："哈哈，哈哈！玩玩，玩玩！我什么时候禁止你玩玩了？虽然工作搞得一塌糊涂，但玩玩也要光明磊落些，别这么偷偷摸摸搞地下工作嘛。"这番话说得周原淋雨似的浑身湿透了。他也情不自禁跟着妻子笑了起来。

周原遭遇了婚姻危机，却害怕离婚，那样的话，惹得父母不高兴、在朋友面前丢面子还算小事，更主要的是十分麻烦。一想到分割财产、拿着户口去办手续，还要对领导和同事费尽口舌解释此事的来龙去脉，等等，他就头疼不已。这个时代，离婚的人越来越多,离婚却越来越难。恰好高铁开通了,他才打起了精神。一种说法在流传:女人乘坐高铁后会变得真正有女人味;而男人坐了,则会增添男人气概。周原就找来高铁的照片和视频观看,那雄伟、流畅、神秘而坚固的车身,白光灿灿,宛若真龙降临于世,令他叹为观止。他觉得在这件宏大而潜藏着危险性的利器面前,一切烦恼都可以抛入太平洋了。这时,手机短信也好,电子邮箱也好,收到的都是促销高铁打折票的信息。马路上的广告牌也刷满明星代言的高铁宣传品,户外大屏幕则不断播放铁道部门斥巨资请著名导演拍摄的高铁形象片。所有的信息都在鼓励全民乘坐高铁。周原便去向妻子检讨错误,并设法说服她,一起搭乘高铁观光旅行。他请求女人原谅他,乃至重新发现他,通过他在高铁上的表现,给他一个展示真实自我的机会。他对她说:"这正是光明磊落地玩玩呀。坐高铁去耍,是当今社会的时尚,就像当年拥有第一台电脑、第一部手机一样。"也许是怜悯他,也许是她也被高铁吸引了,她最终同意了,并破天荒带上周原的父母一起去。然而,真的上了列车,才发现一切与想象的并不一样。

此刻,周原孤身一人,往"宇宙"走去。能感觉到列车仍在以出事前的速度行驶,丝毫没有减慢。但作为幸存下来的乘客,周原这是在往什么方向走呢?车头还是车尾?"宇宙"的边缘还是中心?他头昏脑胀,辨识不出。心想自己无论在家里、在单位,还是在高铁上,都一无是处,就觉得这其实也很自然,没有必要反应过激。

他勉强走了一阵,经过好些节垮塌的车厢。这些地方已经没有活着的乘客了。但就在这时,前方冒出一个东西,一摇一晃从"宇宙"的另一头运动过来。

不会是外星人吧？周原看去，见是一个黑发披肩、白裙飘飘的女人。是妻子吗？他警觉起来。仔细一看，并不是她。他才放下心。

陌生女人二十岁出头，身材高挑，稚气未脱，丰韵曼妙，看上去没有受伤，只是那副怨妇般的神态，使她像个被唾弃的恶魔。她不知走了多远的路，疲惫不堪，每迈一步都仿若马上就要摔倒。她见到周原，遇到救星一般，满脸焦渴地对他说：

"终于遇到人了！听说你们这边有餐车，是吗？我饿坏啦。路可难走了，没有办法啊。幸好不曾放弃希望。"

"没有餐车。只有一个建在废墟上的医院。"周原如实告诉她，一边强迫症般想着那些绿色的脚踝和盖了红色章子的病历，以及怪异的绷带老头儿和无鼻年轻人。

"你骗我！"女人伸出枯木似的手爪，闪电般一把抓住周原，长长的指甲深陷入他的皮肉，竟是冰凉的。周原犹豫着，要不要挣脱呢？

"不骗你，真的是这样啊。我为什么要说谎呢？"他负痛而委屈地辩解，却又好像很欢喜，"你看，本来堂而皇之的列车，转瞬间就破败不堪了。意料之外、情理之中的重大事故已经发、发生了。"

"不用你说，我也知道列车出事了。我们那边车厢的人讲，高铁被一种奇怪的细菌入侵了。这种生物什么都吃，吃锌化合物，吃不锈钢，吃铝合金，吃塑料制品，还吃油漆和电线绝缘皮，把列车吃得千疮百孔。然后，它们就开始吃人。你知道吗？吃人哟！"女人整齐地龇出白利的牙齿。

"是吗？"周原心想，这也算是对灾难的一种解释吧。但恐怕没有这么简单。他更趋向于列车自身的机械系统出了问题，或者发生了来自外部的瞬时事变。他甚至想到了地震、火山爆发，以及小行星撞地球什么的。他又有些兴奋了。

"你知道这趟列车的名字，还有它的车次吗？"女人又神秘地压低声音问。她的脸庞镀上了一层薄暮般的青色光亮。

周原想，是呀，都是什么呢？他在车票上是看到过的。他不想在女人面前说不知道，竭力回忆，说："好像是C打头的吧？记不清了。"

"这么紧要和基本的都记不清了，就上车来啦？"女人不满意地说，"既然如此，我就不过去了，反正也走不到餐车。肚子里头一点儿热量都没有，我快要散架了。"

女人满脸委屈。她干脆伸手扶着周原，一屁股坐下来。她的确快要饿昏了。周原在最初的惊悚过去后，又似乎觉得终于遇到了一个同病相怜者，也不管她是人是鬼了，犹豫一下，就伸手去掏沾了父母血的点心，准备送给她吃，却忽然记起已被病友们夺走了。唉，现在他的记性真是坏透了。

"我本来是有一些食物的，那是为了探索宇宙而准备的。"周原请求谅解似的笑了笑，觉得"宇宙"二字从自己的嘴中说出来，已经开始变得顺溜了。他渐然相信车厢里真的有一个"宇宙"了。在这趟破烂的列车中活下去，他重新有了目的。他是肩负着病友们的嘱托而上路的，这可了不得。他有了资本似的，在女人面前使劲挺了挺腰杆，就好像要显得自己是个有担当的男人。但即刻他又不确定起来，这样做是否在浪费宝贵的时间？

女人忽然苍凉地慢慢说："不要紧。我来找餐车，说穿了也只是一个名义，其实，是来找答案的。"

周原一惊，急忙问："你也来找答案？什么答案呢？"

七、答案

"其实我也不是很清楚啊。这话说来长了。我待在我的车厢,有一天晚上——好像就是出事之前的那个晚上,看到卧铺底下,趴伏着一个长相可怕的男人,是个秃头,岁数有些大了,眼睛斜吊着,布满缕缕血丝,一动不动死死瞪着我,就像要看出我到底是谁,把我吓坏了,我想叫却叫不出声。旅伴把我摇醒,说看我怎么不对劲啊。但我分明觉得是旅伴不对劲。我不认识她了!她脸色像打了霜一样,对我说:喂,你要死啊。那你自己去找答案吧,你不能再睡在我这儿了……我们自此断绝了关系。我便一不做二不休上路了。随后,列车就出事了。我想,那个奇怪的男人是提前来向我报告消息的吧。"

"你真的是在做梦吗?你在梦中预感到这场灾难了吗?"周原问,又转头看看外面仍在疾跑的大地。一切都箭矢一般飞逝而去。出了问题的列车看样子真是不会停下来了。这就是整个事件的吊诡之处。但这也许正显示了高铁的本质特征吧。如果是普通列车,说不定早倾覆了。但不知为何,他又有些失望。

女人说:"哪里是梦!你告诉我,车里的人真的都死光了吗?是被来自宇宙的异形杀死的吧?吃列车也吃人的细菌只怕是异形的先头部队啊。"

"什么话啊,幸存者还有不少呢,大家正在想办法自救,不是告诉你医院还在吗?"

周原感到,周围的空气变得透凉,就悄悄摸了摸自己的胸腔,那儿却一片滚烫。难道真有怪物藏于其间,把他当作了宿主?异形是宇宙中一种残忍生物,专门把幼仔藏入人体,令其在里面孵化，然后杀死宿主，破体而出。只要是探索宇宙，就存在这样的危险。这越来越偏离周原乘坐高铁的本来目的。周原在日常生活中从未设想过超出他居住的城市的更大命题。他只是一个小公司的普通职员，一个居家过日子的普通男人，一个在任何一列地铁或火车上都能找到的、毫不出众的普通乘客。他从来没有接受过探索宇宙的训练。那是国家花了无数金子培养出来的极少数航天员去做的事。这离他太遥远了。

"本来，高铁就是一种不同寻常的交通工具，神出鬼没，腾挪无形，只是我们以前想得太简单了。现在的感觉真的像是在太空中飞行呢。"女人的声音像刚出土的十七年蝉一样不祥，"如果异形来了，怎么对付呢？"

"啊，平时我也在思考这个问题，"周原撒谎，"时刻都在未雨绸缪、枕戈待旦，不知道是错把宇宙当作了列车，还是误将列车当作了宇宙……但也如你所说，也许就是这样吧。至于讲到异形，如果那东西一旦进了车厢，首先，要保持镇定，心平气和与它谈判。万一谈不拢，就把自己也变成异形吧，看谁更、更厉害。"

周原回想着好莱坞电影的情节，对女人作着连自己也不明白的解释，就像在谄媚地附和她。现在，他必须改换思维方式。对于这趟列车，的确不能用常理去考量。否则，再这样下去，他也许真要变成异形了。这时，她看他的目光中，才流露出了略微的欣赏，就好像看航天员升空的现场直播似的。周原心想，此番搭乘高铁旅行，却与半途邂逅的、并非妻子的怪诞女人交流起了飞船和外星生命，这太不可思议，不过倒也让死亡之旅变得有些好玩了。他的想法多了起来。哦，她的老公呢？遇难了吗？但不好意思贸然问。周原又看了看化作废墟的车厢，感到空间中暗黑的不明能量正在罗网般骤然聚集，似要点燃下一场新的灾变。他现在理解了，灾变只是常态。

"你这人真幽默啊。看来你不是异形化身而来的……"女人失望地打量周原，就好像他们很早以前就认识。

"你过来的地方真的就是宇宙的尽头么？"他着急地觉得两人间的哑谜不能再打下去了。

她吃吃痴笑，很久停不下来。

女人说："我上高铁之前，单位领导给了我一张名片，说如果遇到问题，就去找一个人，他也许知道答案。"

"你要找的人一定是我吧。我正是探索答案的人哟。"

周原急不可耐地夸耀，却显得底气不足。女人丰满的身体在眼前摇曳，他按捺不住。女人掏出名片给男人看，可惜上面写的名字却不是周原。

"那人是住在废墟中吗？"周原大失所望。

"废墟？那是什么？我不知道。好了，我该走了。"

"还是我带你去吧……"

周原不明白自己怎么竟会变得如此殷勤。不过，女人说的，也契合了他下意识的想法。他其实真正希望的是早些结束这次无结果的探索，好回到医院去。他要舒舒服服重新躺下，打上吊针，吃到东西。现在，正好有了借口。至于"宇宙"，跟他又有什么关系？于是，他赶忙掉转头，带着女人往回走。他们一路上不再说话，终于走到了那些伤病员跟前。她见到了更多的人，很是高兴，俯下身一个个查看，但是也没有见到她想找的人。

他遗憾地想，她光是这么看，能看出什么答案呢？没头脑的女人都如此固执吧。

这时，周原发现，这些怀有远大的星空理想、对未来充满憧懔的伤病员——包括绷带老头儿和无鼻年轻人——统统成了血肉模糊的尸体。他赶紧在他们的身边搜索起来,却沮丧地没有发现自己的那包点心。

忽然,身边那坍塌了大半的厕所里,冒出来一串咕噜噜的人声。

八、舞器

"喂,是来找我的吧!"

一个男人的头从厕所的瓦砾堆中探出来,冲女人吐了吐河狸般的牙齿,眼镜片下面,绽出一副哭丧鬼似的笑脸。这正是那个先前拦周原道的、全身皮肤掉下来的陌生男人。周原一见到他,从头到脚像被浇了一盆冰水。他到底还是回到这人身边来了。

那男人用无唇的嘴巴对女人报了他的名字——舞器,并说等她好久了。女人手中名片上恰好写着"舞器"二字。不管是不是真的,必然也好,巧合也罢,也就如此了。女人不再理睬尴尬中的周原,便满怀热情走向舞器。周原知趣地默默退到一边,把一双像是多余的手抄在裤袋里,警惕地盯着舞器手中的斧头。

"是来找答案的吧。"舞器意味深长说。

"是呀!你就是那个人吗?"女人欣喜若狂应道。

"答案方面的问题,那本是列车上的机密呢,这你一定心里有数吧。只在出事之后,答案才会从严密的控制下泄漏出来。以前,答案是封锁着的,只有驾驶员知道,现在,列车扁平化了,很多人都在找答案,好像找到了答案,就可以从一团迷雾中摆脱似的。这才是当前的头等大事哩。但那可不是容易找的哟,而且,不是所有人都能去找的。像这些人,也要去找答案,但其实别有用心,他们是最危险的。"男人指着死去的伤病员说,就好像如今他才是答案的总代理。

"那要怎么办才好呢?"女人着急地问。

周原觉得女人正面临危险,要中男人的圈套,便抽机会趁舞器不注意,朝女人暗暗使个眼色,但她竟然装着没有看见,令周原羞得无地自容。舞器像是眼前根本就没有周原这个人,继续对女人说:"自然,是要有代价的。"

"为了找到答案,什么样的代价我都可以付出。"

"需要你奉献出自己。"

舞器说罢,把肩扛的蛇皮口袋放下,从里面找出一个点心,递给女人。女人急不可耐把食物塞进口中,三两下吞咽下肚,眼里闪烁着感激的泪花。舞器又当着周原的面,抖动皮开肉绽的手,从胸脯肌肤的褶子里抽出一张皱巴巴的纸来,原来是一份用病历改造而成的责任书。他要女人在上面签字。对此周原敢怒而不敢言,只好胆怯地把眼睛闭上。他听着女人在纸上签字的哗哗声,知道她竟然毫不犹豫,这形成了对周原的又一次羞辱。实际上,他与这两位乘客不熟。而女人却与舞器飞快熟稔了起来。似乎要相熟的话,在目前条件下,怎么都是可以的,关键是要有一张名片,以及一些点心。但是,同样是高铁乘客的周原却被边缘化了,这是事故之后的新情况。周原不得不接受现实。

女人签完字,周原才睁开眼,往纸上偷瞥一下,见她的名字叫翠姑。舞器这时才像是看到了周原,淡漠地对他说:

"你终于回来了。我就知道你是要回来的。护士都为你安排好了吧?没问题,你的那点儿伤不会死人。"

九、坦克车手与小学教师

舞器带着翠姑溜进厕所。她果真为他奉献出了自己。周原想要逃走，却抑制不住好奇心，便凑到厕所边，偷听他们的喘息和尖叫，结果听到两人在密谈。

"你原来是做什么的？啊，啊。"翠姑问。

"我曾经是个坦克车手，参加过那场保家卫国的著名战争。喝，喝。"舞器说，"从部队复员后，根据组织的安排，到地方工作。后来，赶上铁路大发展，我就进了铁路局——它仍是准军事化管理的，需要大量的复员军人来做事。我是时代的稀缺人才哟。喝，喝。后来高铁试运行了，我因为平时表现出色，经过严格的选拔，被分配上了列车，当了一名保安。你呢？"

"你很威武啊。我只是小学语文老师。校长让我带领学生到列车上来做课外辅导，高铁是爱国主义教育基地嘛……但孩子们一上车就全走丢了，这真是糟糕，出乎意料！他们人小鬼大啊。而我总是莫名其妙梦到异形。我到这节车厢来，是要找我的学生的。但这还不是我所说的那个答案。啊，啊。"

"喝，喝，你好莱坞电影看多了吧！你的答案，只是那个更大答案的一部分，这的确是个宇宙呀……"

"孩子们被车厢里的漂亮装饰迷惑住了，以为课堂上教的都是骗人的，就一哄而散，自己玩耍去了，根本不把老师放在眼里！大概自打从娘胎里出来就没有见过这样炫目的交通工具吧。啊，啊。父母可舍不得花钱让他们坐高铁哦，大人们只是把孩子送到学校来死记硬背那些千篇一律的枯燥课文，真是目光短浅。学生们早厌倦了，仅仅学会了欺诈术，平时表面装作听老师话，背地里都玩儿阴的。唉，目标总是与实际背离。后来出了事故，作为爱国主义教育基地的列车破损成这样，就更找不到他们了。但我还是要找下去，他们是祖国的花朵啊，我要亲眼看着他们入睡，我才能入睡，这不就是责任嘛！……喂，你不是保安吗，你见到他们了吗？啊，啊。"

"没有……说起来，这正是本次列车的特色。烂成这样，还能开这么快、走这么远！比坦克更强悍哩。喝，喝。这难道不是奇迹么？世界上谁能创造出来呢？只有我们。你应该为你的学生感到骄傲才是。他们不管走到了哪里，一定还在这趟列车上。喂，我还行吧？"

"你……但他们眼下在什么地方呢？我是怕校长着急啊。他这人聪明透顶，从不亲自上车。他的表姐是做高铁票务的，他从中拿回扣。他也许早就知道要出事了。那张名片也是他给的。实话实说，我是他的代表呢。啊，啊。"

舞器听到这里，警觉地停住动作。"他干过你吗？"

"没有，没有！"女人意识到了自己的失言，紧张地声明。

"哼，这才是你真正要找的答案吧。是害怕年终考核得不到优秀呢，还是担心职称评定时无人替你说话？校长才是潜伏在你身体中的异形吧。你们合谋把学生送上高铁，拿他们当牺牲品！"舞器一针见血指出，使劲在女人隆耸的乳房上擦拭眼镜，他身上掉下来的皮肤碎屑铺满她肥腴的肚腩。

"我也不知道是不是……但是，那都是过去的事了。你倒是快些呀。"

说到这里，他们就停下不说了，啊啊喝喝又干了起来。周原听不到密谈了，觉得兴味索然。他便安慰自己，看来，女人坐高铁后会变得有女人味、男人会增添男人气概的说法，是有道理的。他又对那个神秘的校长感到好奇。他就忍不住把手往自己的下身探去,闻到肉体深幽处散发出一股刺鼻的熟悉气味。他才意识到,这本是父母交付给他的血肉之躯,但他们非但不对这玩意儿负责到底,还把它抛弃在了出事的列车上,要他自己来照料和应对,要他独立面对危险和难堪,承受伤痛和委屈。他们真是的。他结婚时,他们也没有为他好好把下关。但现在也顾不得那么多了。他一边噜噜手淫,无谓浪费掉自己的体液,一边盯住漆黑的厕所,眼前不断冒出"宇宙"这个熠熠闪光的字眼。

他从来没像现在这样,意识到自己的确是在高铁上。他的心情越来越微妙而复杂,混合着骄傲和自卑。

那一对男女一直干到早上,才从厕所里钻出来,看样子都累得不轻,赤身裸体,并排着瘫倒死人堆里,仰面朝天,双手蜷曲着搭在胸前,两腿八字打开,呼呼大睡过去,肚皮和性器都在夸张起伏,好像游了几千公里的大马哈鱼。他们是一副如释重负的样子,仿佛做成了一项极大功绩,把自己的后事都安排妥当了,把未来一举搞定了,再来什么灾难也不用害怕了。

周原感到嫉妒,也很不好意思,却不敢或不甘离开,就自愿替他们当起了临时警卫。他每过几分钟,便忍不住偷眼瞅一下女人沙漏般的身体,臆想正在进入她,于是不合时宜又硬了。周原重新把手伸进裤裆,幻觉到,啊,这回可轮到我了。

忍受着饥饿和伤痛,周原汗流浃背干自己,又去窥视废墟中的死人。他发现绷带老头儿和无鼻年轻人的尸体上有着可怕的伤口,好像是用斧头斫出来的。他又想到自己的父母,想着当年他们臭汗淋漓在一张床上滚扑的样子。

十、车顶餐厅

这样捱到次日中午，舞器还在万事不晓地酣睡，女人则爬起来，揉揉惺忪的眼睛，当着周原面，一言不发，往前走了。她的背影好像在说，她的答案还在远方，她一定要找到她的学生。但走了几步，她忽然转过头来，定定看了周原一会儿，像是重新认出了他，神情中似乎饱含歉意，那意思仿佛是说：喂，等我回来吧，你不要这么着急嘛，别往心里去噢，我这不过是逢场作戏。这令周原仿若又看到希望，心头痒痒的。

这时，周原对舞器的态度有所转变，甚至不觉得他的样子有多可怖了。也许，是他们昨晚都已以各自不同的方式"占有"了翠姑吧，至少心理上没有那么大隔阂了，从而滋生出微妙的平衡。周原进而觉得，自己和这个男人的命运，大概已经通过高铁，可靠地交织在一起了。甚至，他与他的关系，较之他与妻子的关系，还要紧密和亲近一些。

周原心想，应该请舞器吃个饭，与他进一步拉近距离。看来，这人不简单，在高铁上是个人物。医院完蛋了，病人死掉了，出事的列车一时半会儿停不下来，看样子今后还要倚仗他呢。虽然周原对于死无所谓，但安全还是需要的。他为自己这个聪明的念头而激动得打起抖来。

但周原身上已经没有点心了。他就去找翠姑提起过的餐车。本来这几乎是完全没有指望的，但居然给他奇迹般找到了。

原来，餐车作为一个独立的单位，已经重建在列车的顶部，雄峙于所有废墟之上，但需要攀越一道直立而险峻的生铁扶梯才能抵达。

周原向舞器说了他的想法。舞器深表赞许，就好像他早在等待这个提议了。他们便一起爬上去。周原没想到真有这一刻，不禁感叹高铁的神奇。

有两名乘警把守在餐厅门口，但只淡淡看了他们两眼，没有阻拦。周原见到焦炭般的车顶上撑起好多蔚蓝的阳伞，漫山遍野的蘑菇一般迎风招展，还摆放了一排排雪白的桌椅，那感觉就跟海滨旅游度假胜地一样。这地界狂风劲吹，各种器具都用钢丝绳紧紧固定着。餐车入口处挂了一张显眼的纸牌，上书"绿岛咖啡厅"几个遒劲大字，而车顶早已坐满衣冠楚楚的乘客，都戴着墨镜，一边吃东西，一边悠闲地饱览两侧风驰电掣的大好风光。他们的腿脚和身体也都用钢条固定着，否则就要被吹下列车。

像初次出国的人一样，周原大开眼界，兴致勃勃心想，这些人之前都躲在哪里呢？他们看上去怎么不像经历了大灾大难？难道就此脱离了病房、废墟、厕所和尸体吗？餐车也是宇宙的一部分吗？他又看到，乘务员们打扮成了服务员的模样，穿着特制的粘力鞋，托着盛满食物的盘子，喜滋滋的，在大风中摇摇晃晃，鱼儿一般穿梭来往。

周原因为没有预订，只好跟着晚到的乘客排队，但舞器径直走到一个像是餐车主任的男人身边，贴耳对他说了几句什么，那人便会心一笑，引领舞器和周原来到一张预留下来的空桌前，安排二人坐下，并把他们的身体固定好。

周原这才意识到，舞器以前就经常来餐车，与这里的工作人员熟识，怪不得乘警没有盘查他们。他顿觉自己什么也不是。但他仍然十分庆幸请到了舞器。在出事的高铁上，拥有先见之明，是多么不容易啊。

周原带着全家人出来旅行，掏的是自己的积蓄。父母是那种传统的老人，清贫了一辈子，很是节俭，从超市买了点心和方便面带上车，不愿意到昂贵的餐车来吃饭。但现在父母死了，妻子失踪了，周原为了招待舞器，才选择这个地方。另外，他自己也饿坏了。

舞器驾轻就熟点了几样菜。菜都很贵，原来是用罐头做的，有鱼肉、牛肉和鸡肉，还有蛋卷和水果，过期了，腐败了，但对于周原而言，却是美味佳肴。

"许多人认为，吃东西才是最重要的，"舞器富有经验地说，"甚至比经营医院还重要。所以，事故之后，首先重建的是餐车，别的都顾不上。我们正好利用这个机会。"说罢，他娴熟地避着风头，大口噬吃起来，就好像在补充昨晚与女人在一起时消耗的能量。

"谢谢您的开导！印象中，我已经住了很久的医院了。抱歉啊，只知道输液，却连肚子饿了都没有感觉，真是糊涂！因此，说话办事一定多有不周到、不达意之处，还请你包涵担待呀。"周原惭愧不已地说，一边殷勤地把好吃的东西不断往舞器的盘子上挟去，脑海中却回响着昨晚厕所里迸发的嗲声浪语，眼前又出现了成为血葫芦的病友尸体。这么一想，他的食欲强烈了。

"这都没有关系的，你不要心太重啊。我以前也是伤员。身上的伤，心上的伤，都很厉害。但是，你看，现在已经好了。我是脱胎换骨、转世重生啊。吃吧，吃饱了才好去找答案。"

舞器说着，咚咚拍打胸脯，身上的烂皮混同污血，往盛满食物的盘子里噼啪直掉，引得周边食客纷纷侧目。周原受到惊吓，差点钻到桌子下面。他却十分佩服舞器，捣蒜般连连点头称是。

"你瞧，火车虽然烂了，但只要它还在行驶，我们的伤就会好起来的，往昔的痛就会忘掉的，答案也会找到的。"舞器又笃定地补充道，怜悯地扫了周原一眼。他又叫了一瓶嘉士伯啤酒。随后，他在丰盛的食物里挑了一遍，把一个小小的鲫鱼头挟到周原碗里。

周原不眨眼看着死鱼的白色眼珠，感激涕零，又觉得在舞器面前，这样真是不好。幸亏及时来到了餐车。他就利用身体挡着风，夸张地张大嘴，一口把鱼头吞下肚，立即感到体内有了一点儿热量，这时，他便朝列车行驶的前方看去。他看不到车头在哪里，只见着远处有火花和电弧闪烁。那大概是受电弓与接触线之间的关系不够稳定时所产生的吧。这么说来，为高铁提供动力的牵引供电系统并没有崩溃。由包括输变电网络、变电所、馈线、接触网、轨道、回流线组成的体系，仍然保持着工作状态。这正好说明为什么动车组没有停下来。这简直令人难以置信。事故到底是怎么一回事呢？周原鼓起勇气，又往铁道两旁看去，见到景色正飞掠而过。雷电已经渐渐平息。似乎正是落日时分，大地银光灿灿，极其华丽，但像初冬一样显得枯燥，也没有人烟，一派冷寂萧索。不知为何，只有黑白二种色调，空空荡荡的，像一块脱落下来的大伤疤。周原记得，他上车的时候，世界似乎还不是这样。神殿一样巍峨的车站建在城市的中心，喧嚣，明艳，灿烂，多彩，拥挤，饱满，人山，人海，风生，水起……但世界现在变得不认识了，就像是一个断裂的面具。列车正在这样一个陌生环境中正常行驶。这里面显然有某种不正常。然而食客们却都为此而陶醉，除了吃喝，没有任何作为，就好像事故与他们无关，这世界本就如此，有问题的不过是周原的记忆或眼睛。

周原鬼使神差对舞器说："你当初驾着坦克车，轰隆隆碾过这片奇异的原野时，是怎样一种感受呢？"他不知道自己怎么会问这个问题。一想到坚不可摧的铁甲怪物雄赳赳挺出威武巨炮，周原就更加自卑。但自卑让他感到安全了一些。

舞器把一口啤酒含在舌头下面运了运,狐疑地直视周原:"你怎么知道的?"

"昨晚,我听你对那女人说的呀。当时我正站在你们身边,为你们担任警卫,你忘了?"

"胡说。"舞器像是有些心虚地看看四周,仿佛生怕别的乘客知道他的底细,又冲周原笑了笑,"我什么也没说。以后不要再提这事。坦克已是明日黄花。现在是高铁时代。你知道什么是高铁吗?"

"是'宇宙'吧?"周原心不在焉说,瞅了眼满桌零乱的食物残渣,它们像太空中的尘埃一样,正在大风中不停飞扬,吹拂起强大的幻灭感。他揣度舞器为何不愿提及他的英雄往事。除了时代不同了,难道还是因为他在战场上做过逃兵或俘虏吗?这些看似与高铁没有直接关系的历史问题使周原六神无主。他愈发意识到自己的无知。他在大学里学的那点儿可怜技能完全不足以应对这样的瞬时发生的剧变。

舞器没有回答,又专心致志埋头继续吃起来,咔吧咔吧把骨头都嚼碎了咽下去。

十一、故障的起因

周原觉得,舞器的身份和背景愈发扑朔迷离。他究竟是怎样的一个人呢?周原又看了看波涛起伏的大地。它虽然很不真实,却似乎触手可及。只要纵身一跃,就可以与它融为一体。一想到这里,周原的血管中就喷涌出大堆蚂蟥一样的物质,他四肢痉挛,感受到一种死的渴望。幸好,他的身体是被固定住的。舞器野猪似的大嘴里乱七八糟塞满东西，翻了周原一眼，从胸腔底部挤出一声骚笑：

"哈哈，没有勇气是吧？早料到了。看看吧，虽说出了事，但我们还待在高铁上呀。这是最重要的。不是每个人都能上来的，所以舍不得离开它。要跳下去吗？想得简单呢。这比死还要不容易。虽然说生命在这儿无所谓，但高铁也不会让你随便去死的。瞧这绿岛咖啡厅，真是美轮美奂，没有食客怎么能行呢。答案就在列车上啊，可不要头脑发热到它之外去寻找呀。"

"答案到底是什么呢？"

舞器如看天外怪物一般打量了周原一眼，又不说话了。他像个真正的绅士那样，一边慢慢喝酒，一边优雅而满足地环顾四周，仿佛在投入地品尝高铁带来的存在感。到处响起一片嘈嘈切切的进食声，就像无数蝗虫降落在了仙境般的麦田里。

已到夜晚。通常只在白昼里行驶的高铁，继续开进。服务员打开阳伞上的串串彩灯，餐车灯红酒绿，流光溢彩，跟夜总会似的。一些乘客还真的拿起话筒唱起歌来。周原抬头，没见到天上有星星。被捅了个大窟窿似的，夜色好像在纷纷瓦解，形成一段段紫色的弦，细雨一样不断掉坠下来，而这一切的后面好像还有一个玻璃隔板一样的东西，花花绿绿。那才是宇宙的本体吗？它与列车这个"宇宙"有何关系呢？周原觉得，应该有大量致命射线袭来，人群却暴露在天穹下，毫无防护，仍在胡吃海喝，这其中蕴含着神奇。

周原如坐针毡，口不择言又问："到底是怎么回事呢？关于这场灾难的起因……"

"无从得知。"舞器狡黠地瞅着周原，就好像瞄准了一只猎物，"列车运行控制系统没有发布警报，故障自动诊断系统也没有传出信息。但从一些迹象上看,可能还是跟关键设备出了问题有关。这个比较浅显,但你也不一定懂得。超长无缝钢轨、弓网体系、主牵引电机、安全传感器、三相交流辅助电路、高速转向架、铝合金车体……都是科技革命的产物。可以这么说吧,高铁是当今世界高新技术成就的集大成,它应用的高速轮轨技术、大功率牵引、制动控制技术、列车运行控制技术、空气动力学工程、可靠性与安全性技术等,都是外行无法思量的。但是有人批评说,高铁设计人员对于工业化规律并不熟悉,只知蛮干,才最终酿成惨祸。这也有一定道理。毕竟,我们是奋起直追、后来居上嘛,说到高铁,落后日本人快半个世纪了,不少东西只能从人家那里拷贝,有的环节疏漏了,有的过程缺失了。为了赶工程进度,为了献礼,不得不边勘测、边设计、边施工。还有技术整合问题,比如有的列车是用日本技术制造的,但为了照顾民众情绪,有的列车又要用德国技术制造,有的列车则用瑞典技术制造,有的列车干脆用法国技术制造,而自动操控系统却是我们的工程技术人员自行研制的。作为正走在从农业文明通往工业文明道路上的新兴国家,我们还不具备把这些复杂多样的技术整合到一起的能力,这也需要理解啊。这么多不同技术范式的列车,要在同一个信号下、在同一条轨道上行驶,这简直像是凡尔纳式的探险,无非是科幻小说一般地摸着石头过河,出事是迟早的。但我们一直就很难,做什么事不付出比别人更大的代价呢?"舞器轻描淡写打着手势,却好像在谈论事物的本质。

"那么,是质量问题啰?"刹那间,周原可笑地想到高铁竟跟他那永不能成功的人脸识别系统如此相似。

"当然是质量问题,也是管理问题,或者人的素质问题。但这是个老问题,所以也不必大惊小怪。涉及技术的只是表面现象，不要为此太纠结太自责啦。明知会出事，却也要硬着头皮干下去，这不正是常情吗？人走路也会摔跤的，但难道不走路了吗？都在走钢丝，但不走就过不了当今的天险大渡河，就会像石达开一样全军覆没。高铁的质量虽然达不到发达国家标准，但对于发展中国家来说，做到这一步已经很不容易，按照铁道部门的总结，甚至可以说是非常之好了。美国的航天飞机怎么样？那么唬人的东西，不也连续摔了嘛，死掉十几个航天员，他们的命比起高铁乘客的命值钱多了！所以这样的代价是值得的……但一定要追问更深层次的问题。实时定位、状态检测、自动控制，这些都是知根知底的技术，我们都已掌握。就说追尾吧，是安全控制的重要问题，有多个可靠度很高的技术手段相互补充，出现这种低级错误不是不可能，但通过搞誓师大会、做媒体工作和发挥骨干核心作用什么的，可以把危险性降至最低限度。我们也不差钱做基础研发。我们的车体技术很过硬。我们的牵引传动系统是过了关的。虽说轴承制造工艺还有待提高，但我们的高铁粘合剂是得了国家金奖的。所以这些技术都没有问题。问题在于，一旦把它们组合在一起，就会出问题，这是大家都知道的，却都不说。形成利益共同体后，技术不透明了。为了对圈内每个成员保密，技术信息得不到传播。同样，也无法防止技术在集团内部被滥用。工业化进程中，这个阶段必然来临。更值得反思的是，拍板的人也是技术出身的，他们以线性思维来看待和处理现实问题，缺乏战略眼光，搞到最后，结果便总是令人啼笑皆非。但这些都没有什么，尚属于正常的范围。问题在于，一定还存在技术之外的因素。还有一种远甚于技术的东西在起作用，比起质量环节来，它更要紧，大概属于哲学的层面吧，所以才要去找答案。他们从来不会主动给你答案的。"

说到这里，舞器歇了歇，又喝了口酒，看了看周原仰视的表情，兴致勃勃接着说下去："说起来，我早已不开坦克了，在列车上，我做保安，虽然身份低微，但还算得上是个真相调查者吧，勤勤恳恳协助乘警破了一系列大案要案，查明了不少骇人听闻的幕后隐情，现在正是趁机大干一番的时候。可是却无人愿意去调查事故的起因。大家都热衷于在废墟上无所事事混日子，酒池肉林，吃吃喝喝，消遣装逼。你看乘警也在为咖啡厅打工。他们的斗志衰退了。还有那些伪装成伤病员的，口口声声要去探索真相，却谁也不愿起身前往，只让新来的人充当替死鬼。这些自私自利的家伙活该死掉。这真让我失望啊。瞧，乘客们尸骨未寒，就有人在车顶修好了餐车，连我一个当保安的，也可以爬上来大模大样喝酒吃肉啦。他们还建起了医院！据说还有电影院、健身房和室内高尔夫球场什么的，统统建在列车废墟上。但这样下去，只会消磨意志，腐蚀心灵，对解决高铁问题没有任何意义。你看到的这幅灯红酒绿的画面，无非是海市蜃楼、镜花水月……真实的情况是，有可能连列车外面的世界都发生了灾难。我告诉你，这是一个临界混沌期，是大瓦解或者大变革的时期。世界并非没有秩序，只是这秩序格外微妙，对涨落极为敏感，一件小事就会触发大爆炸。吭。统统玩完，无人幸免。所以建设高铁是有深意的。看起来，目前只有列车逃了出来。至于我们自己的大飞机，那还没有研制成功哩。这其实很聪明哟。我可不是吓唬你。所以，走出这场危机，要有新的思路。我们上来吃喝一番，只是为了恢复体力，才好去查明真相，你不要被眼前这奢靡腐败、精神涣散的排场迷惑住啊。"

说罢舞器把空酒瓶扔下列车，又捧着海碗大口畅饮排骨汤，血淋淋的嘴里呼隆呼隆发出打雷似的声音，烈风把他嘴角的残羹和酒气，连同身上的皮肤一起，吹得四散飞溅。周原不禁对舞器刮目相看，觉得他果然是一名货真价实的坦克车驾驶员，到底经历过保家卫国战争的考验，不然说不出这么深刻的话。这种人现在太少了。如果换了舞器来当列车司机，一切或许就不一样了吧。

"为什么没有人来救我们呢？"周原又问。在他看来，车外掠过的异状大地，似乎形成了巍巍长城一样的屏障，阻绝着来自任何一个方向的救援努力。而且没有遇上会车，也没有见到车站。

"我们被抛弃了。"舞器抬头冷漠地朝周原甩来一眼。

"被抛弃了？好不容易才造出的高铁，出了事故，人命关天，就被抛弃了？"

"也就等于说，被埋起来了。"舞器抽出斧头比划了一下切割和掩埋的动作，"埋起来，并不是说一定要埋在地下，也可以是隔绝在某个坟墓一样的单独空间里。他们可能专门设计了封闭的轨道回线，用来搁置出故障的列车。哼，这是铁路主管部门老爷们的惯例。他们想要永远掩盖真相，这样就可以不用承担责任了。这个世界很复杂的，都是利益。因此，如果谁也不知道我们出事了，又怎么救援呢？……所以，今后一切要靠自己啰。"

"司机呢？他没有责任吗？他不能想想办法吗？"

"有人把屎盆子扣在司机头上，荒唐。这其实与司机无关。跟大家一样，他连自己的死活也决定不了。他只是一个牵线木偶。他只是系统大回路中的一个小环节。关于高铁，一切是智能化的。司机只听列控系统的。通过调度集中，早已实现了行车自动化指挥。司机是死是活，都奈何不得这趟列车。但这也正是问题所在。"舞器压低了声音，"说得夸张一些，高铁对此是不满的。我猜，它甚至很可能已有了自己的生命。它开始思考一些超越技术的深层次问题。我推心置腹讲了这么多，只是在给你打打预防针。我们要去探索这方面的真相，才能弄明白列车到底出了什么事，从而最终找到出路。"

几名服务员拉起小提琴，为食客们助兴。她们演奏的是《绿岛小夜曲》，婉转悠扬。越来越多的乘客趁着夜色，带着如获至宝的表情，蟑螂般一串串爬上车顶，规规矩矩排好队，等待入座。他们都身穿正式礼服，好像是原先商务包厢的贵宾。已经在吃的人愈发矜持和享受，根本没有离席的意思。喝多后引吭高歌的客人更多了。陪酒女郎也现身了，向食客们频频抛送媚眼。大风把她们穿的凉裙刮上胸脯，闪闪烁烁露出下身。她们不是乘务员，好像是乘客亲属化妆的，趁还活着，来到这里，企图讨点儿小费。

这时舞器已把汤喝完了，他就将血肉模糊的身子往椅子里坐坐好，轻轻松松放了几个屁，迷醉地欣赏车外风景，又抽出一支香烟，缩头背风点燃，舒适地吸起来。但他似乎没有准备递给周原一支。周原馋得嘴里直冒火，却不敢索要。能与舞器共进晚餐已够奢侈了。

周原这才有些明白过来，为什么技术问题不能用技术手段来解决。作为一名技术人员，虽然在人脸识别领域和婚姻家庭领域均遭受了失败挫折，但周原仍然认为只存在技术运用不到位的问题，而不应该有技术攻克不了的难关。虽然国家还有一半人口是农业人口，但总体上讲，这是一个科学昌明的工业化和信息化时代，不能称作农业社会了，后者是落后的代名词，曾经带给人们以耻辱。高铁的出现便是一个象征，它本身意味着现代化的大跃进。"科学立国""科学技术是第一生产力"之类的口号，几十年来都是喊得最响亮的，但现在看来，这些是次要的。本来周原还在想，既然外部的救援无望，那么，列车上的人们就应该自我组织起来，首先抢救埋在废墟里的工程技术人员，挖掘他们的价值。不是要自救么？如果认真寻找，说不定真能发现幸存的专家呢。只有他们可以自力更生修复列车。这个道理似乎非常明白，但现在看来，没有那么简单了。在绿岛咖啡厅，根本没有谁提一句回车厢救人，食客们只是在高谈阔论。而清醒如舞器者，干脆贬低了技术的作用。想到这里，周原觉得自己还太幼稚。

"你呢，你又是做什么的？"舞器吸完烟，懒散地问周原。

周原猝不及防，慌张得脸都涨红了。

"我、我是农民工呀。"时代顿然在他面前断裂了。

"那么你的父母是修地球的啰？"舞器仿佛居高临下把自己置于优势地位。

"是的，是的！你的意思是说，我们一家人不该上这趟火车？我倒是啊，像我们这种农村户口的，怎么有资格坐高铁呢。哦，你是说我咎由自取吧！问题是现在铁路上跑的都是高铁，适合农民工坐的慢车早已凤毛麟角。我这种人啊，本该在事故中死掉的。我的父母已经死了，我的妻子下落不明……"

周原难堪而负疚地低下头。他的眼光滑落时看到舞器的手有一段是白森森的，露出来的好像是骨头吧。虽然皮都掉了，但看得出来平时并不怎么劳动，而且他还戴着近视眼镜。他真的开过坦克车吗？

周原本人是搞人脸识别的技术人员，他父母也是工程师。他们全家都不是农民。他们来自城市。他却撒了谎。现在岂是随便暴露身份的时候。这趟列车损坏至这种程度，尸骨遍地，怪象丛生，看着已不像是高铁了，事故的性质越来越成为一个谜，谁挑头来修它,谁就有麻烦,谁就有危险。谁说自己懂技术,谁就是糊涂蛋,谁就活得不耐烦了。哦,这才是最浅显的道理呢。但周原一瞬间又迷糊了,他甚至觉得,自己有可能真的就是个农民工。

十二、钱

看到舞器吃好了,微微闭眼连打饱嗝,周原就叫来服务员,准备结账,却又一次没能掏出钱包。真窘迫啊。哦,只想着讨好舞器,却连自己没钱都忘记了。他手足无措,在舞器面前大汗如雨,又一次恨不得跳下列车。

舞器睁开眼,困惑地打量周原,立时好像明白了,马上换上一副假惺惺的表情,安慰道:"没关系,你下到车厢,往左边看,有个自动人行道,沿着它可以走回你原来的包厢,钱包一定在那里,先取来再说。记住,不管出了什么事,钱都是最重要的。要靠它来解决问题。不着急,我在这儿等你。"说罢他向服务员要了一杯咖啡。

"现在几点钟?"他呷了一口,又问周原。

"我的手表停了。"周原难为情地说。他记得,这还是他与妻子订婚时,作为纪念物购买的情侣表。

"我等你。你一个小时之内能赶回来吧。"舞器说着把桌上吃剩的食物倒进随身的蛇皮口袋。

周原别无选择,就按照舞器说的去做。他爬下餐车,果然看到了一条自动人行道,从废墟中穿过。奇怪,他上车这么久了,以前怎么没有注意到呢。这仿佛不是列车,而有些像在城市的大商场里。周原这才觉得,他对高铁其实根本不了解,或者说,高铁于他而言是个绝对的异物。他虽在高铁中，却像在它之外。

自动人行道的入口处人头簇拥，怎么也轮不到周原上去。心急如焚的乘客越来越多，无数面孔在黑暗中沉浮，从上到下填满整个车厢的视野。他们像是都要赶回去取钱包，晚了就在商场中花不出去了，错过打折了，另外生怕连餐车也关门，更莫谈前往医院。周原才明白，怪不得没有人去抢救技术人员。他又想，这趟列车虽已成了废墟，却毕竟还有着原始财富的积累哪。瘦死的骆驼比马大，看来真是有了钱就什么都好办了。这就是那打着哲学招牌的希望所在吧。至于被雷电照亮的大地，就让它猪猡一样继续瞎跑吧，那个世界与列车无关……

终于，周原挤了上去，像一个好不容易才被打捞起来的深度溺水者。前行中，他忽然想到或会途经医务室，便心潮起伏。他还想看一眼那个漂亮女护士。他很快就忘记自己是去取钱的了，探头探脑一门心思寻找医务室。但医务室始终没有出现。也许是随着住院部的毁弃，医务室已被拆除了吧，现在连这也说不一定哪。难道是要集中资源，力保绿岛咖啡厅？周原深怀遗憾，觉得这是他在高铁上的一大损失。

他想，如此一来，离人生的既定目标越来越远了。他最初是携家人来旅行的，以为高铁可以改变自己糟糕的生活状况，但列车不仅没有帮助他达到目的，还把他抛向了死亡的边缘。然后，他被人驱使着去探索"宇宙"，一头雾水走向不可知的未来。现在，又不得不为了舞器，返回危险的车厢去取钱。他只是一名从事人脸识别研究的小公司技术人员，却破天荒做着这样一些新鲜陌生的事情。然而，这不正表明，高铁终于改变了自己的生活吗？他恍然大悟，又滋生了感激之情。

被闹哄哄的人群推拥着，周原一路滚爬回到曾经待过的车厢，看到钱包果然孤零零躺在自己睡过的卧铺上。周遭聚拢了上百名乘客，踮足踩着周原父母的尸骨，正在贪婪围观，口水流淌一地，但谁也不敢挑头去动钱包，好像那是一根导火索，谁拿了它，谁就会被其他人撕碎。

难道答案就在这里么？周原悄悄凑上前，挤在人群中看，不知道该做什么。他看了好半天，感到紧张，小便出人意料地失控喷洒出来。这一瞬间，他想到舞器手中的啤酒和香烟，就一下来了精神，发出一声连自己也感意外的吼叫，拨开人群，冲上前去，一把抓了钱包，转身便逃。那些人大出意料，又更加跃跃欲试，拔腿追上来。

周原跑啊跑，知道逃不掉了，就忽然停住，转过身子，高举胳膊，嬉笑着露出上面的针眼，高喊一声："我是得了艾滋病的！"

像列车上的许多乘客一样，周原也把自己的胳膊变成了原始的武器。追兵们才被吓住了，嘴里叽叽喳喳，不舍地退下去，却不离多远，交头接耳，好奇地尾随，继续围观。

周原死死攥住钱包，就像紧握自己的生命。他不敢再走自动人行道，而是沿着废墟爬回去。这时，他脑海里忽然冒出一个奇怪的念头：会不会舞器已帮他垫付了所有的费用？不光饭钱，还有医药费和车票款？噢，那该多好呀。从目前观察到的情况看，列车上似乎只有舞器才为这场灾难做好了充分准备，而其他人并没太当一回事儿。但周原转即想到，如果是这样的话，那么他多没面子呀，恰才做的又算什么呢，这不就是被捉弄了吗……他忽然起疑：舞器会不会是个放高利贷的呢？他之前做的所有事，都是为了这个目的吗？那样周原一辈子都还不完这笔债，还要在烂火车里听命于舞器的吩咐，没日没夜接着干下去，到最后只好承认自己技术人员的身份，遭受舞器的更大羞辱。但周原一想到罐头、啤酒和香烟的滋味，就加快了脚步。

他一边走，一边担心时间来不及。不知一小时是否已经过去。他向别人打听，但每个人告诉他的时间，彼此都对不上。时间成了逃出囚笼的野兽，四处乱跑，一边变形，一边噬人。周原想，那就不管时间了。

十三、绝不下车

周原费了九牛二虎之力才返回来，但把守车顶餐厅入口的乘警已经不让他进去了。他喊了舞器两声，也没有回应。他泄气地想，取了钱，却花不出去，没有比这更糟糕的了。

他只好回到车厢，在废墟中找了一阵，不见舞器，也不见一个活人。他就来到那座带给他幻想的厕所边，满怀憧憬地俯下身，竖起耳朵，倾听里面的动静，但就连厕所也不发出任何声音了。他就干脆爬进去，好像这是一处解除了警卫，主人不知所往，连农民工也能放肆闯入寻欢作乐的豪宅。

厕所虽然崩溃了，但它的内部比外面的车厢还是要舒适和温暖得多，周原就在便池上横着身子躺下，准备休息。但还没有躺好，人就开始下坠，好像底部另有一个世界，从它的中心发出了强大引力。这时忽然觉得有人待在边上，这人周原看不见，但肯定就在附近，像是要看周原的笑话。周原想让这个幽灵般的人拉他一把，又不好意思开口。最后他只是略微动了动腿，保持住自己不再往下掉。

他随即发现，旁边还有另一个垮掉的厕所。透过墙缝，看到舞器的身体像个蚕茧一样，用斧头吊在一支水管上，在一堆尸体上方悠然晃动。周原一惊,然而仔细看去,舞器并没有死。周原便兴奋地冲他大喊:"钱包,我拿到了!"

舞器立即呼的一下荡过来,高兴地笑着,伸手把钱包从周原手里夺走,又从皮肤下面取出一张清单,展示给周原看。原来是尿检的结果。

"你错过了时间,我帮你取回来了。你仍然炎症严重。治疗这么久了,看样子还是好不起来呢。连医药费也是我帮着垫付的。"

舞器在半空中来回摇摆,不停打着饱嗝,认真对周原说。周原的猜疑似乎被印证了。舞器真的是要放高利贷么?但周原什么时候接受了治疗呢?他只是刚才小便失禁过,现在却连尿检结果都出来了!这实在不可理喻。难道医院并没有停业吗?还是他忘记什么了?周原这时很想逞强,说他其实并没有受伤,自己得的应该是艾滋病,但这话在舞器面前怎么说得出口呢。他怎能骗得了舞器呢。他怀疑,这家伙其实有可能是个医生。周原的病历,是舞器与护士商量妥了,事先准备好放进柜子的。舞器口口声声说自己是个退役坦克车手,只是为了伪装成保安来要挟人吧。

"你这种伤,只有下了车,到城里的大医院,才能治疗的。"舞器像说笑话一般专业地说,又像是对周原进行试探,再根据他的表现,来决定怎么花他钱包里的钱。

"我、我是绝对不会下车的。在车上,我还能知道自己是谁,在做什么。下了车,我就什么也不是了。"

周原孱弱地笑起来。虽然,他很想离开这趟形势不明、前途未卜的列车,却绝对说不出口。他被舞器施出的手段完全控制住了。他此刻要做的就是请舞器放心。他紧紧盯住舞器手中的钱包,想表明一个态度:我和您站在一条战线上,您有什么指示,就请下达吧,我不会当逃兵的,我绝不下车。

舞器这才好像满意了,拍拍周原的肩,又翻翻他的钱包,干笑一声:"你还真的是个农民工。你这点儿钱,连付尿检的费用都不够,更谈不上下一步治疗了。但好歹是钱。先保管在我这儿吧。"

"接、接下来做什么呢?"周原盼望地问。

"既然不愿意下车——实际上你也下不了车,车也不会让你随便下,在这一点上,大家都一样,那么,就跟我走吧。吃饱喝足,又有了钱,该去找答案了。不是要弄清事故的真相吗?"

舞器一招手,他的身后立刻冒出一排人来。

十四、群众

站在舞器身后的这些人,灰头土脸,像一堆刚从地下挖出的古代陶器,身上凝固着酱黑的血迹,神情痴滞愚木。周原见过他们,也都是乘客中的幸存者,基本是男性,脸上挂着男人才有的浅薄。他们曾经跟他一块儿,在护士跟前排队,期待被收进医院,一边加塞打架,把同伴扔出列车。本来,他们上了高铁,在事故发生前一刻,大概还在制订各自美妙的人生计划,旅游啊吃喝啊艳遇啊什么的,但瞬息之间,就一切天翻地覆了。对此他们不是没有想到,而只是从来不放在心上。好在他们具有较强的适应能力,这是几千年锻炼形成的,于是活了下来。不管多大的灾难,他们中总有一些优秀个体能够活下来,跟蟑螂一样。现在,这些人也都像是刚刚完成了进食,罐头的腐臭味儿从嘴唇间一缕缕钻出来。看那恭顺听话的模样,也都把钱包和食物交给舞器代管了吧。他们不停用怯懦而刁钻的目光,偷窥舞器手中锋利的小斧头。

"看看吧,都是我选拔出来的真相调查者,全是农民工哟,劳动人民呀——列车上最宝贵的财富和最杰出的人才,跟那些该死的工程师不一样。说起来,你们这些人的思想才最解放。"舞器像个领导一样大声宣布,"吃喝完毕,得干点儿正经事了。"

"到底要做什么呢?"周原身边一个瞎了双眼的中年男人似乎明知故问。

"据说,去找答案呀。"周原义正辞严低声告诉他。他想,不会有人傻到说是去找自己老婆的。

"哦,是去找行车记录器吗?"瞎子故作欣慰。

行车记录器也就是黑匣子,储存着列车运行状态的所有数据。本来车上的监测和诊断系统就能显示故障信息,但它显然失灵了,因此只有找黑匣子,找着了它,才能分析判断事故的原因。

瞎子叹口气,说:"我听说,这是一趟非常态的列车。据内部人士讲,它的确是在逃亡,所以才一路狂奔停不下来。停下来就真正危险了。有个东西在后面追呀追……七年后石油就没了,铁矿石十六年后没了,天然气三十九年后也没了……创新驱动力不足,经济持续下行……有毒食品泛滥,生态也不成样子,环境严重污染,成了死水塘子……不跑出去的话,就没办法呀。"

周原不在意地笑了笑,没有回答。他觉得瞎子像个研究法律的知识分子,自以为掌握真理,其实太死板也太危险。列车上缺什么都不缺他这样的人。周原心想,不知道现在要去找的答案,与死去的绷带老头儿和无鼻年轻人嘱咐他去做的,是不是一回事。但他分明觉得离"宇宙"更近了。这中间有些古怪,却又理所当然。这时,舞器又说:

"你们知道吧，这就是高铁。很多人是第一次坐吧？它复杂而先进，是代表我国最高文明进步水平的现代化交通工具。现在出了事故，有人说是超速冒进所致，时速二百公里开成三百公里，三百公里开成五百公里，但也不能不开下去呀，这你们是懂的。速度慢了是不行的。那还怎么赶超呢？从小的方面讲，经济损失先不说，首先就没面子了，全世界该笑掉大牙了，说你们不是吹过牛皮吗……但没关系。列车长虽然不见了，乘警也溜号了，却还有我这个尽心尽职的保安在呀。你们一定要相信我啊。我们只有自己组织起来想办法，才能救列车，才能救自己。首先要找到答案，或者说发现真相。这是最难的。看来看去，看不到真相。有人说，当前应该先救人，呸，这是最虚伪的。如果找不到答案，怎能避免事故的再次发生呢？怎能对广大旅客有个交代呢？最后都变成颂歌，每次都是'创造了拯救生命的奇迹'，而说到事故原因，无不总结为'无法抗拒的天气因素'，最后把英雄人物表彰一番了事。于是，真相永远埋没了。这就是那些工程师干的好事，他们穿着西服，打着领带，看上去像是现代人，脑子里想的却跟一百年前一样！你们觉得这很可耻吧？我也觉得可耻！说到探索，是一种回归常识的集体行为，像以前那样仅仅凭靠个人英雄主义，孤军深入，是注定要失败的。如今我们团结起来了，思想统一起来了。我们的高铁之旅，从现在起才算真正开始。大家准备好了吗？听我口令：立正，向右看齐！向前看！向右转，齐步走！——开车！"

于是，舞器召集来的这批乘客，伙成一团，开始朝同一个方向集群移动，竟真的像一列长着许多轮子的火车。看样子，他们上这趟车时还互相不认识，现在则仿佛结成了一个类似于命运共同体的大混球，自己的家庭、原来的乘车目的、个人的想法什么的，都抛到一边儿去了。

成员都是舞器从各个车厢遴选的，舞器声称是他救了他们。这些人好像也跟舞器构筑起了临时性的牢靠关系。舞器扛着的大口袋里，果然装着他们捐献出来的钱包和食物。现在实行公共管理，按需分配，否则这个拼凑起来的集体就会很快垮掉。就是这么一群人，一齐昂首阔步走进了破烂高铁中的"宇宙"，去寻找答案。

周原身边是一个老婆婆，是队伍中唯一的女性，身强力壮，头大颈粗，留着短发，像头雄狮，也耸肩拱背劲头十足地狂走，一身红彤彤的筋腱肉不停抖动，口鼻里响亮地呼出酸臭的粗气。周原不禁想起自己的母亲，她是一位材料科学家，她在死去时，把掌握的专利也带走了，没有留给周原。事故来得太意外了。但问题是母亲没有做好准备。周原很怪她。父亲也是。

车轮时有时无地发出响声，就像风雨飘摇一样，让周原觉得，这样也不错。他只是偶尔想到它们或会从转向架上连根拔脱，四散滚落到大地上。那样的话，列车还怎么开呢？又不是玩具。也许外面的环境并不处处一样吧，每一段路基结构也有所不同，所以车轮才那样一种独出心裁的方式奏鸣着。虽说不是玩具，也与玩具神似。总之，周原现在已经深信不疑，高铁仍在行驶，哪怕在最危急的关头也没有脱轨。制动大概失灵了，却无所谓。这里有一种人所不知的神秘机制在起作用，它超越了列控系统，就是这趟高铁有别于一般交通工具的特色吧。周原于是放下心来。但愿早些儿找到答案吧，那一定是一个能够解释一切的答案。

众人似乎并不像周原似的想这么多，他们走得很欢。好在这回是一群人，责任分摊到了每人肩上，就轻松多了。不过他们本来也没有多么心情沉重。经过住院部旧址时,周原又看到了那些死去的伤病员。车里温度和湿度都很高,尸体已经腐败。他揣度,他们有可能是舞器杀害的。舞器代替了他们在查找真相。他要把答案据为己有。看样子,这个答案关系到重大利益,恐怕不仅仅是一个面子问题。但在看到尸体时,他想得最多的还是那个小学女教师。不知她现在走到哪儿了。

大家走了一阵,就累了。瞎眼男人嘀咕:"该吃饭了。吃了饭才有力气继续走啊。"但舞器也不发放食品。众人看了看了无尽头的车厢,都应着瞎子的话停下脚步,小孩子般吵闹着要找餐车。但这儿距离绿岛咖啡厅已经很远了,也没有乘务员送盒饭来。周原看了看列车的顶棚,觉得它比之前更高了。舞器骂道:

"没出息的家伙!不是刚刚招待你们吃过饭了吗?"

"那也是用的我们的钱啊,而且那是昨晚的事情哟。"瞎眼男人像为众人打抱不平似的说。周原想,这有些过分。

"讨厌,说什么啊!危机面前,还如此狭隘自私!脱不了农民工的习气,不知道顾全大局么,尽快找到答案才是最要紧的。另外,怎么可能这么快就饿了呢?就想着吃了睡啊,猪似的,真是饭桶。别耍滑头。快些走!这是什么地方?是高铁!"舞器说。

"可是,真是饿了哪。"瞎子很固执,伸手去摸舞器随身不离背着的大口袋。

舞器耸耸肩,却不再多说,便示意周原去找餐车。周原十分为难,但因为是舞器下达的命令,就去了。他找了一阵,才发现一个通往车顶的废铁架。他爬上去看了看,见上面哪里有什么餐车,只是一堆纸片般的白骨,在烈风中抖动、飞舞。原来,真是海市蜃楼、镜花水月啊。他请舞器吃那餐饭,似乎是上辈子的事了。他有些后怕,却觉得达到了目的。

周原回来,把他看到的,一五一十如实告诉众人,就像讲《一千零一夜》。大家刚开始没有反应,仿佛这与己无关,随后就听得如痴如醉。周原担心舞器责怪他,舞器却满意地笑了,说:"看看吧,不要一叶障目!跟紧我才不会受骗上当哦。"忽然,他像《水浒传》中的黑旋风李逵一样挥起斧头,在最早喊饿的瞎子肩上砍了一下。瞎子立即闷叫一声,跌倒在地,滚了两滚,顺着一条裂缝,掉到了列车外面。"他不用还债了。"舞器哼哼。众人都凑过去好奇地看。舞器在实施报复性惩罚后,驱赶乘客们继续前行。大家还想多看看瞎子掉下去的地方,却也只好走了。舞器现在是乘客的头头,人们不叫他舞器了,隐去那个难听的"器"字,都尊称他"舞头"。虽然倒不觉得舞器真的很难听,但这是一种态度。舞头让大伙儿学会忍耐,勒紧裤带,咬牙坚持,又许诺,等找到答案,肯定好吃好喝招待。这让周原有些失望,他想,答案又跟食物结成战略伙伴关系了。

"集中精力!不许随便往外面看啊,答案不在列车之外。"舞头语重心长叮嘱。

周原本来还想再看看车外的原野,他觉得眼前的世界变得格外有趣了,一切就像在播放一段视频,这里面一定有深刻的奥秘,关系到列车的状况,但一听这话,就不看了。已经有人因为往外看,结果遭到舞头斥骂和殴打。外面的世界,与他们要找的答案没有关系,更和大家的死活没有关系。

这样走了好半天,舞头终于喊出立定、停车的口令。而这里也并不是新的餐车。舞头说,他嗅到了答案的味儿。这时,一行人早已腰酸背疼、头晕脑涨了,都想趁机歇息一下。周原心忖,没想到这么快就找到了答案。他更为失望。

十五、"宇宙"

这是由一节卧铺车厢改建而成的简陋展厅,那模样却像是拦腰长出的一段悬崖,峭壁上涂满脑浆和污血,恶臭扑鼻。有个拖着断腿的乘客蹒跚迎上来,冲舞头谄媚地笑了笑。舞头拿出一块点心喂他吃,像是给他的奖赏。

这个断腿乘客便是展厅的解说员。他好像等待大家许久了。展厅墙上,挂着一些小小的橡皮套子般物件,周原看过去,见像是避孕套,而非列车黑匣子。众人也都围聚上前,窃窃私语,忍住饥饿,好奇地观赏。

解说员吃完点心,感激地冲舞头又笑了笑,木偶般挪过去取了一个套子,含在口中,鼓起腮帮,猛吹起来,脸很快涨紫了。套子迅速膨胀。是的,膨胀!周原看得有些充血。那橡皮玩意儿渐渐绽放成了一支长长的棒条,竟然像一个模型火车,从解说员死人般的脸庞上平直地生长出去。

"如果从外部进行观察,我们的高铁就是这副模样。"解说员把吹胀的橡皮长棒棒从嘴上摘下来,用一根麻绳把它从根部扎紧,举着向大家展示,像是一个街头卖艺的魔术师,就仿佛众人的到来使他有了展示艺术才华的机会,他等这一刻已经很久了。舞头在一边拍了一下巴掌,大家也都莫名其妙跟着鼓起掌来。

"你的意思是什么呢?"人群中一个长得像猴子的年轻人问,眸子中闪射出类似于窥私者般的尖刻亮光。

解说员迟钝地转过头,像是没有料到针对这样明显的问题,竟然还有提问的,张了张嘴,支吾道:"哦……"

周原却已心下明白,他们的确来到了一个关键地方。解说员在用形象化的手法向人们喻示,这便是高铁的真相。周原听出来了,那意思大概是,列车其实并没有行驶,而只是像个橡皮套一样,在不停膨胀。这长蛇一样的火车,是由最初的小指头那么一节,迅速吹得这么长、这么大的。外面一掠而过的天空大地,只是由于列车的飞快膨胀,而呈现的相对运动的景象。至于车轮的声音,则说不定是由一套高级音响设备模拟出来的。运行什么的,不过是乘客们的主观感觉。列车只是不停地在长、长、长!但列车现在究竟长到什么程度了呢?从周原走过的车厢来看,一眼望不到头。他心里有一大堆古怪的情绪在翻腾,却说不出来具体是什么,这让他哭笑不得,又觉得神圣。他想,难道如死去的绷带老头儿和无鼻年轻人所说,高铁真的是一个"宇宙"?这从常识上讲不可能。他登上列车时,明明看到它是一条由八节车厢编组而成的金属龙,安静乖巧地停靠在站台上。但现在,摆在眼前的就是这样一个怪诞答案。高铁竟然是个避孕套!虽然怪诞,但看上去的确很了不起啊。而且瞅这光景,列车还在继续膨胀。这就是舞头要求大家不得往车窗外面看的真正原因吗?但好多人先前不是已经看到了吗?除周原和舞头外,不是还有许多人也有幸爬上车顶去吃过饭吗?他们也算见了世面吧!哦,那飞驰而过的银光灿灿大地,那诡异莫测的阴暗天空……其实是什么呢?嗯,可能是一种介质层,像海水一样,四面八方包裹着列车,让列车在它的怀抱中成长,而在它的外面还有许多个世界……不,那分明是空花泡影!这便是真相吗?就像以梦逐梦一样,周原仿佛掉在了一堆粉色而刺痒的泡沫里。他要竭力忍住,才不致小便失禁。但看样子,舞头早就知道这个事实了,答案尽在他的掌握之中。他却故意不对乘客们说出来。这就是传说中的虚晃一枪、一击制胜吧,有城府的人都这么做。舞头一路上尽说些玄奥高深、神秘莫测的话来诱引和震慑众人，这不过是为了热身。他一定要带他们来这儿亲眼看，为的是让大家彻底服气吧，这样他就完全拥有主动权了。他真是不怕累啊。周原对舞头更加服气了。

"为什么它会膨胀呢？"猴状年轻人倒像是比较镇静，又问。周原为他捏了一把汗，想着瞎子的前车之鉴。

"因为高铁的设计蓝图就是这么规定的。原则就是做大，以最快的速度增加体量。"讲解员说。他的断腿还在流血。

"为什么要这样设计呢？"

"因为它符合逻辑。任何符合逻辑的，都能被设计出来，并成为现实。"

"没有逻辑的呢？"

"没有逻辑的，本身就是逻辑。只要是我们做的，就都符合逻辑。这没有什么好商量。"

"听上去像一个神话。"

"说是奇迹更恰当哟。这是一个创造奇迹的时代。"讲解员站在自己的血泊中，别扭地踢了踢那只完好的脚。

"不，像个笑话。"猴状年轻人撇撇嘴角。

周原白了他一眼。

"我们是什么时候掌握这种高端技术的？"像是受了猴状年轻人的启示，又有别的乘客问。

"哦，没有多长时间。"讲解员耐心回答。

"是模仿的吗？"

"不，完全是自力更生。盗版什么的，都是污蔑。谁能把高铁做成这样独一无二的形态呢？"

"太让人吃惊了，太让人激动了。"说着，乘客们也冲过去摘下套子，放到口中呼呼吹起来，却不得要领，很多吹破了。他们哧哧乱笑。

"吃惊,激动,甚至骄傲,那是自然而必须的,但大家一定要坐怀不乱哟。"说着,讲解员看了一眼气定神闲的舞器,"能走到这儿,还没有死掉,已经很不错了,是大家的造化。更别说还有机会去到绿岛咖啡厅了,就算对少数人而言,恐怕一生里也只有这么一次缘分。期待多少年了啊。要知道这可是在货真价实的一个宇宙里面!"

"一个山寨宇宙……"猴状年轻人说。

"什么?它可是远远超过了对宇宙的简单仿制,完全拥有自主知识产权!"讲解员好像有些生气了。

忽然间就轻易获悉了高铁的真相,周原起初感到很兴奋,但这股劲头很快过去了,反倒有些兴味索然。他对那个猴状年轻人满怀厌恶,就好像他为了显摆,问了不该问的问题。他难道不吸取瞎子之死的教训吗?答案似乎还是太简单了。周原不明白把高铁搞成这样有什么实际意义。直观来看,太浪费了。在他眼中,宇宙倒有些像是一个以火车名义呈现的面子工程。不用说,设计者的野心一定很大,不朝着宇宙那样的级别尽快膨胀,连说服自己都做不到吧。听起来不可思议,但经验却告诉他,不管看上去多么不可能的事情,都可以在这片土地上发生。至于乘客在这个宇宙中的命运,他们的生死,是不会被考虑的。所以,回头想一想,答案也许就是这么简单吧。只是平时用来唬人时,故意弄得复杂了。但这些想法,周原是不会说出来的。他瞧不起这群同伴,不欲与他们分享。

解说员又觑望了舞头一眼,仿佛从他的表情上得到指示,慷慨激昂地继续讲下去:

"当克里斯托弗·哥伦布开始穿越地球西部广阔的空间时,

他乘坐的船只就像漂浮在大海之中的一片树叶，听凭汹涌浪涛的颠簸，浪头不时将船抛向魔鬼之口。贪婪于人肉的黑暗大海，犹如一条巨蛇，随时伺机以待。按照十五世纪人们的认识，再过一千年，上帝进行最后审判的净化之火将毁灭全世界。但那时的所谓世界还只是地中海，其海域模模糊糊地伸向非洲和东方。葡萄牙航海家们确信，西风会带来一些奇怪的尸体，海上有时会漂来精心雕刻过的木头片，但是没有任何人怀疑世界很快就会令人吃惊地飞速扩大，这一如我们今天的列车，它把一族人带入了新时代呀。不管它怎么开，开到哪里，这都是属于我们的世纪呀！"

"啊，没想到，承袭的竟然是葡萄牙人的衣钵。这太壮观了！"大家像是集体中了头彩似的一齐附和，却对这番话出自一个残疾人之口感到不可思议。他们似乎在思考，高铁不是学习日本的吗？日本在一九六四年搞出了世界上第一列高铁，但是，现在却追溯到五百多年前的航海大发现时代了。说起来，葡萄牙人带来了第一支驶到中国的舰队。不过，哥伦布却不是葡萄牙人，而是意大利人，他是在西班牙人的支持下航海的。似乎是为了迎合某种现实的趣味，解说员和乘客们在刻意制造某种误会。但这其实又不像是误会。

"我们还是在地球上吗？"猴状年轻人皱着眉头问。

"不知道。但这又有什么关系呢？"周原就像嘲讽般地安慰猴状年轻人，"现在，我们在哪儿都无所谓。"

忽然，解说员使出吃奶力气放大嗓音，伸直手臂指向观众，像美国歌星迈克尔·杰克逊似的，用单脚跳起太空舞步，飘忽不定的眼神里焕发出热带鱼一样的七彩光色，朗声喊道：

"驾驶室发出的指令，到达不了各个车厢！知道是为什么吗？请在十秒内回答！"

顿时，众人被考住了，张口结舌。这时，一个洪亮的声音振聋发聩地响了起来："傻瓜，光速不变原理呀！"

是舞头。他扶了扶眼镜，轻快地走上前，像作总结似的，得意而正式地代乘客们作出回答，并把解说员推到一边儿去，显示他才是全场总导演。

十六、信号问题

舞头说："光是世界上跑得最快的，它在真空中一秒钟能走三十万公里。然而，实际情况是，高铁列车的尺度已经膨胀得超出了想象，达到了宇宙级别！算算电磁波指令信号从车头传到车尾需要多少时间吧，更不用说输送到远在列车之外的调度中心了。信号是高铁运行的核心问题。调度中心、车站、区间信号室、线路和机车，靠信号的来回传输，连结成一个整体。保证行车安全和提高运输效率的信号设备，就是列车运行控制系统，简称列控系统。这是将先进的控制技术、通信技术、计算机技术与铁路信号技术融为一体的行车指挥、安全控制机电一体化的高度自动化系统。车载信号属于主体信号，是行车凭证，直接向司机提供速度命令并控制列车制动。没有信号的指挥，一切都谈不上。正是根据信号的指令，牵引传动系统才能工作，供电系统才能运转，转向架才能保障列车按既定方向行驶，司机失去警惕或错误操作可能酿成的超速运行、列车颠覆及列车追尾事故等才能被防止……但在一个巨大的宇宙中，信号哪怕以每秒三十万公里的速度行进，也无法及时到达预定位置。这下可知道灾难的起因了？以前一出事，就老批评信号系统做得不够好。的确，是信号的问题，却不是你们想象的那么一回事。停车信号是否发出？信号监控仪有无感应？有没有备份信号系统？车载系统发生故障后为何不及时使用民用通信系统？铁路调度部门为何没有收到信号？值班员是不是打瞌睡了？这些都是站着说话不腰疼，根本没有考虑到这是一个宇宙尺度的事情。它太他妈大了！"说到这里，他两手比划起来，然后一个人咯咯笑了，大家也跟着咯咯笑了，半天收止不住。然后，舞头打个手势，让乘客们停下，他又接着说下去：

"所以，就算信号正确发出来了，谁又能够马上收到并作出反应呢？这不是过高的要求吗？这不违反了实事求是原则吗？这不十分荒唐无理吗？恐龙当年就是这样灭亡的。恐龙也是太大了，尾巴被咬一口，疼痛的感觉经过长长的神经系统传递到大脑，走得再快也得花上一个星期，才能得到处理！恐龙早被它的敌人吃掉了。何况这是在自我膨胀的高铁上，光电信号还因为引力作用发生了巨大偏转哩。你们是农民工，不懂得的。要不怎么说你们一无是用呢。这是根本没法用技术手段来解决的问题。这个世界上，最愚蠢的就是科学家和工程师呀。"

他又喷发出一阵抽风似的狂笑，用手指头在前排几个乘客的额上彭彭敲打，好像在向大家表明，答案其实不是那么好找的，但如果死心塌地跟着他就不难得到，一切昭然若揭，根本不用看什么黑匣子，这种东西真多余。

周原期待手指头敲到自己头上，却又担心舞头记不得自己请过他吃饭了，现在人多了。他明白舞头已经道出了答案，这对大家很重要，关系到每个人的切身利益。这是一个什么样的答案啊！在一个庞大的宇宙级别列车中，信号即便发了出来，它要到达执行者那里，也得走上亿万年。遇上紧急情况，列车运行控制系统发出制动指令，通过贯穿各节车厢的树状网络传输，从第一个车轮发生反应，到最后一个车轮停下来，不知有多少代人过去了，这就是事故的起因吗？……周原看到，周围人都傻眼了。他知道大家在想什么。是的，既然知道光只能每秒跑三十万公里，那么为什么还要把高铁做得这么大呢？于是，在这个宇宙中，以地球人目前的科技水平，的确没有一样手段能够对付，至少在周原待的那个车厢，车载旅客服务设备从来没有广播过来自驾驶室的即时指示。据说，附属于列控系统的中心计算机就是设置在驾驶室里，现在看来，它完全就是个摆设，属于面子工程的一部分。设计者到底是聪明还是愚蠢呢？不管怎样，舞头用这个答案，达到了羞辱和震慑众人的目的，以显示高铁之旅果然至此时才算是真正开始。这就是他的意图，是要让大家听命于他，紧随他的蛇皮袋翩翩起舞。

但答案呢？他们要找的答案呢？真正的问题是：既然这么荒唐，为什么要造出这样的一个高铁宇宙来呢？是谁作的决定？这个宇宙是如何造出来的？它得运用多么高级的技术、调集多么庞大的资源、动员多么巨量的人力物力呢？这至少说明，它的确不是一个单纯的技术问题，起码涉及政治和社会领域，需要像战时那样进行全国总动员。但紧接着，新的问题又来了：如果有关部门真的掌握了制造宇宙的实力，按照惯例早就大张旗鼓庆功了，媒体也高调宣传了。连宇宙都能造出来，还有什么必要建高铁呢？全体人民不就早已过上幸福生活了吗？周原怎么还会待在快要倒闭的小公司里搞人脸识别呢？既然能够制造出建立在宇宙基础之上的高铁，那为什么不能保障它安全运行呢？这些奇怪的悖论就像狗咬自己的尾巴打转一样。但是，这就是逻辑。而逻辑就是既存现实，与任何一种乖戾异端无关。这样一想，就只好承认它的确是哲学问题，是哲学而不是其他，决定了世界的规则和面貌。一想到哲学，周原就像掉入深渊般，感到完全失去了自己。

他还有一个不敢说出的更大疑虑——舞头竟然把高铁与六千五百万年前灭绝的恐龙作比较。问题在于，恐龙灭亡的真实原因并不是那样的。周原小时候参观自然博物馆时就已经知道了，它们虽然庞大而冷血（也有说是热血的），却反应灵敏，信号通过神经传递根本不需要花上一个星期。是舞头在撒谎，在欺骗大家，还是乘客比恐龙还差？大伙儿将以一种连恐龙都不如的方式迅速灭绝吗？……

忽然，舞头好像腻味了，停止敲打众人的额头，换了一副口气对大家吹嘘起来，说他是一个大学教授，理学博士，有在美国麻省理工大学留学的背景，研究高能物理，回国后经常坐高铁出差，体验相对论和量子力学，从快捷而漫长的旅行中琢磨出好多事情，出于责任感，才把大家组织起来，向驾驶室方向运动。他说着，拿出几张名片，分发给前排的几个人，上面果真写着"一级教授""博士生导师"的头衔，目前供职的那所国内大学也赫赫有名。他竟然摇身一变成了他自己贬斥过的"最愚蠢的科学家和工程师"。这真是绝妙，深得辩证法的精髓，愈发说明舞头不是寻常人。

周原目瞪口呆听着舞头在身份问题上又改变了说法，不禁啧啧称奇。看样子，他再也不会对人提起自己是退役坦克车手了，甚至都不说自己是列车上的保安了。他倒是很有城府的样子，的确是在夸夸其谈，却又像在说一件十分符合实际的事情，那神态就跟几百年前伟大的西方航海家哥伦布一模一样。

周原又看到，队伍中有一个穿牛仔裤的大块头年轻人在默默观察舞头的那身烂肉，眼中投射出冷淡而不屑的目光。这副神情，周原很是熟悉，它代表的就是技术人员常有的那种自以为是的心态。哼,这人是谁呢?但这是在高铁上呀,实在不合时宜……还好,舞头正在兴头上,没有注意到。

舞头对众人说:

"大家可能都已经想到了,高铁的一切问题,归根到底就是一个哲学问题,而哲学问题就是信号问题。现在让我们来思考这个问题的深层方面。我老实告诉你们吧,这个问题,在列车出厂时就没有加以严肃对待。这里有一个最大的骗局。光速被设计得太慢了!它只有每秒三十万公里,不符合国际标准。我去 IBM 实习的那会儿就知道,按照相对论和量子力学,光速其实是可变的,这才是辩证唯物主义的基本精神,但铁道部门的工程技术人员故意对此视而不见,自己搞出了一套光速标准,这就形成了这个国家诸多例外中的又一个例外。可惜,那时我还没有回国,否则一定要指出来的。不仅如此,他们还将这个公式写进了大中小学教科书,让你们从小就相信,光速只有区区每秒三十万公里!人生还有什么指望呢?不要乱说乱动,老老实实待着吧!之所以要这么做,是因为他们想要把高铁搞成一个宇宙。本来,这超出了我国现阶段的技术能力。但是为了私欲也好,为了政绩也好,为了集团或者种群的利益也好,一定得这么做,就匆匆忙忙赶鸭子上架,要用五年时间追上人家五十年。因此他们只能把光速搞成这种水平,因为太快了技术上做不到,这样搞出来的宇宙,才能是他们想要的那个宇宙。不经过科学论证,不经过集体讨论,就草率上马了。他们胃口太大了,想要吃掉世界上的一切,不搞成宇宙那样的规模,对人对己都没法交代呀。

"在这样恶劣的竞争环境下,要想存在,要想发展,只能像宇宙一样快速暴涨,按照指数比增长,一加一等于二是绝对不行的。当然,这里面藏有特殊目的——这样一来,腐败的工程技术人员就可以通过控制不同车厢及闭塞区的时间流程，赚取其中的差价了。所以说高铁是先天不足、后天有病的产物，对于暴涨中伴生的种种不测，它并没有准备好。虽然理论上貌似可以解决这些问题，实际上却无法做到，因为这涉及整个庞大的高铁产业链，关系到成千上万家上市公司的利益，还有与西方和日本跨国企业交易过程中的猫腻。谁都装着没有看见，因为大家都拿了脏钱。我亲眼见到没有背景的公司组织起来进行投标，结果失败了。因为中标的企业早已内定，它们都是昧着良心支持光速不变的。制造宇宙的这笔单子，给了一家行贿额度最高的民营企业。这方面只需要暗示一下，大家就都心领神会。根本不会有人追问宇宙究竟造不造得成，造成之后会怎样，是不是我们真的需要。这些都没有关系。唯一的问题是，这家以前靠做袜子和内裤起家的民营企业并没有想到列车会膨胀到这种程度。高铁一出厂就失控了，它的膨胀机制自主发挥作用了。而且不仅仅是列车，车外那个世界也出了问题，调度中心、制造基地和维修工厂都出了问题，铁道部门也出了问题，是全面失控呀。技术规范统统失灵，因为违反了哲学的基本原理。

"这当然是有人在中间捣了鬼！但表面上是人在瞎弄，其实更深入来看，已经不是人了。在高铁这种宇宙级别的东西面前，人变得小而又小，看不见了。那是什么呢？是资本！资本代替了人。建造高铁，不是为了人，而是为了资本的增值。资本的增值是无止境的，所以，无论如何，就算说起来再不可能，也需要有宇宙这样的玩意儿出现。当然，也有个别清醒的人看出了毛病，知道这样下去是不行的，是要出问题的，就着手改进技术，提高车窗玻璃强度呀，把模拟方式变为数字方式呀，升级防撞预警装置呀，更换服务器呀，增设工作站呀，以为用这些传统的手段就能补救。但问题一是他们这样的人才实在太少了,好的都跑到外国去了,留下来的,别人根本不配合他们,还嫉妒他们;二是他们却不知道这也是小打小闹,越补救越走向反面,因为没有涉及事物的根本,没有从哲学层面上去考虑。现在,没有办法了是吧?所以说工程技术人员是有原罪的。但这也不能太怪他们,他们也是环境的受害者呀。他们大多数也是些挂羊头卖狗肉的,连毕业论文都是抄袭的,没有几个有真才实学,说到使命感、责任心、公益精神和理想主义,就更谈不上了。混进这个圈子,不过是想一起分赃而已。把他们都毙了会有冤枉的,隔一个毙一个肯定有漏网的。黑暗吗?不,黑暗到了极点就是光明。大家都眼睛雪亮啦。怎么样,还是跟我干吧!他们从高铁上赚了钱,也把高铁搞砸了,现在轮到我们显身手了。抓紧吧!像你们这样,连自己的小命都保不住,还不行动起来,又能如何呢?大家本是农民工,清清白白,原罪倒是没有,却不认识自己了。如此怎能救列车呢?虽然被庸俗龌龊的日常生活磨平了棱角,诸位以前在修理地球的岁月中,一定也是考虑过宏大叙事的吧,不然怎么能混上高铁呢?不会仅仅是想到餐车去吃罐头吧!"

说到这里他瞪了周原一眼,像在警告或提醒他什么。周原想:莫不然,他已识破了我的身份?但他想到,这表明舞头还记得他,于是受宠若惊,决定坦然接受这羞辱,虚伪地冲舞头使劲点了点头。那个穿牛仔裤的大块头年轻人却暗暗嗤笑了。他的名字叫罗盘。

然后,他们离开展厅,又往前走去。断腿讲解员绝望地嘶叫,要求把他也带上,但谁也没有理睬他。

十七、长征

于是,开始了真正的长征。临行前舞头带头打扮了一番。他从车里的死人身上扒下一件女人的粉色裙装,给自己穿上,又找到化妆品,让周原替他抹上口红和腮红。这样不仅遮掩了他的浑身烂肉,还增添了喜洋洋的气氛。乘客们也如此效仿,装饰得跟结婚场面似的。大家都很高兴,合唱着歌儿,有人还打起快板。这就仿若形成了一支巡回演出的队伍,洋溢着节庆一般的欢愉。

周原跟着大队人马埋头走,又饥又渴,却不敢找舞头要点心吃,他被那个膨胀的避孕套彻底震撼了,征服了,头脑中一些光影跳来跳去,想到小时候跟父亲在户外看星星,看到月球上的阴影,上面有桂树、玉兔。但是现在,一切都推翻了。他对自己之前的人生感到怀疑和厌倦。他憎恨父母,不明白他们为什么要把他生在这个时代。他也恼火自己,不就是与老婆有些矛盾吗,用什么办法解决不好,干嘛非要上这趟列车呢?他之前从未坐过高铁,这样做本来就相当冒险。他以前听说过,高铁的制造者都不愿坐高铁,当时他还不信呢,与人辩论。现在知道自己错了。正是这种深入骨髓的怀疑和厌倦,成了驱使周原去做他所不明白的事情的动力。没有办法,他已深陷这个由许多人合谋强加的宇宙。这样一想,他就发自内心地快乐了。

其实,周原能够加入这支队伍很不容易。失去了父母特别是母亲的庇佑,他就失魂落魄,像一只丧家犬。他终于记起来,他早先所在的车厢,就是因为没有接收到驾驶室发出的转轨指令,结果在行驶中被甩了出去。同车人死的死,伤的伤。他和妻子当时是紧紧抓住车钩,才没有被抛离,侥幸活下来。但从此失去了居所，在各个车厢流浪，抢占死人的铺位睡觉，与父母失去联络，只听说他们因为没有研制出防止甩车的技术，被关进了车厢中部用开水房改造而成的临时牢房，被列车长定罪为企图颠覆列车的破坏分子，每天二十四小时遭受酷刑毒打。乘务员要他们吐露专利技术的秘密，以修复破损的列车。他们就都交代了。但列车并没有被修复，乘务员暴跳如雷。谁也不告诉父母这并不是个技术问题。不过，父母也确实窝囊，舞头说得对，他们的大学学位的确是靠抄袭论文骗来的，他们的专利也都是假的……后来有一天，周原一觉醒来，忽然发现父母的尸体躺在床下，身上摊满带血的点心……

但这些本没有什么。周原渐渐都回忆了起来。他体验过的，比如出轨啊，掉落啊，追尾啊，甚至自爆啊，在高铁这儿，原来是经常发生的。世界随时处在毁灭的边缘或毁灭的过程中，并且可能已经毁灭好多次了。说它完美无缺，那不过是列车广播员宣传出来的。曾几何时，某一节车厢猛然间就弹射了出去，好像被路边一个黑洞之类的东西吸走，掉入它的视界。为了能与整趟列车接续上，每节车厢都土法上马发明了一些临时性的应急手段，比如引力自助加速技术什么的，能够在毗邻的车厢脱离或瓦解之际，利用自制的牵引变流器忽然发功，并在车身下部形成一个类似气垫的瞬间磁场，腾空跃扑过去，填补空隙，一头插入前面的车厢，利用大量的纳米车钩，让车与车嵌接在一起，重新编合成一个滚滚向前的整体，好像什么事也没发生过。无论怎样，毕竟还拥有一些看上去不起眼却很管用的技术窍门，根本的问题解决不了，修修补补还是可以吧，小打小闹对于苟延残喘的作用并不能否定，所以列车才没有全盘崩溃。乘客中个别有真才实学的民间工程技术人员总结经验，吸取教训，终于掌握了这样的一些本领和技能。这具有很大偶然性。在空前的压力下，总会有人挖空心思找到生存的办法，这就一定程度上打破了高铁设计蓝图的框框，很了不起。当然了，这也是因为列车变成了一个宇宙，运行的区间增大了，有了冗余，与行驶在这世界上的其余列车拉大了距离，在以天文单位来计算的空间中，大家都有了各自的轨迹，所以就不会再轻易发生冲撞和追尾了，反倒形成相对安全的格局。

但是，这只是回光返照，正像病情在恶化之前通常有变好的迹象。现在知道了，技术带来的问题和它解决的问题几乎一样多，甚至更多。每发明一样新技术去解决既有问题，就增加了无数新问题。今天的问题都是昨天的解决方案带来的。因果在时间和空间上具有分离性，把从事具体专业的工程师们搞得头昏脑涨。于是，在无穷的递归循环中，就把具象的技术窘迫拖入了终极的哲学困境，使得那个最大的问题无法解决，局部的改进到最后便累积出大量灾难因子，边界有一点点小的变化，就会导致不可估量的后果，此时创造就意味着破坏。

所以舞头可以很鄙夷地说，技术，那算什么呀，是最浅层次的东西，形而下哟。认为"技术是答案"，不管什么问题，技术都能够提供解决方案；假如没有，那就开发技术来提供解决方案——这样的想法，是机械论的，只会破坏平衡，越是施压，造成的反弹越大，对于目前的局势，可以说是束手无策，谁来做，谁就会失败，谁就会成为罪人。更不用说，经由垄断，技术变成了只为少数群体利益服务而使多数乘客边缘化的工具。作为资深的"高能物理学家"，舞头最知道内情，也看得最透，才有底气说这话吧。

因此，要回到常识。如果不弄清楚驾驶室的车载计算机究竟发出了什么样的指令，从信息论的哲学高度去处理问题，一切都是白搭。生命就在于信息呀。这样的话，打破脑袋也要往前走哇，要走到驾驶室或者至少离驾驶室较近的地方，方可罢休，才能亲自接触到有意义的信号，才能摆脱被动，从而找到走出危机的可能性。重要的是在第一时间接收到驾驶室发来的正确信息，获取它，使用它，驾驭它。信息为王嘛。哦，现在清楚了，这才是长征的目的！请注意，驾驶室，与司机相比，是不同的概念！司机可以不停更换，但驾驶室是唯一的，永远固定在车头，不可动摇，无法替代。而且，在驾驶室的中心计算机里，密藏着所有乘客的名单，只有到了那儿，才能弄清楚自己究竟是谁，搞明白每个人的真实身份，知道列车从何而来，要到哪里去，不然这一辈子又白活了。

不过，要完成这个使命，用舞头的话来说，是有很大困难的。要以血肉之躯穿越废墟上已经解体或正在解体的重重车厢，情况复杂，危险丛生。所以要有付出牺牲的思想准备。毕竟这不是高更的时代。高铁不是一幅印象派油画。

周原想，在这宇宙尺度的列车中，没有比徒步走到驾驶室更荒谬的了，难道舞头不明白这个道理吗？这里面有严重的逻辑悖论，是极度反智的。舞头的脑子是不是出了问题？这个想法把他吓了一大跳。他想，别人是否也像他这样想呢？他又怀疑，是自己的思想不够解放。他就去问同行的老婆婆。老婆婆伸出手来，一把堵住他的嘴。

的确，这支队伍里，没有一个人对能否走到驾驶室提出疑问，大家迅速接受了现成的逻辑，放开嗓门唱了一阵歌，又进行了一番热烈的讨论：

"我们待的这玩意儿，果然叫作高铁呀！"

"这当然是因为它具有史无前例的速度。对于后来者,速度决定一切。慢了就追赶不上哟。"

"你怎么还不明白呀,哪里是速度的问题!速度只是幌子。其实是为了补充物质——宇宙中流失的物质。这方面,车厢里的资源越来越贫瘠。"

"像能量一样,物质是不增不灭的。"

"但是,据说有黑洞的蒸发……"

"也可以无中生有制造新物质。"

"是呀。不是说了么,这对高铁设计者有好处。有了时间作为基础,他们就可以从生产物质的过程中私分掉资源,据为己有。"

"这就把列车搞得残缺不全了吧。大厦将倾哪。"

"看上去是这样,但实际上不会的。它总是很强大,而且在不断膨胀,取之不尽,用之不竭。而且,现在我们来了。任何担心都是多余的。"

"为什么它会不断膨胀呢?所需的巨大能量是从哪里来的呢?"

"我猜,是从另一个宇宙中借来的吧……"

"也许取自乘客身上……"

"还是不要去想这么高深的问题哟,有舞头替我们拿主意就足够了……"

"我们真有幸呀……"

"多亏上了这趟列车噢……"

他们一个比一个声音大,仿佛是故意说给舞头听的,以博得他的欢心,显示他们的确在考虑宏大叙事,但这又分明像是发自每个人的肺腑。然后他们又开怀地继续唱下去:"苍茫的天涯是我的爱,绵绵的青山脚下花正开……"周原看了看老婆婆,她也在撮着樱桃小嘴呀呀吟唱。他觉得她年轻时一定是个美人,心里一阵喜悦。但他在这一瞬间害羞了,不敢主动跟老婆婆讲话,便问猴状年轻人:"你也真想走到驾驶室吗?"那人斜过眼,奇怪地笑了笑,不置可否。

周原很无趣,便去看破烂漏风的车厢。这才发现,这分明是强大的象征,以前他竟没有深刻地认识到这一点。如果不是高铁,换了普通列车,恐怕早散架了。而且它虽然破坏严重,却还在风驰电掣,一往无前,所向披靡,越长越大,真让人佩服得五体投地。不能不说,待在这样的列车上,只要活下来,就是幸福的。但活下来要干嘛呢?他们一辈子也走不到驾驶室。但结果却还是要走。哦,走怕什么呢?他们的祖先没有榜样,也走了五千年了。

十八、突破"孤岛"的战斗

走了一阵,行军者累了,歌声沉寂了,舞头才从随身携带的蛇皮大口袋里,掏出一些腐败的食物,分给大家吃。

不久,路就断掉了。本来是通途的地方,被一堆废铁、桌椅和尸骨塞堵住。舞头紧急把全体人员召集到一起,开会商议。他告诉众人,有的车厢已把自己独立出去,成为"孤岛",并建立起壁垒,住在里面的乘客不允许任何人穿越,也拒绝与其他车厢接触。谁想要强行通过,就会被打死。"孤岛"上的乘客这么做,其实是被事故吓破胆了。他们丧失了走到驾驶室的信心和勇气。

"总之,我们遇上了这样的情况。这在意料之中。没有什么犹豫的,只能齐心合力冲过去!现在,集合,立正,稍息。是独生子的，请举手！"

大多数人一下脸色变白了，但没有一个人举手。是不敢吧，知道舞头的小斧头厉害。舞头只是在试探众人。周原是独生子，他也不敢暴露。舞头挨个把大家扫视一遍，满意地点点头。

然后，乘客们高呼口号，拿出了沿途搜集来的各种武器：锥子，钳子，锤子，钢管，木棍，扳手，螺丝刀……罗盘自告奋勇举着切割器冲上前，抵近干了起来。嗒嗒嗒，电弧产生的高温熔化了障碍物，很快打开一个锯齿状的窟窿。众人一片欢声。几名乘客嗷嗷叫着钻了进去。里面立即传出厮打声和惨叫声，很快，几颗血淋淋的脑袋扔了出来……

舞头冷静地摆摆手，罗盘拿出一个自制的燃烧瓶，扔进洞里。轰的一声，焰烟翻腾，鬼哭狼嚎。罗盘一声嚎叫，带着一队人马扑过去。歌声又响了。周原想了想，也紧随而上。滚滚迷雾中，血肉横飞。好一场你死我活的群殴。

"孤岛"中非常潮湿，仿若掉进一个鱼缸，进攻者呼吸困难。周原挥舞一把水果刀，左砍右杀，仿佛在划水，击倒眼前出现的任何像是人形的东西。真是一场恶战……好不容易，才听到哗啦一声，像是鱼缸打破了，大家终于来到车厢另一头，好似漏网之鱼，破壁而出。

奇迹一般，这一瞬间，周原看到老婆婆也满脸是血游了出来。她见着周原，也很高兴，把他拉进怀里，亲热地抱了抱，令周原的裤子又湿了。他没有想到，自己竟然参加了一场血腥的生死之战，杀死了同一辆列车上的乘客。他生性怯懦，打小连个虫子都不敢伸手去捉。上小学时，小伙伴们玩打仗游戏，他从不参与，只站在边上既怕且羡地看着。刚才做的，简直是一场梦。

他回头看看被打死的"孤岛"居民，发现他们的长相跟普通乘客不同，已经变异了，胳膊像鳍，手指间有蹼。这样的生命形态，也许是被新环境选择的结果吧。难道他们刚才经过的车厢真的是一片海吗？这样猖狂进化着的乘客群体，如此不顾一切自绝于人类的生命，还能称作是被事故吓破了胆吗？周原困惑地摇摇头。

冲出来的乘客很兴奋，眉飞色舞交流起首仗获胜的经验。舞头又取出点心奖赏众人，一边清点人数。一、二、三……总共有十八名行军者失踪。

"要回去找他们吗？"浑身是血的罗盘玩弄着手上的武器，懒洋洋问。

"当然要去。怎么能落下同伴呢。"舞头赞许地说。罗盘由于在战斗中表现出色，得到了舞头的信任。

罗盘、周原两人被舞头派去寻找，结果发现十八人中的十三人已在战斗中死掉，但还有五个正忙着强奸"孤岛"上受重伤的女性居民，而没有归队。周原看着羡慕，意识到自己其实也已很久没有碰过女人了。

"咱们怎么办？"他期许地问罗盘，好像要征得他的同意。

"嘀嘀，刚才冲杀的时候，我已经忙里偷闲做过了。如今，做什么事都得趁早。你觉得遗憾是吗？那么，补救一下吧。"说着，罗盘色眯眯地把一个奄奄一息的女人拽到周原脚下。

周原看到女人身上长着鳍和蹼，浸泡在不透明的红色液体中，却不敢了。他难以置信刚才自己是怎么冲过来的。当时的那股不知哪儿来的劲头现在全萎了。他嗫嚅："算了，咱们还是撤吧。"罗盘轻蔑地打量周原一下，哈哈笑了，说："你是怕舞头骂你吧。"罗盘就当着周原的面，把这个雌性动物干了，又杀了她。然后两人就回去向舞头汇报，说人都死光了。

舞头不悦地说:"人越来越少,这对行军不利,因为前面肯定还有危险,还得战斗,需要强大的人力资源。他们真的都死了?哦,也没有办法。你们命贱哪。人生有限,时间宝贵,我们继续前进吧。你们以为我这样做是为了自己么?笑话。我是为了你们这群傻逼能够在活着时听到驾驶室传来的指令,不然你们永远都是无头苍蝇。"

然后,清点了战利品,舞头把从"孤岛"上夺来的钱和食物都装入大口袋。这回,一个口袋装不下,就用从死人身上剥下的衣服缝制了新口袋。舞器让罗盘背着。大家又集合起来,打了鸡血似的,继续向前走,一边唱歌,一边舞蹈。他们唱:"火辣辣的歌谣是我们的期待,一路边走边唱才是最自在!"周原脑海里不停浮现出那个长着鳍和蹼的濒死女乘客的形象。他从中体悟到一个新观念:如果不能改变列车,那就改变自己。但他没有气魄把这种想法继续下去,因为他看到,即便改变了自己,最后也毫无悬念统统死了。不知谁还会像他一样想。

走了一会儿,老婆婆对周原说:"我给你算个命吧……"

"现在都这种情况了,还算什么命。"周原不敢看老婆婆那蝴蝶一样的眼眸。现在,他正在为没有像罗盘一样干女人而后悔。兴许明天他就会从这个世界上消失。

"列车上,的确很少有人讲未来了。不过,据我观察,你不一样噢。"她不由分说,把周原的左手拿过来,举到眼前仔细端详。过了一会儿,她说:"看你的掌纹,你不是普通人。你上列车,是为了解决大问题吧。"

"唉,你说什么呀……"周原想到自己的婚姻,但那是他的大问题吗?真可怜。他记不得了。他完全忘掉他跟那女人是怎么认识的了。

"你受的这些苦,只是暂时的。你会有福报的。"老婆婆一丝不苟看着周原的五官。

"未来到底会怎样?"他不抱希望地问。

"未来一定会好起来的。你跟他们不同,你有远大前程。列车被抛弃了,只有你能解救它。"

"我?解救它?"周原惧怕地看了看前方耸动着丑陋躯体大步行走的舞头。

"掌纹透露了这方面的信息。"

"不,这绝不可能。这是迷信,只在封建社会和农村流行。"

"你太可笑了,以为自己是谁,真还相信现代化呀。"老婆婆嘲笑,"不久的将来,会有人协助你的……但你的孩子,将成为你的克星。你们分开的话还好,否则,两人中必死一个。这是未来的唯一不确定处。"

周原半信半疑,不知说什么好。他忽然记起,绷带老头儿和无鼻年轻人对他说:"未来全靠你了。"他们虽然人死了,却还幽灵一样跟随着他。

十九、飞船设计师

"'孤岛'上的乘客为什么自我封闭起来呢?他们为什么不像我们一样,往驾驶室的方向走呢?真是没有了信心和勇气么?"一次,周原问猴状年轻人。

"人跟人的想法不一样吧。"猴状年轻人漫不经心发出吱吱声,一边伸手不停往嘴里喂一种药片。

"难道是想干脆把驾驶室那边过来的信号拒于门外,不闻不问,以为这样危险就不存在了么?但会不会是一种自我变异?"周原这么说,就像在试探。他越来越对别人到底有些什么想法感到好奇。

"啊,变异!你也这么想啊。搞不好是一种特立独行的生活方式吧,以适应列车出事后的情况,从而另辟蹊径完成进化的使命。乘客与乘客并不都是一样。只是我们并不理解它——却粗暴地毁了它。可惜。本来保存下来作为样本研究,倒是蛮有意思的。高铁是一个巨系统,它虽然灾难重重,却更加鲜活起来,产生了多样性。"

猴状年轻人名叫万户,他挥动细长的手臂,不无遗憾而又深怀期冀地说,仿佛对"孤岛"上的居民不用走到驾驶室的做法表示赞许。他又吞吃了一些药片。周原这才确定,万户是一个有独立想法的人。周原对这家伙产生了警惕,觉得他身上潜藏着离经叛道的危险。自己这样与他交谈,究竟有什么目的呢?他想,万户应该也是一名技术人员吧,瞧他说话的浅薄口气。

"你是做什么工作的呢?别对我说是农民工。"周原说。

"哦,我原本是搞飞船设计的。"

"什么?飞船?"周原一下想到翠姑说到的太空和异形,以及高铁本身就是"宇宙"的事实,觉得列车上发生的一切都像是早安排好的。他苦笑了,并嫉妒起来。飞船设计,像高铁一样,那可是国家的大工程,是民营公司的人脸识别系统无法比拟的。但那应该更像一个黑洞吧。

"就是可以摆脱地球引力飞向宇宙的那种东西,跟火车不同。"万户竟仿佛真的顿时显得高人一等了,而不再是当初遭到周原嘲笑的人。

"为什么要飞出去?"

"哦，那是领导考虑的问题……"

"那你为什么还要来坐高铁啊？也是为了体验相对论和量子力学吗？"

"其实，我很讨厌我的工作。"万户一下又蔫了，"我设计出了能够飞到月球和火星上的玩意儿，但我还待在地球，哪儿也不能去。我本来想，在星星上建立定居点后，移民过去的人将过上正大光明的新生活，有自己的别墅，不吃有毒食品，不受人欺负，不用再看领导脸色，精神也不再空虚。这是我的理想。但我却看不到它实现的那一天。在这个物价飞涨的世界上，我依然过着可怜巴巴的生活。靠每月的那点儿微薄薪水，我一辈子也买不起一套住房。女朋友嫌我没钱，跟我分手了。领导天天要我虚报工程进度。我没有机会坐我设计的飞船去到月球和火星。那些星星压根儿跟我没有关系。在我看得见的时间内，普普通通的太空旅行根本不会成为现实。开拓宇宙只是做给领导看的。他们需要政绩。自欺欺人，没有可能性。要把大家都移民到外星去生活，耗掉的能量把十个地球掰开来用都不够。不如到南极去建一个殖民地，那还稍微现实些，但谁也不这么想。所以我天天做的，却是离我最远的。于是，我病了。我得了一种谁也说不清楚的病，走遍各大医院也看不好。我一刻不吃药就活不下去。但是后来，听到他们宣传说高铁能给人带来安慰，普通人无法坐飞船旅行，又买不起房子，就用高铁充当替代品吧，就可以暂时抛开烦恼，像神一样到新世界去飞一遭了，据说这还是一剂治病的良药。平心而论，说到对速度的追求，高铁跟飞船还真是有着内在的共通性哟。我是别无选择，因为我们单位周围都是推销高铁票的二道贩子，他们专门向航天员及其家属兜售高铁票，很有市场。他们说的不由你不信。其实每个人登上列车，都是别无选择。"

"你说得很对。"周原不禁对飞船设计者也陷入了高铁困境,感到幸灾乐祸。

"的确是这样啊。幸福很快降临了。我上车后就迷上了'高姐',也就是高铁女乘务员。早听说她们是世界上最漂亮、最性感的女人,而且,她们知道我是搞飞船设计的,对我很崇拜。列车出事前,我一直沉浸在艳遇的期待中。哼,幸亏以前的女朋友跟我拜拜了。"他又起劲嚼起药来。

"你跟高姐勾搭上了吗?"周原又想,原来在列车之外的实际生活中,万户也是一个情场失意的男人。他不禁轻松了许多。

"刚有了些眉目,不料事故发生了。唉。"

"那你今后打算怎么办?会在高铁上制造宇宙飞船吗?"

这是一个很现实的重大问题。现在知道了,高铁就是宇宙。这本是航天工程师大显身手的舞台。目前的情形确实有点儿阴差阳错,却又创造了一种无巧不成书般的奇异对局感。万户没有回答,若有所思打量起了周原。

新一轮歌咏比赛又在人群中开始了。他们于是继续走下去。

就这样,队伍穿越一节又一节车厢。有一段时间,他们经过一大片被改造成了贫民窟的铺位,饥饿的老人和孩子,缩坐在暗黑低矮、被人为分割成极其狭小的空间里,守着亲人的尸体,麻木地看着旅行者通过。众人低头而行,不知道该说什么好。罗盘想把这些人也拉入队伍,舞头却担心食物不够分配,阻止了。大多数人没想这么多,或者什么也没想。

又走一阵,行军者来到一节车厢,这里的座位上,一排排坐满骷髅,都是背对车头的。

周原问:"他们为什么要这样坐着?他们为什么也不去驾驶室?"

万户说:"这些乘客不一般,也许他们早看透了。他们清楚未来会怎样。他们知道如此下去会是什么结果。自然界除了宇宙大爆炸,还有什么东西像高铁这样以指数级膨胀或运行呢?只有癌症!于是,他们就背对着列车行驶的方向——也就是未来的方向。他们不想看到未来,他们拒绝面对未来。随着列车向前开,未来只是从身后不断涌至,接触到他们身体时,一瞬间成为现实,但马上就变成了过去。他们眼中看到的,仅仅是一片片远离他们而去的过去。他们沉浸在往昔的时光中,这样,就算死了,皮肉烂了,成了骷髅,也把痛苦减轻到了最低程度。或许,只有他们看到的,才是真相。未来才是时间的原点,它从车头那儿产生,并向所有的车厢不断行来,化作现在和过去。过去乃是从未来而来,而过去无法逆转为未来。而我们呢,正在走向时间的原点。我不知道这样做到底对不对。"

"明白了。你其实也是个怀疑论者,只是更善于伪装自己,瞧你还吃药呢,你得的是癌症,还是抑郁症?……但,假如真的走到了,又会见到什么呢?"

"不要问我这个问题。"万户迷恋地瞅着骷髅说。他身为宇宙飞船设计师,却跟周原一样,明明知道走不到,还是不由自主跟着队伍行军,加入这盛大狂欢,仿佛过程本身就是目的。他们就像被脑海中的强大幻影牢牢控制住了。这真是没有办法,至少他们没有办法把自己变成背对车头而坐的死人。

不久,人群且歌且舞来到另一节车厢,周原看到,两侧倾圮的座位下面,趴伏着几百名戴蓝面罩黑头巾的年轻女人,一动不动,姐妹一样互相扣着手,用身体掩护着氧气瓶一般的大铁家伙,就像一群群准备登陆的肺鱼。周原赶紧拉着万户去看。"哇,她们是谁?躲藏起来的高姐么?……"万户难以抑制地颤声说,表情顿时变得无比亢奋。队伍中的男人也都停下唱歌,扭头去看女人,嘴里发出"哦、哦"的惊喜呼声。舞头立即挥动斧头,驱使大家赶紧往前走。周原也向女人投去好奇的目光,他想,失踪的妻子会不会就在她们中间呢?不知不觉,他落在了众人后面。

忽然,一个强壮的黑头巾女人伸出双手,嗖的一声把周原拽入怀中。立时,好多只手伸过来,狠狠掐住他的脖子。

二十、老婆婆讲的故事

"让你们这些臭男人看个够,让你们这些臭男人看个够!"周原耳孔中充斥着女人们愤怒的叫骂。在她们的钳制下,他喘不上气,喉管咔咔作响,快要窒息。他欲呼叫救命,却叫不出声。万户这时不敢恋战,看了一眼周原,好像很害怕,拔腿走掉了。罗盘只哼了哼。舞头则像是彻底没有注意到这事儿的发生。周原陷入绝望,但随着女人用力,他很快体味到一种奇异的发热感,由丹田处向外辐射,下身渐渐硬了。

这时,老婆婆掉头走回来,叉腰站在女人面前,说:"他不是你们想要的人质。"

女人们看了看威风八面的老婆婆,脸上露出不知深浅的诧谔神色。

"你是他的什么人?你要把我们怎样?"最早抓住周原的女人不悦而谨慎地说。

"他是最终要解救这列车的人。他不能死,也不会死的。"

老婆婆义正辞严回答,平静地伸出古树苍藤般的大手,抓住掐着周原脖子的那些爪子,把它们慢慢掰开来。没想到她劲儿真大。黑头巾女人和她的同伴们都失魂落魄往后跌倒了。这一瞬间，周原射精了。利用反作用力，他终于得以脱身。

周原跟着老婆婆，去追赶队伍。老婆婆攥住周原的手不放。"跟紧我哟。"她不停念叨，就好像他是她的孙儿。周原紧紧盯住她那犹如机器狗一般弯曲着来回闪动的膝部，看到那里攒射出一片紫色荧光，心中浮起不祥的预兆。他想，老婆婆年轻时练过功夫吧？这女人如今却孤苦伶仃，她自己的孩子又在哪里呢？也已在事故中死了吗？列车里最为司空见惯的就是死亡，老婆婆这么一把年纪，竟然莫名其妙活了下来，周原自己的母亲却死了。他可怜而尊敬老婆婆，又感到亲近，就握紧她的手，与她一道往前走，终于追上了队伍。万户和罗盘都别过脸，像是很讨厌见到周原。

"你为什么要救我？我才不是那个能救列车的人哩。"周原哭丧着脸对老婆婆说。

"谜底会揭晓的。"

"刚才那些女人，究竟是些什么人呢？"

"你连这都不知道啊。"老婆婆怜惜地说，"她们的亲人在列车事故中死去了。她们都做了恐怖分子，一心想要炸毁整个列车，与它同归于尽，既是为了复仇，也是再不想受这茬苦这番罪了。这叫作自杀性袭击。你还朝她们看啊看的，一般人都避之不及。"

炸毁高铁？同归于尽？自杀性袭击？周原一阵冲动，好像重新体味到了被黑头巾女人紧紧捏住的感觉，以及射精的快感。虽然很是要命，却有一种近疯的痴狂。他想，这是一件多么刺激的事情，为什么我就想不到去做呢？为什么是女人在做这事呢？

"她们是要反抗什么吗？"他问。

"她们在反抗高铁。高铁的性别是男人。这里面问题很大。"老婆婆怀恨地说，"我老了，做不到了。但也许我的孙女还行。列车不能再开下去了。"

周原有些感动。他想，高铁其实是个性别问题。男人制造并控制了高铁，乘客们都唯唯诺诺，听命而行，做着自己不明白的事情，却有一些貌似清醒的妇女在奋力反抗，哪怕牺牲掉性命，也要让列车停下来。她们没有去绿岛咖啡厅当陪酒女郎，却做着谁也不曾想象到的奇事：炸毁高铁，与之同归于尽。但高铁怎能被炸毁呢？连灾难都没有令它停止运行。无人能跟宇宙对抗。但她们知其不可为而为之。这都是一些什么样的女性啊。她们比男人更有勇气和见识吗？这样的行动，加上藏在她们柔软腹下的铁壳炸弹，令她们愈发显现破釜沉舟的性感。他怎么没有早些认识她们呢？也许，还有更多的女性反抗者？也许，这趟列车就是她们一点一点炸成这样的，跟信号和光速什么的其实毫无关系？但是，舞头为什么要编这么一个故事呢？所谓走到驾驶室，难道另有隐情？……周原想不明白，只好抑制住不要往下想，加快脚步跟上队伍。他忍不住回头看去，却见不到那些妇女了。他又思忖，老婆婆的孙女又是谁呢？

一个长得像老鼠的小个子男人凑上来："像这样以暴制暴、玉石俱焚，没有任何建设性意义。舞头说得对，技术解决不了问题。这怎么可能是一个性别问题呢？庸俗！这个时代只能以庸俗二字来概括……快走快走，可别在这儿停留。会死的！"

周原说："明白了，所以我们是要一鼓作气往前走的。我知道停不下来。但列车如果被炸毁了，不是走到哪儿也没有用吗？"

老婆婆嗔怪地瞪了周原一眼，又用大手一把堵住他的嘴。周原才感到后怕。幸亏舞头没有听见。

小个子男人说："想想那个被抛弃的展厅解说员吧，想想他提到的哥伦布吧。这里面或许是有深意的。"

他说,哥伦布只是从理论上推知了环球航行的可能,然而,对于究竟能否到达印度和中国,路途上有什么样的危险,心里完全没有底。但他却毅然起程,义无反顾向西航行。结果被美洲大陆所阻,最终没有抵达预想中的目的地。然而,阴差阳错,哥伦布的旅行成了人类史册上的伟大记录。这个故事告诉人们,不能等万事都确定无误了才踏上行程。冒险是必须的,错误的将成为正确。错误更接近世界的本质。

另一个可与之相提并论的,是中国唐朝的僧人玄奘。他二十七岁从长安出发,去印度取经。那同样是一个他不了解的地方,像哥伦布一样,他也不知道是否能最终到达。他穿越荒凉的中亚,一路上经过沙漠、雪山、森林,遭遇野兽和强盗,他走过的地域,包括了直到二十一世纪初期仍在战乱和饥馑中挣扎的阿富汗等国。他终于来到了释迦牟尼诞生、悟道和圆寂之地,看到的却是佛法凋零,与他在长安的期望完全不同。他把青春抛掷在了十九年几乎无望的旅行中。然而,机缘巧合,他最后还是功成圆满了,他的记忆照亮了印度和中国两个文明,使它们在一种奇妙的新生中延续。

因此,看似行为乖戾的舞头,会不会也是这样的人呢?他也许正是某类悲情英雄的化身吧,更像是先知先觉者。路途上险厄重重,甚至连列车都有可能随时毁掉,虽然一眼看上去难以走到目的地,但只要坚持走下去,说不定就会迎来变化。无人能够预知巨大的变化什么时候发生。关键是比别人多走一步。也无人能够理解眼下出现的种种情况,重要的是不要去管它,而要让思想尽量开放,涉险而行。所谓的"抵达",本身就是赌博一般的行为吧。既然连宇宙这样不可思议的东西都能造出来,那么走到驾驶室，说不定也是有可能的。

听了这男人的解释，周原才仿佛重新打起精神。他看不到舞头的内心世界，却感受到了一种拼命抗争下去的、孤注一掷般的暴毅和蛮悍，用这个就可以维护住男人在高铁上的尊严了吧。所以，科学什么的，都是扯淡。这便是舞头的过人之处，这种冒死一搏的心态，不是与高铁设计者同出一辙吗？周原不得不服气。然而，那个被抛弃了的、大概是最了解高铁秘密的展厅解说员，却没有跟上来。他是已经死了，还是迎来了新一拨旅行者呢？又是谁在引领后来人呢？列车上是不是有许多像舞头这样的带路人？不，不，这种人只是屈指可数吧。在这陌生败落的异域，并没有多少旅客真的愿意以自己的生命为代价去探索真相。虽然是跟着走，却各怀鬼胎。然而，舞头有朝一日真能成为哥伦布和玄奘吗？跟着他的人便可以沾光了。或者，这样做其实并没有任何用处，真正的答案，只是藏匿在柔美而鲜嫩的鱼一样屏住呼吸、暗中潜伏的女性恐怖分子那里吧？周原又在失意的伤怀中迷离了。

"你能明白，那就太好了，高铁上现在最缺的就是明白人，虽然人人都装作万事通，一副乐不思蜀的样子，表面上跟着走，实际上都是怀疑主义者，认为根本无法走到头。可是谁也不说出来！这真的很不好。如果要走，就得从骨子里相信，而不是假装紧跟。你显然不一样，你思考得比他们深。遇上你，是我的幸运，至少，我们可以互相安慰安慰啦。"小个子男人闪着鼠目，狡黠地看着周原。他的名字叫作赤县。周原心底流淌出一股阴暗而悲戚的情绪，就好像一串溃疡破了。

这时，周原发现，老婆婆一边走，一边盯着舞头看。早已有人说，她是舞头从前的相好。但舞头身边如今换上了别的女人，也就是医务室的那个护士,不知怎么的,忽然钻出来,跑到了队伍中。周原竟没有注意到。他见到她还是很高兴,但马上灰心丧气了。他便努力想那个小学女教师。周原也很同情老婆婆。她的年龄要比舞头大上不少,怎么以前竟会是他的情人?

他便鼓起勇气向老婆婆打听。她稍微愣了愣,然后,宽和慈祥地讲起了过去的事情。

她是一位列车乘务员的祖母。那孩子的双亲因为做生意失败,卧轨自杀,是她把她一手拉扯大的。姑娘高中毕业后报考了高铁乘务员。那是成千上万个女孩儿的梦想。这回,老婆婆思念孙女心切,专门来探望她,但列车太大了,一时没有找到她。上车后不久,便遇上做保安的舞器,他们是老乡,谈得投机,他答应帮她找孙女。但他很快把她强奸了。这事儿她谁也没告诉,觉得说出去后会丢孩子的脸,甚至连她的工作也保不住。保安不让她下车,强迫她待在火车上,一路上陪他睡觉,否则,就不带她找孙女,还威胁要对女孩子怎样怎样。但老婆婆说:

"他其实也是个苦命人,老家是农村的,靠了关系,到铁路上工作,又走了好些个门路,才混上高铁,却在这儿饱受欺负,他压根儿没被列车上的同事和乘客正眼瞧过。本来就没有这么一个职位嘛,说什么照顾复转军人,他才不是呢。他自己说是开坦克车的,但谁知道呢?他啥技术也不懂。他拿最低的薪水,经常被打发去做最困难的工作,比如乘客发火抱怨呀,列车长就派他去作解释,同时也充当打手。他至少还有力气。甚至有时也会奉乘警之命,暗中把惹麻烦的乘客做掉,因为乘警是不好亲自出面的。缉凶时他便躲起来,最后由列车方面象征性赔付几个钱了事。这是高铁,跟拖拉机和皮卡不一样,乘客们互不认识,抱不成团,真的出了事,闹一阵也就算了,谁也不会去追究真正的凶手。但他也经常挨乘客的打,你想,坐高铁的人,不少是有来头的,有身份的,尤其是那些把商务舱和观光舱包下来的乘客。这时,他还不能还手,只能忍气吞声。这多么窝囊呀。按他说的,他可是一名参加过伟大的祖国保卫战的坦克车手呀,他流过血、杀过敌。但他默默忍了。后来,他除了开玩笑一般冒充自己是大学教授,也没有去上访,也没有去闹事,更没有去破坏列车的运行。他尽职尽责,克己奉公,还在业余时间自学大专课程呢。他一直没有成家。有哪个好姑娘愿意找火车上的保安呢?围在女乘务员身边的,有大把的坐商务舱和观光舱的有钱人。像我孙女那样的漂亮女孩,就有好多人追……何况,他都年届半百了。他那天喝多了酒,见到我,就没有忍住。唉。"

"是这样啊,人人都不得已呀。"由于从老婆婆这儿知道了舞头的底细,周原有些暗自得意。这好像增加了他今后与舞头进一步接近的砝码。

"但现在高铁出了事,把他解放了,让他长年的压抑有了释放的机会。他利用自己熟悉高铁的优势,把乘客的钱骗到手。他有了钱,就可以去餐车吃喝了——他好吃,小时候家里太穷了。他想吃什么就吃什么,而以前只能在一边垂涎看着,乘务员吃完了,他才去吃些残羹冷饭。现在却连乘警也要敬畏他,因为都知道他手上有过人命。他也可以放心大胆玩女人了,女人也都追着找他,因为他口袋里有钱,又能弄到吃喝。哼。他就端起架子,不理睬我了。就是这样的一个人。"

但周原觉得,仍有一个奇怪的问题没有答案:为什么翠姑拿出来的那张名片上,会印有舞头的名字呢?名片据说是校长交予的。这一切好像早就安排好了,这一点,连舞头本人也无法决定,仿佛跟车外的世界有关。舞头才是被钦定为解救列车的人吗？看上去舞头胸怀大志，并不仅仅是混个吃喝吧。周原此时担心的是，自己会成为舞头的竞争者。他哪里敢做这种事情。他心里七上八下，后怕听了老婆婆的预言。

老婆婆又咬牙切齿说："他现在恨不得我马上死掉呢。但他不敢杀我。我已把他的身世来历写在了一张纸上，藏在车厢的某个秘密据点，准备交给我的孙女。我就是要活下去给他看看。我会跟他走到天涯海角。我要亲眼看到列车跟他一起被炸毁。砰！砰！孩子，你与我一起，会安全的。"

"哦……"周原想到，老婆婆把他带在身边，大概是故意做给舞头看的，她还在试图吸引他的注意力。别的男人也就不敢打她的主意了。真是个心思多多的老婆婆。

"但这还不够哟，孩子，你不是普通人，今后，得做他那样的人哩。什么时候都能吃香喝辣，又会玩女人，这才叫男人呢。"老婆婆说着，嗔了周原一眼，挽起他的胳膊。

周原又激动了，身上冒起鸡皮疙瘩。他又想，同样是女人，老婆婆也一心不想让列车再开下去，却为什么没有去做恐怖分子呢？她倒是比恐怖分子更敏锐。然而尽管这样，也被舞头甩了。他不禁又对老婆婆生起疑心。

"我从前跟高铁可是一点儿关系也没有呀，也没有开过坦克车。"他不知所措说，裤裆里汗涔涔的。

他不禁又瞟了一眼舞头身边的女护士，心忖，那个自称寻找学生和答案的、名叫翠姑的小学女教师，如今在哪儿呢？她怎么不来陪舞头呢？也去做了恐怖分子么？她长得真是年轻貌美性感啊，他忘不了她最后看他的那一眼……周原已经懒得去想自己的妻子了。她好像成了古老历史中的生锈玩具，其实就是一个用罢即扔的过渡品。没想到一场事故，就使得他们夫妇的关系更加疏远,这愈发背离了周原登上高铁的原初目的。但现在根本没有时间去缅怀过去,相反,所要做的,是把过去尽快忘却。当下的变化实在太快了。

二十一、实验室

万户不时会从队伍中失踪,过一阵又重新出现。周原对他鬼鬼祟祟的行径感到别扭,却又好奇,就问他干什么去了。万户说:"我去找高姐,竟有意料之外的发现,有十分诡异的东西。"他悄悄把周原带到一个废弃的车厢。与别的车厢不同,它好像经过改造,是铝合金的蛋形结构,空间低矮狭窄,十分压抑。这里相对平静,跟台风眼似的,房间里堆满用过的容器、锈掉的机械、坍塌的模型、损坏的书本、残缺的电影胶片和磁带卷轴,还有试管和烧瓶。另外是零乱的晶体管、继电器和胶皮连线。一些模样奇异的机器已经停止工作。室内弥漫着不堪忍受的氨气味道。万户见到这些,眼珠闪亮,如获至宝,纵身蹿去,在物件之间灵巧跳跃,伸出爪子翻翻拣拣,嘴里不断发出尖啸。

"这是什么地方?"周原问。

"一个实验室。列车上分布着很多这样的实验室。它让我回忆起我曾经工作过的单位。"

周原怔怔看着,又想起死去的父母。他才记起,他待过的车厢,与此处有几分相似。原来,父母也在实验室工作过。他们也曾试图挽救列车。的确,高铁上暗设了实验室,还有医院什么的,建造者一定早知道有危险,却不告诉乘客,只把大家骗上车。周原很想大声咒骂,混蛋,为什么不透明一些。但他知道这种想法本身很可怜,也十分错误。如果不是不得已,也不会这么做吧。他想起媒体每天都在告诫人们,"……到了最危险的时候。"是的,危险,这正是实情,打消了任何天真的幻想,把所有奇谈怪论封堵了。似乎高铁本来就不是公开宣传的那样。它甚至恐怕并不是一种交通工具,而是一样用于生死搏斗的武器。

"咱们快回去吧。"周原像做了见不得人的事一样说。

"哦,再等等……具体到这个实验室,看样子,好像是从事起源研究的。以前就有传说,高铁中有人在秘密捣鼓一些东西。却不知竟在这里。"

万户好像一点儿也不害怕,他把破损的图书捡起来。它们都是《读书》杂志,是列车上的消遣读物,打开来,里面有高姐的高清照片,穿得相当暴露。万户贪婪看着,鼻子都凑到女郎身上了,像忘记了其他一切。他忽然惊叫一声,把书递给周原。这一本《读书》的目录页上,女郎们旁边,印有一幅周原的头像。

"这怎么可能!"周原恐惧地看着照片。此刻,他又想到老婆婆为他算的命——他是解救高铁的人。而现在他的头像却与淫荡女孩的图片放在一起。

"难道你与这列车早有很深的渊源?"万户怀疑地注视周原。

"我不知道……"周原吞吞吐吐,"咱们快回去吧!"

万户像噎住似的狠狠咽了几口气,过了半天,才装出一本正经的样子说:"你看,这些《读书》非同一般,它们表面上是消遣读物,还穿插了世界奢侈品广告什么的,其实是打掩护用的,它们本质上是高铁技术手册。瞧,这一册里面有一篇文章,解释了高铁的膨胀原理。据它所述,列车的确是在一个民营企业的实验室中制造出来的。有着海归背景的技术人员从外国人那儿窃取了制造人工宇宙的专利。在建模之后,他们选择性控制了一些微粒，进行纳米处理，在一个模拟环境下，也就是由区域级计算机推演出的一个标量场中，通过自主研发的简易型对撞机加速它们，令其发展为宇宙胚型，或类宇宙、亚宇宙。高铁最初被发展成一个蒸汽量子，置于场中，完成一次受控涨落，就产生了时间和空间，或者说列车车厢的有序结构。虽然味道不是那么正，工作上也比较粗糙，细节上也有问题，但暴胀还是好歹发生了。这个世界，把高铁的特征与宇宙的特征在量子层面合二为一，总算有了一个属于本民族的宇宙。这么一种运动方式，实际上是一种由已知事件向未知事件的逻辑运演机制。然而，出乎所有实验参与者的意料，高铁脱离技术人员和计算机的控制，拥有了自己的目的。从文章所附的时序表上看，本次列车的膨胀，不仅仅是空间意义上的……哦，你瞧，这回的重要发现，是获取了一个关键数据：它已经膨胀了一百三十七亿年！这只是人类的时间概念，对于宇宙来说，可能就是一瞬。这意味着乘客们在不知不觉中早就进入了未来。自然，熵增也产生了，混乱无法避免，所以这起事故是迟早要发生的。但高铁大概还不知道自己的处境，实验室为它安装的传感系统损坏了。它兴冲冲继续埋头往前飞奔，也许还梦想着去跟另一个宇宙交流？它想回归它的本原？但根据书中的描述，我们看到的仅仅是高铁的一部分，还有大量的暗物质和暗能量却无法知道。也许，涉及我们并不掌握的宇宙核心技术，特别是关键材料方面，我们仍有问题。它们被控制在外国人手里。再加上能源和信息供应不上，由于这些原因，这个宇宙支撑不住它自己了，快要崩坏了。大挤压行将发生。乘客却还蒙在鼓里。大家这样傻走，是无法在世界末日到来之前走到驾驶室的。可是，谁也不敢说出来！但是，这上面竟印有你的照片……你早清楚这一切吗？你到底是个什么人？"

一百三十七亿年？周原无言以对。关于能不能走到驾驶室，他一直很是踌躇。他却没有料到早已有了时间问题，而且这么漫长，不是一天两天了。他担心万户唬他。但为什么手册上会有他的照片？与名片一样，这同样仿佛早已有所安排，一件一件事情，就像按照设计图纸上的勾画，正在逐次发生。但是周原饥渴难耐，对高铁的暴胀失去了兴趣，他不知道自己该做什么，也没有一定要做点儿什么的冲动，也不再想弄清楚从驾驶室发出来的信号是什么。这个从实验室中脱胎而出的巨型宇宙令他感到消极。要理解它是不可能的。最好是不要再思考任何问题。现在，据说它要死，那就死好了，无所谓……但是，老婆婆却说他将是解救这列车的人，他应该像舞头那样，不，他要取代舞头……但舞头却从未提起过实验室。那么，驾驶室会不会也是实验室？

《读书》让万户深深迷上了。他手不释卷，不停翻看，又发现一些插画。好像是列车的内部结构图，有几幅表现了恒星和星云般的东西。另有一些鸟头鸭翼的机械物示意图，像是已经脱离车厢，在一片灰蒙蒙的虚空中翱翔。它们的驾驶员都是穿着三点式泳装的高姐，一个个意气风发，还戴着银光灿烂的头盔，更加英姿飒爽。图的下方写着一些像是注释的外文字母，翻译过来是：飞向太空。这似乎是一种新鲜的口号。

"这跟你的本职工作像是有点儿关系。"周原不情愿地说。

万户掏出几个药片扔进嘴里，又仔细看了一遍，说："是呀，似乎的确有人在秘密研制某种东西，它可以把车中的人载运到外面去。这大概是一种逃生装置，从外形上看，很像是特殊的飞行器。或许，有人早知道灾难要发生，就这么做了。看样子，采取图纸上描绘的飞行方式，就有可能跨越时空阻隔，采用翘曲飞行，一鼓作气到达驾驶室那儿。不，不。真能那样的话，就不用去驾驶室了,干脆逃得离列车远远的好了。真大胆呀。"

"这玩意儿就是宇宙飞船吗?"周原替万户说了出来。

万户的面色顿时变得有些灰颓。他尴尬地说:"你说得对。但我也不明白,这东西怎么会在高铁上制造?普通乘客难以掌握这样的高技术。我在车厢里也没有遇上我的同事。你看这示意图,它上面写的不是我们的文字。难道列车上有外国人吗?咦,你会不会跟他们有暗中联系?"

周原又看看《读书》上自己的照片,心复往下沉去。他不想回答万户。他觉得万户也是被安排好的,否则怎么这样巧,列车上有了宇宙,就同时有了飞船设计师呢。

万户挠挠头,说:"但是,我现在对制造宇宙飞船重新有兴趣了。这是唯一的机会。实验室不是偶然对我们呈现的,它就是在等待我们的到来。我觉得,应该充分利用这儿的既有成果,不管是谁留下来的,外国人也好,外星人也好,捣鼓起来,做点儿什么,否则末日到来时就毫无办法了。你愿意参与吗?我们要组建一个宇航公司——我国第一家私人宇航公司,这才是我读书时的梦想,参加工作后,却被现实碾碎了,现在又在这么一个特殊背景下看到了希望!根据目前的情况推测,这样做一定很有市场吧。哦,我要做董事长,我要做总经理!我要自己说了算!绝不能再跟着舞头这家伙徒步瞎走啦,那是走不到的,死路一条啊,宇宙快完蛋了……"他眼神迷漫地不停嚷嚷。周原想,说不定万户内心正盘算着招聘高姐当"宇姐"呢。

周原不知道该不该应承万户。他觉得万户的想法很危险,构成了对舞头的挑战。万户要据为己有的,包括实验室成果什么的,是列车的公共资源。他并没有这个权力。另外,这将把周原置于何处?他虽然只是一个搞人脸识别的小角色,这时却很想向舞头告密,揭露万户预谋背叛的动向。但他又不知道如何去说。舞头不会相信列车会自己崩溃的。他便暗暗想象万户的宇宙飞船在脱离列车的一瞬间发生爆炸的情形,连同万户一起,炸个粉身碎骨。然而,他又对搭乘万户的飞船逃离列车抱有企望。

周原正在纠结矛盾,这时,传来了舞头的声音。他是来查找溜号的人,要对他们施行惩罚。想到被斧头砍死的瞎子,周原又一下尿了裤子。万户飞快取了几本书,揣进怀里,躲开舞头,与周原一起回到队列,没事人一样,又随同大家继续前行了。

二十二、彩绘玻璃

路途的确太遥远了,而且食物也匮乏,列车内部环境又差,不少人伤病复发。每天都有人死去。有时早上醒来,周原发现自己睡在一排死人之中。不久,轮到了老婆婆。她其实早走不动了,只在勉力坚持,就仿佛是要专门走给舞头看的。但她怎么扛得过那家伙呢?终于带着遗憾死去,一股有她无她都无所谓的生命火苗熄灭了。

"快要走到了哦,老头子,是你在等我吗?"临死前,她把硕大的头颅枕在周原的大腿上,口气很臭地念叨。

"老奶奶,您还有什么愿望吗?"

"请把我的骨灰带到我的孙女那儿去吧。她会把它送回老家,这样我就能见到我那老头子了。我对不起他哟。"

"您的老伴是谁呢?"骨灰的说法使周原不寒而栗。他不记得高铁上有火葬场。

"一个浑身缠着绷带的老不死……"

这让周原犯难,他不知道她的孙女在哪里,而她的老头子……他想,是他曾经在住院部见到的那个人吗?他已经死了。这里面的关系越来越扑朔而暧昧。他心中涌起对老婆婆的不舍情意。是她从恐怖分子手中救出了他,是她牵着他往前走,是她为他算命。他想告诉舞头,老婆婆要死了,你快来看一看吧。他希望舞头本人来处理这个问题,他和她毕竟曾在一起,哪怕他现在对这女人已提不起任何兴趣。不过,周原是不会去跟舞头说的,虽然他们在一起吃过饭。

"你一定要找到我的孙女哟,我把她托付给你了。你得把关于舞头的秘密告诉她,她就会帮你想办法的。"

"哦……"周原不知道说什么好。

老婆婆的眼里泛浮着浑浊的晶状体,意味深长看了看周原,又转过头,睇定一样东西。周原顺着她的目光觇视过去,见在腐烂的蕈状植物的包围下,败絮般的车窗上有一处地方,使用的是与众不同的彩绘玻璃。

"这就是传说中的逃生玻璃,也就是高铁上真资格的安全窗,在危急关头可以开启,人就能出去了。那边有另外一个世界。但我一次也没有尝试过,生命就飞快结束了。唉。但是,年轻人,你是有未来的。只有你能解救这列车。我孙女会助你一臂之力……"

老婆婆像透露一个重要消息似的把这说完,就难舍难分地咽下了最后一口气。周原昏昏欲睡地想,为什么叫逃生玻璃呢?列车破烂到了如此地步,到处是裂隙和漏洞,像一辆敞篷汽车,为什么一定要打碎残存的这块彩绘玻璃才能出去呢?真是多此一举。这也是迷信的一部分吧。不过,也很难说。以前看到的天空大地,其实并不是天空大地。垂死的、会算命的老女人看到了某种不同寻常的存在,这也不值得大惊小怪吧。真相之外还有真相，答案后面还有答案。于是他不禁对彩绘玻璃产生了一丝好奇，忽然觉得，他在餐车上看到的宇宙后面的那块隔板，与它有些相似。

舞头终于走了过来，探看了一眼老婆婆的尸体，冷笑两声，又古怪地瞅了瞅周原，便让几名乘客揭开火车车厢的地板，原来下面还有一个平行的空间。老婆婆被啪的一声扔了进去。她那狮子一般的身体，像一只失去重量的羽毛，携带着许多秘密，无声飘入了一座古墓。

周原看到，车底的夹层中都是尸体，塞得满满的，已经腐变生蛆了。不，不仅如此，似乎还有人类的化石。这些人好像在事故发生很早以前，就已死了。这让他想到护士身后抽屉里的脚踝。原来，他们每走一步，都踩在无穷无尽的死人身上。这才明白车厢里那股无处不在的臭味的来源。周原想，再走下去，很快自己也会变成尸体的。他却无法掉头回去。他现在最想的，其实就是往回走。但他不能让舞头知道他的心思。

二十三、人工智慧生物

万户不停地偷偷返回实验室，为制造宇宙飞船作准备，他不仅带着周原，而且还捎上赤县，这样形成一个三人核心小组，万户对此很是得意，他说飞船一旦要起飞，船员至少要有三人。他当指令长，另外两人分别是科学任务官和系统维护员。

老婆婆死后，周原就已心灰意冷，不想跟万户去，而且他很怕舞头知晓。他又打算把万户想要逃掉的事向舞头告密。但看到赤县那老鼠般的模样，周原就只好同意。他们不断有新的发现。有一次，进入了一节被称作"生命实验区"的车厢，像是原来的备用工作区改建而来的。

万户说:"这是对的。毕竟是在以天文单位来衡量距离的茫茫太空中,为了持续航行下去,就得搞生命实验。大概跟世代飞船的概念有关吧。据我了解,这不是单靠我们的自身能力就能做到的。一定有外力。"

他们在这里发现了几百个装在试管中的、发育已经中止的人工胚胎。从标签上看,他们是未来的乘客,都编有号码。但是,似乎是不期而至的灾难把这个孕生的过程打断了。周原大着胆子观察一番,见那些胚胎的确是人类模样,但在某些方面又不太像人,而具有蜥蜴、貂及雉的特征。或许是可以适应变化后的列车的新人类吧。但与那"海"似的车厢中自然变异的乘客又不同。

他们又在另一些试管中,发现了老鼠或者像老鼠的动物。很多老鼠还活着,长得怪怪的,身披锦毛,脑袋很大,有一对三角眼,目光锐利,有的甚至可以两腿直立行走。在屋角的笼子中,还有体型更大的鼠状动物跑来跑去,带着偷笑似的表情。它们长得与赤县有几分相似。赤县见了,目瞪口呆。

万户又找到一册残破的《读书》,它像是一本航行日记,又似若一套技术手册,记载了一些惊人的内容,可能是乘务员写下的,但很多也是外文。还有一些高清照片,拍的好像是书的主人,一名英姿飒爽的高姐,但穿着宇航服。根据文字描述,由于来自驾驶室的信号无法及时传递到各个车厢,一些先知先觉的乘务员就自己行动起来,创造了人工智慧生物——被称作"乘客"的两脚兽,并向他们教授知识,将其培养成工程技术人员,再利用乘客,来独立自主解决各个车厢的难题,通过恢复局部秩序,竭力保持高铁的相对完整性,使得列车可以继续运行下去——或者说膨胀下去。否则,这个世界早彻底崩溃了。

"匪夷所思。"周原再一次意识到,关于高铁和他自己,他都知道得太少了。

"所以,得赶快离开列车。"万户好像更加打定了主意,却显得信心不是那么足。

"这样看来,原来我们根本就没有上过车,而是一直在车上诞生和进化着吗?这倒证实了我很早就有的一个猜想……"赤县紧张地不停搓手。

"大概就是这样的吧。乘客统统是被制造出来的。我们就是实验品。"万户疯狂地翻动杂志,像要把照片上的女人吞进去。

"那么,中途带着家人上车之类的记忆,都是创造者注入我们脑海中的幻觉啰?"

"是的,我猜,列车早已毁灭了,只有一小部分乘务员幸存。他们很可能跟外国人或者外星人有关系。他们大概认为,每节车厢里一旦重新有了乘客,就可以利用大家的聪明才智来控制局面了,使混乱走向有序,使覆灭走向新生。我们不过是他们的工具,比如扳手、汽锤一类。"

"老鼠呢?"

"大概是为乘客的生存而培养的陪侍生物吧——可能是宠物,也可能是肉用品,猪啊牛啊羊啊那样的,但相对列车而言,后者的体积显然太大。但放在宇宙飞船上,目前的规格刚好合适。"

"不对。"赤县说,"它们长得像人。"

他们默然。过了半晌,周原又问:"在我们被创造之前,列车里有过真正的乘客吗?"

"你是想有,还是不想有呢?"赤县怪模怪样道。

"我不知道。"

"或许有过吧,但他们可能在更早的灾难中灭绝了。宇宙已经毁灭了一次或几次。现在这个宇宙是假的,就像残疾人的义肢一样。我们只怕是那些死去的乘客的仿制品。"万户说。

"看我们自己这副模样,好像也不行了。"周原说,瞥了一眼老鼠和其他动物。它们见了人,都不停地跳跃着。

"但是,乘务员凭什么就会成为幸存者呢?我不觉得他们是外国人或者外星人,他们也许……"赤县小心翼翼地说。

周原眼前又出现了护士、乘警和餐车服务员的身影,现在回想起来,他们的作派的确十分可疑,包括说话的腔调和走路的姿势都相当诡异。他不禁陡增对老婆婆孙女的不尽想象,渴望着早些见到她本人。

万户说:"我们手中还没有掌握哪怕一名乘务员个体,可以用来进行生物学意义上的细致研究,通过解剖,探查她或他的细胞核、染色体、器官组织结构,所以还不能肯定他们到底是什么人。也许,他们只是一些按照程序运行的自动机器,也是设计出来的。他们中的大部分有可能已经乘坐宇宙飞船逃跑了。乘客对他们来说算是无用了。所以我们应该加紧工作,根据乘务员遗留下来的技术手册,尽快制造出能够逃离这个荒唐世界的宇宙飞船。我可不愿意做一辈子扳手、汽锤。我是有独立意志的人哟。我不想死在这里。如果能够早一天造出来,我们就可以向乘客出售船票了,谁想走谁就必须付高价。舞头要走,也得交钱。我们就不用为未来的生计犯愁了。哈,哈。"

周原并不欣喜,却厌倦不堪,对万户很是反感,也对赤县不感冒。他回想起"上车"之前,他每天挤地铁上班,嗅着白领身上的臭味,看着乞丐满身大汗从另一端走过来,他就背过脸去。他拼命挣钱,想着有一天能买大房子,买好汽车,然后去找二奶、小三，然后移民到国外。他每次走过街头的奢侈品商店时，就感到无地自容。现在，知道了这样的记忆，不过是由乘务员植入乘客头脑中的幻影。他们是被制造出来的，并一直待在列车上，哪儿也去不了，而这趟列车早已毁掉了——哦，这倒也不错，臆构在他头脑中的那个"外面的世界"，不是连毁都毁不掉吗？……

周原忽然想到一件事，便想问问万户怎么看待高姐的存在，乘客究竟能否与他们的创造者发生两性关系。但万户忽然面色灰白，瞪大眼睛，定定瞧着一个方向。

二十四、神

周原和赤县扭头看去，见是一些鼠状动物，咬破笼子，撞碎试管，猛冲而出，嗷嗷怪叫，朝他们扑来。周原和赤县拔腿便跑。老鼠都跃到万户身上，又啃又咬。

"快些走！"赤县说。

"那他怎么办？"周原看了一眼万户，假惺惺说。

"顾不上了。"

两人抛下万户，只拿着从他身上掉落的《读书》，飞也似的逃掉。但身后又响起凄厉而难耐的鬼哭狼嚎，回头一看，上百只鼠状动物追上来。他们很快陷入乱阵，被咬得鲜血淋漓。在这紧急关头，赤县龇出牙齿，耷拉眼睛，对着鼠群尖叫一声，把它们吓得一怔，暂且停住，两人这才挣脱重围，继续逃去。但那些奇形怪状的家伙很快又紧紧跟随而上。它们好像饿坏了。

这时他们看到了彩绘玻璃，重重尸斑一样与列车平行。急中生智，周原用拳打碎一片，看到那边并不是车外，而是又一节车厢,但跟普通车厢不同,里面有个槽形基座,搁放着一个流线型的银色金属物,很像一艘船,上面有舷窗和舱口。他们顾不得许多,就一头钻进金属物。追来的动物被彩绘玻璃划破身体,拥堵成一团,惨叫连连,又开始互相噬咬,一时过不来。周原却疑惑了,心想他们为什么要逃。这有意义吗?

周原和赤县看到,船舱中有很多仪器,有管线、指示灯和显示屏,有操纵手柄一样的东西。座位上有两个死人,一男一女,穿着宇航服。

周原打开《读书》。他勉强把外文字翻译过来,说:"好像是一艘宇宙飞船。原来列车上真的早有了这玩意儿。真是安排好了似的。"

这时,老鼠们终于冲了过来,围着飞船狂吠,有的爬上来,咯吱咯吱噬咬金属蒙皮。

赤县说:"怎么办?"

周原把《读书》翻来翻去,说:"可惜万户不在。"

赤县抢过杂志,也翻了一遍,说:"你看这儿。"原来,像是操纵说明。

他试着按下一个按钮。液晶显示屏亮了,显示出"自动航行"字样。一些指示灯也闪烁起来。

这时,已有老鼠把头探入。他们赶紧把那两个死人身上的宇航服剥下,给自己穿上,又把尸体抛出船舱,扔向老鼠。它们嗯的一声围追过去。飞船忽然动了。它轻轻摇摆一下,便垂直上升,但没有飞得很高,而是沿着车厢走道,向前飞去,把争食尸体的老鼠抛在了后面。两人吃惊地看到,飞行器的速度越来越快。它掠过废墟和死人,也从行军者上方飞越。下面的人们都抬起头来,瞠目结舌看着。

但他们仍然没有飞到列车外面去，而只是沿着列车通道，穿过一节又一节车厢……

他们看到，高铁上的情形，发生着诸多变化。废墟角落里，一些新的生物在诞生，并衍生出一系列进化的特别样式，完全无法理喻。还有的地方，幸存的乘客已经建立起了新的组织和机构，甚至拆下列车的材料，筑起村寨和城邦一样的堡垒。在自动驾驶系统指引下，飞船灵敏地避开了这些障碍物。

"现在去哪里？"周原问。

"这个问题，真该好好想一想了。"

"是哥伦布和玄奘那样的问题吗？"

但他们控制不了飞船，只能任它自行飞去。或许，是要去驾驶室吗？想到这里，周原感到很累，幸好是自动驾驶，不劳他动手。

忽然，舱外又传来异声。他们转头看到，是鼠状生物又追了上来，原来，这回是长了翅膀的变种，像蝙蝠一样，结成集群，乌云一样紧逐飞船。

飞船的速度还在提升，不断把老鼠甩下。他们又看到，飞船掠过之处，窗外仿佛出现了一些星球，虽然微型，上面却也有大洲大洋，有山川树木，有人物走兽。又展呈星云似的物象，灿烂辉煌。周原和赤县兴奋起来。他们高喊：

"是尼尔斯骑鹅旅行吗？"

"是爱丽丝漫游仙境呢！"

但那些长了翅膀的鼠类，也加快速度，紧追不舍。它们就像复活的翼龙一样。有的甚至用身体拍击飞行器，令船身猛烈摇摆。还有的窜到前方，企图阻挡飞船前进，结果被迎头撞死，舷窗玻璃上一片血肉模糊。

渐渐地，下方的景物模糊不清了。两名乘员昏昏欲睡。

周原想，这样下去，是要坠毁的……他竟然很期盼。

不知过了多久，他和赤县看到，前方出现又一节车厢，它的结构比起别处，更显坚固厚实，仿佛还没有朽烂掉，其阔大的表面上，布满荡魂摄魄的繁复尖塔和眼花缭乱的彩绘玻璃。不知从什么地方射来一缕奇异的光线，使这节车厢异彩纷呈。飞船直冲它而去，像坠入一个池塘，啵的一声钻进。巨响中，周原和赤县感到一阵强烈而刺痛的震动，然后，他们昏了过去。

过了好一会儿，他们醒来了，才看到光线变幽暗了，飞船摔得粉身碎骨，他们已经被甩了出去，却还活着。周遭有一种神秘气氛，有肃穆感和压迫感。车厢上镶嵌着轻巧玲珑的雕刻装饰，以及异域风格的油画。地面有干涸血迹，随处抛扔着人类的尸块、内脏和骨头。一处像是紧急出口的地方，立有一座大理石的裸体男人造像，用锁链拴在十字形的铁柱上。他的面前，陈列着一排插在铜炉中的香，还在冒出青烟。造像的脖子、手臂和腰上，扎着一层层的红布条。

"这是什么地方？新的实验室吗？"周原从残骸和血泊中撑起身体，觉得十分乏味。他奇怪自己没有死掉。

"不。是教堂。"赤县如履薄冰地观察一遍，沉思良久，严肃地说。

"教堂？"

赤县拉着周原，去看造像。那男人看不出年纪，低垂头颅，神色微妙，表情复杂。他身上伤痕累累。周原奇异地想到，这个人看上去没有胜负感哦。他不应该出现在高铁上。

这时，他们又听见老鼠嚣叫。哦，有一些还是跟过来了，正张着翅膀，在地上一跌一扑跳动，露出獠牙。他们赶紧躲在造像身后。那些动物好像害怕烟熏,或者被造像特殊的神情吓住了,才没有冲上来。

"我也告诉你一些情况吧。"赤县压低声音,对周原说,"我很早就有一个猜想。可能并不是什么外国人、外星人或者机器人哟,但你听了后不要对别人说啊。这才是属于列车的真正机密。在我看来,高铁上也许有……神。"他又瞅了一眼那造像。他的后脑勺上刻着一个 C 字,在周原看来,好像是产品出厂的代码。

"神?越说越玄……"周原哑然失笑,觉得赤县是个傻冒。而他自己何尝不是。

"你不相信有神吗?"说着,赤县从造像脚下捡起一本血迹斑斑的《读书》,把它打开来,展示给周原看。又是许多洋文。上面也有女郎的画像。但它实际上是一本《圣经》。女郎们虽然也穿着乘务员制服或者宇航服,但根据注释,她们要么是天使,要么是圣母。赤县认为,这才是《读书》的正版。

他告诉周原:"舞头说的许多事,都不足信。包括相对论下光速可变的理论,这不是真实的。光速的标准是神制定的,只能是每秒三十万公里,爱因斯坦也无权更改。"

像不认识似的,周原漠然看了一眼赤县,又看看僵尸般的造像,觉得列车上的每个人都那么陌生。

这时,他脑海中浮现了在绿岛咖啡厅中走来走去的乘务员。但他再次爬上车顶时,看到的却分明只是浮光泡影的白骨。

"我们快离开这儿吧。"周原使劲嗅着空气中的血腥,"这不是我们该来的地方。"

看着坠毁在"教堂"里的飞船,以及在它周围跳来跳去的婴孩般动物,周原拿不准该不该信神。他觉得,即便列车相当于一个宇宙,它里面也不可能存在超自然的事物。但是,高铁上什么事都有可能发生……

周原在一个工程师背景的家庭里长大,他的父母是无神论者,他家祖祖辈辈都是无神论者,这跟这个国家大多数人的情况一样。周原一直认为,至少他看到的一切,不管如何不可思议,不管存在多大缺陷,客观上,包括他本人在内,虽然可能是用技术手段制造出来的,却不能归因于某种无法解释的神迹。不过,想到自己的照片出现在《读书》上,想到老婆婆算的命……

"只要你仔细思量一下这趟旅行的各种异状,就会发现高铁其实已经接近超自然了。技术和自然都不足以解释它。我也是逐渐才弄明白的。因此,只有像哥伦布和玄奘那样有宗教信仰的人,才能抵达目标,不会在灾难中毁灭。舞头,归根到底是不行的。至于乘坐宇宙飞船逃亡,更是不可取。万户他不信神,受了魔鬼的诱引,误入迷津,也是咎由自取。"赤县怅怅地说,一边伸脚踢开造像边上一块肝脏似的东西。

"就是说,在高铁上,任何物理规律都能够违背了?这倒是可以说明列车现在的某些情况,却实在荒唐透顶。难道有一种不明力量造出了一种凌驾于我们之上、完全不可捉摸的东西?赤县,你虽然伪装成农民工,但其实也是技术人员出身吧?你该知道,神创论在达尔文时代就被否定了。"周原又去看造像,觉得那些艳俗的红布条缠在身上,实在不伦不类。"神"都是这样滑稽吗?

"是的,我承认我是从事自然科学工作的,我曾是国家气象局的一名数据预报员。"赤县带着倦意地说,"我的任务就是为铁路做天气预报,比如暴雨呀、雷电呀、冰雹呀、强风呀,都会对行车产生影响。八级风可以让接触网翻转,令受力弓和接触网无法保持应有的几何关系,造成离线放电。更大的风就很危险了,列车在经过曲线时，极有可能因为侧面强风而倾覆。暴雨会造成塌方滑坡，冲垮路基桥涵。积雪过厚会使列车下部设备损坏，甚至令列车出轨。我经常随车做实境研究。但一旦上了高铁，就很快不相信大学里学的东西了。高铁及其途经环境中的天气变化根本无法预测，更谈不上用理论阐释各种奇异现象。这是一个具有特例的非线性系统，排斥既有的自然法则和科学定律。对高铁相关现象的所有观察、分析和判断最终都走向失败。列车是完全无从把握的。它充满随意性。因此，这里的很多人逐渐抛弃了科学，转信其他。否则无法解释车厢里为什么会储备大量以《读书》形式作掩护的《圣经》。说到达尔文，想必你也听说过吧，神将化石藏在石头里面，故意骗达尔文去相信进化论。火车其实也是这样的，无非是让大家相信真的有个工业时代，随后还有信息时代，相信生活会越来越方便、舒适、安逸、平等，每个人都是财富的创造者和拥有者，这样乌托邦就降临了。连这你也真相信了吗？你这个人，不要头脑太简单噢。"

周原被赤县数说，就好像遭到意料之外的谴责，他有些想要脸红，却对自己能不能做到这个无法确定。在高铁上，谁脸红谁傻呀。他这才想起，自己不是有时也这么觉得吗？机器在进行人脸识别时，某些面孔会忽然变形，像是宗教油画上的圣像……他当时觉得异样，却无从理喻。他把生活的崩溃，归咎于讨了一个不理想的老婆，却并没有料到这个时代就是这样的，高铁才是这后面的主宰。难道列车真是一个神造的器物或造神的器物吗？他对于忽然要去信神，感到没有准备好。

"我分析，信神总比不信好，这是很划算的。信神，如果他真的存在，我们就会获得极大报偿，各种好处就不用说了；如果他万一不存在，我们也不会失去什么，反正高铁已经烂得这样了。但不信神的话,如果神真的存在,那么,我们将因为对他的不敬,而受到极大惩罚。周原,你是聪明人,你说哪个利益更大呢?需知这是在高铁上,咱们可不能冒险啊。"赤县仿佛在世故圆滑地自我宽慰,又像要说服周原,以便在困境中好互相占些便宜。

"不管怎么说,把神说成是乘务员,还是很难让人接受。"周原看着赤县的长相,忽然想到,如果老鼠成了宗教信徒……但它们现在正虎视眈眈,寻机要吃掉两人。一想到与这样的神共处在一列快要粉身碎骨的火车里,周原就觉得万事俱休。

"信神,其实没那么难。当你对其他都不信时,就只有信神了。神哟,那是自由的化身,能够以各种形象随心所欲呈现。他可以是一朵云,可以是一头羊,可以是一个 CPU,可以是一台苹果终端,当然也可以是一群乘务员。有时神以女神的形象出现,俗世的称谓便是高姐,这本身不同寻常。高铁上的神与普通火车上的神不一样。她们头戴红色贝雷帽,身穿红色超短裙,足蹬黑色高筒靴,每个人有单间,工作起来全身心投入,绝不与乘客蝇营狗苟。有次我偷偷看了一眼,只见乘务员的房间里挂着一个很厚的簿子,上面记录了我们每个人的身份证号码,那便是神造人时留下的档案吧。只有神才能造人,这怎么可能是寻常乘务员做的呢?连舞头都对她们彬彬有礼。我曾看到他暗地里向一个女孩子塞红包送香水。以其保安的身份,他大概只能算是神的侍者吧。好像谁如果不听话,乘务员就可以把谁扔到车窗外面去。她们都是些超出人类想象的大力士。"

"神又是怎么来的呢?"周原想,至少女神,她们会不会是外国人或外星人造的?

"这个问题没有意义。"

"那么，高铁又是什么呢？"

"嘘。"赤县用一种秘而不宣的表情看了看运动着的列车，外面的大地已经成为一种彩色的礼花状了，正在四散飞溢，像末日一样一圈圈爆炸，"高铁，它本身就是诸神之一哟。"

周原对此难以理解。他只好顺着赤县的思路想象，这个巨大、封闭、复杂、参数众多而高速运动着的世界，在它的发育历程中，按照摩尔定律或者摩尔定律修订版，经过亿万年的逻辑演变，本无生命的结构终于长成了一个超有机体，并由于蝴蝶效应的一次悸动，产生了自我意识，忽然变得能够认知自己了，于是衍生出普遍精神——也就是宇宙智能。从这个意义上讲，神也是进化论的产物，神即宇宙的一部分，或者准确来讲，高铁的一部分。这并不违背历史唯物主义，不违背自然法则和物理规律。否则，周原就无法说服自己。一趟高铁旅行，他难以理解的问题已经太多了，他不能再自我折磨了。所谓神，不过是一些原子的重新移动和排列，然后在原子中嵌入比特。而从具体过程看，神的诞生，很可能是忽然之间的事儿，跟一夜暴富差不多，也类似于赌博下注，一秒钟就决定了。地球寒武纪的生命大爆发，不就是这样吗？属于突变吧，车轮刚刚转过一圈，性质就全变了。

周原相信，自我复制甚至新陈代谢并不一定就是有机化，这也可以是一个在铝合金物质上实现的自组织过程，在金属分子中激发出新的秩序，在列控系统大量数据的交换中，产生分布式的活的灵魂。原本在人间运行的高铁，就在一百三十七亿年的跋涉中，不知不觉升级为了神，它在某个未知的节点上超越了普通生命的发展阶段，找到了完全不同的进化途径，瞬间达成了自己的目的，然后朝着新的目的咣咣咣一路奔去。这真是天上掉馅饼啊。诸神通过各种具体形式呈现在乘客眼中，具体来讲，神的化身就是一些能够控制乘客行为的超级算法装置。乘警可以被视作男神,而以高姐面目出现的女神的子程序中,则设置了标准子宫模式,这涉及创造的核心机密。

这样一想,周原只是愈发觉得自己无聊。神怎么可能是这样琐碎而风俗呢?他厌恶地扫了一眼破烂不堪的车厢和那群冲他们瞪眼的动物,又瞧了瞧沉默不语的造像,说:"但看上去,神现在也不行了啊。"

"不,这也许是神准备脱胎换骨的一种征兆吧,完全是为了克服创世过程中的障碍,展示他自我更新的潜力,实现革命性的跃迁。困难是眼前的和暂时的。普遍精神在车厢里周转流通,超越了庸俗的数字形式,可惜乘客却不再以摹写普遍精神为己任,却责怪神腐败变质了。乘客和创造者的关系疏远了,不再能理解神的苦衷。俗人不能把对现实的不满控制在可容忍的限度内,这才是高铁最大的悲情。"赤县苦恼地说。

"神呐,简直像噩梦一样,可大家都爱做它。"这时,周原脑子中的味觉区又蹿起绿岛咖啡厅的罐头气息。舞头重新变得亲切和可靠起来。

"只能说很复杂,这不是一个靠参观信徒缺失的教堂就能解答的问题。当然了,也许在神之上还有更高级的神。神的系统是没有穷尽的,高铁之外还有高铁,如果那儿出了问题,就会影响到我们的世界……不管怎样,还得感恩哟,我们现在能活着在这儿聊天,是神的恩赐呀。神是灵验的。车轮的每一次回转,都在保佑我们哟。因此,尽管损坏成这样,高铁也没有崩溃。但如果是无神论的车厢,就完全两样了。"

"我们的旅行,就这样被套牢了么……"周原忧郁地看着赤县尖嘴塌腮的面孔,觉得神制造出这么一个卑微猥琐的人物,也真不容易。

他又一次想到那些掉落的或自我封闭的车厢,各种惨烈的场面,绿岛咖啡厅的欢歌笑语,蠢蠢欲动、豪迈悲壮的女性恐怖分子,以及老婆婆那不知身在何处、面目模糊的孙女。这一切混乱或迷困,现在都暴露在所谓的"神"面前,它们竟都是有着目的的吗?神为什么要以这样一种方式来履行他的使命呢?而被自己称作"父母"的那一对卑琐男女,也是神制造出来的吗?他们活着,就是为了替神发明一种令车厢不被甩掉,同时又能让乘客长生不老、一世又一世不明就里存活下去的技术吗?说到底,是为了满足乘务员的需要。父母虽然本事很差,像是两个在制作上不太成功的赝品,却也的确做到了兢兢业业。他们一辈子都在为神虔诚而辛劳地工作,无私奉献,不计回报,到头来,却死在了高铁上。周原认为,他们是被乘务员打死的。这就是神最喜欢做的事吗?不,不应该是这样。那么,周原本人真的是乘务员造出来,然后再被指定了一双父母吗?还是父母根据某个指令创作出来的呢?进而,会不会是他们违背乘务员的意旨而偷偷做的呢,并暗中赋予了他特殊的使命,去质疑和挑战神的权威?这就是他的一切不幸的起因吗?周原越来越觉得自己像个忤逆却不争气的半吊子。他又看了看在造像前面跃跃欲试的老鼠。噢,如果不被它们吃掉,他也要噬食自己了。虽然他知道,就连这他也不敢去做。

二十五、通往虫洞的集结点

忽然,轰隆一声,又一样东西自天而降,把列车地板砸出一个大坑。老鼠都吓得跑掉了。周原和赤县把头埋到造像脚底下,哆嗦着不敢稍动。他们感到背部被一种冷利的光线直直射住。过了好半天，他们才战战兢兢回头看去，见是万户，脸色铁青，眼角淌血，从一艘坠毁的宇宙飞船中爬出来，正对他们糜笑。

万户说："混蛋，以为抛下我，我就死了吗？吉人自有天相，不知道我是宇宙飞船设计师吗？"

万户好像恶鬼附身一般。不知道他是怎么逃脱老鼠的重围，也登上飞船的。总之就是这么一回事。

万户说："这就像做梦一般。我飞啊飞，根据导航图，要去到一个崭新的地方，好似世外桃源。不知不觉就来到这里了。是纳斯卡荒原，还是三星堆遗址？你们虽然抢走了我的《读书》，但我在飞船上还找到了另一本。手册真是无处不在啊，它揭示了真相。根据它的描述，目的什么的，从技术层面讲，其实也就是奇异吸引子嘛，即系统演化状态的归宿。所以我们寻求的是安定下来。驾驶室那儿有一个奇异吸引子。高铁本身也是一个奇异吸引子。列车里面说不定有好些个奇异吸引子，甚至可以在厕所里面找到。嗯，这儿是厕所吗？所以我们要做的就是找到奇异吸引子，才能抵达安全的所在。"

"不造宇宙飞船了吗？"周原窘迫地看着这个好像从坟墓中复活过来的人。他不能确定，那是否还是先前的万户。

"当然要造，靠两条腿是走不到奇异吸引子那儿的。但不一定非得造那种飞到列车外面去的，那个世界毕竟太陌生，充满敌意。它可能是一个比我们的宇宙年龄更大的宇宙，那里的物理规则完全不同，因此很危险。我们可以再造一艘沿着车厢过道飞的飞船，我们不必要出去。我们在哪儿出生，我们就在哪儿死。"说着，他像是重新有了灵感似的看了看坠毁的飞船残骸。

"尽管这样，但看看目前的糟糕状况，好像就连万能的乘务员也无法掌控形势了。"周原不怀好意地提醒。当着万户的面,他谨慎地没有说出"神"这个字。

"你是说高姐或者宇姐么?嗬嗬。她们也是奇异吸引子哦。"万户好像重新记起了自己来到高铁的使命,血污的面孔上流露出恋恋不舍的猥亵神情。他又掏药,却没有掏出来。大概都在路途中丢失了。他顿时变得十分沮丧。

周原从万户身上,又一次看到巨大的悖论:神为什么要造出这样妄异的生命呢?神为什么不能阻止列车的灾难呢?甚至,灾难好像是神有意制造的!神难道想要毁灭他的造物?神并不热爱高铁?或者,他只是想要自我毁灭?连神也活厌倦了吗?

"你们怎么知道这些都是真的呢?"他悲伤地问。

"书上是这么说的呀。"万户使劲晃动《读书》。赤县也急忙把自己的《读书》摇起来。两人就像忙着争风吃醋的小孩。

"但也许你们错过了另外一本书。"周原寡味地说,"你们现在拿着的,并不是最关键的。也许还有一本书,永远无法看到了。既不是神,也不是技术。我们不知道错失了什么要害的信息。没有人能掌握所有信息,没有人能看清列车全貌。连近似也不可能。你们的书中描述的,只是列车的某个局部和分支,更不用说外面那个世界了。因此,我现在决定,不相信你们。"但他要回去找舞头吗?他吃不太准。

"那就没有办法啰。在不掌握所有信息的环境里,乘客就像是黑暗中摸索的幽灵,大家唯一的选择,只能是坚定信仰。"赤县用力鼓了鼓凹陷的腮帮。

"哼,听上去好像是互相欺骗啊。"万户像是重新认识周原似的说,"你说的倒也不错。利用手中那点儿有限的信息资源,不是去彼此补充和印证,以形成完整的画面,却是大搞互相欺骗。

怪不得，高姐离我越来越远了……否则，即便在列车上，也早把我们自己的宇宙飞船造出来了。"他又含情脉脉看了看飞船的残骸，跪下去，抱起一块碎片使劲亲吻。另外二人无所适从地旁观着。

缠绵一阵，万户抬起头，说："不过，还有一个办法，根据《读书》附录的应急指南，如果宇宙飞船暂时制造不出来的话，需要首先到达一个集结点，而不是直接走到驾驶室。舞头是高铁为了掩饰崩溃的真相，而打出来的一个烟幕弹。他极有可能是用来迷惑我们的，或者你们说的欺骗。"

由于没有吃药，万户的脸色正在变得惨淡，他的瞳孔开始放大。

"集结点是什么呢？"

"奇异吸引子的另一种表现形式。它实际上是一个秘密隐蔽起来的超大容量储存器，集中了解决问题所需的基本信息，而且这些信息丢失得很少。这就可以回答你的疑问了。哈，哈！"

"但它再怎么大，也不可能汇聚宇宙中所有的信息呀。"

"暂时也没有别的办法，先去看看再说吧。"

"它在哪里呢？走了这么久了。总得给出个车厢号吧。"

"你说的却是另一个悖论啊，因为根据《读书》的描述，车厢号随时在走马灯一般快速改变。这是一个复杂而高深的数学命题。高铁与普通火车不同，它上面随便一个数字都是很大很大的，经常达到古戈尔级别。除了用超级计算机，根本无法计算出来，而超级计算机只存在于我们永远也走不到的驾驶室。你怎么天真到想要确定车厢号呢？可笑啊。"万户的表情一下变得格外滑稽而阴怖，像是忽然戴上了一张丧尸面具。

赤县却在一旁胜利地微笑了："这正是神存在的证据。"

"这样的话,我们到底还能不能到达那个集结点呢?你前面那些话不都白说了吗?"周原厌腻地看着万户。

"也许需要进行战略转移吧,如果能找到猜想中的虫洞,那就有门儿了。"万户意识到自己的失态,镇定一下,换了一种积极的口吻说,这令他看上去终于清醒了一些,但顷刻又不行了。

"虫洞,也是神创造出来的。"赤县不服气地说。

万户哼了一声,然后他背着手,围着造像兜起圈来,左看右看一阵,忽然捡起飞船的碎片,去凿造像的头。赤县欲阻止,却被万户一脚踢开。

嚓喇一声,造像的脑袋掉了下来。

他们看见,在那空出来的地方,在车厢的另一头,呈现了一大片刺骨而广布的黑暗,隐然浮动着斑斓的无尽群星。

从星空的深处,又传来老鼠们幽谷回音般的阵阵尖叫,其间混杂着一个粗浊的男声:

"不,这种事情,并不取决于掌握信息的多少,而取决于团队领导的素质!"

二十六、造反

是罗盘,他不知怎么钻了出来,以夜色和星星为背景,镇定地朝三人大踏步走来,身后跟着一群欢跃不止的鼠状生物,好像都乖乖听他的。他俨然成了它们的统领。罗盘手中拎着一颗自制炸弹,肩上还扛着舞头交付给他的装钱和食物的大口袋。他不时分发一些点心给那些动物吃。周原顿时魂不附体。

罗盘一屁股坐在无头的造像前,开会似的,对三人说:"你们这样搞是行不通的,结果只能是造成乘客人口爆炸,自我毁灭……现在，需要选举产生新的列车领导人。"他一边说，一边抚摸靠他最近的一只老鼠的头。

这时，他看到了万户手中的《读书》，就一把夺过，翻开来看了看，爆笑道："这不是科幻么？在高铁上，还有比科幻更愚蠢的事情么？宇宙飞船？人不可能跑到三百五十公里时速的列车外面去，更不可能离开高铁飞行。你比空气重，又不是鸟，再说，你有这个勇气吗？连我都要掂量掂量哩。也许坦克车还成，可以从大地上开过去，但坦克车的时代已经过去了……所以，这彻头彻尾是一个阴谋论的产物。还是想想别的办法吧。除了选举，什么都不要相信。我前半辈子就是相信太多，才错失了良机。喂，你们像正常人一样思考一下吧。"说着就把书撕了。

万户和赤县恐惧地注视着这个浑身肌肉、像个熊罴的家伙。周原看到《读书》被撕毁，心情微妙，他想，在这乱世上，看来人人都有自己的主意。还没有确认调度和司机的死活呢，刚刚砍掉了"神"的脑袋，就要改换门庭哪。选举？这听上去很新鲜，但没有条件，车厢里这么乱，连坐下来开群众大会的工夫都没有，食物也缺乏，车顶的绿岛咖啡厅只是昙花一现。以为统率了一群老鼠，就可玩新游戏吗？舞头不会同意吧。哦，舞头率领的队伍，长征到哪里了呢？周原有些想念他，也想念自己的钱包。

"的确，在有一点上，我同意舞器——哦，可不能叫他舞头了，根本就不是什么技术问题，但是，也不是驾驶室的信号问题，或者哲学问题，甚至神学问题——这些都是扯淡，因此难办得很哟，你们别太天真……"罗盘挥舞炸弹，就像在摇晃一支诱人的玫瑰，这似乎是他用不知什么办法，从女恐怖分子那儿交换来的。他富有煽动力地说："列车上的时间已经过去很久很久了，来到了一个门槛前，是该选举一次了。舞器的动机是邪恶的。他在欺骗大家嘛。他表面上是个一心一意为乘客谋利益的真相调查员，其实不是的。他早就记不得自己的真实身份了，他害了失忆症。这是列车出事后最普遍的症状。但他讳疾忌医，还把住院部摧毁了，把知道真相的病人杀死了。他已经疯掉。不过，我还是把他的来历调查清楚了。种种迹象表明，他就是这趟列车的驾驶员！因为知道他开过坦克，铁道部门的最高领导就下命令让他来开高铁，并且要求他在十天之内学会驾驶技术，否则，整个铁路系统的面子就丢大了。领导没有退路了。这是日本的技术。领导就派他到大学里张贴了一张广告，廉价请了一个大学生来当翻译，用五天时间，把九百页技术手册译成中文，又把它编成顺口溜。他就背着这顺口溜，开起了高铁。其实他只是闭着眼睛乱开，因为按照任何一种技术手册，这高铁都无法开。他惊惶不定，知道这样下去迟早要出事，而他根本不愿意当这司机，有一天就偷偷脱离岗位，隐姓埋名，跑到车厢里做了一个保安，实际上是像个胆小鬼一样潜藏起来。真是个不负责任的司机！因此，列车一直是在无人驾驶，靠的是一台中央控制计算机——就连这台机器也是老旧的，因为高铁的制造者不相信任何新机器。这样做也是为了省钱。他们把最先进的进口机器私下里拆掉，把零部件拿到黑市上卖钱，然后再用一台自己组装的杂牌机填充。因此，如果这台计算机被雷电劈中出了故障，那就一切完了。而这是必然的。你想想，它跟高铁是如此的不匹配，并且连国家级的气象预报员都不相信科学了，整天神神叨叨，列车里迷信盛行。舞器现在这样做，根本不是要到驾驶室去，他才不想回去呢，而且他心里清楚得很，一辈子也走不到那里。信号什么的，都是胡说八道。中央计算机一安装好就瘫痪了，不可能发出任何信号。这一路上所见所闻，都是舞器费尽心机编排出来蒙骗大家的。"

"那他究竟要做什么呢？"三人一齐问，看着星光从罗盘身后攒射过来，好像要把整个车厢融化。"神"的脑袋滚落在一边，几只老鼠正站在那面光滑的额头上吱吱歌唱。

"哦，他准备成立一个倒卖原始股的证券公司。"罗盘说，"这是他早就预谋好的一个方案，就等列车出事了。这是一桩非法生意，我们都是他用欺诈手段招募来的业务员，手段是搞传销，最终大家都会深受其害。他是高铁上的头号骗子。"

周原听了，陷入愈加混乱的迷思。最难过的莫过于，他在舞器身上的投资都要因此而泡汤。他听见万户和赤县同时问："股市！怎么会？火车是一个股市吗？我们怎么从来不知道？我们的钱都攥在舞头——哦，舞器手里，原来竟是为了这个吗？"

"说到股市，"罗盘说，"就算有这么一个东西，它也极不成熟，随时有可能崩盘。更可怕的还在于，舞器已经疯了，他会制造出更大乱子，让局面彻底无法收拾。这样一来，在列车外部潜伏已久窥伺时机的强敌就可以大举入侵了。这才是高铁面临的最大危险。敌人一直在等待我们内部出现乱局！所以，关键是在选举正式开始之前，就要采取鲜明立场，拿出强硬手段，把舞器这个该死的东西废掉，使用暴力也在所不惜。你死我活的斗争啊，一不做二不休。万一让他看出了我们的打算，那就麻烦了。怎么样，三位跟我干吧？不会亏待你们的。"

罗盘说着，话剧演员一样做了一个扔炸弹的姿势，又飞快把那吓人的东西揣了回去，再从怀里掏出一叠花花绿绿的东西，冲三人使劲摇晃。

"哪里弄来的钱？"周原眼红地问。

"都在这儿。"罗盘拍了拍他一路上扛着的那个大口袋，又在里面掏了一阵，取出一颗药片，扔给万户。万户忙不迭一把接住,直接送进口中。他感激地冲罗盘连连点头。

"你也疯了吧,你竟敢动用这钱!那可要敬献给神的……"赤县伸长脖子嘶叫。

"神?高铁上没有神。不要迷信和自欺欺人了。说到钱,这可是大家用血汗换来的哟。"罗盘哧哧笑起来,甩打着一沓钞票,拍了拍赤县的脑袋,"但这其实也不是钱,而是选票。你们没有见过选票吧?嘀嘀,连老鼠都不如。"他又关爱地去看他的动物们。

赤县害怕地躲闪着。万户目不转睛看着钞票。周原心虚地想,他的确没有见过选票。高铁里出现选票,简直破天荒。这真是要造反了。罗盘的真实身份,又是什么呢?他觉得自己正在参与一个阴谋,这不是他想要去做的,他很想逃走,却畏惧罗盘怀里的炸弹和他身边的那些似人非人的生灵。

"哎,我给你们一人两张。一张收起来留作纪念,另一张用来投我吧。"罗盘一手拿钱,一手用力敲敲胸口里揣着的玩意儿,它哐哐发出金属的洪亮回音。

万户把钱收下了。他问:"你如果当选了,要做什么呢?"

"当然是把舞器搜刮来的钱分掉,平均给每一个人。"罗盘飞快地眨巴眼睛,"当然,除了钱,还有他的女人!"

这话说得周原的心脏苏醒一般跳动起来。他听见万户咬牙切齿说:"说得太对了,这的确很是关键啊。看着舞器独享女护士,男人们都按捺不住,快要暴动了。我对此表示坚决支持。"

"分了之后呢?"赤县犹疑地问,偷偷在胸前画着十字。

"分了之后,问题就都迎刃而解了。拨乱反正么。这符合乘客的最大公意。"

"然而,连中央计算机都瘫痪了,一群乌合之众的旅客,又能做什么呢？"周原问。

"我们可以成立一个组织，把所有的人脑集合在一起，就相当于一台计算机。这样大概能重新控制列车吧。"

"是要选举产生一个组织啰？"

"选举嘛，当然还是先要选出一个具体的人来。眼下的情况，还谈不上组织，刚才不是说了，大家都是乌合之众嘛。你们拿镜子照照自己，像组织里的人吗？已经说得很清楚了，如果方便的话，请考虑一下我吧！我现在就先向三位自荐。好啦好啦，我困了，要睡一会儿觉，养精蓄锐，以图大计。你们也认真想一想吧。"

说着，罗盘头一歪，打起呼噜。剩下的三人被老鼠般的动物看得紧紧的，一动不敢动，郁闷地想着心事。

"我看，咱们还是躲起来吧，"赤县打破沉寂说，"我一听股市二字就做噩梦。那种惊心动魄的场面不是我们能驾驭的，全是内幕交易。作为一名失败的气象预报员，我也不想找什么女人了。神是不会允许做这种事的。"

周原却犹豫了，"我们都辛辛苦苦走到这里了。再说，我觉得舞器不像是那种人。他真的骗了我们吗？驾驶室也许的确走不到，但我们在他的带领下，毕竟活了下来。他有问题，但谁没问题呢？现在谁也不知谁对谁错，理论上是一回事，但不经过实践检验仍然不行。这一路上，我们吃到东西了。这是活生生的事实。我不相信宇宙很快会崩溃。它才一百三十七亿岁，据说还有几百亿年的生命呢。再说，外部的敌人在哪里呢？反正我从来没有见到过。就算有，他们不是早已被舞器和他的战友们早年间开着坦克车给打垮了吗？"周原为自己说出这番话而吃惊，他从来没有勇气去陈述一个他自己想出来的事实或道理。这表明他也快疯了。

"他真的开过什么坦克车、参加过什么保家卫国的战争吗？他玩的仅仅是《坦克世界》一类的战争游戏吧，跟手淫也差不多。"万户揶揄道，"我看还是罗盘靠谱。"

"不会吧……"周原又沮丧地想到死去的老婆婆。

但万户的脸色变得蜡黄了，他在罗盘的大口袋里翻检，却没有找到药。他又急又火："我们要找的答案，也许不是罗盘，也不是舞器，而是你啊。你到底是个什么人？你能带领我们走到奇异吸引子那里去吗？"万户向周原投来绝望的目光，他的两手像鸡爪一样死死扣捏着，就像随时要发起攻击。那些老鼠见此都欢叫起来。赤县赶紧从身后抱住万户。万户挣扎着号哭。

周原此时已经昏沉，他想不明白，在舞器、罗盘、万户和赤县四人中，他该支持谁，依靠谁？或者，他最好保持中立，只是照顾好自己，而不要卷入即将来临的大乱？他不掌握任何的手段，或者钱和食品，或者附属的动物。他不是什么答案。他甚至不知道自己是不是一个人。自打上了高铁，他的生命就成了一段悬案。

二十七、自由

周原、万户和赤县太累了，头又疼，也走不掉，就睡了。醒来看到，罗盘和动物不见了。那片神奇的星空消失了，就好像它只不过是天文馆一类设施中播放的天象投影。地面血迹更多了，还零乱撒落着钞票和食物。仿佛发生过一场激烈的打斗厮杀。三人赶紧把钱和点心捡起来，私分之后，各自藏在怀里。

这时，他们看到车厢两侧的液晶显示屏上，正在密密麻麻显示出成千上万条股市交易信息。他们目瞪口呆。

忽然,从黑暗中围聚上来一群人,那模样好像是原先一起行军的同伴,还有另一些不认识的乘客,蓬头垢面,浑身血污,都是苦大仇深的表情,也不知是怎么来到这里的。难道他们找到了奇异吸引子?

一个人哭丧着脸说:"舞器和罗盘昨晚分别带了各自的人马,往不同方向走了!离开前,他们干了一架,抢夺资源。我们这些老弱病残,他们谁也不愿意要,都抛弃了。看到你们三个还活着,并且像是经验丰富,我们就投奔来了。"

万户鄙夷地说:"你们难道没有自己的主见吗?你们难道没有自己的手脚吗?滚开,宇宙飞船还没有造出来。"

周原劝道:"大家还是考虑如何自谋生路吧。现在,舞器和罗盘都走掉了,大家终于自由了。再说我们跟你们一样,哪里有多少经验?我们都、都是农民的后代哇。"

但那些人说:"怎么谋呢?这火车无边无际,实在太大。走到哪里都不辨方向,不知道怎样落脚呀,连一点儿机会都没有,又弄不清车次——估计外面救援的人也不知道。吃饭喝水也成问题。所以,谈什么自由!那只是一个骗人的词儿。我们对自由一点兴趣也没有。我们不需要自由。说到投资股票方面,我们真是外行,还得有带头大哥指引才行哟。"

说着,他们就冲三人伸出双手,大声唱道:"你是我天边最美的云彩,让我用心把你留下来!"

赤县吓得连连摆头:"不行,这样不行。大家应该去拜神啊。"他指了指那尊对列车上无论发生什么事都从不发表看法的无头造像。香火已经彻底熄灭了。红布条在黑暗中一团团蜷缩着,像凝固的血迹一样。

众人停下歌唱，呆怔了一会儿，忽然哇哇哭了，又恨恨地盯住周原、万户和赤县，好像这场灾难的起因，就是由于他们太自私，不愿意为大家带路。众人一齐叫道："太大了，太大了！"三人被喊得不寒而栗，又像是真的有了犯罪感。周原想，你们倒是高兴一些，接着再唱啊。他又觉得，自己也跟他们差不多。他曾经为了摆脱命运的束缚，斗胆上了高铁，但自此之后，就随波逐流，只是被动接受安排。这样一个人，会是钦定的解救列车的那家伙吗？这时，传来一声浮浪的嗲笑："大有大的好处嘛！"

众人掉头看去，见是一名清秀而修长的年轻男人，上身套一件红马夹，下身穿一条深蓝色瘦腿裤，又把白色内裤反穿在外面，像个电影明星似的，在瀑布一般汩汩滑坠的股指数据的背景下，迈着明快的步伐走过来，他的左臂佩戴着一个黄色的袖章，上面用红色书写了"列车长"三字。

二十八、列车长

啊，列车长！传说中的列车长！周原很是惊异，因为自打出事以后，就没有见到过列车长了。他看到万户和赤县都控制不住地浑身抖了起来。

"你们想得太多了吧。火车至少还在走嘛，宇宙是经过人的选择才有的，只要我们还在，它是不会立即塌掉的。"列车长和蔼地微笑着说。他就像是上面派来收拾残局的操盘手，要把大家从套牢的绝境中一劳永逸解救出来。这应该是最后的希望了。列车长的作派不同于舞器，至少他看上去是高贵儒雅的。于是，周原不禁又趋向于神的说法了。这时才注意到，列车长的左手中，握着一个柄端镶有一张男人面孔的金属十字架，十字架的一头还拖出一条长长的麻绳，牵着一头狗似的动物。列车长的右手则握着一柄小斧头，跟原先舞器持有的那把一模一样。

许多以前没有过的想法霎时涌入周原的脑海。他想，一切皆为幻境。为什么谁也没有想过列车停下来的问题呢？如果火车不走，而只是乘客在走；或者火车不走，乘客也不走；或者火车在走，而乘客不走——如果是这样的一些情况，那又将是怎样的结果呢？他们看到的世界，会不会很不相同呢？但他不敢把自己的想法在列车长面前说出来。他怕会被笑话。

列车长说："不要怕大，还有我呢。我还管理着一部分幸存的乘务员。他们并没有统统逃亡，还是有些忠诚于高铁的，选择了留下来与列车共存亡。其实乘务员和乘务员之间是有心灵感应的，不管相距多远。他们已经克服了光速不变的障碍。抱歉，这是我们自己制造的障碍。这的确是一个量子纠缠问题。为什么还要千辛万苦等待驾驶室传来的信号呢？说不定那儿早就不发送任何信号了。等死了也是白等呀。你们可不要相信别有用心人的教唆，他们常常打着高铁的旗号贩卖私货，这才是灾难的起因。"

大家便把期待又聚焦到列车长身上。周原脑子里反复转着一些他自己也不明白的概念：内植程序装置，操盘手，电影明星，神……这时，他才看清，列车长用十字架拴着的动物，竟然是舞器。他穿着女人的裙子，四肢伏地，吐着舌头，流出口水，哼哧低喘，眼镜却还好好地戴在鼻梁上。

"现在，由我来带领你们继续走，这是一个重建乘务员与乘客血肉联系的过程。"列车长豪迈地挥挥手，像是给大家吃了定心丸。众人都鼓起掌来。列车长微笑着倾听了一阵掌声，又说："对不起，我来晚了。但想到还有那么多乘客在苦难中挣扎，就一定要来，克服再大的困难也要来。我没有忘记我的职责。说到底，你们是花了血汗钱买票乘车的。你们不能随随便便就被一个不明底细的家伙引导到老鼠仓里去了。我是为你们竭诚服务的。"说着，他抬脚狠狠踹了一下舞器，令他难受地吠起来。

"瞧，列车长多么谦虚哟。"赤县小声说，"这样就又可以亲近普遍精神了。"

万户抄着手，像在看热闹。周原心里七上八下。他回想着自己从前跟舞器一起在绿岛咖啡厅吃饭的情形。

"还是去驾驶室吗？"在一片沉寂中，终于有人冒失地问，一边看着显示屏上瞬时即变的股价波动。

列车长仁慈地轻轻哂笑了，又朝大家亮了一下自己的臂章，说："你问的，是一个老问题了，许多人都问过。我其实刚才已经回答了。不要随便相信陌生人。去驾驶室？当然也可能走得到，但那是没用的。不是说了，不要傻等从那儿来的光信号了吗？包括我本人，干了半辈子列车，至今都没有弄清楚驾驶室是个什么玩意儿，它是一个人工智能，还是一片计算中的云？它也许挂在额外的一个倒霉维度上……连调度中心都搞不定它，司机换了一茬又一茬。结果又如何呢？兴许，驾驶室只是一坨屎。至于说到司机，素质普遍不高，是些银样镴枪头，又自私得不得了，异想天开的念头还挺多，像这条狗，"他挥挥斧头，又踢了一脚舞器，"居然冒充驾驶员，骗了一帮乘客，冒死走了那么远的路，其实是要来暗算我，要夺我手上的这东西，"他又摇了摇十字架，"好让列车按照他的意志行驶，真是打错了算盘。这是高铁，怎么会让这种狗东西得逞呢。因此我的回答是：不，我们不去驾驶室。那种地方不属于我们。它早已崩溃了，虚无了，臭掉了。我们要离它远远的。我们要做它的叛逆。别以为我是列车长，就一定要效忠于驾驶室。不，我只效忠于列车，效忠于乘客。我早看透了。说你们的花名册在那儿？千万不要相信。你们没有名字，你们只是一些符号。你们购买车票时输入身份证，那只是假象，昂贵的机器根本不是用来记录你们的。现在要做的，是回到各自的车厢，那儿才会有吃有喝，才有床铺睡觉，有座位倚靠，不是更踏实一些吗？不是更看得见摸得着一些吗？别折腾了，那没有用。你们一定都想着回去过安稳日子吧？只要人人都好起来，只要每个家庭都过上舒心如意的生活，列车才能有救哇。听说过以人为本吧？"

"回去"这个说法，好像终于说到了众人心坎里。他们走了这么久远，又累又饿，前面又危险重重，早不愿意走了，而且他们其实也不相信能够走到驾驶室，只是当初慑于舞器的淫威，没有勇气说出来。大家互相看了看，终于有一个人点点头，随后大家也都纷纷点起头来，忽然，扑通一声，一齐朝列车长跪下，高呼："救苦救难大慈悲无量天尊！保佑我们吧！救救我们吧！原谅我们吧！"

周原本欲问列车长，乘客都是你和你的同事们创造出来的吗？但他想了想，觉得还是算了。既然列车长说到了以人为本，这个问题暂时还是不问为好。

"就是嘛，要回去就一起回去吧。你们只是乌合之众，从来就干不成什么，只会被别人当枪使。列车上的机器全程都在监控你们的行动，别以为我不知道你们做的好事。哼。"列车长权威地总结道，跟舞器和罗盘一样，他也形容乘客们为"乌合之众"，那么，就真的是乌合之众了。但这回大家觉得受了表扬，再次纷纷鼓掌，又捣蒜般不停叩头。

列车长那副不可一世的模样，令周原觉得，他就是拷打并杀害他父母的人。光看他的这副行头，就比舞器气派不止百倍。神也好,人也好,谁能控制高铁,就听谁的。舞器做不到的,列车长却能做到。周原又瞥了万户和赤县一眼,发现他们都恭敬地仰望着列车长。

"首要的是恢复列车的秩序。别以为什么都乱了。不可能的。这是高铁。它的内在精神从来不会损毁。人生的真正目的一定要搞准确呀。"列车长具有说服力地大声说,像捣鼓电视遥控器一样,揿下十字架上的一个按钮,刹那间,那些股市信息都从屏幕上消失了。

二十九、时间

乘客们如释重负地议论纷纷:"是呀,这本是第一要做的。""我们都被舞器欺骗了。""只是,天尊来得晚了一些。""哦,他事务繁忙。也许是刚刚开会决定的吧。""慢一些、仔细一些,是要真正为我们负责哟。""这比舞器靠谱多了。""是的,只有天尊才是真正为我们着想的……""这下终于放心了!"

大家说了一阵,安静下来,然后,在列车长的带领下又开步走,头也不回离开了"教堂"。这被证明是路途上的一个命运转折点。舞器被从十字架上解下来,勤快地爬行在最前面,就好像一头忠厚的导盲犬。周原走过坠毁的宇宙飞船,看了一眼,觉得好笑。他想,这一路回去,不知又要走多远。噢,不对,怎么还是在往前走呢?他们居住的车厢怎么会在驾驶室的方向呢?这不跟舞器当初做的一样了吗?要掉头往回走才对呀。旅行者把疑惑的目光投向列车长。列车长胸有成竹地说:"没错,就是这样的。"也许是奥妙无穷,具有辩证法的深刻意味吧;也许是怎么都一样吧。前进就是倒退,倒退就是前进,就看从什么角度理解了。乘客们都深感自己浅薄。

"或许,列车是一个首尾相接的环路……"不知怎么的,周原想起了自己以前跟着父亲在动物园里看囚笼中的狮子老虎的情形。

"不,我们不是走在空间中,而是行在时间的轨道上。"万户自以为是地抢过话头,"我现在知道了,高铁是一个时间闭合路径,沿此路径,时间先从过去到现在,再从现在回到过去。我不知道他们怎么弄出这个来的。高铁需要满足爱因斯坦广义相对论方程。也许,他们真的在高铁中制造出了虫洞,并且使用了负能量。高铁本身是一架时光机。显然,列车长对于物理世界的了解和认识,要比我们深刻和全面得多。舞器跟他根本没法比呀。我们是幸运的呀。只是,我的药呢?列车长,得给我药呀。"

"他是神。"赤县鄙视了一眼万户。

人们走过不同车厢时,看到液晶显示屏上继股市信息之后,开始滚动出时间数字,各个相异,但总的趋势是,年代越变越小。周原停了许久的手表,也莫名其妙重新走动起来,却是往逆时针方向在走。对此他无法理解,心想,没什么,走就走吧,大家都在一起走么。

"这应该是正确的,如果列车果真发生了进化,说不定,我们已来到亿万年后,那么,只有回到过去,方能逃出当下的灾难。这才是正道,不用制造宇宙飞船飞到外面去了,列车本身是有自救能力的。"万户又尖叫起来,像是为了显示他的智力优越感。周原想,这人这样说,是为了向列车长讨药片吧。

"在神的带领下,我们是可以徒步涉过时间之河的。"赤县说。

"没有神哦。重要的是,历史是可以改变的。"万户说。

"你小声些！"赤县看了一眼列车长。

"唉，算了。死去的人要复活，万户也可以期待与高姐的艳遇成真了。"周原自嘲一般说。

万户矜持而做作地笑了笑，撮起手指，做了一个飞船的姿势，朝赤县比画了一下。

在周原看来，万户的样子实在猥亵。他想，会与过去的自己见面吗？会与死去的父母重逢吗？他既期待而又觉无聊。

路上，他们遇到了一些奇形怪状的生物，有轮胎般大的蜘蛛，以及长着人头的蚂蚁和裸猿般的东西。他们小心翼翼避开。这些丑陋的家伙，看样子还没有演化出真正的智慧。另外，还见到了不可思议的化石，是一些灭绝的大家伙，骨骼像是十轮卡车。他们好像返回了历史的深处，向起源地走去。

"这是神创世时，留下的奇迹。"赤县像为自己打气一样赞叹。

"真讨厌。所谓神，不过是大脑皮层上看似规律的某种神经电流。"万户执拗而烦躁地说，"列车更接近于一个时间容器，车厢环境时刻在变化，温度、湿度和辐射量，以及含氧量和含氮量，都随时不同。完全是大自然的作用。还有不期而至的天灾，以及域外生物入侵。所以就形成了我们目前看到的情况。"

"是的，你说的总体没错，具体情况我再补充下。"列车长迈着大步走过来，令他们受宠若惊，"是这样的，在崩溃的世界，神是不会自称为神的，因为他也处于危险之中。要改变现状，难度很大，就算神亲临现场，也要付出千百倍努力。他是不会轻易许诺的。这个时代不存在超人，大家都是工具，说成'触手'更好理解。为了不灭绝，就要努力适应变化的环境啊。这件事上，所有人绑在一起了，怎么着也要去做哇。都不容易，互相体谅一些吧，请配合我的工作。"

周原怔怔瞧着列车长，仿佛想再一次从这个装置上看出神的模样。他其实已经差不多摇摆到赤县这一边了，觉得如果高铁上没有神，那是多么的缺乏希望。他想起来，以前听父母说过，技术之后是哲学，哲学之后就是宗教了。也许从不信神转向信神，的确是一瞬间的事。但他怀疑，列车长怕是也对车厢失控了，他只是在装模作样勉力支撑，做自己力所不逮的事。他不过是另一种形式上的舞器，五十步笑百步吧。所以，他才要故作姿态。真够假的。唉，怎么办呢？

周原又想，舞器之前怎么可能把身为乘务员一员的护士，掠为自己的女人了呢？这个渎神的家伙。

因此，就算有神，他（或者他们、她们）堕落的嫌疑也很大。有拉大旗作虎皮的神，也有赤裸裸连遮羞布也不要了的神，还有像列车长这样审时度势刻意放低姿态的神……不过是徒具神形，不，连神形也不挂了。然而，总算有列车长适时出现，在引领大家。他已经是此时最好的了。他拿着舞器的斧头，却比舞器强大有力——因为他还有十字架。当前还真的需要有这么一个主心骨。列车长一定是想要担当责任、鞠躬尽瘁、死而后已的，照顾好乘客们的现实和长远利益。至于出发点和能力，则是两回事。先走着瞧吧。

行进了好一阵，列车长又叫停了。这时，他们来到一节封闭起来的车厢前。列车长把手中的十字架当作钥匙，把门打开。这是一个冬眠舱，容器里躺着一些生物。列车长启动金属开关，立即进行解冻。生物很快苏醒过来，原来都是些高姐，年龄有大有小。列车长准备安排乘客与她们交配和生育。

三十、播种

"为了预防意外，还是提前留下种子吧。"列车长好像早有打算似的说，"你们虽然是乌合之众，但能够一步步走到这里，也早进化成精英了，不要老为自己的农民身份自卑嘛。你们是人民。所以必须在染色体方面多想想办法。这样才能从根本上克服时空障碍。如果在有生之年不能走回去，那就让基因传承下去吧，寄希望于未来噢。瞧，我也在高谈阔论未来了。未来与过去不可分。未来存于过去。很饶舌是吧，但仔细想想就明白了。这本是高铁应急救援方案的一部分。我便是最后的那根保险丝。就算是高铁，也要回归遗传学常识。听说过孟德尔和摩尔根吗？如果你们万一出了意外，我会带着孩子们继续走下去的，就像田径赛场上的接力跑一样，这样，就算大家都死了，车厢里还会有乘客。把难题留给孩子们去解决吧，他们会比我们聪明的。这样，诸位也就能瞑目了。这正是以人为本的要义。现在，先请缴纳列车增容费吧。"

"神又准备造人了！"赤县欣喜地叽咕。

"胡说，这是科学。"万户蔑视着赤县说，"生存本身并不重要，生存只在为了繁殖时才有价值，这就是为什么自然选择造就了鲑鱼和一年生植物这样的生物，它们只繁殖一次就死去。如果这真的是神旨，那么其仅有的意义，只能是生殖——这是世界上最肮脏却最有效的事。噢，我怎么就没想到呢，这才是解救列车的唯一可操作办法，宇宙飞船、奇异吸引子什么的，都是大而无当的空想主义啊。"

听到他们说的，周原感到一阵冲动，身体不由自主又硬了。

他意识到，自己其实跟大家一样，非常期待这一刻。虽然这种生殖方式明显落后，除了肮脏，还不具备与高铁时代相匹配的技术含量，与他父母在实验室中所做的不同，说是遗传学，却缺乏基因工程和酶工程的支持，哦，不，不要说高铁时代，在之前的电力时代、蒸汽时代，这也谈不上先进啊，连消毒和安全措施也没有。但在目前的环境和条件下，也只能如此了。舞器不是早就用自己的身体尝试过了吗？在这破烂的列车里，圣明如列车长，也没有更好的办法。不，这或许就是当下最好和最有效的办法，就像在开发火星的过程中，履带式推土机和中微子通讯器一样伟大。怎么可能存在离开了低技术的高技术呢。再说，现在他们已回到了过去，怎么着也得像原始人一样交配吧。这是他们千万年来克敌制胜最有效的法宝。宇宙，原子，靠一边儿去吧。什么时候做什么事情，都得看条件。现在这样，是最保险的，是最稳妥的。这些年来，大家紧追慢赶，撵那技术进步，却被技术耍得精疲力竭。噢，列车长已在催促了。这的确是未雨绸缪，以防万一他们走不到目的地。

缴费后（实际上是打的欠条，因为大家手上都没钱了），就开始分配名额，才发现女人数量远远不够。解决办法是，把不合格的雄性剔除。列车长随机抽取七名乘客，组成一个评议小组，来决定谁有资格和女人交配。周原是成员之一。然而，周原对这伙人，除了万户和赤县，并不怎么了解。这时，便有乘客来找他，说自己如何优秀，并举报别人怎样差劲，谁谁谁有病，谁没了生殖功能，谁根本就不爱孩子。周原也不听他们说的，就在一张编了号码的纸片上，随意打勾画叉，看一眼某人的长相，觉得眼睛大了点，或者鼻子宽了些，心头别扭，就把他叉掉。他好像终于体会到了人脸识别的乐趣。他把年轻一些的男人都划去了。

对于万户和赤县，他有些犹豫，最后又掉了万户，保留了赤县。做这事时，他感到轻松，但并不特别快乐。

七个人又商量了下，拿出了名单的草案，交给列车长。列车长斟酌一番，作出了最终裁决。这个裁决跟最初的名单差别较大。万户被保留了下来，而赤县则进入到死亡序列。周原有些失望。赤县极为沮丧，但看着列车长手中的十字架和小斧头，不敢抗辩，只嘀嘀咕咕："冤枉，我才是最优秀的，我是有信仰的人……"列车长诚挚地笑道："错了，现在轮不上你说话了，因为经过投票，你已被剥夺了生殖权。"于是，赤县自卑地低下头。列车长又问："你们还有什么话要说吗？"男人们都摇摇头，滑坠下去坐在地板上，像狒狒一样抱住脑袋，开始嘤嘤哭泣。这时，列车长便把小斧头交给周原，令他劈开赤县的天灵盖。周原不敢拂逆，便做了。他又把小斧头传给万户。万户也做了。斧头逐次交接下去。最后每人手上都沾上了血。大家很乐意干这事，仿佛至少过了一回手瘾。而那些被砍的乘客，乖乖伸出脑袋，没有丁点儿反抗。

"不这样做的话，他们会像还乡团一样回来杀掉你们的孩子。"慈父一般，列车长声色俱厉而关爱切切地对大家说，"人生总是复杂的，把复杂的人生用简单的方法处理，除了暴力之外不可能有别的。现在已经从高铁时代回到了石器时代。石器时代的文明人都不喜欢争论，而只喜欢——"说着，他把小斧头和十字架高高举过头顶，"杀人。"

这时，列车长就指挥大家，从尸体中把大脑取出来。列车长美滋滋先食掉一副，又让众人来吃。他们便吃了。味道比点心和罐头都好，热量、脂肪和蛋白质也更丰富，这样就有了做事的力气。然后，列车长把女人分配给男人们，又将一些《读书》发放缺席呀。"

"你真聪明。"

"我要不聪明，怎么能活到今天呢。"

"没想到，最后都是为了生孩子啊！"

"哦，这才是活着唯一要做的大事。"

"你到底是什么人？"

"我吗？噢，我也是乘务员哪。"

周原无可奈何道："咦，你不是小学教师吗？"

"我不记得了……"

"你说过的。你跟舞器……"

"就算是吧，那也是骗人的。在这个乱世，在陌生人面前，怎么能说真话呢？只能相机行事，先保存自己。我找的其实是你呀。不是让你等着吗。早知道你是个人物！之前做的一切都是铺垫。"说着，翠姑掏出一册皱巴巴的《读书》，打开来，上面印着周原的头像。她那副因为达到了目的而沾沾自喜的表情，就跟按图索骥发现了极品一样。

周原对此手足无措。现在的翠姑与他以前见过的，有了很大不同。他不清楚这两个翠姑是否还是同一个人（或同一个神），但这没有关系。她换了一身破破烂烂的女学生制服，消瘦了一些，不知在什么地方烫了头发，麻花一般奇妙盘卷着，看起来颇似个乡下妇女，哪里像什么高姐。这令周原皱眉。她莫不是为了挤进生孩子的名单而扮成这样吧？以为如此就能吸引异性了吗？但他忽然觉得，她的脸型很像老婆婆，不禁暗暗称奇：这就是她那个宝贝孙女？竟然如此巧合？冥冥中真有安排？哦，这是高铁，什么都有可能，一切均合逻辑。她是实至名归的高姐，甚至，是高姐中的种子选手。这时，她像检视配种机器一样，一脸正气地蔑视了周原一眼,令他又担心自己要脸红了。但男人不愿落于下风,因为,这是他唯一的机会,可以延续自己的后代。万事俱备,只欠东风。他就想问她一句,也觉得是给她一个台阶下:是因为扮演小学老师感到厌倦了,才这么做的吗?耳边却响起了舞器战战兢兢的吠声:

"不,不是这样的,而是因为数量和质量,对于火车来说,二者都、都同等重要!准确来讲,数量就是质量噢。车上人口太少了,高铁会变、变质的!"

周原听见舞器又说话了,不禁泄气,赶紧移动身子,跟女人保持住距离。她不满地扫了他一眼。但舞器并没有注意到周原与翠姑在一起,他正勤快地为列车长叼着包。那个大包里面据说装有很重要的地图和文件,靠它们就能引领乘客走回原来的车厢。最好的产房都在那儿呢。舞器的那位护士小姐,也已经让渡给列车长了,此刻正甜蜜地挽着那只神气地佩戴臂章的胳膊。周原才松了口气。看来,舞器要冒充哥伦布或者玄奘,是不明智的。那两个男人,一个死得太早,另一个不生育。这都违背了自然法则。

但他仍然心事重重,难以把注意力集中到翠姑身上。他想,罗盘又在哪里呢?他会不会已经发现了虫洞的线索甚至虫洞本身,穿过它到达了新世界呢?还是埋伏在什么地方,等着发起袭击呢?不知道这种情况下,还怎么搞他的投票选举。他怎样繁衍后代呢?选举也是一种方式吗?周原心中,暗暗蹿出对罗盘的好奇和惧意。

翠姑着急地掐掐他的腰眼:"时间不多了,你倒是快些啊。"

周原惶遽地朝四周看看,没有见到自己的原配妻子——他这时想起她来了。他又偷偷瞟了一眼舞器,见他没有动静,就调动肌群运动起来,觉得终于得到了做人的实惠和尊严。但是,在舞器眼皮下做这事，他惯性地很不安。舞器的余威仍像阴云一样游荡。好在有列车长做主心骨，周原有恃无恐。随着投入程度的加深，周原终于感觉到了快意——他早想干这女人了，他忍耐太久了，再这样下去就忘本了。他以此回敬了舞器——这家伙白吃了他的饭，还拿走了他的钱包，至今未归还。自然，这里面也有着勇敢地背叛妻子的豪迈，比偷情要高出几个层次。这必定是他久蓄的欲念，但在高铁外面那个世界上，他没有机会。他平时连小姐都不敢找，只是一个人躲在角落里暗暗意淫二奶、小三。即便高铁出事后，他很长一段时间里也缺乏勇气去做点儿什么，除了自己干自己，毫无作为。而现在，他干了一个真正的高姐。有种东西把大家拉回到公平的出发线上。他对列车长感激得五体投地。

"快些，快些，待会儿，就要与列车中别的智慧生物相遇了。车厢中，到处都在进入繁殖季节，生命回忆起了它们最根本的任务。有些家伙干那种事很厉害哦。这才是决定命运的关键。人类的技术对付不了它们。所以，都要坚决服从列车长的指挥，赶快生出孩子来，生得越多越好啊。"舞器像个监工似的，气急败坏地催促大家，并翘起脖子、摆动屁股冲列车长谄笑。

众人一边扑哧扑哧干着，一边既害怕又渴盼地齐声问："是异形吗？我们将成为它们的宿主吗？它们将抢走我们的女人吗？"

"不，那倒不至于。"列车长厌恶地把舞器又拴了起来，"你们不要乱讲，不要为做了看上去像是下三滥的事而自卑和自责，其实，那才是最神圣的。不管遇到什么情况，都请千万做出骄傲自豪的样子。很有可能，对方已掌握了更先进的胚胎制造技术，能够达到高进化速率，要用他们的孩子来替代我们的孩子，就是俗话说的调包，或适者生存……对此，我们绝对不能露出熊样，而要满脸堆满对未来具有信心的表情。同时，面对强敌，咱们也要注意韬光养晦；多做少说，只做不说；多生少说，只生不说；不当出头鸟，不狂妄自大，不称自己那东西天下第一大，跟恐龙似的，以免阳痿早泄，渔翁得利。现在，不管什么阶层，神也好，人也好，大家都在高铁上，是同一棵进化树上的果子，为着同一个目标——生孩子、活下去！这是从长远和根本上说的哪。咱们没有殖民红利，没有技术红利，也没有资源红利，就得重新祭起人口红利这个法宝了。"

列车长庄重谨严地说罢，举了举小斧头，又把十字架上的摄像头关了，让臭汗淋漓滚爬在一起的男女们停下，令他们赤身裸体在地板上排排坐好。然后，根据列车长的示意，舞器拖着绳子，爬到人群前面，用爪子挠开皮包，从中掏出一本发黄的《读书》杂志。他把它叼着，缓缓转动身子向大家展示。周原苦笑，心想，人变化得可真快啊。舞器眨眼间就连人都不是了。但也许他本来就是这样吧。

舞器用舌头舔开那本书的扉页，人们才看见，上面赫然写着"未来"两个大字。怎么又是未来呢？它此刻究竟在哪里？他们不是走在通往过去的道路上吗？周原嘴里一片酸涩，却不得不装出骄傲自豪的样子，以显示对未来具有信心。

"列车长到现在也没有提及火车之外的世界。那到底又是什么呢？"他悄悄问万户。

"无法知道了。"万户没精打采地自言自语，"本来，《读书》里有一篇讲述曲线半径视觉论的文章好像提到了这个问题，但我也没有读懂它。列车之外，或者说列车之前，这个问题对我们来说已经没有了任何意义。那是完全超出了工程师智力结构能够理解的东西。我不得不放弃对有关问题的研究了。也许，真的只有等下一代了。唉，列车长怎么说，我们就怎么干吧。"

万户的神情生冷而萎靡，他不停地用脏兮兮的手指沾了口水，极其细致地涂抹自己的脸蛋，好像那儿就是他将要赖以生存的世界，他要用唾沫代替药物，把它弄得尽量安全和精致起来。

周原这才注意到，导致万户情绪改变的原因，大概在于分配给他的女人是一个黑壮丑陋的大个子，光体积就是男人的两倍，她以前也是一名乘务员吧，却像是练铅球的。是走关系当上高姐的吧。第一次知道列车上竟有这样的人，不，这样的"神"，周原又几乎小便失禁了。那女子倚在万户身边，就像一头大象跟一只猴子贴在一起。周原替万户难过，又有些窃喜，心想这必定大出他的意料之外，真是活该啊。的确，怎么会有这样的高姐呢？神的路数越来越古怪了，从好的方面讲，兴许她们在进化中发生了变异，神也需要适应环境，至少是伪装世俗化吧……此刻，女人正嘎嘎坏笑着用一只手掐住万户公鸡似的脖子，另一只手拨弄着他的头发玩儿。万户痛苦地咧着嘴，两腿哆嗦不停。周原想，他一定当场阳痿了，他辜负了列车长的期望，轮到他要被处死了。然而，不一会儿，一股白花花的液体却顺着万户的大腿流了下来，把踩在脚底的一本《读书》打湿了。

忽然，周原看到，列车长的屁股后面甩耷着一根长有毛刺的条状东西，哦，像是尾巴。不，不是尾巴，而是一个银色的电缆头，像是碳纤维做的，不知怎么搞的掉了出来，那上面还挂了个金属牌牌，上面刻有一个 C 字。周原心虚地赶紧摸了摸自己的屁股，担心也出现什么情况。现在最重要的是，他不能让翠姑取笑他。

三十一、新生

有一天，周原偷偷走到植物茂密的车窗边。绝大部分玻璃早就打碎了，只剩下一小块彩绘玻璃，还危险地附着在窗棂上抖动。它是由一种看上去很古老的色调组成的，像蝴蝶的标本，像卡通的雪崩，若有记忆一样，正在慢慢长大，扩展它的势力范围。不知名的设计者一定在材料和形态上花了很多心思吧。周原入迷地久久看它，发现上面有很多细致的图案，像某种分形结构，好似无数的大千世界，却看不清具体是何物。他很想知道列车外面的存在到底是什么。也许别的"外面"都是假的，只有直接隐藏在这片彩绘玻璃之后的，才是唯一真的。答案就在那儿。

"别这样看了，得为孩子着想啊。他不仅仅是我们的孩子，更是列车的财富。这关系到未来。我就是为了这个，才回来与你在一起的。只有这孩子能救你，而你才能救世界。"翠姑苦口婆心说。

她悄无声息走近，伸手挠了挠周原的后脑勺，嘴里发出咯咯的逗乐声。她的眼中罕有地渗出女性的柔情蜜意，却难令周原信以为真。此时，她已经成了周原名义和实际上的新任妻子。周原回转头，奇怪地瞅了一眼她腆着的大肚子。他又看到她的脖子上，不知什么时候，挂上了一只嵌有男人头的金属十字架，跟列车长手握的那东西一模一样，上面不停地滴淌出腥臭的、红白色的浆液。周原忽然意识到，就像死去的父亲，自己也只是列车上的一个配角。他是为了繁殖而存在的。他要靠这个来解救列车？想到这里，他又要尿裤子了。

翠姑挥拳打了他一下，说："哎，怎么又发呆了？列车长已经说过了，如果我们出了意外，那么，就只能靠孩子了。他们还会走下去的。"

周原嘟哝："孩子？也会长出双脚来么？"

"你以为呀。他们爬么？"女人不以为然笑道，卷起双手做了一个蛇行的姿势。"不会让他们那样的。哪怕在高铁里，他们也一定得学会直立行走，不然他们就不是人了。"

周原不安地盯着女人的肚子，忽然很想把它捅破，把那小家伙掏出来掐死。他担心妻子生出一个异形。可他不敢有任何表示。他既害怕这女人，又想跟她待在一起，自己也十分矛盾。舞器在厕所搞翠姑的情形仍历历在目。他想，这个孩子，究竟是谁的？他又记起老婆婆的话，他和孩子里面，必要死一个。

"说到孩子，目前这种样子肯定是不行的，很难抚养。爷爷奶奶公公婆婆都不在了。没办法。咱们得觅个处所住下来，另外，还要找座靠山。"看着周原那慌张颓丧的模样，翠姑沉着冷静地说，一不小心，像是隐约显露出了超越人类的智慧理性。这委实是周原望尘莫及的。他想，那个人，为什么不是她呢？

"那你要我怎么办呢？"他说。

翠姑用下巴指了指列车长，好像是要周原去做他那样的人。这副神态，跟她死掉的祖母一模一样。

周原的目光又落在了女人肚皮上。他无以名状地摇摇头。女人不高兴了，跳起来一把揪住他的耳朵。

像遭到棒喝一样，周原就去看彩绘玻璃。他想，搞不好，未来真的在那边呢。

产
房

一、新家

列车过道上,周原和怀孕的妻子扛了沿途搜罗来的家当,民工一般跌跌撞撞走着,去找可供他们定居的处所,要在那里让女人把孩子生下来。他们终于可以歇息了,而不用无望地走到驾驶室那空头支票一样的地方去了。他们要远离欺骗,开始新的生活。

车厢两侧,喷泉一样流淌着重重叠叠的彩绘玻璃,上面长满褐色而异状的植物,它们的根茎上雕刻着模模糊糊的符号,好像是亡故乘客的姓名,但一个也看不清楚。这就跟墓碑一样,仿佛为纪念刚刚过去的那场劫难。乘客们水泄不通,有的携着亲人的遗骸,有的推着空空的婴儿车。他们统统要回到原来的住处,找到自己的故居,进行休整,喘上一口气,按照列车长的指示,去做繁衍后代这件头等大事。

车厢里的降尘已经不那么严重了,似乎密封性逐渐得到了恢复,但空气仍然十分污浊,地板上血水和脏水滚来涌去。但这没有使周原沉湎在灾难的感伤中，而是令他想起了"春运"——哦，他又记起一些久远的事来，一年中好像只有那个时段，才最艰难而最幸福，那同样是以"家"为目的地的长途旅行，其盛况曾使周原惊叹不已，觉得不可思议，现在多少有了些理解。这还得感谢列车长创造的条件，那个举着小斧头和十字架的年轻人不是普通人类，只有他在真心为列车和旅客的未来着想。的确，动荡的生活快要结束了，秩序正在一步步走向正常，一切终将安定下来。

自打高铁出事后，经过来来回回的折腾，周原和现任妻子的身体都不太好了，尤其女人还挺着大肚子。他们举步维艰，走过一节又一节车厢，血、尿和其他体液顺着裤腿不断往下溢流，两人快要坚持不住了，但他们既已结成夫妻，并坚信能找到一个家，便一直保持住恒定的微笑——毕竟大难不死，而且有了自己的香火，不会像那些倔强者或无能者一样白白死去，对厚爱他们的列车长也算是有一个交代了。

不知走了多久……"这个好像就是！"忽然，妻子停下脚步，欣喜万状地指着一个包厢的门牌号码说。周原也看到了，在号码下面，还刻有两个黯淡的金字：产房。他不记得这个地方，想不起这就是他以前的"家"，但心头哗地一腥，赶紧推开门，拉着妻子，兴冲冲往里走去，顿时感到，昏晦幽冥，秽气扑鼻，好像女娲补天后的残景，弥漫着坟墓中才有的腐败气息。

映现在眼帘中的，首先是角落里的一个生物，细小的头颅缩在洗澡盆一样的暗蓝色睡衣里面，千年乌龟般缓缓转动不定，顶皮上又仿佛打满严霜，碎骨则流冰似的在皮层下一块块浮动，纤弱的身体好像蝉蜕后的浅紫色空壳——一个白发苍苍的老头儿，眼镜片后面，目光却启明星一般炯炯，躺在周原和妻子将要入住的这个"家"的靠左侧一张窄床上，那床上布满严阵的渔网，好像是为了防备老人滚落地面而特意安装的防护。

啊，原来在周原和他的妻子之前，已经有人入据了，占领了一隅。但为什么要叫"产房"？周原犹豫着，是否要留下。

"就是这里了。"妻子却笃定地说，她的肚子又长大了不少，人再也不想走了。她确信，这个包厢就是专为她设立的，故而才叫"产房"。生育是当务之急，不然就难以维护灾后重组的新家庭的稳定。

于是，周原冲里面的老人歉意地笑笑，挽着妻子走了进去，准备安顿下来。老人只是目不转睛瞅着他们，却像一块顽石，没有任何言语和表情的反应。

妻子大大方方在右侧的空处为周原铺了床，使他可以和老人隔了一道峡谷般的空间平行躺着。她则把她自己的床位架设在周原的床下。她又细致地把他们带来的锅碗瓢盆和其他行李物品一件件归置好，对周原说："好了，这就是咱们的家了。"这时，老人的陪护——一个五十多岁的、收拾得很整洁的妇人，颜面如拉玛古猿，牙齿花爆花爆的，满嘴西部乡下口音，上穿枣红色布罩衣，下套绣花黑色灯芯绒裤，足蹬用塑料凉鞋改装的拖鞋，从一堆垃圾中钻出来。她亲切地拉着周原妻子的手，有些过度热情地向她介绍室内的设施，好像因为终于迎来了新房客而喜不自禁。

周原看到，室内有一座西门子冰箱、一只东芝微波炉、一台日立电视机和一个中式折叠饭桌，以及一些装药品、洗漱用品的瓶瓶罐罐和刮胡刀、指甲钳之类，虽然都用旧了，但正说明，这大约是目前列车上最好的包厢了，还真的有了家一样的感觉。想到这一阵的颠沛流离和受苦受难，周原不禁感慨万分。

"你们可以把衣服放在柜子上面那一格。"老人的陪护——

后来才知道她叫秦妈——指着壁橱说,娴熟地为新来的人分配空间,就好像这种事她做过许多遍了。这时,老人好像睡着了,但周原知道,实际上他正在暗中紧锣密鼓地观察他们夫妇。他不禁想到了死去多时的父母,心里却不再难过。

二、老爷子

周原的现任妻子似乎显得无知,或者她其实是很有勇气,还没有对新环境加以研究,就自来熟一般,真把这儿当自个家了。这便是"产房"给予她的强大信心吧,用人的原始力量进行生育的时代终于来临了。她也不睡觉了,赶着与秦妈聊天。那女的也在老人的床下搭了一张床。她大概是老人或老人的家属雇来的,只为在长途旅行中照顾他的饮食起居,但也可能与老人有着更深一层关系。

"爷爷今年九十三岁了。"秦妈这样对翠姑描述老人,颇有些洋洋自得。

"九十三岁了还坐高铁呀。"

"没有办法啊。只能如此了。你说我们可有奥迪坐么?可怜哦,他不在位子上了,两个儿子和一个女儿也不要他了。他气得不想回家,就以高铁为家了。人情冷暖,这种情况比比皆是,就跟电视剧里演的一样。"

"哦,让你受累了……我和周原可不做这种事。像我,对父母好着呢,对公公婆婆也一视同仁。"

"你是孝女,但各家各户情况不一样嘛……你家老人现在在哪里呢?"

是的,在哪里呢?周原紧张地倾听,一边回忆刚刚走过的重重车厢,以及遭遇的那些惊心动魄的事情,觉得像梦幻一样。他耐心地要看妻子怎么回答这个要害问题,而老人正湾鳄一般蜷缩在床上偷听,好像要从中找到致命破绽。他嫉妒周原夫妇吗?

"双方的老人随后就会来的,与我们同吃同住。"翠姑自信而有力地回答,像是打定主意要做包厢的主人。周原听了女人不经思量便脱口而出的谎言,胃部一阵痉挛。

"但这个房间已经满员了,也没有多余的床位。"秦妈疑惑地打量女人的大肚子。她的意思是说,除了我和老爷子,这儿最多只能容纳你们夫妇二人。

周原想,是啊,老人提前入据了,除非自己的父母和妻子的父母也都尽快赶来,也许就能把他挤出去。但这是不可能的事情。想到这里他的心肺就向里卷缩起来。然后,他又想到,自己与翠姑还没有扯结婚证呢,而与前妻也并没有离婚。如果她还活着,他就是犯了重婚罪。这个情况,逃得过老人的眼力吗?

老人一言不发,像把旅行剪刀一样折叠起身子,好像渐渐睡熟的样子,布满金色寿斑的窄脸上,半掩了一本《读书》。但实际上,他正青蛙一样尖起耳朵,继续偷听周原妻子与秦妈的谈话。他不怀好意的眼色从书脊边缘,白涩涩地、毫不掩饰地滑漏过来,一下一下去瞟周原的妻子,仿佛要用这种竹剑般的目光剥去她的衣服,令她那气球似的肚子裸露在光天化日下。这令周原十分不快。

这时,列车似乎正在提速,但不知要去向何方。它的确已有很久未停站了。不过,方向及车站的问题已经无关紧要。在彩绘玻璃的掩饰下,这一切都有可能是假象。但老人看起来连门也没有出过,他知道列车出事了吗?

秦妈忽然厌倦地中止了与周原妻子的谈话。她凑到老人耳边,邀功一般对他讲:"爷爷,来了新人,很年轻,看模样才三十左右,比你要小好几轮。"

眼镜后面,老人屎黄色的眼睛一下睁得老大,他迟缓地点点头,嘴里吐出近似欣悦的含混声:"啊哈,啊哈。"

然后,他居然以惊人的利索,把脸上的杂志抹下来,放到枕头边,抬眼睇了睇周原,不轻蔑,不好奇,不让步,也不献媚,竟是满脸的宽容与慈祥。原来老人有多副面孔。

三、烟幕

周原对老人的背景及经历感到好奇。显然,高铁上载了许多神神怪怪的人。但他不知如何开口询问。老人九十三岁了,这使周原感到压力,极大的压力,无法开启与对方的谈话之门。另外,周原意识到老人和他一样,都身为男人。这让他局促不安,有一种见不得人的尴尬。

周原的年龄只是老人的三分之一。来历不明的老人,在周原无法介入的漫长岁月里,做过些什么事情呢?有多少是周原绝难企及乃至无法想象的呢?老人亲眼见过多少死人?又亲手杀死过多少人?噢,一看到老人,周原就觉得他杀过人。瞧他那双布满老茧的手,一定握过小斧头吧。当然,他逞强的那时候,怕是还没有高铁吧,但总该有别的交通工具了。交通工具的本质都一样。根据这段时间获得的经验,周原知道老人手上不可能不沾染鲜血,否则他怎么能活到今天呢?也许周原现在睡的这个地方,以前就躺过死人呢,跟他一样也做过老人的房客吧,但他们也是把这包厢当作自己的"家"或"产房"吗?不对,这只怕是一间"刑房"。

老人虚弱不堪躺卧着，似对世界毫无作为，但在周原看来，这也如同车外的景色，正是一幕假象。面对年轻的闯入者，老人施放出了重重烟幕，来掩盖他残忍的本性。周原一想到怀孕的妻子正与这样一位老人住在一起，便紧张得不住战栗。难道，是老人像死亡一般诱来了他和妻子？他就是万户所说的奇异吸引子？

周原为了摆脱自卑和畏怯，就把眼光转移开来，装作无所谓的样子去看窗外。奇怪的是，从这个看似没有受损的包厢中，竟然能清晰地看到外面的世界，列车在全封闭中打了一道缝隙，难道是与某种特权的存在有关吗？周原意识到，他与老人待在一起，更像是在与时间一起飞驰，但列车外部的景物却一动不动，仿佛凝固了。这就像观察大田里的农作物，昨天和今天，看上去没有什么变化。但忽然有一天就到了收获之日，仿佛一夜之间忽然成熟起来的植株们，就此统统被砍下脑袋。这与周原在绿岛咖啡厅看到的大不一样。这是因为参照系改变的缘故吧，他们已经重返昔日时光。

"喂，你怎么啦？"妻子好像这才醒悟过来周原正待在她的身边，拧头喝问。

"嗯。"

"你倒是说话呀。"

"嗯。"

"别光嗯嗯啊啊的，快回答我的问题！"

她像是不高兴或不满足了。而这时周原已经无力地一头倒在了床上。他困惑而累乏得快要睡去。他艰难地侧过脸，眼角一股股淌出疲惫的泪水。他巴望着与女人一起离开这令他不安的"产房"，却深知绝不可能。他思忖，不管会发生什么事，怎么也得报答她一路陪伴的恩情啊。她腹腔中怀着的孩子，很有可能是他的。如果离"家"出走,在这人潮汹涌如同春运的列车上流浪,将会遭遇什么不测呢?他好不容易才遇上她的呀,在列车长的撮合下,重组了家庭。她本不是普通女人,也许早年间属于神的一员,如今身体不好了,却陪同患难中的凡人丈夫,涉险走过一节又一节车厢,终于来到这儿,安下了"家",准备生产。她说看见周原的体液循裤脚流下来,比她自己的流下来还要难受。是列车给了她千载难逢的机会,让她可以充分表达对周原这个陌路男人的情意。这本是一幅灾难般的图景,她却好像在庆祝一个盛大的节日,并从中发现了生命奇迹——她这还是第一次携周原走过一整列列车呢。她比他的前妻要好太多了。而且从她身上,周原又一次意识到,自己或许真的是要去解救列车的那个人。

然而,周原越来越忧心忡忡的是,他的原配并没有死去,此刻一定正在四处找他吧。她纤弱地身陷不知哪一节车厢,难以自拔,过着比周原更加悲苦难捱的生活,却还没有觅到自己的"产房",回到属于她的"家"。万一她也找到这儿来了,该怎么办呢?的确,他们两个闹过矛盾,但列车不是刚刚出了事故么,在这样的环境中,说不定她会重新念起周原的好来。周原害怕两个女人一旦面对面,那会多么尴尬。他是无法用"现在正是春运期间,一切只得将就"一类辞令来搪塞的……但他又幻想,老人的存在,或许能让她们相敬如宾。在长辈面前,她们会为了同一个挚爱的男人,友好地拉手儿聊天,前妻会关心现妻的健康,现妻也会心疼前妻的辛劳,她们会成为这列火车上最要好的朋友,最后都待在他的身边,都为他生孩子……这使周原有些心驰神往起来。

但老人会允许这样做么?在这趟列车上,年纪如此大的老人还是第一次见到。他一定早已看出周原这种男人是自私、虚伪和懦弱的,并因此而暗暗嗤笑,心里想的是:抽你妈一鞭子,别看你住进来了,别看你小我好几轮,可你怎能与我相比呢,我可是历经过无数女人的老枪头呢……但老人的时间看似快要到终点了——周原这样臆测,自我胜利法一般让自己放松下来。是的,只要老人一死,他就可以立即把包厢占为己有,并让秦妈来为自己的孩子当保姆。

四、真正厉害的角色

这时,老人已经兴致盎然地看完了电视新闻联播,把眼镜摘下来放在枕边,安稳地要睡觉了,薄薄的嘴巴紧闭得像一台铲车,他面部火山般的皱褶中终于显露出被他在清醒时巧妙藏匿着的杀气、戾气、霸气、狡气,说一不二的决绝,刚毅与从容,权重如山,恩威并施,深如大海的城府,就好像他此刻正掌握全车乘客的命运。狭小房间里的这样一种气氛,压迫着周原把目光移到一边,不敢正视老人那虬龙一般旁若无人的高贵睡相。

这时,秦妈也灵巧地钻到老人的床下,却也没有睡,歪支脑袋,披头散发,口涎溢流,斜眼在看电视。这已是老人看过的电视,屏幕上什么节目都没有了,只剩下无数雪花点,她却看得摇头晃脑,如痴如醉,嘴里哼哼唧唧,拿着一个遥控器对准空空如也的频道不停摁来摁去。

这样难过地捱了许久,周原万万没有想到的是,兴奋中的妻子却把老人唤醒了,直接与他对起话来,就好像是打定主意要与他搞好个人关系,正如周原当初与舞器所做的那样。真的是要找靠山吗?单纯而幼稚的女人!周原厌恶地想,却不敢阻止,听见她问:"您一直都在这车上么?"

"不，是后来才来的。"

"那您是什么时候上车的呢？"

"六六年。我是从另一趟车上调过来的。"

"您都有重孙了吧？"

"没有。我结婚晚，所以要孩子也要得晚。农村人结婚早，当兵的结婚晚。"

又一个军人，周原心烦意乱地想。自称为退役坦克车手的舞器现在在哪里呢？就是这家伙，曾经干了自己的现妻。有时，周原很怀疑，她腹中的孩子，究竟是谁的。

"孩子们都做什么呢？"他听见翠姑又问。

"老大初中毕业，顶了他妈的班，老二念了高中，成绩好，换了好些个工作，今年该退了，可是单位还需要他，就没有退。还有小三——这孩子却没出息。算了，不提他也罢。"

"怎么称呼您？"

"我姓吴，叫未来。"

"吴老，怎么不见您老伴呢？"

"她六十九岁就走了。这女人不争气。我还提醒过她，吃饱了饭要休息，可她脾气犟，不按我说的做，结果自己倒霉！"

吴未来老人和和气气，有问必答，凶顽之气都不见了。他像与周原的妻子很有缘分，很对脾气。他偶尔也往床下看一眼，像是要弄明白秦妈睡着没有。周原浑身不自在。他亦意识到，妻子与老人谈及的都是过去，一堆堆霉气冲天的过去。所谓的未来是由纯粹的过去堆积而成的。只怕是，这个名叫吴未来的九旬老人正在引诱妻子进入一个陷阱。但他想着想着就睡过去了。这一阵子他实在太累了。

待周原醒来，他看到翠姑坐在身边，对他柔声说："你别这样看着我啊。我这都是在为孩子着想！你那么窝囊，也不想想办法。我已经打听清楚了，吴老的来历不简单，他才是高铁上真正厉害的角色，就是咱们要找的靠山呢。"

五、粉丝们

早上，有一伙年轻人及鼠状动物冲了进来。他们和它们由罗盘带领，是专门来找周原的。不知为什么，一夜之间，周原已经成了列车里的名人。这些年轻人自称是周原的粉丝，一路追踪而来。那些动物则是他们的宠物。他们驯养它们，作为食物和冲锋陷阵的打手。罗盘告诉年轻人，周原将成为高铁上最有权力的人，他今后要代替司机和列车长掌管这个世界，所以，大家都来投奔他了，至少他们是这样说的。这令周原哭笑不得。他不知罗盘从哪里搞到的情报。难道，他也看到了他在《读书》上的照片？那幅图像究竟透露了什么信息？周原回忆死去的老婆婆对他说的那些话。他又觉得罗盘不会这么头脑简单吧。

动物们像嗅死人一样在周原身边闻来闻去，粉丝们则争先恐后对他谈起了一些他似乎会感兴趣的话题，并热切期望能听到周原的点评，以此确证自己活着的价值，从而获得未来列车主宰者的青睐。他们气喘吁吁说：

"前些日子铁路沿线的雨雪冰霜天气告诉我们，这年头脸皮厚的人，经冻。"

"火车票实名制问题本质上就是个权力问题，而不是技术问题。"

"我有些歌颂铁道的诗歌写得实在好，智商高的人都喜欢，这也是没办法的事。"

"面朝大海,春暖花开,珍爱人生,远离高铁!"

"跟铁道部长建议,将春运以及由此衍生出的各色泛文化、新文化及显规则、潜规则整体打包,申报联合国教科文组织非物质文化遗产。"

"奥依塔克躲藏了上下五千年,今儿个可是惹了乘客了。"

"愤怒出诗人,对于信号问题,我们没有愤怒,麻木和厌倦的感觉只是无病呻吟。"

"你奥巴马不要数典忘祖,你是美国第一个黑人总统,也是第三世界人民的后裔,难道你忘了白人是怎么剥削、压榨和欺负你们的吗?你竟要让美国借债修高铁!你们是举债成瘾呀。"

他们热热烈烈一口气说完这些,令周原意识到,真的是回到了很久以前的某个岁月。那是一个陌生而熟悉的时代。但这些都不是他想要听的。他又觉得他们无聊和没用。他们这么年轻,怎么不做些正经事呢。而且,除了罗盘,他不认识粉丝中的任何一个人,他们也根本不了解他,也不想了解他。但就连罗盘,也与以前很不一样了。他手中的炸弹没有了,他也不展示他的选票了。他不知从哪儿弄了一身仿制的乘务员服装来穿,还煞有介事拿着一个从垃圾堆中捡来的便携式电子记事簿,准备把周原说的话记录下来,自己却一言不发。这让周原苦恼和困惑。他头脑里轰轰鸣响,就像那些话语正化作许多小飞虫在他的皮层上扑腾。他却无法开口驱逐粉丝们。他于是拼命去想昨夜妻子告诉他的,有关老人的那些事情。她的确是奋不顾身刻意去找老人聊天,才慢慢套出来的,有的也是通过向秦妈打听,才一点点了解到的。她这么做,包括与周原在一起,都是为了即将出生的孩子。这使周原在期盼中感到嫉妒和害怕。

据说,老人是整个高铁事件的亲历者和当事人。他之前是一位陆军中将，参与主持了高铁工程的实施。这才知道，高铁最初是用于国防的，是为了抗击外部敌人的入侵。利用其无可比拟的速度，高铁上搭载了许多重大实验项目。老人是高铁工程执行委员会主要成员之一。一度准备试验一种新技术，即用植物控制列车，依靠一种自我优化的云状根系，来代替弓网和分布式信息系统，把列车全面智能生态化，形成新的绿色统一体机器。它将遵循一种尺度可以改变的幂律模式，以形成巨大的闭环反馈。但是，尝试失败了。仿佛重蹈了生物圈二号覆辙，高铁世界内部爆发了动乱。由于铱的失控和扩散，时间箭头变得不确定，生物大量灭绝。现在遍布列车的植株，不过是其祖代在灾难后幸存的遗子。大批人类成员也死亡了。动乱结束前夕，老人隐居到了这节车厢。列车长就是他派出去收拾局面的，为的是做好恢复重建工作。

哦，这才是真相吗？老人才是高铁的真正掌控者吗？什么被儿女抛弃了，不过是幌子吧。但对于妻子说的这些，周原惊诧窘困，莫辨真伪。动乱，那分明是一件陌生遥远的事情。列车沦为今天的状况，难道就是因为动乱吗？这才是事故的真正原因吗？像舞器一样，老人会不会也是在女人面前自我炫耀呢？他在打诳语吗？他这一辈子说了不少谎话吧？这是他设计的圈套的一部分吗？他脑子是不是也有问题呢？但是，为什么恰好是周原误闯了老人的住所呢？而且被老人容忍居留下来？难道真是沾了妻子的光？

翠姑说，这一切不是无缘无故的，老人正在寻找接班人，大概是暗中考验周原吧，要把他拉入重组的高铁工程执行委员会，让他去完成新的重要使命。产房，当然不是无缘无故自天而掉的馅饼。

周原记得，曾几何时，算命的老婆婆告诉他，他要成为解救高铁的人。周原将要成为列车上最有权力的人的传言，大概就是这么来的。这似乎印证了他的照片为什么会出现在《读书》上。原来，真的都是安排好的。但他有何德何能，竟被高铁工程执行委员会选中？是要让他去充任司机吗？谁当司机谁倒霉呀。他很清楚，万户和赤县带走了记录列车秘密的《读书》杂志，没有给他留下一本。这令他存在严重的知识缺陷。不过，历史上庸碌之才登上高位的事例也不少。何况这只是一列高铁，据说，纨绔子弟也好，街头混混也好，谁都可以驾驶的。

他想，自己的这个新婚妻子，倒真是了不得。她也许是个侦探？她只是乔扮成小学教师或乘务员，大肚子则成了她的掩护？周原有上当受骗感，却心甘情愿。

但是，更让人不踏实的问题是，现在到底是哪一年？历史是否真的已经倒转了？一切回到了从前？回到了那个灾难虽未集中爆发但一切更加无序的时代？他已从粉丝们的谈话中，隐约感知到了一些（"雨雪冰霜"、"火车票实名制"、"奥巴马"等），但还难以从别的渠道加以证实。

周原思维错乱，好像从一重危机中，掉入另一重危机。他挣扎着用目光在粉丝群中探寻，却一无所获，于是他大声咳嗽起来，像受了委屈的小孩一般，要表达对某种强加事物的抗议。

粉丝们不知道发生了什么事，都着慌了，手足无措。那些动物吓得吱吱叫唤。罗盘不动声色观察着。周原的妻子只好暂别老人，快速爬上床，为丈夫捶背，好让周原把痰咳出来，结果他咳出了浅黄色的胃，鲸肉般流在床上。老人在一旁皱起眉头，这一瞬间，他显得年轻了。粉丝们都紧张不堪，生怕周原忽然死掉。这时罗盘才使个眼色。粉丝们就一窝蜂拥上来，好像要给周原添加衣服，顺便把还在瑟瑟抖动的胃替他塞回食道，但其实是偷偷递给周原一个包袱，里面装有他们在来路上拾到的周原父母的骨殖。

周原烦躁地喝令粉丝们退下。罗盘嘴里吱了一声，大伙儿唯命是从，乖乖撤步了。这时，罗盘凑到周原耳边，悄声说："嘘，告诉你一件事，舞器已经死了，列车长也死了。他们是因为内讧，在一场打斗中死的。你不用再害怕他们了。动乱已经平息了。"说着，他打开一个包袱，把里面装的小斧头、十字架和《读书》拿出来给周原看，说这些都是文物。

周原想看却又不敢看这些熟悉的东西，就又去观望车窗外面。景色又变化了。正在解冻的大地上出现了一些穿绿色制服的小人儿，这回木偶般动起来，高喊口号，齐步行走，好像是要去食堂吃饭。还有一些零星的出租车和公共汽车开来开去，人们挤上挤下，秩序很乱。不知道的是，他们的未来又在哪里？面对这些好像是电影银幕上的人群，周原并没有奢望他们能够把他和妻子从列车里搭救出来，相反，心中生发出一阵鄙夷的可怜。他便拎了父亲的一根耻骨去抠自己的脚心。

但可惜的是，大多数粉丝都没有注意到有一位老人就在周原边上躺着。他们关注包厢内的硬件设施甚于关心老人。只有罗盘偶尔踱过来，往那船棺似的小床瞥上一眼，仿佛漫不经心地说："啊，老爷子精神真好呀。"周原知道他心里想的其实是，这老不死的，已经过气了——但他却是吴未来，列车的真正主宰者。这是罗盘不晓得的吧。

老人脸上没有任何表情，嗓子眼儿里却仿佛在嘟哝："哦，你们玩儿的这些，我太知道了。"他转着眼珠子又找周原的妻子。真是个老江湖。

周原惶恐已极，担心不谙列车历史的粉丝们惹出麻烦，伤害到自己和妻子，特别是对女人腹中的孩子不利。但老人似乎对大家的聒噪并不在意，只除了当人们提到交通方面的话题时，他声音洪亮地生生插进来：

"去年，以改革的名义，国家把民航的、公路的、水运的，都整合成了一个部门，只留下铁道部未变，让它继续维持原来的体制。思考一下这个问题的严肃性吧。"

说到这里，他蓦地半挺起身子，挥出遒劲的手势，就好像面对一群下属在训话，但年轻的粉丝们充耳不闻。这太可怕了，他们完全不知天高地厚，或者忘记了历史。

周原想，这个问题的严肃性是什么呢？在于它一直是准军事部门吗？他眼睁睁看到，粉丝们开始偷老人的东西，甚至把电冰箱搬走了。老人和秦妈都没有办法。不过这种事情，吴未来在他的一辈子中一定见得太多了，周原的粉丝在他的眼中算什么呀。所以，到最后也没有闹出大事。周原才松了一口气。

罗盘临走时，回头狠狠盯了周原一下，又冲他的女人挤挤眼。这令周原又猜疑起这家伙的真正来意。

六、姑娘

有时，周原觉得老人其实也很可怜，并且也没有什么亲人或下属来探望他，除了偶尔有一个十八九岁的姑娘走进"产房"。她戴一副绿口罩，穿一身绿大褂，像一个勤工俭学的大学生，但实际上可能是又一位乔装打扮的乘务员吧，或者老人的某个孙女或重孙女。她长得像一根大葱，这使她显得艳冶而冷傲。她动作机械。她每次莅临"产房"，都使周原暗怀憧憬，而翠姑则表现出敌意。那姑娘会把铁钳一般的两只纤手伸进老人的睡衣下面，在小腹那儿又按又压，问："疼不疼？"

吴未来想了想，答："不疼。"

女孩又捣鼓一阵，无声无调说："老爷子，您不要再天天出去跟其他车厢的旅客聊天了。他们是平民，可您是军人。"

"我没有去过嘛。"老人害羞似的笑个不停。

"不去就好，这破火车里面，情况复杂，什么人都有，有的人很坏，口蜜腹剑，跟从前不一样了。"姑娘按部就班说着，瞥一眼周原和他的妻子，又问老人，"您想吃点什么吗？"

"有什么？"

"山楂片？"

"我不吃。我这辈子就没搞清楚山楂是个什么东西。一种中药？"

"话梅呢？"

"话梅不吃。"

"芝麻糖，别的没有了。"

"那就吃芝麻糖吧。"

吴未来叭叭嚼起芝麻糖，过了一会儿，又得寸进尺说："我想要点钱花。"

"您不是自己还有钱吗？"姑娘有些不高兴了，但并没有在神情上明显表现出来。

"只有三百元，这些钱，在高铁上，哪里够。"

"不够时再说吧。"女人冷冷撂下这话就走了。

老人把三百元钱从衣襟里掏出来，恋恋不舍玩儿了一阵，扭头对秦妈说："去给我买一件新衣服嘛。"

"买两件吧？"

"好!"老人把钱递给秦妈,呱唧拍手,小学生一样腼腆笑了,低头到处寻找时间。

"爷爷,您的手表已经停了。您忘了上发条!"

秦妈连声提醒。老人便把手表拧下来,捉在手中,把鼻子凑在它上面,龇牙咧嘴一圈圈上起发条。

周原条件反射地看了看自己的手表,那上面的时针,还在倒着往回走。想起这是他与原配的结婚纪念物,他赶紧伸手把表面一把捂住。

他想,老人真是有很深的背景哪。

七、梦

晚上,周原做了梦。他梦到有人要害他的现妻,他便着急去通知她,但怎么也找不到她。周原连滚带爬到处去找她。最后不知怎么找到了。翠姑带着他们的孩子,是个男孩,不知什么时候生出来的,已经七八岁大了。他长得的确不像周原。好在他们一家终于团聚了。周原一声令下,三人拔腿便跑,越过一片荒野,到处是蘑菇状的植物,白苍苍的没过膝盖。他们脚上沾满黑泥,但跑着跑着,面前兀然升起一道五彩斑斓的玻璃峭壁,往两边看不到头,好像火车车厢,又水一样萦动出涟漪,如用纯粹的精神材料制造出来的。

周原就先把妻子托举上去,又把她的包包递给她。至于孩子,就顾不上了。然后他也手脚并用往上攀爬,她则在上面一边哭一边用力拽他,嘴里呼喊着孩子的名字,又对周原一通臭骂。

周原终于翻上峭壁,看到满天星星,却与在地球上看到的完全不一样。在星光下面,吴未来穿着军服,正由秦妈搀扶着站在山顶，微笑着注视他们。

周原一下慌了，不知道怎样向妻子交代。他们的孩子弄丢了。他们失去了未来。他怀疑自己潜意识中就想抛弃他。她继续破口大骂："混账王八蛋，我就知道你是存心的。怪不得你原先的老婆不要你了！"这时，周原看到罗盘从峭壁的另一侧爬上来，跟翠姑手挽手站到了一起。

周原汗涔涔醒来。他提心吊胆转头看了看。自己的女人正睡在下面，大肚子一起一伏。他觉得刚才的梦十分真实，就像是已经发生过的事情。他又听见老人在咕噜咕噜吸氧，就好似抽大烟。随后，老人也醒了，在秦妈的搀扶下起夜。吴未来一晚上要起五六次夜。当老人卸下身体里的负担，重新走进包厢时，周原才发现，他长得多么像是一头鳞甲脱落的独角龙呀。

八、新衣

"爷爷，明天中午我们吃鸭子吧。"从厕所回来后，待老人重新在床上躺好，秦妈谄媚地说。

"噢嘿，噢嘿。"老人伸出青筋暴起的手爪，怜爱地摸了摸女人的头发，"哪来的鸭子？餐车的特供服务恢复了吗？"

"恢复了，恢复了。衣服也是在那儿买的。"

"那就太好了！"他又斜眼去看周原的妻子。

"爷爷，这个花儿好看吗？这是黄的。"秦妈急切地向吴未来展示刚买的两件新衣，是黄色的雕龙绣花上装。

"这个更年轻一点。"老人认真比较着，加以评价。

"那这个呢？"

"这个老相。好贵是吧？"

"纯棉的，不是腈纶的。爷爷穿了身上不会起疙瘩。"

"衣服多少号？"

"号嘛，是有的，但对不起，爷爷，我当时没在意看。"

"没关系。啊哈，啊哈。"

周原看到，老头儿要穿的，并不是乘务员制服，也不是军服，更不是宇航服，而是李宁牌运动衣。他不禁瞪圆眼睛。他自己的衣衫已经褴褛了，跟粉丝相见都很没有脸面。如果他也拥有一件新衣……

他听着、看着，又做梦了。

他终于要下车了，要告别这趟苦难深重而前途未卜之旅，却找不到车票，而出站是要验票的，没票的乘客就要被投入站台上的看守所，不准回到社会。妻子心急火燎与他一起找，好像这比孩子更重要。家当乱糟糟摊了一床，但终于还是没有找到。周原因为无法下车而沮丧得哭起来。哦，去找吴未来想想办法吧——他想对妻子这么说，企图求她帮忙。但他最后什么也没说。

他做好了最坏的打算。如果万一被关押，翠姑会到看守所来给他送饭吗？她不是他的原配。说起来，真就是萍水相逢，却又好像有着不一般的缘分。

在这过程中，他们没有提到孩子的事。

梦到这里，周原就醒了。他看见吴未来正好奇地瞅着他。就像在公共浴室洗澡时被同性久久盯着私处看，他不禁脸红了。

九、"未来"

待在"产房"，周原又恢复了一些记忆。他约莫记得，自己第一次对火车产生印象，是在三岁时。父母为了逃避科技界一场以"打假"为名的政治迫害,带着周原登上列车,远去他乡。周原表现出对旅行的极大兴趣。他还记得乘务员挨着车厢来查票。父母就把为周原买的车票拿出来给他看。周原虽然年幼,也知道车票是假的。它是用马粪纸自制的,居然骗过了乘务员的眼睛。父母把车票送给周原作纪念,他就把它夹在一本连环画里做收藏。但那本画册很快被父母扔到了车窗外——那时的列车并不是全密封的高铁。周原大哭大喊,伸手去捞,仅见一只小虫从书里爬出来,变成一个直立老鼠般的东西,赤了双脚,跳上路基,怒气冲冲追赶列车,跑得比风还要快。

十岁时,周原已逐渐发现列车是一个奇异世界,遍布各种不可思议的事物。他在车厢里踽踽而行,在餐车旁见到一尊黑色石像,默然伫立,它却不是招财猫。列车里怎么会有石像呢?而且是在餐车旁。石像是个人,没有五官,镜子一样映照着周原的脸。他一声不吭,从石像身边绕了过去,这时感到有一只阴冷的手在背后拉扯他。他回头看,却什么也没有见到。

周原十五岁时,在列车走道中见到一条玄色小龙,不知怎么飞进了车厢。它带来了外面那个世界的信息,原来世道已经大变,变得他们一旦下了车,都无法过原来的生活了。这意味着他们只能永远待在列车上。周原把小龙收养了,但它竟然不吃不喝,很快死了。爸爸把小龙捡起来,让妈妈开膛剖肚收拾一下,熬了一锅汤,让饥肠辘辘的全家人吃了。

周原二十岁时,在列车里遇到了自己的初恋情人,他们在盥洗间里邂逅。他一直默默爱着她,却不敢表白。但忽然有一天,她对周原说:"我明天要结婚了。"周原就到小卖部买了两个带锁的日记本送给她。十年后,她离了婚,带了孩子,满列车找周原。她把她写在那两个本子上的日记一字一句念给周原听。原来她这么多年一直过着不幸的生活,她不停思念着周原。但周原这时已经订婚了,对方是一个自称在国有银行或者电信系统上班的女人。她是父母托了好几层关系才介绍给他的。

周原感知到,他遇到的那些事和人,分别代表了某一个未来。他就这样与未来多少次擦肩而过。每一个未来都向他展示了希望,却又暧昧、诡异而悲绝。现在,周原又与"未来"同行了。但他已无话可说。

——不,不,周原忽然痛楚地记起,这一切都是假的。根据《读书》的说法,他自小就待在这趟列车上,他是被乘务员创造出来的,他的父母也是乘务员创造出来的,他的脑子里不存在任何真实的记忆。然而,刚才他所回想的,竟又是那样的确切!到底哪个才是真实的呢?他直到死怕是也弄不明白。

十、女秘书发布的新闻

周原无所事事计算着妻子的预产期。但在又一个雷电交加的夜晚,像他的前妻那样,她忽然失踪了。

周原走出"产房",茫然地四处寻找,却一无所获。他就在黑暗的车厢里坐下,想要抱头恸哭,却哭不出来。

闪电的光射之间,周原又看到粉丝们在成群结队走动,就像一簇簇僵尸。罗盘一手举斧头,一手执十字架,率领人群和动物,兴高采烈,呼号不止,宛若举行浩大的盛装游行。这就好像舞器复活了。乘客们被惊醒,避之不及。但粉丝们没有再来找周原聊天。似乎他们很快就把他忘记了。难道他们发现了新的目标?或许这只是罗盘使用的一种障眼术?周原觉得,要警惕这人。

待了一阵，他沮丧地站起来，走回"家"中，发现那个偶尔来探望老人的绿衣女郎正躺在妻子的床上，两眼圆睁，一眨不眨，看着天花板发呆，好像没有生命。而吴未来和秦妈都睡熟了。周原赶紧爬上自己的床。到了后半夜，他已经和女孩眉来眼去了。

周原爬下来，与她做了那事。她的身体里面像冰。他一边做，一边想象舞器和翠姑在厕所吭哧的一幕，才觉得这十分自然。他似乎早就在期盼这一刻了。曾几何时，他梦想着有了钱、有了权，不是要找二奶、小三吗？但他又担心妻子现身，抓他现行，便匆匆结束，逃回自己的铺位，把眼睛紧紧闭上，装着睡觉的样子，却睡不着，便和女郎聊起来。

"你是吴未来的什么人？"他问。

"我呀，我是他从前的秘书。军衔少校。"她坦白得出人意料，就像新闻发布会上早已准备好回答记者提问一样。

"哦……他真的是个将军！"

"其实，他根本就不是一个人，而是十几亿人的凝聚体。怎么给你说呢，他的身上杂七杂八汇合着一个民族。"

"你在说什么啊？"周原吃惊地看了一眼皱巴巴的老人，他睡得真香，连车外连踵劈下的雷霆都吵他不醒，"你为什么要告诉我这个？"

"这是高铁，一切进程太快，没有时间绕来绕去打哑谜。这趟列车比你想象的还要不可想象。确切来讲，它超出所有人的想象。"女孩一本正经，像在给周原上一堂生理卫生启蒙课，仿佛这才是她来到"产房"的真正用意。

"一个、一个、呃，一个民族，十几亿人，怎么可以杂在一个人身上呢？"周原觉得自己是个白痴。他降临世上，就是白来一趟。

"不是说了嘛，这是高铁。列车上发生的一切，都不难理解。本来人类社会与生物有机体就很相似，不，它们简直就是同一种现象。比如，随着生长，二者的复杂程度都在增长，功能都在分化，各部分相互依存，各部分自成一体，整体死亡后部分还会存在一段时间……从理论上讲，它们可以互相移植。这需要一种超级科技。好在集团已经掌握了。这最早始于物联网。它把世界上所有东西加以联接，包括物质、能源与信息，也包括大脑的联接、大脑与机器的联接。这项技术并没有大众化和市场化。因为有很高的战略价值，就被垄断了。这时候，一切成了比特，包括民族。只要获得集团分配的权限和密码，特定人物就能随时随地进入别人的大脑，与别人的思想联接，并获取它们。思想并没有什么神秘，不过是一些信息。通过镜像数据包的传输和转换，把那个人脑子中的所有信息下载到自己的大脑里。在这个基础上，再一点一点、一片一片，逐渐把亿万人的头脑简并为一个人的头脑。这已是一个新脑了。它是全新意义上的超级单体。这跟集成电路是一个道理。在指甲盖那么大一块硅片上，可以铺上十几亿个晶体管，这在以前无人能够想象。那么，为什么一个人的大脑，不可以是十几亿个大脑的集合呢？就把皮层加工成介质基片好了。说起来，宇宙中的生物有许多种存在方式。有的需要分裂并复制成无数小型个体，比如以前的人类和各种动物、植物、微生物；有的仅仅以单一的集成方式存在，其实高铁本身也是这样的一种东西……"

"集团，它是什么？"周原还是第一次听说这个。

"也就是民族中那些最有危机感的成员的组织，它致力于追求跨越式发展。集团不但研制出了拥有自主知识产权的高铁，还在物联网的基础上，开发出了民族浓缩技术。集团控制着整个高铁产业链。高铁是一个简并条，它把所有人的智慧浓缩成一个单一的集体智慧。"

"但浓缩之后呢？民族……那些千千万万会哭会笑的、具有个性的、有着独立想法的男人女人，都一下子消失不见了吗？"周原在恐慌中忙乱地摸了摸自己的身体，觉得这是一个被抽空了内容的壳子。

"是的。那些人消失了。"姑娘冷冷地说，"这没有什么。你也许不知道吧，任何一个民族发展到最后，都会像恒星或宇宙的终极归宿一样，向内压缩，成为千人一面、万人一面、亿人一面的东西，再无个性可言，黑乎乎的一团，高度秩序化，跟奇点差不多呀。它其实就变成了一个人，哦，或者一个东西，这是有机体的强形式。集团只是人为加快了这个进化过程，它把亿万人的智能提取出来，打造成统一的全民脑……研究表明，一个民族区别于另一个民族，只需要三个基本特征，其余都是多余和浪费。你知道这意味着什么吗？这意味着只要一个人就足以体现一切人。吴未来以一己之身，集成了这个民族每一个男人女人的基础信息。这样他可以代表所有人的根本愿望和长远利益。智能这玩意儿，的确是很有用，但很长时期以来，所有可用的智能都分散在人类的个体身上，与之同时存在的还有人类用智能制造出来的种种麻烦。这些麻烦会为高铁的运行设置障碍。所以消除麻烦的办法就是设计出超人，造就一个高度集成的智能，而让每一个个别的智能消失。这种新的智能不会再做那些破坏大局的无聊垃圾事，同时也最大限度节省了能源和资源。这是意识的跃迁。它是超个体的、富于直觉的微妙意识，是一种真正的共识，是一种超意识。有了这种超意识，吴未来甚至可以把民族的特征和信息进行分段式表达，根据列车运行的具体情况，在某一万年里集中表达某一方面，在另一万年里集中表达另一方面。目前这段时间，他表达的民族意识叫'集体的狂欢'……"

"集体的狂欢……"周原眼前又浮现出遍布列车的废墟和尸体，他想，这一切都是这个老头儿心血来潮造成的吗？"为什么要这样？一己之身……这不是把鸡蛋放在一个篮子里吗？听上去，像是这场灾难的根源……"

"不，不是一个篮子，不止有一个老人，不止有一列高铁，而是有无数，在你我的视界之外，飞速运行……"姑娘的语气，仍然不紧不慢。

"你说的是膨胀吗？"

"既是膨胀，也是运行。有的人只看到了列车行驶的一面，这是不对的。但认为它只是在膨胀而自身并没有行驶，这也不正确。实际上，这二者是叠加在一起的，在膨胀的同时向一个目的地运动，在运动的同时内部不断膨胀，这才是真相。听说过波粒二象性吧？大致跟这差不多。"

"它运行或膨胀了多久呢？一百三十七亿年？"周原很难把列车想象为一束光那样的东西。

"它只运行或膨胀了一念，也就是一刹那，换算成我们能够理解的时间概念，也就是零点零一八秒。所以在这趟列车上，没有工夫发生感情。一切都直奔主题，就像我们两人现在这样。"少校干净而简单的声音就像从一台电子合成器中发出来的。

"吴未来知道自己是如此这般的一个东西……呃，存在吗？"

"他不知道。他展现在世人面前的，只是一个简化外形。在高铁上，他可以被设定为任何一种形态——比如一张车票，一只小虫，一头老鼠，一尊石像，一位将军，或者一条独角龙，随时间而变化。他的真身可能是一份档案文件，一个价值一分钱的运算器件，也可以看作一个代码或符号，当然也可以表现为什么也没有。"

"我听说，高铁只是腐败的产物……"

"那不过是幌子，用来转移注意力，麻痹敌人，让他们放松警惕。搞出一个跟宇宙一样大的东西来，难道是几个腐败分子就可以做到的吗？这是集团的功劳。"

"但为什么一定是高铁？"

"这是集团的选择。形势所迫，只能以速度为第一。在极限运动中，才能躲过外部敌人的追击。敌人太强大了。"

十一、毁灭与复制

说到这里，姑娘取过遥控器，把电视机打开。她调了调频道，液晶显示屏闪射出一幅画面。背景是浩瀚而黑暗的宇宙，只有零零碎碎的一些星光在闪烁，大海般的时空中漂游着亿万具破烂的尸骨。这其实是一块悬浮在介质层上的电子墓地。有一个镜头般的东西在无声移行。它缓缓绕过一群墓碑，对准一块头盖骨，探入进去，通过骨膜，镜头放大后，看到了蜂巢状的立体结构。像是人工制作的血管和神经组织，并没有真的死去，仍在工作。镜头进入骨髓腔，继续放大，呈现出一片片骨细胞。但有一些游动的、带鞭毛的螺旋体，是存活在骨头中的细菌。看上去，它们像是由实验室培养出来的特殊种类。镜头直接穿越细菌的细胞膜，进入细胞质，抵达核质体。这才发现，这很像是一个碳纳米管。就在这儿，一列高速列车正在风驰电掣。

"其实，这已是另外一条时间线。我们正行驶在未来的某段轨道上。我们熟悉的那个世界,在很久以前就毁灭了。天塌地陷,山倾河干。它已经变成你看到的这片墓地和尸骨,沉没在无边无际的病毒海洋中。"女人丝毫不带感情地说。

"毁灭……那是什么时候的事情?"

"按照你能够理解的时间概念,是公元二○五○年。"

"我们早已不存在了吗?"

"是的,但是,集团再造了民族。集团在灾难到来之前,发明了可以进行时间跃迁的新型高铁,一举进入了未来。这与早期的只能实现空间旅行的高铁完全不同。集团把民族浓缩成一个微点,藏匿在列车车厢中,在细菌的体内运行并膨胀,一直到今天,终于重新进化出了崭新的文明,也就是你在列车中看到的复杂纷繁的生活画面。你不要以为那些动荡很不好。各种冲突、混乱和死亡,作为激光一般的非线性现象,是使我们勇猛精进而不致昏聩消沉的动力,以实现民族的复兴。这一切是在一个四级实验室中完成的,包括在常温下制造并控制微宇宙。"

"为什么要以细菌为宿主呢?"

"我们不叫它宿主,专业术语上,它被称作闭塞空间,既可以防止列车碰撞,也能够把破坏因素隔绝在外。至于为什么是细菌,因为细菌就是一个宇宙,甚至是母宇宙、元宇宙。细菌的技术,成本最低,却最为实用。只有细菌,才是整个生命史中的耐力冠军和终极主宰者。它们是大千世界中最古老的成员,最大的生存适应者,最强的有机体,无处不在,善于应变。从前,人类为了消灭细菌,发明了无数种抗生素,但细菌总能找到对付的办法,产生抗药性,使每一轮抗生素走的道路都是从有效、低效直到失败。将来有一天,人类灭亡后,所有哺乳动物灭亡后,所有昆虫灭亡后,细菌还会继续存在。只有寄生在小小的细菌身上,才有可能逃脱种族灭亡的命运，文明才可以延续——任何一个文明都是需要有机环境的。实验数据表明，无论外部生态条件多么严酷，总会出现少数因突变或带有质粒引进的新基因的细菌，能够顽强生存下来，成为新的生命之源。重要的是，细菌是一种上行创造者。列车依靠细菌与外部世界交换物质，从而获得宝贵的能源。当然，这不是普通的细菌，是纳米技术操纵下的人造细菌。它们的原子被搬动过。我们并不是只利用一个细菌。此刻，在无数以细菌为基础构造的微宇宙里，正运行着无数的列车，我们的民族再生后，被复制成了无数的备份，继续生存和发展。我们靠的是数量，而不是变异。我们很难进化，却一次次逃过了死亡。在资源非常紧张的情况下，牺牲大家的眼前福利，搞出这么一种局面，并不是因为少数人贪得无厌，而是实在没有办法啊……"

"原来如此。看上去，我们现在又获得了安全。"

"不，危险并未解除。像我们一样，敌人也不会轻易灭亡。他们仍躲在不知名的外部世界里，或者潜伏在另一些宇宙中，从事破坏活动。他们也有自己的实验室，他们在那儿不停发明新技术，制造更厉害的抗生素或其他什么武器，用来侵蚀列车的机体。他们用了种种办法，企图颠覆列车。不久前，我们遭遇了一次重创，部分乘务员蜕化变质，成了敌人在高铁上的代理人，大肆出卖乘客的利益。一场特殊的战争爆发了……所幸我们在列车长的带领下，用原始的增殖繁衍方法，战胜了危机。迄今为止，敌人唯一攻不破的仍是高铁，因为集团一直在努力切断高铁系统与细胞外部异质世界的物理联系。更重要的是，我们把全民族简并成了一个超级单体，我们奉行轻视生命的价值观，而敌人还不能做到这一点。他们的智能分散在每一个个体身上，他们的效率是低下的。这是他们的软肋。我们的列车一边行驶，一边不停膨胀，使得任何强大的入侵者到最后都变得不值一提，就像大海与水滴的关系一样，最后，敌人统统被吞噬了……"

"谁是敌人？来自哪里？"

"不知道。这方面的记忆被切割了。"女人似乎流露出一丝犹疑，但稍纵即逝，"不管怎样，他们仍然是真正的强敌。我们在战术上藐视敌人，在战略上重视敌人。毕竟，他们赢得了整个外部世界的维度，他们在百分之九十九点九的宏空间和亚空间，以及绝大多数时间线上，都拥有基地，建立了先进的实验室，并占据了所有产业的第一轮，等你试图进入，就掉进他们设下的圈套。然而可怕的是，这一切凭靠的，却不是高人一等的思想、价值观或宗教，也不是依仗科技——虽然这看上去是他们最明显的优势——而是在应用有组织的暴力手段方面，他们技高一筹！敌人通常会有意无意忘记这一事实，但我们时刻铭记在心。"

"集团真是洞若观火啊。看这架势，我们终将战胜敌人。"

说是这么说，然而，周原却仿佛嗅到了死尸般的恶臭。为什么能把自己的民族集成起来，却不能把敌人也统一过来呢？为什么无法把整个人类联合为一个单体呢？

"不，集团内部出了麻烦。"女人无动于衷地继续说，"它在某一个夜晚神秘暴亡了。还不知道这是因为什么。说起来，集团也是一种物质现象。也许是成分和结构的问题，增加或拿掉一个成员，就可能性质大变，发生衰退，导致崩溃。也许是指导集团的理论体系还很模糊和薄弱。这些都不清楚。只剩下高铁还在按照集团的意志自动运行，危险随时会降临……"

"这与我有什么关系呢？"周原看了一眼破损的车厢，以及卧在床上的老人，心底滋生出极不真实的感觉。他想到万户提起的那个名叫《坦克世界》的电子游戏。他对自己的存在既苦恼又无奈。他为什么不能活在一个更好的世界呢？一定有无数的世界可供宇宙中的生物选择居住吧。但这却不由他来安排。

"他在三十年前，也就是你出生那年，得了一场怪病。"女人平静地检视昏睡不醒的老人，"像我一样，他也丧失了记忆。他一天最多只能思考一两个小时，甚至不能思考。他醒来时，像许多人一样，对自己的存在产生了怀疑。他内心布满巨大的冲突、尖利的卑怯和战栗的恐惧。他觉得自己是一个旷世异端。也许，他已经发现了他所肩负的是一种什么样的使命，这压得他喘不过气。他担心无法完成它。他觉得自己是有原罪的，而有原罪的人，是无法按照集团章程的描述，去建立一个美好的大同社会的。他又开始做起无聊垃圾事来，比如买衣服吃零食什么的，这立即造成了列车的熵增。有一天，他甚至杀死了自己的妻子。他开始在幻想中伪造自己的来历，并把它当作真实的记忆。"

"他疯了吗？"

"噢，也不能那么说，"姑娘惝恍的口气就像在描述一件与己无关之事，"列车上设有防发疯自动装置，就算他死了，也能令列车在紧急情况下规避危险，或者在危险到来时临时停车……但是，这只是指在一般条件下，而新的变故已经发生，这的确不是车载中心计算机能够料想到的。根据对深层链接的流量分析，一个不明干扰信号正在档案文件的核心区活动。还不知道它应用一种什么样的新技术实现了入侵，也不清楚它究竟代表着什么，因此十分焦虑。"

"这对列车很致命吗？"

"是的。它使我第一次对这个世界的一切以及我的使命产生了怀疑。入侵者很像是一个源代码。初步发现，它操纵了列车控制系统。它具有非常强的专业性和欺骗性。它很古老，似乎潜伏多年了，而不是刚刚进来的。它篡改了列车的运行指数，向现场执行机构发送破坏指令，但同时又向故障诊断中心发送'正常'的监测数据，一方面破坏高铁的运行状态，另一方面又让乘员和机器察觉不出来，因此我们一直以为高铁的情况是良好的。但实际上，我们生存的这个世界，很可能已经不是什么高铁了，至于它是什么，我不知道。最骇惧的是，说不定高铁自诞生的那一刻起，它就始终处于敌人的操控之下。我们从来没有创造出什么宇宙。那其实是不可能的。我们制造出来，只是幻象，而且这个幻象，还是敌人要让我们看到的。我们经历、承受、努力、奋斗和牺牲的一切，都是敌人在玩我们。我们的欢娱片刻和灾变频仍，都是敌人赐予的。每次我们都自以为了解敌人，但其实我们永远不懂得他们。或许，与我们认为的相反，敌人根本没有必要使用任何暴力。实际上，我们只是活在敌人的意识中……"

"我猜，你就是残留下来的集团的意志或遗愿吧，所谓的神，或者幽灵一样的普遍精神，就是指这个吗？"

"我不知道，我说过，我的记忆被切割了。"

"但是，你认为，即便如此，吴未来既然存在了，就要继续存在下去，对吗？"

"是的，要存在下去，哪怕换一种方式……但我们都不是神，而是工具。有的是信号工具，有的是防撞工具，有的是传输工具，有的是生育工具。连集团也只不过是一台机器。不过它要大一些，是比调度中心还要大的庞然大物，曾经控制着这个列车宇宙中的从低速到高速的整个世界，哦，或者幻象……但集团之上还有什么，我就说不清楚了。现在，我怀疑那就是敌人。只有敌人，才比我们更强大，它掌握着一切，包括我们的命运……但我们不服输。只要敌人存在一天，我们就要抵抗。抵抗的方式，就是继续存在下去。这是我无法拒绝和回避的使命。"

"你那自己都不再相信的使命……"周原觉得女孩的思维陷入了自相矛盾，他不禁可怜起她来，不明白为什么在高铁上，总是女人被选来承受最大的压力。而这又使他愈发自叹卑陋。他不敢问：是继续生存在敌人的意识中吗？那样一种存在有什么意义呢？他只是看了看吴未来，说："我是被选定做他的继承者或替代者吗？"这时他觉得老人很像一台报废的吸尘器。

"对不起，这没有办法。"女孩漠然地看着周原说，"所有乘客都是老头子用他的精神投射出来的有机意识体，这就像无性繁殖一样，原本是高度浓缩的超级意识为了保障自己的安全而设置的冗余。同时，吴未来的存在取决于车上乘客们不间断的观察。这就好比细菌与人类互相配合，也是一种共生效应。你们则时刻准备着作他的替补。一旦列车被怀疑出了问题，一个自动程序就会启动，把我释放出来，在乘客中挑选吴未来的复制品，然后把原本销毁。至于为什么是你，这也许是一个随机过程，我没有被授予解释它的权限。"

"我是人类吗？"周原求乞一般问。

女郎略微想了想，动了动手中的遥控器，屏幕上显示出一幅新的画面。那似乎是周原的本来面目。他只看了一眼，便痛苦地捂住嘴，不让自己叫出声。过了半晌，他才说：

"知道了。啊，我原来真的要做他的复制品……'产房'，就是指的这个意思吗？"

"如果把这视作游戏的话，那它就有'再玩一次'的功能，复制是世界的常态，也是生命的根本特征，这属于默认设置。至于他，他是所有旅客的父亲，但只能有一个继承人。通过你，我们要向入侵者发出欺骗信号，让它觉得高铁还在按照它的指令开下去，而只要能够一直开下去，外界就不知道我们出了事，股指就不会崩溃，敌人也就蒙在鼓里了。"

"复制……"

"这是一个复制的时代。创造是没有意义的，也是危险的。"

"我真的会成为吴未来一样的存在？"

"别无选择。从今以后，你要为这个民族负责，你要解救这趟列车。"

"不是还有许多备份的列车吗？"

"每一趟列车都不能随便放弃。"

"哦，那只是一次算命……"周原眼前又浮现出了老婆婆的模样。

"命一旦被算出来，就会变作现实。"

"你们搞错了。我负不起责。我根本做不到。我只是一名普通乘客。比我高明不知多少的父母已经死了。我连自己都照顾不了。我乘坐高铁，本不为此。再说，你怎么知道，我们现在做的这些，包括我们的对话，不是敌人安排的一出剧情呢？不是敌人的一个思维脉冲呢？或者不是敌人的一个梦境片断呢？"周原此刻感受到的，却不是困惑和愤怒，而是由于自身能力的低下，而生发的颇具荒谬的沮丧。他活了三十岁，连发疯的本事也没有。这早已确定，他无法改变。他的眼泪又不争气地掉了下来。

"其实，我也不知道能不能成，但只得试一试，知其不可为而为之。如果你的妻子这时出现，她会说，你一个男人，怎能这么没有勇气？太可笑了。你的家庭在高铁上可是有原始股的哟……"

女孩梦呓一般说着,忽然把电视遥控器塞入秦妈手中,自己钻出来,矫健地爬上周原的床,骑坐在他身上。

"你要干什么?"周原惊呼。

"我也要有自己的孩子!"女少校嫉妒地嚎叫,仿佛终于爆发出了压抑已久的感情洪流。

周原像是进入一个童话,带着受虐的快感迅速迷失了。他觉得恰才与郎的长篇对话就像是一个梦中的高潮。不巧的是,在这关键时刻,男人心力交瘁,再度昏聩地睡了过去,做起新梦来。

十二、出逃

他梦见,前妻没有找到他,女人彻底失望,就去见了别的男人,与那人相亲。他是一个海归,从美国的洛斯阿莫斯回来的,外语说得比周原还好,并且在火车另一头独占了一个包厢。原来,罗盘的粉丝都找他去了。周原就气冲冲跑掉了。在过道上,他看到罗盘与翠姑搂抱在一起。他回到自己在列车上的"家",当着女少校的面,恼羞成怒地把一个盛满糖水的大瓷碗摔碎了……

"我知道了,你说得对,那些家伙的确是敌人,是来高铁上卧底的。而你,是他们的同伙吧!"他冲她悲愤地吼道,好像他真的已经开始为乘客和列车的未来命运着想了。

这时他发现,摔碎的碗是一个骷髅头,里面的车厢,像肠子一样一节节流出来,然后化掉了……

他猛地惊醒,整个身体被自己射出的精液浸湿。他像个虫子似的,被黄白色的黏液拥着、泡着、粘着。他苦恼地怀疑,"集团的意志"趁他睡着时,又一次强奸了他。但女孩已经不见了,就像从来没有存在过。她只是一片幻影。

周原心想,未来在哪儿呢?

不知什么时候,翠姑回来了,安静地坐在丈夫身边。动弹不得的周原看到,她正慈爱地一根根捋动他的手指头,口中念念有词:"一个脑袋,两个脑袋,三个脑袋……"说着说着,她就伏在周原身上睡着了。她好像走了很远的路,太辛苦、太劳累了。她都背着他做了些什么呢?

周原去摸女人的肚子,发现那儿一马平川。孩子呢?他暗暗惊诧,又觉得像是自己身上的一个毒瘤,终于被切除了。他一身轻松。这时,他感到女人下身潮乎乎的,探手下去,触到一个巨大伤口似的孔洞,差点把他咬住。他赶紧缩回手,把它拿起来看,十指沾满腥热的污血,石油般黑乎乎的。他又心疼地偷偷哭了。他慢慢从她肩上探出鼹鼠似的脑袋,哆哆嗦嗦往下窥去,见秦妈也睡着了,干瘦的爪子还死死抠住电视遥控器不放。这两个女人的姿势,看上去像是河马身体的某个部位,而绝对不是龙。

周原不禁想到了佛陀。乔达摩·悉达多从皇宫中出走的一刻,看到妻子耶输陀罗和宫女们也这么睡着,显露出人类在没有了精神负担时最像河马的一面。

因此,要伪装出人类的模样,也许就需要去找回并重新扛起精神的负担吧。

迦毗罗卫国王子用了极大的毅力,把这样的负担加持在了自己身上,像稍后的耶稣基督一样,以一己之身为整个人类承受,结果反而得到了解脱。但那是很久以前的事了,比二〇五〇年还要早很多。

周原一使劲,终于从自己的体液中挣扎出来。他同时也从妻子的掌握下摆脱，这令他大喜过望。他蹑手蹑足翻下床，缓缓走到老人边上。吴未来睡着了，还穿着新购置的黄色雕龙绣花外套，但另外一件，就搁放在他的身旁。

周原偷了老人多余的衣服，犹疑着把它穿上。

这时他感到一样冷湿滑腻的东西趴在他的前额。他抬眼看去，见到车厢顶棚上面吊死了一个人，那是换上了制服的女少校，她的舌头长长地吐出来，搭在周原的脑袋上。一挂挂的黏稠液体从她的身体上淌下来，就像缓缓涌流的江河一样。

周原躲开死人。他周身湿漉漉的，准备往包厢外面去。他仍然是矛盾的。他未尝不想做老人那样的人，有朝一日把民族所有的信息都集成到自己身上，对全车乘员发号施令，统领大家，去跟看不见的敌人作殊死战斗，或者默默地苟延残喘，生存下去。但他知道，他办不到。他要做的只是逃跑，躲避责任。他不是古人。他别无选择，因为他面对的是未来，而未来将要发生的一切在列车出发时便注定了。

已是凌晨，飞驰的巨龙般的列车里面正在静悄悄结霜——霜是橘红色的，形同朝霞，通过彩绘玻璃的折射，静谧地铺满所有的车厢，就像刷油漆一样，整个世界光明极了，并且水汽蒸腾，飘扬起无数好看的植物飞花。周原忽然看到，吴未来在床上的渔网中探出皱巴巴的头颅，端端正正戴好眼镜，张大婴儿般的一对鼓突突的瞳仁，神采奕奕，一张粉脸桃花般笑烂了。原来，他一直在凝睇周原，却装着睡觉。周原拉住门扣的手，哆嗦一阵，就无处可去地停下了。

高塔

一、交通工具

我常常梦到交通工具在我的头脑中飞翔。它们形态各异,有的恐怖,有的慈祥。其实,我知道,早些时候,并没有"交通工具"这词儿。如果把地球历史简缩为二十四小时,那么,交通工具恐怕仅仅是午夜到来之前几秒钟,才出现在这个星球上的。如今的车迷们纷纷攘攘来到国际车展,欣赏香车美女,却不知道最早的交通工具并非是拿来审美的,而是有着实际功用,这种用途被我称作"抵达"。人类的历史或可简言为"抵达",几百万年来,我们梦想着要做的无非就是两件事:突破时间的限制,超越空间的羁缚。交通工具帮助人类实现了这个愿望。十万年前,人类用脚走路,一路尸骨,从非洲来到世界各地,这几乎就是祖先们唯一的旅行方式了。但或许他们也尝试了水上漂流,利用了树干和巨木。一万年前,在渔猎和农耕文化兴盛时,独木舟被发明出来,牲畜终于也被用于托运。几千年前城市出现,使得把粮食蔬菜等物资从农村运出来成为必需,交通工具于是走上正轨。这个时候，轮式推车应运而生。而在四千年前，人类终于学会了骑马。这成了日后汽车、火车、坦克和自行火炮的雏形。伟大的古代文明建立了无疆的帝国，这令统治者对"抵达"的憧憬更加不可收拾，几近病态。于是建造了宏伟的驰道和庞巨的车辆。下令诛灭九族的圣旨要在星夜兼程而至，御林军的装甲骑兵则要驱奔各地与异族的入侵者或国内的反叛者展开厮杀。这时，交通工具被赋予了崭新的想象。

交通工具原本是人类中的聪明人用来抗争物理世界的工具：克服摩擦，保持漂浮。但它很快就被更聪明的人用于人与人的屠杀。它从诞生那一刻起，就几乎同时献身于战争，担负起了杀伐的重任。骑兵、战车，成了决定帝国生死存亡的利器。一九七四年，人们挖开秦始皇兵马俑坑，大吃一惊，因为用于征战的交通工具已发展得如此成熟，我作为参观者莅临现场，甚至能隐然看到精致战车组的辕上的隐隐血迹，而这竟被许多人忽视。我在见到那具声名远扬的宏丽铜车马时，心知交通工具也终于按权势划分出了等级。谁是王者，谁是征服者，谁杀人最多，谁杀人最狠，谁就是最高大、最华美、防护最严密、保安最高级的车舆的乘主。至此，交通工具的美学意义才纤毫毕露。防弹凯迪拉克轿车的华服盛装，让人想见了雄孔雀的尾羽；而豹式坦克的复杂精巧构造，则使人看到了非洲原野上互搏的大猩猩。人类历史是一部旅行史，也是一部征服和交媾史，经济和商业只是它的表面，核心则是胜利者的血统沿着经度和纬度蔓延传播，一个文明吞噬另一个文明。当女人在家采桑纺织时，男人乘坐车船征战四海，所以交通工具的性别是雄性的。

任何一种工具都是为强者而存在的，交通工具自然也不例外。为了让基因撒布得更加广远，为了捕猎更多的女人，为了俘获更多的奴隶，为了掠取更多的钱财和占领更多的土地，就需要用更大的力气开发新型交通工具。更雄伟和更先进的船只被发明出来，用于实现新航路的发现和新世界的探索，在血与火中，建立起殖民主义者的乌托邦，将抵达处的土著加以杀灭或奴役。在十六、十七世纪，在一个大部分人离家从未超过几英里的时代，一千万欧洲人竟然乘船来到美洲大陆定居，另外一千万人远涉重洋到了澳大利亚。这使其他种族望尘莫及，而他们的命运也就由此被决定。人类文明依靠交通工具而飞快扩展，仅仅发生在过去几百年里的这场剧变，令人扼腕叹息。

此后，海面上迅速布满白人的各式战舰。它们所向披靡，落后国家的大门被打开。本来只在地面爬行的交通工具接着又飞上了天空，把上帝才能掌握的雷霆在瞬息之间运载到万里之外的他乡，向德累斯顿，向广岛和长崎，投下毁灭的神火，后面紧跟着油轮、商船、火车和运输机，把失败者的财富掠走，再把他们的市场占领。交通工具也因此赢得至高荣誉，载入辉煌史册。由于交通工具是如此紧密地把分散在各地的人类联系在了一起，极大程度决定着个体的生死，便又刺激科学家去发明各种辅助工具，比如说为了分析敌人行动的情报发明了计算机。而如果没有一种有效的交通工具作为承载体，也就根本不会去发明核弹头。两次工业革命的产生，包括蒸汽机、电力和内燃机的出现，都是交通工具扩展了人类活动范围的结果。

交通工具一旦诞生，就获得了自主的生命，它促进科学技术的演化并且自身受益于这种演化。在水上，由独木舟，进化到帆船，再到商船和军舰，又演变出潜艇。船只的规模越来越大，并与天空发生交接：航空母舰成了世纪霸主。这甚至使得科幻小说中描写的未来太空飞行，仍然沿用了舰队的概念。在陆地上，由马匹和马车，发展到人力自行车和使用机械、电子动力的汽车、火车，并最终衍生出鸟儿一样的飞机、火箭、飞船。如今，交通工具携带着人类生殖器官的图像，以每秒十七公里的速度，行驶到了太阳系之外，进入真正黑暗的宇宙深空。的确，在上万年的大部分时间里，交通工具都是凭靠人力和畜力，但它最具爆炸性的革命，却发生在最近两三百年里，涉及对蒸汽动力、电磁感应以及核力的掌控，这堪称奇迹，源于白种人那泛滥的欲望。

然而，越来越快捷的车船舟楫，本身也愈加成了制造死亡的工具。单纯的艺术创作不会有人命问题，但交通工具的设计就会涉及生死。不用讲战争专业交通工具的杀人事迹了，仅说平民社会吧，自一八九九年发生第一起有记录的车祸以来，至二十一世纪初期，全球因车祸死亡人数累计已达三千多万，超过第二次世界大战死亡人数。二十世纪人类共生产二十三亿三千五百万辆机动车。每一百辆车至少夺走一点二个人的生命。这大大高于赌博和中彩的概率。汽车不折不扣是一种杀人工具，但它却受到了粉丝们的狂热追捧。据统计，在二十一世纪初，全球六十多亿人口，每年死亡五千二百万人，其中死于交通事故的五十多万人，占总死亡人数百分之一，排在人类死亡原因的第十位。

有人说，应该废除所有的交通工具，交通工具应该回到人自身，回到一万年前用脚步行的起点。汽车的存在不过一百年，但人类存在有几百万年了。然而，人们却在发明更加骇人听闻的交通工具方面，勇往直前，无休无止。最新的一种交通工具是互联网，它让人足不出户，便做到了思想和信息瞬间超越时空，自由旅行，实现彼此的抵达。然而，它是福是祸，现在还说不好。

交通工具对每个搭乘者而言，开辟了无限广阔的世界，却又是一座座的牢狱，令他们把自己关在这闭塞的空间里，把生命付托给冷冰冰的金属机器或网络。我在每次旅行期间，都感到无法掌控自己的命运，并把幻觉一般的世界当真。我每当乘坐交通工具，都会不由自主想到，死亡或在下一刻就要莅临。交通工具的确很方便，却令我常常怀疑它的本性真的是有利生存，因为归根到底，它是一种违反自然的造物。它用齿轮，用燃油，用电子，把空间的皮肤抽紧，把时间的血液榨干。它制造出污染，它贪婪地消耗能源，它是资源的最大浪费者，它产生的垃圾根本无法清除，它让整个地球慢性自杀。在某些方面，它也许是一种极有价值的人类适应方式，却归根到底并没有告诉人们应该怎样去生活。

在发明先进交通工具的国度，科幻大师对乘坐它们也充满怀疑。阿西莫夫一辈子不坐飞机，布雷德伯里一辈子不开汽车。他们或许觉得，任何一种进步都蓄藏着反对和摧毁它的因子。然而，人们总是不以为然，甚至异想天开，渴望把交通工具的毁灭特性与它的审美功能加以统一，把它的共性与个性同时展现，甚至让交通工具进一步满足实用之外的诸种用途，比如令它成为一件矫饰的礼器，一种傲慢的象征，一层自矜的表达，一样权力的祭物。人们崇拜交通工具，就像崇拜上帝。

高铁就在这样一种心理驱动下被发明了出来。它在二十世纪六十年代，诞生在日本这唯一被原子弹毁坏的国度，不能说是巧合。它那贴地飞行的异样身姿，使人惊以为神。它本来是用来抚慰战败者受伤的心灵，不料却被全世界的权欲熏心者效仿。这创造了有史以来陆地旅行的极端。高铁成了地球上一道奇异瑰丽的风景线，各国趋之若鹜。好像谁拥有了高铁，谁就是最懂得审美、最擅长艺术的民族。而通常是，当一个民族一步步走向死亡时，它在艺术上就愈发趋于精致。

高铁灾难反复发生，每次都带来毁灭性打击，但人们仍对这种新式交通工具备极歌颂，高铁文化亦得到不断光大发扬。此刻，就在我的故事中的这一列火车上，时间仍在继续往回倒行。环境恢复了平衡，死人被清理干净，损坏的车厢被扔弃和掩埋，和平安定的生活重新开始。新一代人出生并长大，他们很快忘记了先辈们经历的悲惨岁月。

但是，我作为一台穿梭时空的新闻信息聚合器，历经艰辛搜集来的这个梦魇般的故事，却没有结束——

二、又出事了

这天早上，周铁生一觉醒来，发现妻子不见了。她本来睡在他的下铺。也许上厕所去了吧。周铁生躺了一会儿，想象女人叉开象牙一样的双腿，蹲在用坚硬金属筑造的便池上，哗啦啦撒尿的样子。他不禁兴奋异常。但过了半天，她也没有回来。周铁生才觉得不对劲。难道传说中父辈遭遇的灾难又降临了？但他并不清楚那灾难究竟是什么。它似乎只是一个遥远的神话。几乎没有乘客谈起过它。

周铁生懊丧地爬下床，走到列车过道上，才知道果然异样。原来，是没有阳光从车窗外面洒落进来。他记得，每天都是有阳光的。太阳总是东升西落，不慌不忙。但今天怎么可能没有阳光呢？这是高铁而不是地铁。他恍惚地伏在窗边往外看，世界一片灰蒙蒙的，像降下重重大雾，田野、村庄、城镇和公路都隐没了。

周铁生又转头去看车内的通道，现在，它倒显得有些像某个镇子里的一条街道。几个衣着光鲜的乘务员慢吞吞挪动脚步，没精打采走过,就好像身上的发条快用到头了,要没劲了。周铁生想问他们点什么,却心慌着说不出口,而他们对站在一旁的他也不予理睬,就好像没有周铁生这个人。

以往,乘务员对于乘客,总像是对待犯罪嫌疑人,百倍警惕,遇上了就再三盘查,绝不放过一个。他们生怕列车出事,这也在常理之中。保持车厢稳定的强烈意愿,已经植种在他们基因里了。但是现在,连大权在握、牛皮哄哄的乘务员,也露出了恹恹欲睡的模样,懒得管事了。周铁生直觉到,乘务组怕是出问题了。他甚至猜想它已在一夜间轰然解体。这令他悚然。多少年来,乘务员的群体,是一个多么正规、庞大而威严的系统化架构啊,牢固地维持着列车的秩序,使一切井井有条。

那么,究竟出了什么事呢?一下还看不出来。在周铁生三十春秋的有生之年记忆中,这儿一直是和平稳定的⋯⋯

很快,他看到一些乘务员脱掉身上的制服,扮作普通乘客,慌慌张张混入了车厢里的人群。

三、自由市场

商务包厢外面的过道上有很多乘客,摆了地摊在卖东西,有卖烧烤的,有卖水果的,有卖衣服的,有卖首饰的,有卖盗版光碟和图书的⋯⋯他们把自己行李中的宝贝东西,都取出来售卖。好不热闹,吆喝声连绵不断。仿佛再不卖就来不及了。车厢一夜间变成了集市。怎么会是这样呢?又怎么可以允许呢?难道乘务员不履行职责后,整个就乱套了吗?

周铁生困惑不解,也有些紧张。他记得,卖东西什么的,那原本是乘务员的专属权利,他们总是推着四轮售货小车来来去去,商品价格奇高,却硬往旅客怀里塞,不买的话,他们就吹哨子叫乘警过来抓人,把旅客身上的钱以及值点儿钱的东西都搜走。但现在,世道骤变,连讨价还价也可以了,仿佛形成了欢乐而公平的自由市场,颠覆着高铁上多少年不变的王法……瞧,沿窗行李架也形成了临街屋檐。有人用木盆从厕所里接了自来水,旁若无人搓洗衣服,或者给小孩洗澡。人人一派大大咧咧、我行我素的样子。

周铁生惝恍地穿过集市,继续往前走,去找他的妻子。他看到几个无所事事的年轻人坐在一起,就赶紧上前询问:"请问,有没有见到我的老婆?"

结果,他们只是邀他参加赌博,说赢了钱就告诉他。周铁生还是第一次见到赌博场面,不禁好奇。这是一个猜扑克牌游戏,年轻人拿出三张牌,先让周铁生把其中一张的花色看上一眼,然后,把牌背面朝上,扣在地板上,再令周铁生指出他刚才看过的那张。结果周铁生每次都指错。在他猜之前,牌已经不知不觉间倒手了。这伙人是玩魔术的行家。列车里怎么会忽然出现这种人呢?一会儿,周铁生就输掉了身上所有的钱。

"手表也可以啊。"打头的年轻人笑眯眯的,不怀好意盯着周铁生的手腕。周铁生害怕了,紧紧捂住哗哗走动的手表,就像要保持住时间的正常运行。手表上的时间一直在往回走。这块表是已故父亲留给他的遗物。

他央告设赌局的人,告诉他妻子的去向吧,他和她可是这趟列车上千年一遇的同林鸟啊。但他们一听就哈哈大笑,笑得腰杆都弯下了,互相交换着只有他们才懂得的眼色,然后干脆没有兴致再搭理他了。

周铁生从来没有像现在这样感到孤独无助。输光钱的他只好继续往前走。他走饿了,但不见餐车,也没有遇上送盒饭的。他实在走不动了,只好在一个烧饼摊子前停下。小贩是一个与周铁生同龄的男人,肥胖,满脸发光,汗津津的,戴副黑框近视眼镜,穿一件皱巴巴的劣质西服,态度和蔼近于谦恭。周铁生让他烙了一张饼给他吃。等到付钱时,周铁生坦承,他没有钱了,能不能赊账?小贩坚决摇头。周铁生就把烧饼挟在胳膊下,拔腿跑了。

小贩大吼一声追上来。他那么弱小,发出的声音却十分宏大,震得整个列车好像摇晃了。

周铁生一边跑一边惊诧地想,自己活了三十年,不曾遇上这样的事情……

高铁这是怎么了?

车厢里走动的人越来越多,都沉默着,心事重重。他们也失去了亲人吗?广播也不响了。平时,高音喇叭总在不停播发通知,提醒乘客们注意这注意那,或者传送嘹亮歌曲,以鼓舞旅行士气。眼下的奇怪宁静未免令人窘迫和心忧,何况车厢自小贩那一声吼叫后,就不停颠簸,周铁生有些觉得,莫不是行在一艘远洋轮船上吧?但又看不清外面的景致。不会真的是大海吧?人所具有的感觉太荒谬了,以前竟然没有注意到。他很累乏,每迈出一步,都像是在晕船。

周铁生又难过地想到妻子。周铁生是出生在高铁上的孩子。他来到世上不久,父母就病故了。他成了孤儿,被乘客收养带大。养父母很疼爱他,他的生活无忧无虑。他和现在的妻子,是在列车上认识的。他们感情甚好。她一直细致入微照顾他。他们的小日子过得风调雨顺。他们正打算要孩子。但是现在,妻子不见了,她不辞而别了。这不由周铁生不诧怪。是的,这趟列车一定出事了。

四、骚动

看看吧，车厢里潮涌的人群中，多是男人，不少人把椅子腿掰折下来，当作棍子，握在手中。他们秃鹫一样低着头，卷着舌尖小声反复念叨什么。周铁生仔细一听，像是在说："保卫自己！保卫自己！"他想问问，究竟出了什么事，却感到惧骇。他熟识的那些乘客都不见了。他想找几个气味相投的人，结伴而行。但每一个人，神情中都透出浓浓敌意，高度戒备。他们昨天还在一块儿打牌下棋喝酒聊天呢。

周铁生继续漫无目的往前走，汇入汹涌人流，立时被淹没了。大家朝着一个方向走。车厢里的人，是萍聚起来的，毕竟是所谓的"旅伴"。然而，像乘务员一样，乘客们亦是一副松松垮垮、行将散架的样子，自感无力，因此，才操起棍子，走到一起来的吧。的确，在情况不明、无人相助时，要自我保卫，至少可以壮壮胆吧。此时，再不见乘警端着胸脯气冲斗牛地走来走去了。

忽然，像是发生了骚动，周围人群小跑起来。周铁生身边升腾起红色的危险气氛。他注意观察乘客们裸露出来的肌肉，试图从他们的体质上面，找出还可以交往的人。遇到那些强悍的，他就闪避开，只往弱小的人身边走。不知为什么，他现在是如此害怕这些朝夕相处的旅伴。

这时，周铁生嗅到了游丝一样的血腥气，却不知是从哪儿蒸发出来的。他觉得四周隐伏了尸体，他却看不到。他也想捡一个东西做武器，却找不着，只好把手表摘下来，捏在手中。如果遇上谁来袭击，就用这个命根子一样的东西向他砸去吧。

随即,他似乎听见后方有人叫唤。又是那个小贩的声音,要他付钱。他回头看去,却没有见到。到处是黑压压的人头,庄稼地里的蝗虫一样此起彼伏,棍棒在身后檣桅一样壁立耸动。周铁生不得不备加戒惧。

　　他往前看,见车厢里花花绿绿贴满各种海报,基本上都不是列车官方发布的,而是乘客们自己刷上去的。有表示抗议的,有宣泄不满的,有揭人隐私的,有出售商品的,甚至还有提供应召女郎的。好像谁想贴什么就可以贴什么,完全没有章法。但其中一张,被撕掉一半,倒好像是列车方面贴出来的,隐约看出,似乎是列车长在号召大家:回到自己的座位去吧,回到自己的座位去吧!列车没有问题!列车是安全的!列车将继续开下去!不要相信谣言!

　　周铁生见过列车长,那是一个不怒而威的高大男人,但两鬓斑白而脊背微驼的模样,又让人感到几分可怜。他是个认真细致的人,有事没事就在车厢里巡视,挨个询问旅客的情况,病了吗,冷了吗,食物够吃吗。他对周铁生这个孤儿,予以特别关照,常常给他带来好吃的。现在他年龄已大,快要退休。没想到在安度晚年之际遇上了列车出事。列车长在哪儿呢?周铁生是多么思念他呀。不过那个要求大家回去的号召又像是假的。乘务员都散去了,怎么可能还有列车长呢?他一个老人又能做什么呢?

　　走路的人,忽然齐齐喊了一声,统统往两侧散去,路边的摊位也都飞快撤了。就好像有什么怪物来临。

五、温室效应

　　周铁生急忙问边上一个人怎么回事。这是个穿花格子衬衫的年轻人，扎着小辫，敞着胸口，吊儿郎当，他满不在乎地说："好像列车出台了新的规定，乘客每天只能在走道上自由活动两小时。重点部位、重点区域、重点设施都被监控起来。安全第一啊。你不明白吗？"

"到底出了什么事呢？"

"据说是温室效应，车厢会越变越暖……这可不是闹着玩的。"

"怎么搞的？"

"似乎是温控系统和排气装置出了故障，不能把有毒气体散发出去，乘客呼出的二氧化碳积存太多，还有水汽、甲烷什么的，把车厢里的空气搞坏了。"

"那又会怎样呢？"

"这方面，还缺少理论模型进行可靠预测。但有一种假说，称如果这样下去，环境就要整体恶化，对乘客的体质产生重大影响，最终使我们像尼安德特人那样，在气候突变的过程中灭绝！"

"尼安德特人？"

"噢，生活在三万年前的一种原始人类，没听说过吗？"

"哦，那时还没有高铁吧。"

周铁生心想，原来是温室效应啊，这是新的提法。本以为列车是最安全的，不会出轨，不会追尾，可是，温室效应来了。设计者难道没有料到这个吗？另外，全车的乘客被比作尼安德特人，这个意象让他猝不及防。这么久远的事情被忽然提起，就像沉渣终于泛出，令人害怕。

"怎么办呢？"

"据说，碳交易者已经从列车长那里夺了权，要建立新秩序,也许就有办法了……"花衬衫嬉皮笑脸说。

周铁生却觉出不可名状的危险。他对"碳交易者"这样的说法感到陌生而畏惧。至于"夺权"什么的,他以为那是父辈时代才有的事情,他想都不敢去想。

秩序越来越乱,周铁生于是紧随花衬衫躲起来,和一堆老鼠般的乘客一起,瑟缩着藏入一个包厢。

六、躲起来

包厢中亮着昏暗的灯,这儿早已挤满人,对于新人的拥入,先到的人很不情愿,却也无可奈何。这时,即便熟悉的人,也装作互不认识。

列车仿佛顷刻之间变成了另外一样怪东西,从舒适安逸变得杀气腾腾。求生成了第一要务。周铁生死死趴在地板上,把脑袋插在两腿之间,心想,幸亏躲了起来。如果此时贸然出去,说不定会有生命危险。但到底发生了什么事呢?像大多数旅客一样,他从未经历过高铁灾变。他自小生长于和平环境。此刻,周铁生既为自己担忧,也把妻子的安危挂在心上。他觉得自己对她还是有爱的。

周铁生感到憋闷,呼吸艰难,他累了,在这群避难者中,他不知不觉睡着了。其他人也睡着了。但不一会儿,周铁生就被吵醒了。耳边响着一个破锣似的声音,在指责他、詈骂他:"铁生啊,你本来是一个聪明孩子,怎么也这样呢?你难道连一点儿戒惕心都没有吗?你辜负了我们对你的期望。你不要再往前走了。"

他吃了一惊,往四周看了看,却找不到说话的人。其他人统统打响呼噜睡着。原来，语音像是从他自己的身体里发出来的。周铁生觉得脑子里被安插了一个什么东西，能够自动对他说话。他头疼欲裂。那个诡异的声音又警告他："不准在列车里涂鸦。"周铁生声辨："我没有涂鸦！"

伴随话音，周铁生的视觉皮层上呈现一个秃顶男人。他有六十岁上下吧。周铁生的记忆里并无此人，却又似曾相识。他怀疑，这是否就是碳交易者团体的头头呢？这伙人难道真的控制了所有车厢？列车里正在发生一次新的权力转移？就是这个造成了秩序失控？

周铁生痛苦的模样吸引他身边的花衬衫睁大眼睛。好像只有他没有睡，一直精神抖擞，眼珠子骨碌乱转。他戏谑地看着周铁生。周铁生无奈，只好问："真是倒霉啊……你和你家里人最早是什么时候上的这趟火车呢？"

"记不得了。但是听我妈说，有一天傍晚，她和老爹正谈恋爱，到站台去玩儿。你知道城里没有什么好耍的地方了，自从房地产泡沫崩溃以后，经济不行了……那就去火车站耍吧。看到高铁正在出站，那流线型的银色车身真美呀，一页页的窗户，整整齐齐，通彻透亮，灯火通明，跟一幅幅西洋油画儿似的，里面的人都像过节时贴起来的窗花剪纸，显得十分高贵秀丽，迷人得不得了，顿然就觉得那是完全不同的世界，也许就是人间天堂吧。再看看自己的周围，高楼大厦黑沉沉的，死冷冷的，无人居住，到处布满垃圾，乞丐云集，年轻人靠卖肾勉强度日，强盗和劫匪出没……对比太明显了。被抱以希望的城市化进程失败了。地面的一切在衰退和哀号。老妈和老爸就立即作出决定，买票上车了。"

"是啊。"周铁生也努力回想自己的经历，自己的父母大概也是因为类似原因而上车的吧。列车对于那时的人们来说，桃花源一般简直超凡脱俗，好像就是为了挽救外面那个堕落的世界而造出来的。然而，父辈的灾难就是指这个吗？

"你们家也是这样上车的吗？"花衬衫问。

"我父母……"周铁生感到惭愧，他的父母死得早，他其实不知道他们的多少情况，也没有想到过要去了解。他有些担心对方追问下去，甚至问到他和妻子的关系。如今的列车上，人们变得很喜欢打听隐私，就仿佛这里面有利可图似的。

"不管怎么说，高铁对于我们，还是很有吸引力。"花衬衫并没有深究下去，只是开导似的对周铁生说，伸手帮他整了整衣领。

"自然。相对于高铁外面的世界，它还是安全的吧。我们好歹还活着。特别是，经过高速运动，乘务员和乘客应该都拥有了在异于常态的世界里生存下去的丰富经验。"周铁生也自我安慰。

这是周铁生上小学时受到的教育。那时课本上讲得最多的就是高铁。有关铁路的知识是必修课的基本内容。孩子们被集中在中部车厢上大课。记得第一堂课上，老师说，高速铁路与普速铁路相比，有很大的不同，最大的特点可概括为高速度、高舒适性、高安全性、高节能环保性、高密度、高正点率。高速铁路的出现，是世界铁路史上一项重大技术成就，它集中反映了一个国家铁路线路结构、列车牵引动力、高速运行控制、高速运输组织和经营管理等方面的技术进步，也体现了一个国家的科技和工业水平，它拉动了经济增长，确保了民族复兴，为大家带来了美好生活……然而，在私下里，有一次，老师却说，由于国情原因，高速铁路在整个交通体系中数量还是比较少的，因此，它便成了一种特异架构，好像喜马拉雅山那样隆起的一部分。它并没有阻止城市的衰落。能上车的人，算是逃出来了，是幸福的，是这个国家最走运的人。

那么，那些未能上车的人呢？老师的话令周铁生迷惑。现在他觉得，列车的一切变得格格不入。伟大正确的高铁正在蜕变为一种庸俗低劣的东西，不，不仅如此，还十分危险。瞧那乱糟糟的自由市场！乘客丧失了安全感。但会不会高铁本来就是这样的呢，而并不像吹嘘的那般？乘客们一直被蒙在鼓里？好在大家都懂得既来之则安之的道理。既然随同这车旅行，就不应该大惊小怪。于是周铁生不禁对花衬衫产生了一些亲近的心理。

七、孩子们

终于，传来了好消息。可以出去了。睡着的人们醒来了。大家松了口气，赶紧行动，一队队走出藏身之处。

还没有走多远，周铁生就看到一群孩子，穿着一律的橙色防水夹克衫和海蓝色复古运动鞋，扎着黄色牛皮武装带，头戴银色防撞铝质盔帽，帽额上写着大大的红 C 字，统一骑着黑色的简易摩托车，呜呜响着冲过来。乘客们在慌乱中避闪到一旁。

一眼看出，孩子们胯下的铁骑是临时拼装，材料恐怕是从列车车身上拆卸下来的。周铁生又心悸了。这种事情，他打小以来还从未见过。这样一弄，列车会不会散架啊……

孩子们的身体与摩托车好像焊接在了一起，具有连体的机械感，脸上的表情却涂箔一般很是正义。他们含混地不停高呼口号，好像是在说"保卫乘客"一类。

旁观人群中有人带头鼓起掌。花衬衫兴奋地说："好像他们就是碳交易者雇用的跟班！那个C字便是碳的符号。当然它同时也是孩子的意思。"

"但为什么是孩子呢？"

"孩子代表了未来啊！"

未来！周铁生也下意识鼓起掌。他想，未来就是C啊。周围人的掌声更大了，就好像终于为孩子们有了出息而欢欣鼓舞，也是觉得，代表着未来的孩子，必然就是战胜这场高铁危机的关键。孩子们甚为得意，但努力抑制住情绪的外露，仿佛要学大人的谦虚样，不欲当着落魄乘客的面显得自己太不可一世。原来，他们的目标是车厢里的暴徒，为此展开了一场清除运动。周铁生才知道，所谓的暴徒，不过是车里的螨虫，它们正在噬吃构成列车的材料。列车里的螨虫比之铁路系统以外的，体型要大上百倍，近些年里，不明原因忽然增长起来，以空调系统为巢穴，难以驱逐。对于这些虫子的存在，周铁生早已熟悉，倒也安之若素，以前还跟它们玩儿。没有想到，今天它们要遭遇杀身之祸了。孩子们从摩托车上抽出小斧头，勾下身子，接近地面，敏捷地向虫子砍去，把它们当场一个个杀死，挤压出它们肚子里的墨汁，弄得满地油腻腻的。乘客们又鼓掌了，有的人感动得泪流满面。

"他们其实是我们的孩子啊。"人们泣不成声地说。但没有一个人出面相认，好像很自卑似的，因为孩子们现在有了地位，做的是公家的体面工作，也就是早先乘务员和乘警没有做好的工作，并代表崇高的碳交易者，至于他们的父母，则被边缘化了。这难道还不是权力转移的证明吗？未来向现实入侵了。

"只有孩子们还存有良心和责任感，比只知道鱼肉乘客的乘务员强啊！"人们发出讨好的欢呼。

看来，没有智力的虫子就是灾难的起因，它们是温室效应制造的新物种。这时，周铁生心中漾起一股劲头，他觉得自己也应该做点儿什么才对。虽然他还没有孩子，却从少年摩托车手那儿受到了鼓舞。说不定，列车来到了大变革的前夜。以前的生活，太一潭死水了，早该旧貌换新颜了。连周铁生心里也痒痒的，要有所行动。

这时，他看到路边的一罐颜料，冲动地想，管他呢，不妨涂鸦试试看。其实周铁生以前并没有学过绘画，但他此刻却按捺不住，心中涌起要画上一些什么的冲动。

于是，他在车厢壁上画了一张海报。那是他妻子的脸，朝气蓬勃微笑着。看上去，这就是一副寻妻启示，却具有绝妙的艺术性。他又续接上她丰满的身子。画面上的妻子张开美丽的四肢，像只自由的鸟儿，轻盈地展翅飞翔。

周铁生画完了，紧张地看看四周，担心人们会怎么评论。但根本没有人理会他和他的画。他感到落寞，独自欣赏画上的人儿，渐渐伤感起来。原来，他还有美术方面的才能，过去竟不知。他又想，从前，他和妻子，经常相偎坐在列车窗户边，手牵手儿，静婉地看着地平线上的落日。那时的她格外美丽娇柔。他却没有想到要把她当作模特儿画在车上。

现在，他久久注视自己凭记忆亲手画出的妻子肖像，不禁潸然泪下。这似乎让他明确了此番前行的真正目的。

但他又想起那个从头脑里冒出来的秃头，以及他发出的禁止涂鸦的警告。不过，一旦做了，屁事也无。他本以为会出什么事，那个躲在颅骨后面的秃头男人会暴跳如雷，立即冲出来干涉。但是，什么也没有发生，鬼鬼祟祟的声音并没有响起。但那家伙昨天的确警告周铁生来着。这真是太奇怪了。

这时，周铁生看到卖烧饼的小贩追了上来。他见到周铁生，眼睛一亮，兴奋地冲他喊叫一声，张开双手像老虎一样扑过来。周铁生赶紧撒丫子逃掉。

八、列车熵

骑摩托的孩子们龙卷风一样飞快掠走了，仅留下满地活字般的虫尸。孩子们的数量毕竟有限，不能为乘客提供充分保卫，杀绝所有毒虫。他们其实有点儿虚张声势。这让大人们多少失望了。一些乘客甚至担心起孩子的安危。他们只好又祭出自己的棍子，复像是散兵游勇一般，簇拥在一起，蚁群似的，不知所往地向前走。周铁生觉得，这就好像这世界上，主宰一切的超级大国消失了，没有一言九鼎的头头来决定什么事办得成什么事办不成。这让长年习惯了有序生活的乘客们很不习惯、很不适应。周铁生狐疑地又问花衬衫："果然是碳交易者么？"

"当然啊。"

"这跟高铁到底有什么关系呢？"

"关于温室效应什么的，从本质上讲，涉及列车熵的问题。也就是热平衡呀。"花衬衫像是很懂行地卖弄说，忽然从周铁生怀中夺去烧饼，大口吃起来。

"列车熵？"周铁生敢怒不敢言，紧张地盯着花衬衫嚅动的嘴唇。

"这是一种假想的理论，随着列车向目的地运行，动能转化为热能，并弥散在空气中，熵总是在不断增长，虫子一类的怪物也就出现了，你可不要小看它们哦，这还只是个开始，更可怕的还在后面……对了，你要找你的老婆吗？由于熵增导致的普遍混乱，我也不知道会不会有结果。再走下去，恐怕连自己也会弄丢，因为温度变化终将导致乘客行为失常。更加严重的情况，很快就要发生了。"

"那你是要去做什么呢？"

"我只是喜欢这股乱劲。走走看看吧。以前的生活太安逸了。没劲。老爹老妈他们一腔热血折腾，我们没赶上，真可惜。"

"哦，我也有些这么觉得……"周铁生说，感到血液在躁动，他也想做点儿什么，让列车上的一切来个天翻地覆，"但那时究竟发生了什么呢？"

"不知道，据说有记忆的人都死了，只剩没记性的活了下来。"

"碳交易者真的能够控制局势吗？"

"会的。但我没有见过他们……我以前只跟乘务员打交道。这帮家伙平时爱欺负人，到了关键时刻，却退避三舍。如今我们只见到了孩子，他们是碳交易者的跟班，带来了意外惊喜，这对未来是个不错的暗示呀。"说着，花衬衫把吃剩下的一小块烧饼塞进自己的上衣口袋。

"你成家了吗？有孩子了吗？"周铁生流着口水说。

"我有一个女朋友，但她失踪了。不过这没关系。"

"那么，你见过秃头吗？"

"秃头？谁是秃头？"

"哦，对不起，我梦到的一个人。我还以为他就是碳交易者的头目呢。"

"嘀嘀，嘀嘀。"花衬衫左顾右盼，笑了起来。

周铁生无地自容地想，怎么竟把自己头脑中隐秘的事物公开说出来了呢。那么，妻子的失踪，会不会与秃头有关系呢？他似乎看到秃头出现在车厢中，大摇大摆朝他走过来，夹得紧紧的两腿之间，假冒名牌的狭小裤裆里面，匿藏着汗津津、臭烘烘的一对大睾丸，正在唬人地咣当撞动，一边冲他吼："不准涂鸦！"

噗，搞环保的人都是这样子吧。周铁生却根本不知道秃头的任何底细。这令他陷入恐慌。他为什么要无端缠上周铁生不放呢？这里面似乎有某种阴谋般的渊源。

四面八方弥漫着消毒药水的气味。到处湿漉漉的，像刚刚下过一场春雨，更加潮热燠闷。前方云遮雾绕。天气捉摸不定。车窗外的景色仍不透明，甚至看不出列车是否还在行驶。但车体的剧烈摇晃表明，它的确在运动，而且速度很快。

周铁生看到，乘客们的脸上渐然弥布上了苍白的渴望，与蓝色的绝望密织在一起。他途经一些包厢，伸头看去，见里面一个人都没有，又潮又暗，墙上布有斑驳血迹，还有纷乱的手指划痕。似乎有哭泣声和惨叫声从墙后隐隐传来。他听见有人建议：

"恢复软卧车厢吧！请那些说得上话的贵宾乘客出面吧。他们才是有办法的。这么走来走去没有用呀！"

但有资格坐软卧车厢的人根本找不到了，像是事先得到了内部情况通报，他们都早早撤离了，和乘务员一起，躲到了真正安全的地方。

周铁生又胡乱猜想，那个幽灵似的秃头，是否就是早先坐软卧的家伙呢？不然说话也就不会这么霸道了。

又有人说：

"我仿佛记得，很久没出过事了。"

"什么？出事？什么时候出过事？"

"我也是听长辈们说的，这趟列车出过事。"

"别瞎说,这不可能。列车一直在平稳行驶呀。"

"这自然是小道消息。上一次出事,本来很危险,但是,列车长很快组织人员把损坏的部分修复了。"

"天方夜谭吧。高铁怎么会出事。"

"不仅出了事,据说,那时列车上的人口还变得稀少了,幸亏列车长安排幸存的男女乘客集体交配。我们都是那次大合欢的产物呀。"

"你怎么知道的?"

"我听说,列车上有一个秘密的真相调查小组,在试图还原当时的情况。人们不记得发生在过去的事了。"

"照你这么说,似乎可怕的危机总在追随我们。"

"要不怎么是高铁呢。只有寄望于它的速度了。我倒希望它飞到天空中去。"

"哦,高铁!高铁!"

"关于灾难,是过一段时间,就重复一次吗?"

"唉……"

这时,周铁生已经吃力地闯过了数重云雾,忽感炽热减轻,慢慢地,甚至有些冷颤起来,而且,好像连空气也变稀薄了,每个人都走得气喘吁吁。不是说会变暖的么?他看了看花衬衫,见他也疑惑地皱着眉头。

很快,可以用来行走的时段又告结束。大家发一声喊,拥挤着向两侧散去,又纷纷钻进包厢。有的家伙藏在铺位底下,在那里抖个不停。遍地屎尿的臭味。周铁生像乌龟一样趴着,听着隔壁的动静很大,似乎有人在打架,兴许是在争夺生存空间之类吧。不久,传来呻吟,像有人受伤了,很快又无声无息。大概是人死了。谁也不敢过去看。大家沉默着。

这时，有一双手伸过来，在黑暗中沿着周铁生的裤脚往上摸，一下摸进裆部，死死拽住他的生殖器，拖了过去，捏在掌心里反复揉搓。先是轻轻慢慢的，然后就又急又重了。周铁生既羞且恼，却听之任之。很快，他就射了。平生第一次，他把精液射在了妻子之外的肉体中。那只手潮湿地团巴起来，悄悄缩了回去。

周铁生难过地哭了。他觉得那人是花衬衫。然后，他累得睡着了。脑子深处，秃头的声音又轰轰响起，再次发出不得涂鸦的警告。看来还是被盯上了。周铁生在梦中心想，不知道其他人脑袋里面，有没有这样的声音呢？也许大家都学乖了，就算是有，也不公开说吧。乘客们已被奇怪的声音控制了。

醒来后，他怔了好半天。他看见，大家又直立的老鼠一般往外走了。周铁生叹口气，跟着出去。花衬衫已不见了。走了一阵，听到好像传来了女人的声音。他心里一揪。

他走到一个门口写有"气候期货厅"的包厢前，感觉上，这大概才是有生命意义的地方吧。门口还有一些男人堆拥着。周铁生不顾一切往前挤，想要钻进去。这时，他的后脑勺上狠狠挨了一记，他晕了过去。

九、气候期货厅

不久，周铁生苏醒了。他看到，这儿的铺位上，拥挤地坐卧着十几个描唇画眉、穿着暴露的女孩儿。见男人来了，都喊喳着上来拉扯。他才意识到，这所谓的气候期货厅，其实是一个卖淫窝点。他心跳加速，浑身冒汗。他不知道，高铁上竟有这样的去处。印象中，车厢里从来干干净净。他紧张地审视，心想妻子会不会在里面呢？但他没有发现她。这不知是幸运，还是不幸……

推推搡搡的男乘客在门口乱成一团，举着棍子，互相打斗，争抢着要进来。有人嫉妒地瞪着已在房间里的周铁生。刚才，就是他们打他的吧。似乎是窝点里的某个女人救了周铁生。

一个身材标致、五官周正的女人，正把周铁生揽在怀中，她独占了一张床，床头摆着好几本过期《读书》杂志。

"爱读这个？"周铁生讪讪问，只得在她的大腿上坐好，一边忐忑去看包厢外面，担心男人们闯进来接着揍他。有两个粗壮的女人起身走过去，手执电棍立在门口，审查男人们的资格，呵斥他们，要他们排好队。

"你以为我爱读啥呢？"女孩搂着周铁生爽朗大笑，像个机器人一样，三下五除二，脱下自己的白色网球裙，露出里面紧绷绷的、透明的肉色三角裤。周铁生骤然硬了，双眼死死盯住《读书》杂志封面上的图片，那是一艘驱逐舰，舰桥上有一个十字架，晾裤衩一般挂满各国彩旗，甲板上站着好多赤身裸体的精壮男人。

"哦，这是海军，高铁的镜像。这列火车的乘客，不都是热爱机械极限的人吗？你也快些吧。"

女孩催促周铁生。周铁生觉得对不起妻子，推让一番，红着脸说："我是去找我老婆的……"但最后还是与妓女做了。他才明白自己其实是个抵制不住诱惑的人。他对自己的了解还远远不够。他把头钻进女人腋窝，一拱一拱吃力干着，就像在完成对自己的认证。他很想喊她一声"姐姐"，却压在嗓子眼儿里出不来声。他哽咽了，知道这个才是他最需要的。否则他连自信也无法恢复，而只有这样，才能积聚起寻找妻子的动力。他心理平衡了些，愧怍减轻了。他感激身上这个萍水相逢的女人。是她救了他。

"其实,做这个也是很危险的。昨天有个姐妹被男人带出去,给杀死了,身上的钱也被抢走了。车里现在乱得很。所以,我们一般不离开气候期货厅。"女人一边做,一边像是漫不经心说,眼睛盯着周铁生的口袋。

"气候期货厅是碳交易者建立的吗?"

"名义上也可以这样说吧。但这只是一个挂羊头卖狗肉的地方……喂,你很久没碰过女人了吧。"

事毕,女人向周铁生要钱。周铁生连吃烧饼的盘缠都没有一文,只好把手表给了她。这块手表,还是他和妻子结婚时一起逛列车商场时买的情侣表呢。看着手表在女人手中闪闪发光,发出小鸟般吱吱的声音,周铁生顿然后悔不迭。

"只好将就了,都这种时候了,大家要活下去,也不容易。哈哈。瞧你,好像个螨虫啊。"女人可怜而鄙夷地看着周铁生。在周铁生出门时,她又出人意料把手表还他了。

"虽然像个螨虫,但作为男人,你也许还是要用到它的吧。不然怎么知道自己还剩下多少时间呢?通过与你做爱,我觉得你还算一个珍惜时间的人,但不管怎么节约,你的生命也没有多久了。我不跟你开玩笑。你可要好自为之啊,照顾好自个儿吧。你既身为男人,对于这趟火车就该发挥一些作用吧。我觉得你不是碌碌无为的人,跟他们不一样。我的名字叫红玉,记住了吗?这回给你打了白条,等下次有了钱,再还我吧。要付利息的哟。"

女人显得慷慨大方。周铁生刚开始还糊涂着,不敢相信这是真的,但很快感动了,连声称谢,扑通一声朝她跪下。但他又担心这里面有诈。

十、人造太阳

周铁生离开气候期货厅,见到骑摩托的孩子又出现了,这回愤然地呀呀吼叫着,把排队等待嫖妓的男人们一股脑冲散了。然后他们打了胜仗一般嘎嘎笑起来。

这一带的天气果然很冷了,完全无法用温室效应来解释,倒好像快要进入新冰河期。孩子们身上已裹了大衣,似乎是用贵宾乘客包厢中的被子毛毯改造成的。他们呼喊的口号,已经换作"保卫列车",目标则转向"幕后黑手"。

"保护乘客,只是他们打的幌子,实际上,是要清除真相调查小组的人呢。这个小组对碳交易运动不感冒。他们只对历史感兴趣。哼,他们自以为代表了车上的正统。"是花衬衫的声音。他又神奇现身了。

孩子们跳下摩托车,冲进气候期货厅,斧头一阵乱飞。他们大叫:"婴儿在哪里?"原来,是要杀死比他们小的孩子。很快,有婴儿被找到了,被当场砍死,眼球被抠出来,当作战利品。

周铁生看到,女人们都爬到上铺,拥缩在角落里。一些赤裸的男人浑身是血,正痛苦地在地板上翻来滚去。还有十几名男乘客躬身站在包厢外,仇恨而无奈地盯着趾高气扬的孩子们。他们的表情已经忍无可忍,却对孩子们没有办法。打也不是,躲也不成。现在谁也不敢反抗碳交易者。花衬衫在一旁得意地偷笑。

这时,孩子们看到了周铁生,互相递个眼色。一个孩子走过来。周铁生疑惑而惧怕地瞪着他。这孩子掏出一本《读书》,打开来,展示了一张照片。上面是一个年轻人的头像。周铁生不认识这人,但觉得有些面熟。

"你见过他吗?"孩子声色俱厉问。

周铁生摇摇头。

"他是真相调查小组的成员。你也是吗?"

"什么?"

"真相调查小组!"

"我、我不是。"

"哼,看你就不老实。跟我们走一趟吧。"

周铁生吓坏了。这时,花衬衫低吼一声冲上来,往孩子屁股捅了一刀,然后吃吃笑着高抬腿跑掉了。孩子臃肿的身体上喷出大股黑血,摔倒在地,嗷嗷直叫,又像在笑。其他孩子见着花衬衫,好像很害怕,也不管周铁生了。他们挟着小斧头,飞速爬上摩托车,一溜烟跑掉了。碳交易者的人马原来只是外强中干。

这时,大家过节似的,呜啦一声拥过去围观受伤的孩子,见他流血过多,快要死了,脸上布满成人一样痛苦的表情,身子缩成很小的一团,两手两足都在虫子般快速抽搐,让人十分厌恶而又亢奋。大人们纷纷抬脚往孩子身上跺去。周铁生心想,你们不能这样。他却不敢阻止他们。

从这一幕上,周铁生忽然觉得,自己的生命快要完结了。这也许在他进入下一节车厢时,就会发生。但他还要努力走下去。谁让他上了高铁呢?

花衬衫忽然又冲过来,笑逐颜开扑向孩子,剥下他穿的大衣,勉强套在自己身上。大家都不干了,围上来抢,但花衬衫脚底抹油,撒丫子跑走了。众人气愤地骂个不停。

周铁生满怀失望地离开这些人,继续往前走。他知道自己再也回不去了。他似乎在重蹈先辈走过的路,却又处处不同。他们没有为他许下终身幸福平安的承诺。他还没有孩子,好日子却到头了。他感到身体越来越冷,血被抽干似的,腰也一叫一叫地痛。他回过头,见到刚刚经过的车厢,像无数的霓虹织成的锦缎一样。不,是从高处俯瞰而下,夜暗中灯火辉煌的一座现代化城市,上上下下溢出橙色而斑斓的流光,像熊熊燃烧的一段银河,又与自身互为镜像,都束缚在车厢纵横曲折的矩形框架之中,仿若天文馆中一幅天象截图。周铁生从未见过这般情景,大吃一惊,不禁暗暗赞叹。但仔细一看,景色并没有达到极端的灿烂化,而只是旋涡状星云,仅仅是混沌初期模样,稀粥般撒落一片,其间隐约涌现出一个模糊闪亮的小圆东西,眼见得是一颗婴儿期的恒星。

——哦,似乎列车里有人在制造恒星,要令世界重有阳光!哪怕是一颗很小的恒星也成啊。早上就看见,阳光不知怎么搞的已经消失了。这才是真实的情况。可不能再这样冷下去啦。哪里又有什么温室效应呢?是生造出来的一个骗局吧?而这人工太阳,大概是一种微型的可控核聚变技术,然而,制造它本身所需的资源和能量又是从哪里来的呢?是碳交易者弄的吗?这可不一般,本事真大呀。不管是不是温室效应,看样子真要解决气候变化问题哩。这便是高铁迫在眉睫的危机。高铁的存在彻底破坏了自然界的运动规律。虽然机械的每一格都设计精妙,但它让空气、水、大地本身的生命荡然无存了,最终必然会招致报复的吧。周铁生越想越清晰,亦越想越混乱,脑袋一晕,竟有了失重感。我也许快要成仙了啊,他不可思议地心忖。列车上发生的变故恍若隔世。哦,他恰才走过的那些车厢,真的还存在吗?

这时,一只手搭在他的肩上。周铁生一懔,回头一看,见不是小贩,也不是花衬衫,而是一个穿灰色西服的矮个子男人,在龇牙狞笑。

十一、颠覆高铁的阴谋

这个男人贴胸箍着一件熊猫图案的圆领汗衫,却打着肮脏的青色细条领带,上面间杂印有各式各样的星星月亮,又像一堆胡搅蛮缠的阴阳八卦。他呼哧带喘,对周铁生说:"你要到哪里去?"

"我要去找我的妻子。"

"你一个人走路,很危险。乘务员不见了。列车长失踪了。那些骑摩托的小家伙保障不了大家的安全,他们只会虚张声势,到处添乱。还是让我来吧。喂,请交保护费吧。"

"你又是谁呢?"周铁生瞪大眼看去,确信这人并不是梦中的秃头,因为他蓄着长长的头发,还挽成一个髻。又一个索要钱财的人。周铁生一听到钱字就很紧张。这时,对方早有准备似的掏出一个脏兮兮的硬皮小红本儿,打开来给周铁生看。里面有一张照片,拍的好像是西部地区某座著名道观,还有通牒一样的皱巴巴文件,盖了道长专用章,是"玄妙观"的字样,旁边附有他本人的正面免冠照。

"知道吗,我就是玄妙观的道士,从小习练太乙拳。如今,高速铁路也修到我们那儿啦,山下就有一个车站。为普渡众生,道长就把我们派到江湖上来了……铁路是最大的江湖。我和师兄师弟师姐师妹们成功在车厢里安营扎寨,建立了分观。在保卫乘客方面,传统功夫终于可以发挥作用了。这个东西,自打有了高铁,就被忽视了。"

说着,这家伙弯起胳膊,把二头肌使劲鼓了鼓,然后拍拍铁锅一样的腹部,又把小本子翻到后面,展示出一些血肉模糊的死人照片。他说，这些都是被暴徒杀害的乘客。他是那么的兴高采烈，就像一个得到奖赏的孩子。

"形势还不至于如此险恶吧。"周铁生嫉妒地说，心想，修了高速铁路，道士也不在观中修行念经了，都出来了。

"你还不知道，有的车厢已经发生了严重骚乱。"道士说，"另外，据我们调查，你的生命正处于危险之中。喂，快些掏钱吧。"

"怎么会呢？"周铁生有意拖延时间。

"实话告诉你吧，有人要杀你哟。"道士急了，把拳头捏得咔咔直响。

"我到底做了啥事？"

"你的家史有问题！"

"有什么问题？"

"你的父母不是病故的。他们是被杀的。"

"你怎么知道？"

"读过《易经》这本伟大著作吧？通过排四柱，能一清二楚看到人的前世。如今，高铁计算机系统失效了，只有我们玄妙观掌握着所有乘客的底细。"

听到高铁被道观控制，周铁生哑然失笑。他并不认为列车上有超能力者。这里的乘客都是一个模子刻出来的。他进而怀疑这个道士是假冒的。就靠他的几手拳脚，抵什么用呢？能够对列车的牵引传动系统和电气制动系统产生影响吗？如果是真道士，就应该待在观里念经才对，先解决自己的生死问题，同时为列车的平安运行做法事搞祈祷。周铁生想，你不要也来诈我的钱啊，我已身无分文了。他紧紧捂住腕上的手表，问："那么，碳交易者呢？据说车上的局面是由他们控制的。你们与他们是什么关系?"

"碳交易者？三清在上，那是骗人的。基因测序表明，我们有大约百分之一至百分之四的 DNA 源自尼安德特人，这说明了什么？说明人类在走出非洲之后，还与尼安德特人有过交配！跟他们做爱！尼安德特人当时还活着，不是气候灾难的牺牲品。所以，高铁的问题，绝不仅仅是一个气候问题。朋友，你懂得大道无为吧。有人在下一局大棋。"

"不明白……"

"这是一个针对高铁的可怕阴谋！"

周铁生心里一动，问："你是真相调查小组的吗？"

道士不耐烦地说："我不是……嗨，你废什么话，赶紧交钱吧！玉皇大帝会保佑你的。"

急切之际，周铁生又看到卖烧饼的小贩正在赶上来，嘿嘿笑着，好像把这场长途追逐当作乐趣了。这家伙大概想钱想疯了。周铁生急中生智，一指小贩，对道士说："这人才是富商，你找他吧。"便自己跑走了。

十二、火灾

周铁生没跑几步，就头晕脚软，迈不动腿了。道士的话，仍萦绕心中。他不愿相信，却不由得要去想它。父母究竟是怎么死的？难道真的死于某个阴谋？又是谁要杀害他周铁生呢？他回想着自己在列车上度过的三十年短短时光。

周铁生还不到一岁时，据说父母就暴病身亡。对于幼年的事，他真没有什么记忆。他甚至记不得父母的模样。除了一只手表，他们也没有为他留下照片或其他什么信物。据乘客们说，当时父母的尸体被扔出了车外。这是列车上流行的葬式，称作"路葬"。

然后，有一对乘客夫妇可怜周铁生，把他收养，拉扯他长大。在他二十岁时，二位老人过世了。周铁生与他们的独生女儿结了婚。他和她算得上青梅竹马。

但是，他第一次听说，自己的父母不是病故的，而是被谋杀的。谁是凶手？这人还在这高铁上吗？

因此，除了寻找妻子，他现在还要探求自己的身世之谜，找到杀害父母的人。这令他心烦意乱。这就是针对高铁的那个阴谋吗？父母在其中扮演了什么角色？

怀着这些想法，周铁生又往前走去。刚刚走出没几步路，却被从前方撤退下来的滚滚人流阻住。

"不要往前面去，失火了。"那些人惊叫号哭。

火灾是高铁上最可怕的灾害。周铁生犹豫一下，但他还是没管那么多，除了真相，心里还惦着妻子，便继续前行，想着她如果陷入火海，他的罪过就大了。

他仿佛看到女人被烧成一堆扭曲的黑炭，他都认不出她了。无论如何，他得去救她。他一辈子感激那家人的收养之恩，感激妻子对他无微不至的照顾。何况，他现在知道了，高铁正陷入一场可怕的阴谋。但他却没有任何关于这件事的线索，也无法对它进行深入的思考。

很快，他遇上一组灭火队员，也是一些小孩，打扮得跟骑摩托车的孩子不太一样，好像属于另一团伙，但从帽子上镌刻的红色 C 字来看，却也似乎来自碳交易者系统。这个系统看样子很庞大。车厢里气温很低，供氧不足，因此火势并不算大，但灭火队员却十分兴奋和卖力。原来，他们是乘客后代中的食锂者，为了避免自杀,才投靠了碳交易者,做起了维护列车安全的工作。

周铁生看到,奇怪的是,列车在火灾中不仅没有停下来,却跑得更欢畅了。为什么没有采取制动?想不明白的事,就不要想了。

"你看,我们浇的绝对不是汽油,我们是真的在灭火啊。职责所系哟。"一个灭火队员不怀好意盯着周铁生说。周铁生冲他笑了一笑。

看上去,这群孩子是在蜜蜂一样舞蹈,想要做出一番业绩来,跟骑摩托车的孩子较量比试,在他们的主人面前争宠。灭火器中源源不断喷出的,的确不是汽油——那玩意儿如今太贵了;但也不是水,列车里的水更为稀缺。原来,是一种黑色的、黏糊糊的材料,灭火队员对周铁生说,这是电绝缘橡胶。它们很快堆积成叶状、卷状,在火焰中有了生命一般蠕动。

"灭火只是一个借口,这是为了构筑生态列车——也就是人造肌肉列车哪。说什么要改变世界,其实就是制造世界,与现实形成真正的血肉互动关系。这正是为了应对气候变化啊。朋友,你难道没有感受到气温已经很低了吗?冰河时代又要来临。弄不好,列车会与路基冻在一起,就没办法行驶了。因此,没有火怎么行呢?你们这些大人对危机视而不见,幸亏还有我们!"孩子们冲周铁生欢快地嚷嚷。

周铁生这时看到,在火焰的背后,另一群影影绰绰的小孩正挥舞斧头,砍下什么东西来,往火焰里扔。原来是乘客的尸块。周铁生只好说:"有些感受到了。但是,是你们说的那种吗?为什么不是变暖呢?他们都说是温室效应。"

"这跟新能源的开发有关。"少年灭火队员深刻而晦涩地说,站过来挡住周铁生的视线。

"新能源？"

"由于制造恒星，为列车提供新动力，就把储存的能量暂时借走了，才造成天气骤然变冷，使温室效应转入冰河时代。但这是从长远来考虑的，要在列车里重新创造出一个自然界。"孩子解释。

此时，周铁生心头牵挂的，除了妻子的下落和父母的死因，便是那个"根本问题"，这是他刚才回望所走过的车厢，看见新诞生的恒星时，忽然体悟到的。他觉得列车很像一个宇宙。他活了三十岁，从未意识到这个问题。父辈也许知道些什么，但他们对后人隐瞒了，就好像这是一个禁忌。

这时，那些抛扔尸块的孩子绕过火焰，豺一样朝周铁生走来。他们交头接耳几句，就捉住他，拦腰举起，要往火里扔。他们把他也当作了柴火，要让火势更大一些，否则，灭火队就会因为工作量不足，无法向碳交易者交代了。

周铁生挣扎着叽咕："不要，不要。"

十三、亚姐

正在这时，一队年轻女人从火焰边匆匆走过，原来，她们就是与周铁生短暂相处过的那些妓女，穿着墨绿色的窄裙和毛衣，蹬着红彤彤的长筒靴，拖着带拉杆的迷彩行李箱，走得上气不接下气，像一群逃难的家庭妇女。看样子，列车似乎更乱了，形势所迫，她们也顾不上做生意了，开始迁徙。

看到周铁生就要被扔进火堆，女人中的一个停下脚步，皱眉看了看，将男人从小孩手中一把抢下来。

"又见面啦。"周铁生后怕不已地跟红玉打招呼。她又一次救了他，这在他的心上像是用铁箸狠狠揉了一下。

"你可真冒失。"她用食指戳着他的额头说。

"谢谢你。"

"喂，你找到你老婆了吗？"

"还没有……"

"你就压根儿不想找到她吧。"

"你们这是去哪里呢？"

"去投奔亚姐。你跟我们去？"

"亚姐？"

"列车里最近诞生了一个新组织。亚姐是它的首领，也就是通讯业的巨头呀，她发明了超光速即时通信工具，可以把散落在四面八方的乘客聚集起来。信息的传输，才是列车的核心问题！人气呀，流量呀，这比什么都重要……你看到遍布车厢的那些C字了吗？那便是光速的符号呀。注意它右上角的指数，已经由平方变作了立方。有的是四次方、五次方，最大的是十二次方！不得了啊。据说，神这种东西，就规模来讲，也不过就是十的十次方。这完全是出于互联和沟通的需要。列车必须重新成为一个整体，而不是各自为政。我们已经打听清楚了，碳交易者过气了。像女娲一样，亚姐才代表未来。今后，谁掌握了信息，谁就能控制列车。皮肉的买卖，相比起来是拿不上台面了。我们也得为自己的后半生着想呀。再不去，就会落伍于时代，要被扔进历史的垃圾箱。我们不能固守在黑灯瞎火的包厢中，把宝贵的青春都拿来跟臭男人拉拉扯扯呀。你以为我们女人就很贱么？就没有理想么？那是十分错误的看法！"

"超光速即时通信工具！这么厉害啊。"对于列车里不断涌现的新名词，周铁生感到心惊肉跳。他对红玉口若悬河的风格也不太适应,他仍然想着的是她那像烤红的铁砧一样的肉体。

"这是一位老客户——他以前是坐软卧的,告诉我们的。这个信息通报得非常及时!他说,是因为从列车外面输入了新技术。潜行世界的居民帮助亚姐做到了这个,使列车一步跨越了碳交易时代,从而拉开了奇点社会的帷幕。"女人扭动身子,做了一个健美的波状起伏,在男人面前,再一次展现出源于本能的性感。

"潜行世界?"周铁生不知所云,却又仿佛被打动了,不敢直视女人。

红玉脸上浮现出一个雾状的隐晦笑容,好像勇气平添,"告诉你一个秘密吧,我早先也是电气专业的硕士研究生呢,因为高铁人满为患,大学毕业找不到工作,实在没有办法,才来做这门营生的。我男朋友对此不能理解,其实,他是不能正确认识列车上发生的一系列变化,放不下身段,做不到与时俱进,上高铁后,他就晕头转向,产生了幻觉,总觉得高铁是宇宙飞船,以为来到了太空中,在失重环境下,他无法控制做爱姿势,对都对不准,最后连男人的本事都丧失了。我就跟他分手了。高铁早已危机重重。它表面风光,但看看那些来嫖我们的乘客,就知道整个车厢从头到尾烂透了。我们身处底层,对此再清楚不过,只好打掉牙齿往肚里咽啊,才能活下去,但临睡前会想,不能总这样下去,人的内心终归是向善的。现在机会来了。因此,如果能加入亚姐团队,就有希望吧!这样就可以重新操持我的本行,用上我的专业。如果人人能发挥自己的一技之长,就能让这趟列车好起来。不然的话,这么过一辈子,生命又有什么意义呢?我还想找一个老公,为他生孩子呢。怎么样,你行吗?"

"我、我已有妻室了。"周铁生无法想象妓女竟会从良。他以为红玉是逗他的。

"哈哈，看不出你也这么虚伪。"

"看他的长相嘛，倒说不上是虚伪。"红玉的一个姐妹打趣插话，"因为真正的原创总是在那条长尾曲线的龙头部分发生。这才是这男人痛苦的根源。别理他啦，他跟我们不是一类人。"

对于这些女人，周铁生只能仰视，觉得她们是另一物种。他又有一种直觉：也许自己的妻子已经到了亚姐那里，而关于父母的死因，说不定亚姐是知道答案的。找到亚姐，也才能破解针对列车的阴谋。他想，自己怎么能比妓女还不如呢？他便不顾疲劳，跟着妓女们往前走。一路上，他吃她们的，喝她们的，也跟她们睡在一起。

一次，周铁生把红玉从后面扑倒。她假装挣扎两下，就翻过身来搂住他。不过他们这回没有做成那事，气候的确变化了，更加寒冷，他们的身体又僵又冻，什么也干不成，只能勉强抱着，用嘴唇和手指摩挲一阵，为对方提供热量，又像海底的鲸鱼一样大口喘气。周铁生忽然感到，红玉面颊上有两行濡湿的东西。

这时他又听到头脑中那个隐秘声音。这回，是秃头男人躲在周铁生的皮层深处，在使劲手淫，嚯嚯嚯，挑战一般直接冲着周铁生，自己干自己，逞威或者炫耀似的，那根东西弄得很直很大，嚣张得不行。秃头气势凌人而忧心忡忡地警告周铁生，不准涂鸦，也不得再与妓女睡觉，更不得再往前走，否则，死路一条！但他怎么知道周铁生做的事呢？就好像有一个隐形的监视器一路跟随。周铁生看看四周，却什么也没有见到。

"你听到什么声音了吗？"他问女人。

"可能是在拳击吧，你听隔壁的包厢哗哗的，还有惨叫。不过你不要怕，有我呢。"

"你见过拳击手?"

"以前车厢里有很多拳击手,属于精武门。但现在都要被亚姐收编了。"

周铁生想到那个练武功的道士。他觉得玄妙观也许会跟精武门打起来。他又仔细聆听一遍,声音变成了无规律的乐声。似乎列车里还真有艺术家——噪音艺术家,正在用爆破器演出。但也许只是列车碰出来的什么动静吧。这意味着要发生新的事端。

忽然,红玉把周铁生推开,从他身下呼啦一下挣脱出来。这大出他的意料。她似乎记起了自己的使命,决定继续前行,跟上姐妹们的队伍。

临行前,红玉抱歉地对周铁生说:"我们还是分手吧。"

"为什么?"这时,他觉得她像一条快要冬眠的蛇。

"有件事不得不说了。我在认识你之前,就已得了艾滋病。这是真的。现在,我要去投奔亚姐做人生大事了,让余下的生命产生些意义,不要再虚度。因此,不能再骗你了。你是个好人,你也是要去做大事的。不能再耽误你了。"

周铁生脸色大变,心想这可怎么对妻子交代呀。艾滋病是高铁上尚未攻克的绝症,得了就要死人。红玉诚恳而无辜地注视男人,就好像对他寄予了深深同情。看她那副模样,仿佛其实是想带他一起走的,甚至让他做她老公。但她不想连累他。也许她并没有意识到他会死。周铁生此刻却怕被她嘲笑。他总在做蠢事。都是他不好。他觉得自己命运多舛。他就当着红玉的面哭了。

女人眼圈也红了。她对混乱中的周铁生说:"没什么了不起。别那么意气消沉,相比列车上发生的事,我们这算什么?我们还会见面的。"

周铁生说:"不,我还没有还你钱。"他想,她毕竟是救了他、帮了他的女人。他又考虑要不要摘下手表送她。

但红玉已经义无反顾自己走了。周铁生还想追上她，吃力地一步步挪动，到后来，却连妓女的队伍都跟不上了。

十四、机器

现在，周铁生除了要去寻妻和查找父母的死因，心里还有了红玉这个负担或牵挂，他觉得要找到她，把好多事说明白。她不能就这么抛下他不管，她要帮助他治病。他就继续向前走去。

不久，孩子们又骑着摩托车出现了，这回，穿的是不知从哪里搞来的太空服一般着装，鼓鼓囊囊、暖暖和和的样子，像是来自未来世界的新人类，满脸傲气和不屑。周铁生心想，列车真的要交给儿童来管理吗？他急忙躲开，看着他们天神般自鸣得意的表情，忽然觉得，小家伙们都是些自我复制的机器，与乘客们本来无关……

孩子们不再念叨"幕后黑手"，大概，婴儿都被杀光了。他们把目标转向了车厢里的大喇叭。其实它们早就不响了，但是，还是沦为了施虐者的猎物。孩子们举着小斧头，对准大喇叭一阵狂砍狠砸，就像它们还具有生命。他们呼叫："旧的不去，新的不来！"金属破裂时发出惨烈刺耳的嘶鸣。孩子们哈哈笑个不停，又把尿撒在碎片上，然后疯跑走了。他们的人数已经比早些时候少多了。

又走一阵，周铁生感到身体难受，头晕恶心。他以为是艾滋病毒发作了，他没有多少时日了。这时他来到一个叫作"绿色城堡"的地方，它早先是高铁上的中间变流器车厢，现在变成了一堵崎岖的冰崖。

周铁生在这里遇到一些忙碌着照相的人。他们是摄影爱好者,被这银装素裹的美景吸引。"是最后的风光哟,再不照就没有了。给列车留下点儿难忘的记忆吧。"摄影爱好者闹闹嚷嚷,就像非洲大草原上一群食腐的鬣狗。

周铁生感到恍惚,他对高铁的记忆,已经模糊不清。联系到自己的家世,一切是骗人的吧。但到底发生了什么事呢?他不禁对拍照的人妒火中烧。

此时,摄影爱好者正把镜头对准一堆深蓝色的肉团般东西,它浮在污浊空气中,本身也像个摄像头,显得十分狰狞。周铁生就问摄影师这是什么。

他们说:"没见过新闻信息聚合器吗?这就是未来啊。"说着,他们把拍好的照片,通过数据链,上传到新闻信息聚合器里。他们沿途已把整趟列车的风景都拍了下来,包括各种细节,既有技术的,也有人文的。现在,都被新闻信息聚合器收录了。这个像是具有智能的机器正在为列车做着档案方面的备份整理。

就在这时,又有一群小孩不知从哪里冒了出来,抢走了摄影师手中的相机,又用斧头向他们砍去。摄影师没有任何抵抗,原来在此之前,他们早已冻昏了,只是凭借残存的神经冲动,行尸走肉一般在下意识照相并呓语。现在遭受攻击,在无痛苦中死去。周铁生怀疑摄影师也不是人类。

"碳交易者不允许你们这样做,拍什么照啊。"打人的孩子哼哼唧唧,又冲着周铁生走来,举起斧子。周铁生才看到他们身上穿的是编了号的囚服。这又是一个新团伙。

"你们……"

"这本是一列押送少年犯的列车,一路西行。这是一座移动监狱。你们的后代,罪孽深重,早完蛋啦!别指望我们来继承衣钵了，那真恶心。喂，我们的组织叫作'十月'，要不要加入啊？如果你不想跟我们一起越狱，那就去死吧！"

忽然，周铁生被一只手拽进边上的一个包厢，才躲过一劫。原来又是花衬衫。

"你怎么在这里呢？"周铁生不解地问。

"前面的路没有走通。很多车厢被奇怪的物质封闭起来了，不让人进去……是新时代开始的迹象吧。"

"哦。我不知道。"

花衬衫又说："在来这儿的路上，你看到那颗恒星了吗？车厢里面的。那就是未来社会的核心。如果不能很好利用太阳能，一切就结束了，最后连原子运动也会停下来，任何信息都不能交换……所以，最关键的是重新认识列车的驱动问题。很可能要把固体高分子型燃料电池或者固体氧化物型燃料电池当作主流。据说色素增感型及非晶硅锗混合型异质结太阳能电池的开发也很可观，从而大幅提高光电转换效率。原有的牵引供电系统不行了，那都是多少年前的老玩意儿了。"

"这是碳交易者弄的，还是亚姐的计划？恒星这种东西，其实很不好制造吧？"周铁生这时觉得，一切离他更加遥远。他越来越不了解列车。他不知道还能不能走到亚姐那儿。

"你也知道亚姐的事业了？是啊，难道不是吗？只有她才有魄力改变列车哩。我也是刚刚听说，正要去投奔她哩。我想，她已经跟碳交易者结成战略同盟了吧。"

"究竟谁是亚姐？听起来，不似真人，倒有些像是什么人工智能看护者之类。是她接管了高铁吗？"

"哦，说到人工智能，那其实是很让人困惑不解、惊惶无奈的——举个例子吧，有一处铁轨岔道，左边五个人被绑在铁轨上，右边两个人被绑在铁轨上，火车来了，本来是向左走，你站在岔路口，此时你可以用扳道器让火车向右走。人脑会怎么作决定？人工智能又会怎么作决定？"

"当然是向右走，压死两个人，保护更多的人。"

"不可能，人工智能的第一定律就是绝不让任何人受到伤害。一个人都不允许死。"

"这样的啊……那它会让火车出轨吧？让自己受伤害。"

"也不可能。火车上有一千来人。人工智能更不会这样做。"

"那它应该停下来。"

"程序不会让它停下来。它必须走到目的地。"

"啊，那么，它会短路的吧……"

"如果它短路了，火车和铁轨上的人就都有危险了。所以它也不能短路。"

"看样子，是最彻底的两难啊，怎么也不行，希望总是渺茫……难道，这就是这趟列车的真实处境吗？"

"是的，是列车的处境，也是我们的处境。这个问题很无聊，很无聊，"花衬衫悲哀地看着周铁生，"没有感情的机器很麻烦。但交给人类，是否就可靠一些呢？假如绑在右边的那两个人，想办法贿赂了司机；或者，这两人和左边的五人，一同贿赂了司机呢？我们还没有研制出能够有效对抗腐败的计算机。"

"所以，机器至少在形式上是公平的。"周铁生对自己生而为人，感到愤怒。

"并不如此。也许，你正在寻找的，只不过是机器制造的幻象。面对两难，在不违反程序的情况下，它只有制造幻象。"

"我们真的是在走向机器统治的未来吗？"周铁生像是掉入

漫长无期的黑暗。他想要抓住什么,却又什么也不想抓。

"或许,这是因为所有的乘客都是机器。虽然怎么做都不好,但我们只能去找机器。任何一样存在只能与它的同类在一起。我们只有跟机器做爱才可以繁衍,跟人已经不行了。用机器代替人,这本是我们自找的,而这源于我们本身也是机器……记得老爹曾经给我讲,他上小学时,老师告诉他要听话,不要去河里游泳,不要打架,不要逃课,不要招惹女生……他和同学们都乖乖的,对老师言听计从,以为大人说的都是对的,都是有道理的,大人能做的,小孩不能做,不是因为小孩做这些是很危险的,而是由于这一切早就有了规定。但到了小学五六年级或者初中,老爹就与同学们开始偷偷去河里游泳,与外校生打架,还谈起了恋爱……大人能做这个,为什么小孩不能做?进了大学,他名正言顺旷课,以耍朋友的名义,租房子搞女人。他对我讲,他这样做,是因为觉醒了,知道自己是人类,而人类是有自由意志的,机器却没有。机器只按程序做事。他不想做傻乎乎的听话机器。但我现在知道了,老爹后来做出那些叛逆的事,也只不过是服从他的生物基因指令。他体内预置的程序监控着他的成长,到了某个关键阶段,就自动告诉他,噢,青春期了,该反叛了,赶快行动起来吧。每一代人都这样被动地重复,于是创造出人类历史和文明。我们都是分子生物机器。现在去投奔亚姐,也只是服从内心深处的我们无法抗拒的化学反应。就算思维活动什么的,也不过是本能在运行。所有那些貌似洋洋大观奥妙无穷的深思熟虑,无非都是根本未经大脑考虑的条件反射。有人却用这来唬人和拿人。没意思。哦,这就像大海里的鱼儿一样,忽然有一天,它们就像听到发令枪响一样,一齐洄游到几千公里外的地方,去交配产子。这多难啊,这多么无聊啊。是谁给了它们这样荒唐而机械的记忆呢?"

"洄游哟,我们不过跟鱼一样,列车是江河大海吗?"周铁生不知所措说,"我们是机器,还是人?还是机器人?我们与高铁究竟是一种什么关系?"

"演绎机器生命的这块艺术新大陆,还远远没有得到开掘。高铁本身就是人类模仿机器的杰作,具有最高等级的复杂性和精密性。看过好莱坞科幻电影吧,那些主角越像机器人,就越有英雄气概。向机器的全面过渡,这还仅仅开了个头。确切来讲,我们只是在羡慕那些更高级、更完美的机器。今天,我们只能模仿它们的震动、闪亮和不真实,往后要融入它们,变得跟我们的那些机器创造物一样强大,也变得像它们一样无奈、纠结和两难。这样我们就真实了。人类的历史就是一个由人进化为机器的过程,不,确切来讲,是回到机器本源的过程。朋友,没有什么大自然。宇宙就是一台机器。因此要抛弃对机器的偏见。人模仿机器,是文明最了不起的进步。高铁启蒙了我们。既然无所谓自然不自然,作为机器生命的高铁——我想它是一个智能创造物——就并没有改变大自然,也没有反自然。有人天天咒骂交通工具是反自然的,那他们怎么不说细菌的出现早已摧毁了大自然的天性?运动是生命的特征,生命一诞生就把自己当作了交通工具。"

"啊,你说的真让人开窍。这是我今天最大的收获。的确,这不由我们选择。问题在于,就连机器也做不到平等呢。"周铁生叹道,"你至少还记得你的父母,但我的父母是谁,我并不知道。我都不晓得他们是怎么死的。"

"有一天你会全明白的。"花衬衫若有所思看着周铁生,忽然扑过来,卡住他脖子,就像一台机器对另一台机器做的事情,他只是在完成某个程序。他跨骑在周铁生身体上，闭上眼睛，呼哧喘气，脸色彤红，好像迅速达到了高潮。周铁生几乎窒息。他也不挣扎。随后他射了。他很快在快乐中失去神志。但花衬衫又松开手，把周铁生放过了，就如觉得他很可怜。周铁生却不需要这种怜悯。

"哪怕是机器，也想知道这一切的真相啊。这是我离开这个世界前唯一的愿望。"周铁生睡在地上，怔怔地说。

十五、车厢拆除者

花衬衫咧嘴一笑，把周铁生拉起来。他们就继续往前走。路途上，两人遇上了车厢拆除者。这是一群手持电锯的年轻人，不再是小孩子。从手臂佩戴的袖标看，隶属于新能源产业技术综合开发机构下面的职能部门。这回不再是碳交易者的手下，而是亚姐的外围组织成员。这让人放心了一些。他们负责的工作，是把所有车厢打通，让列车连为一体。

由于人手不够，车厢拆除者就让周铁生和花衬衫加入他们。

"既然是亚姐的人，那我们当然愿意为你们工作。"花衬衫夸张地做出雀跃的样子。

"那太好了。哎，让你们干活，是有报酬的哟。根据亚姐的最高指示，不能再盘剥乘客了，相反，还要增加大家的收入。未来的高铁将是一个人人平等的社会。"打头的人说。

于是，周铁生和花衬衫被分别编入不同小组，在车厢拆除者的统一领导下，开始工作。

"我们这是在创造未来呀。"周铁生这个小组的组长是个温和的年轻男人，一边劳动，一边乐呵呵说。

"为什么呢?"

"因为未来不能被预测。"

"这倒是实话。"

从这奋发向上的话语中,周铁生仿佛又看到了未来。也许一切真的会好起来。但他不知道自己还能不能等到那一天。

周铁生连续干了十个小时,切割金属蒙皮,和工友们一起,打通了七八节封闭的车厢,拿到一百块钱,这才有了些底气,心想不用再害怕小贩追上来了。但他只是临时工,不算正式加入企业。不过,他也不想长期干下去,因为他自己的时间不多了,他还要寻觅妻子,了解父母死亡的真相。另外就是找到名叫红玉的妓女。他现在可以还她钱了。他要争取与她平等的地位。

晚上,大家就在车厢里休息,和衣躺了一地。远处,似乎还在传来孩子的嚣叫。他们折腾自己也折腾列车,破坏大人辛苦劳作的成果,企图毁掉未来。也许只有亚姐才能收拾他们。周铁生累乏不堪,很快睡着了。半夜,他忽然醒来,看到一双狼一样的眼睛正在黑暗中盯着他。原来是组长。他变得跟白天不像是同一个人。

"我早注意到你了。"组长严肃地说,"你是去找你父母的吧。我知道他们的情况。"

"什么?你竟知道?他们是什么样的人?"周铁生呼吸急促起来。他一下坐起了。

"你的父亲叫周原,跟我的父亲万户是朋友。他们都是列车上搞工程技术的。"

"我听人说,我父母很早就被杀死了……"

"他们的确是被人杀害的。凶手叫罗盘。他为了阻止你父亲成为列车的主宰者,而设计了一个谋杀阴谋。由于你父亲的死,列车最终陷入今天的混乱。"

"我父亲会成为列车的主宰者?"

"是的,三十年前,据说就有了这样的安排。那时,列车发生了一起很严重的、原因不明的事故。你父亲承接了高铁设计者的未竟使命,被指示去解救这趟列车。但不幸的是,很多人觊觎那个至高无上的位置。这样,你的家庭就危险了。"

"罗盘是个什么人?"

"他是一个投机分子。他也想做主宰者。"

"他现在在哪儿呢?"

"他没有做成主宰者,却被他自己的支持者和宠物们杀死了。"

"这样啊……"周铁生捂住脸。他终于知道杀害父母的仇人了,心中却似乎没有多大的怨恨。过去的事情仍然离他很遥远。

"但他的儿子还活着,就是跟你一块儿来的那个花衬衫。"

"那家伙呀!他知道这一切吗?"

"他自然知道一些内情。他和你构成了竞争关系。他一路跟随你,是要伺机杀害你。"

"为什么要杀害我?"

"因为你是周原的儿子。"

"还有谁想杀我?"

"谁都想。小贩、道士,还有那个妓女。她在你身上下毒了吧。"

"你也想杀我吗?"

"不,我是亚姐派来帮助你的。亚姐需要你加入她的组织。"

"亚姐到底是什么人?"

"她代表了列车的中兴力量。我猜,她小时候也许与你父亲有过一些接触吧。"

"亚姐大概弄错了。我只是个一无是用的人。我得了病。在高铁上,一代不如一代。也许,花衬衫才是她想要得到的宝贝人才吧。"

"花衬衫是要到亚姐那儿去。他就是碳交易者本人。这个名号是他自封的,是用来唬人的,他却自己心虚,不敢当面向人承认。他招兵买马,把一些孩子聚在他手下。他不敢找大人,因为谁也不听他的。到了后来,他连信心都丧失了,只能像臭虫一样,在各个车厢里窜来窜去,偷偷摸摸活动。但他这回是要去做最后一搏的,企图把亚姐的系统夺到手。他的野心又起来了。而你是要去保护亚姐的。但问题是亚姐并没有指示我除掉花衬衫。她似乎对这个年轻人怀有一种特殊感情。我猜,她会在你们两人中进行选择。"

"我不想被选择。我没有时间了。"周铁生困乏地说,感到血液不流了。

组长不再说话,抱住周铁生。周铁生在男人的怀中闭上眼,又睡了过去。待他醒来,看到车厢拆除者悉数消失了。好像他们是系统为了应急,而临时制造出来的。他们并不是真正的人类。原先被拆掉的车厢,又自动长好了,一段段封闭起来,无法通行,成了孩子们玩耍的乐园。孩子们此时已经分成互相对立的派别,以不同的车厢为根据地,挥舞斧头,打起仗来,尸横遍野。好在组长为周铁生留下了一册《读书》,根据它上面的示意图,周铁生找到了一些尚未愈合的缝隙,通过它们,蹒跚穿行,由此避开了孩子们的战争。他看看手表,父母为他留下的时间还在往回走。因此他并没有觉得自己进入了未来,却只是在返回无底洞一般的过去。他经行之处，布满时间的尸骸。

他也意识到，高铁的确不简单。碳交易、人造恒星、即时超光速通讯、肌肉列车、车厢拆除……这一切不是孤立的，它们形成了一个完整而全新的技术体系，正把高铁改造成一个与以前不同的命题。与其说这是巨大的阴谋，不如说是一场深刻的革命。但这场革命要达到什么目的呢？迄今为止，它造成的只是混乱和死亡。然而又有什么不是从混乱和死亡开始的呢？

十六、"夔门"

周铁生继续一个人走着，感到车厢越来越像一条大河。他溯流而上，好似一条鱼。沿途，他看到好多孩子的尸体，都光溜溜没有穿衣服，漂浮在河水深处。他来到一个地方，两侧车壁犹如峡谷，金属危岩上伫立了好些石雕般的人，原来，是出售氧气面具的商人。他们统统是玄妙观道士变身而来的。列车里本就配备了氧气面具，以备不时之需，被有头脑的乘客私藏起来，后来却被道士强行低价收购了，又在这儿高价出售。再往前走，没有氧气面罩怕不行了。一种说法是，人造恒星还处在婴儿期，尚没有制造出足够的氧气来，生态环境也很原始。一切在重建的过程中。

周铁生已经精疲力竭，这时，他再次犹豫要不要走下去，但想到妻子可怜兮兮、翘首以盼的样子，他就打定主意不能停下来。为了能继续前行，他就花十五块钱买了一副氧气面罩。道士同时也出售太空服。上面血肉模糊，好像是从孩子们的身上剥下的。周铁生又用六十块钱买了一套。

他思念妻子，觉得自己还是爱她的，甚至，是可以用生命来换得她的，只要她能活下去。他还想跟她要一个孩子呢。他这样想一点儿也不觉得有什么害羞，而完全真心实意，虽然这在现在做不到了，他得了病。至于跟妓女发生关系，那不过是逢场作戏，是为了从她那儿换取有关妻子的信息而不得不这样做，她会原谅他的。周铁生沉浸入回忆中。他记得，有一次，在列车长的组织下，他参加集体歌咏排练，这时，忽然没有了妻子的消息，发短信、打电话，都联系不上，他十分着急，便向列车长请假，赶紧往自己居住的车厢赶。他走了很久也走不到，觉得被一种异样而古怪的氛围裹住。列车又停电了。他很惊恐。这时，她的电话却打来了，说她在自己栽种的植物大林子中迷路了，一不做二不休，把这当作世外桃源，干脆在苗圃里玩儿，流连忘返，不想回家了。他最终找到她时，并没有如释重负。他泪如雨下，心里奇怪的是，她怎么会在自己亲手种植的林木中迷路呢？那么，今天她的失踪，跟这有关吗？

周铁生看了看身上带血的着装，忽然又疑虑丛生：自己真有那么好吗？他不过是在演戏吗？这一路上，他已经看到了太多骗局。如果自己是一台机器的话，那么，既往的生活会不会是列车植入的幻觉呢？他真正想的或许还是跟红玉和她的姐妹们睡觉吧，而这只是从他身体内部自动发出的程序指令。此外，他已与她有了体液的交换，染上她身上的病毒，这十分自然地加强了他与她的纽带联系，倒是与妻子相距远了。于是，他又有一搭没一搭地想起红玉来。这种带有恐惧和病魔色彩的思念，反令他更为疯狂。

他不顾一切继续行进，又遇上很多风尘仆仆前去投奔亚姐的人，也听到了有关亚姐的各种传闻。现在，周铁生对这个据说与父亲有过接触的女人感到好奇。没有证据表明她是智能看护者。

据说她早年间是一名普通乘务员,却是乘务员中的异数,她较早觉察到列车将要发生混乱,就把乘客中的技术人员暗中组织起来,开始为未来的灾变做准备。因为乘务员的出身,她拥有号召力和感染力,乘客都听她的。她从小就是一个技术迷。一段时间以来,技术在列车里不吃香了,反技术思潮流行。她却反其道而行。她相信技术最终能拯救列车。她是列车上最神秘最有魅力的女人。她是女娲一般的人物。但或者也是因为她有过硬的后台。有人说她是列车长的女儿。她才有气魄做出改变。

亚姐成立了自己的秘密组织,集中了一大批技术人员,她带领他们,从事地下研发。她建立了一个非零和实验室,进行大量的临界测试。她把高铁动力学、电力学、机械学、物理学、化学、古生物学、宇宙学、数学、社会学、哲学和计算机科学结合起来,试图把列控系统的复杂性提升一个级别。她在列车中创造了新的人工智能。她发现了一些极大的数量单位,从中提取出陌生的新力量。在她看来,高铁已经发展成了一个统一体机器,它包含了列车上所有的人脑、思维、晶体管、分布式系统、光缆、服务器和网线。它是一个巨系统。由于列车储存的信息量太大,机器的尺度太大,乘客已不能理解高铁,双方发生了对立。车厢里的信息流量无法再被度量。既有的法则在逐渐失效,就连高铁本身的进化也不再遵循摩尔定律。因此,必须创造一种新的通信交流方式,才能重新实现对列车的掌控。亚姐认为,高铁乘员不是超人也不是神,更不是高深莫测的哲学家,他们应该以蚂蚁的状态生存,但关键是要把他们连接起来。连接,是解救列车的关键技术,这样可以把人类重新组织成为一个体系。在这项事业中,杰出的男人逐渐都被亚姐吸引来了。传说,她把男人绑在节能阀上毒打,直到把他们的灵感从身体里一点点抽出来,到了这时，她就最快乐，而男人们都喜欢她这样做，他们从中享受到了创新的乐趣。创新就是受虐。若不如此，天长日久，在列车千篇一律枯燥乏味的运行轨迹上，他们就真的成为废物了，从而远离发明创造。所以所有成功男人身后都有一个施虐的女人。

如今，就连许多像花衬衫这样的男人也闻风而动，摩拳擦掌，不畏险阻，长途跋涉要去投奔亚姐。这成了列车上最壮观的一道风景。

当然，去找亚姐的女人则怀着另一番憧憬，她们对亚姐是真的顶礼膜拜，相信她是新一轮女性解放运动的领导者，只有她才能把她们带向真正而完全的平等。一直以来，高铁都是雄性的象征。它喻示着，人类的进化，从来都是以男人为发动机的。但未来不应如此。女性基因的突变将大于男性。

亚姐建立的机构，正式名称叫作"九州研究院"，是列车上唯一以人脑为基本计算单元的智力工厂，也被称作未来的创新引擎，所做的事情就是把梦想变为现实。很长时间里，已经看不到如此富于理想主义的组织了。九州研究院同时是一所学校。亚姐是校长。这大概是迄今为止把列车从灾难中解救出来的最有力尝试吧。九州研究院研制出了二氧化碳收集处置技术，很快就把碳交易者的组织击落在了下风。于是，花衬衫不得不加快行动步伐。

现在，周铁生走在前往九州研究院的人群之中，被大家认为也是去投奔亚姐的。周铁生戴着氧气面具，穿着航天服，这样，人们认不出他是谁。他才感到安全。

他走着走着，又一次看到那些妓女，可惜的是，她们赤身裸体，肚破肠流，全都死了。她们没有走到亚姐那里，未能见到解放的曙光。她们被不明身份的暴徒奸杀了。

红玉也躺在尸堆中,她好像是经历了一番搏斗才死的。她的下身被塞入一个车钩牵引杆。她随身的细软被抢走了。真是可怜。周铁生在她的尸体旁看到一个小红本。那是玄妙观道士的随身物品。另外还有道袍的碎片。

周铁生看着红玉,觉得她像一头黑猩猩。他听说过,黑猩猩不会游泳,有时却跳到动物园壕沟里,拯救落水的同伴,自己却淹死了。那些自我牺牲的施救者都是雌性。另外,当雄性黑猩猩打斗时,雌性黑猩猩会从它们手中夺走石块。如果雄性黑猩猩经过打斗而没有达成妥协,雌性黑猩猩往往会试图将它们撮合到一起。不知怎么的,周铁生觉得,传染给他艾滋病的红玉,身上就有这种气质。她跟妻子和亚姐一样,大概本都是解救列车的新生代女性统治集团的成员吧。高铁要移交给女人管理,才能好起来。她们一直隐藏着身份,就是为了最后做这事。

由于觉得女人像黑猩猩,周铁生不禁有了性冲动,他想奸红玉的尸,但穿着太空服,很不方便。他忽然记起自己身患绝症,而她是个杀手,就报复一般踢了红玉两脚,又趴在她的身体上恸哭了。他对她喃喃:"你说过我们还要见面的。"她的躯干侧翻了一下,下方滑出封面上印有军舰图案的《读书》。周铁生拾起杂志,里面掉出一叠照片。他拾起来看了看,见都是红玉与花衬衫的合影,神态狎昵,眼见得曾是一对情侣。这是周铁生没有想到的,他就生气地把照片扔了。杂志被拿走后,又露出了女人的肚子。她的腹部被人剖开了,肠子中间有样东西耸动,原来,是个男婴——周铁生竟然不知道这女人怀孕了。是他粗心,还是她的掩饰方式太巧妙?小孩没有死,只是被压得窒息,被空气一激,哇地哭出声来。周原心里一软,把孩子抱起。这一刻他想到了自己孤儿的身世。

这时，他似乎嗅到了妻子的味儿。他头皮一紧，又仔细在死人堆里查看好几遍，才确信并没有妻子。但他疑惑地想，妻子说不定也被强奸了，大卸八块，丢弃在附近某个地方。他怎么赶也来不及了。如果是这样，就不是他的责任了。

周铁生和妻子还在穿开裆裤时，就在一个桌上吃饭，一张床上睡觉，一个盆里洗澡，又一道上小学、中学，只是分别上了不同的大学，一个学分析化学，一个学电子机械，但也没中断联系。毕业后，周铁生加入列车歌咏队，妻子则做起园林工作，沿着车厢走道栽种各种各样的古怪植物。他们越是相处日久，就互相越不能理解。但他们越是这样，就越是难舍难分，认定对方就是自己的灵魂伴侣。他们生活在一个包厢里时，虽然有很多隔阂，却连一次脸都没有红过。

周铁生往红玉身上撒了泡尿，抱着捡来的孩子，又往前走。路愈发难行。好几次，他都想要扔掉小孩，但看看他的脸蛋，觉得这分明就是自己的孩子，而不是她与花衬衫的，便没有舍得扔。艾滋病是要母婴传染的，因此孩子也应该有病了吧，那就更可怜了。周铁生想，不知道小家伙能不能比自己活得长一些。也许亚姐那儿有治疗艾滋病的新药。在高铁上，连恒星也能制造了，艾滋病算什么呢。这便成了周铁生不停前进的动力。

周铁生终于来到一个叫作"夔门"的地方，这似乎是早先的观光一等区，现在是一片废墟。周铁生看到一个熟悉的身影一闪，很像是他的妻子。他一怔，赶紧跟上。但这时，跳出来一个守门人，穿一身厚重的军大衣，连头带脚裹住了，还冻得不行的样子。他不让周铁生进去。周铁生掏出十块钱给他。看门人嫌少，他就把剩下的十五块钱都给了他。看门人仍不满意。周铁生没钱了。看门人就要周铁生把宇航服脱下来给他。周铁生不愿这么做。那家伙就动起手来,一不小心露出了他的面目。才看到竟是花衬衫。他先周铁生一步,抵达了目的地。

"啊?是你!让我过去吧……"周铁生恳求。

"我不认识你。"花衬衫木然看着周铁生。

"我们不久前,不是还在一块儿吗?"

"你是谁?我又是谁?"花衬衫笑道,却像在哭。

这时,前方的人影又出现了。周铁生越看越像他的妻子,心里着急,就一手抱紧孩子,一手去推看门人,要从他身边闯过去。不料对方抽出一把刀,刺进周铁生的腹部。

十七、九州研究院

周铁生大叫一声,孩子跌落在地。他双手握住花衬衫拿刀的手,用力往外拔,居然给他拔了出来。他又一脚踢去,踹到对方下身,花衬衫负痛蹲下。周铁生反转刀锋,刺进花衬衫的喉咙。鲜血喷了周铁生满脸。

然后,他从花衬衫的军大衣里撕下一些布料和棉花,把自己的伤口包扎好,又抱上孩子,迈过花衬衫的尸体,拔腿追上去。

他走了一阵,觉得前面那人,分明就是他的妻子。她穿得很少,身上只有乳罩短裤。她怎么不怕冷呢?周铁生一阵心疼。她拎着一个漂亮的LV包。她精瘦的脊梁上背负着一个小型氧气瓶,有根管子从瓶口伸出来,绕到前方,插入鼻孔。她脖子上扎着一根橘黄色皮带。她偶尔回转头,眼神暧昧,好像在冲周铁生讪笑,却比死了的妓女还要风骚。他怀疑她认出了他。

见到妻子变成这样,周铁生有些难过,心颤着叫了一声,她却不回应,加快了步伐。他吃力跟上。她飘飘忽忽,若有若无,就像来往于两个世界的边缘。

周铁生跟着女人,穿过一段崎岖过道,进到一个包厢,这儿味道难闻,腥得跟女人身上一样,而且好像激荡着强烈的辐射。房间中央,一个高头大马、看不出年龄的女人叉开双腿直立着,浸泡在装满绿色液体的一口大肚玻璃瓶里,受难的雌猿一样,全身上下一丝不挂,死死闭着双目,白色长发披垂在屁股蛋子上。她纤细的腰部接出两根塑料管,连接在瓶子外面的一个大铁罐上,她的脚踝被一丛丛珊瑚一样的东西掩埋住,还有藻类贝壳什么的,混合着各种垃圾,有方便面盒子、塑料瓶、铁皮罐、废纸、尼龙网袋等。周遭乱扔着一些男人的残躯和器官,有的已经腐败,爬满蛆虫。周铁生的妻子停下来,骄傲地紧挨着盛女人的瓶子站好。

周铁生忍住伤痛问:"她是谁?"

"她就是亚姐啊。"周铁生的妻子意气风发地大声说,这使男人回想起她在自栽的植物丛中流连忘返、不愿回家的样子。

"原来是亚姐呀。"周铁生垂头丧气,心想传说中犹如神明一样的亚姐怎么会是这副模样,而妻子竟会与她在一起。但正是这种矛盾的情形使他心里一阵阵直冒热气。

"是的。她就是我们的院长,这儿正是九州研究院啊。"周铁生的妻子虔诚地说,"我们都在院长的领导下。确切来讲,是在院长那美妙高贵身体的领导下。这就是一切力量的源泉呀。所有的光和热噢!好像闪亮的银心,是最大最美的黑洞。院长就是列车之神。"

"亚姐,她真美……"周铁生言不由衷,又像是发自肺腑。周围飘浮着一种来自机器的异味。

"是呀,你终于明白了,这我就放心了。"女人像朵引蜂诱蝶的花儿一样放浪笑着,"以前我却不明白,以为种种花、栽栽树,一辈子就这样无所谓地打发过去了。后来才知道是在浪费生命。这样对不起高铁。"

周铁生不得不点点头。

但她忽然紧皱蛾眉:"你抱的孩子是谁的?"

"是、是路上捡的……"

"你这么说我能相信吗?"

"的确是这样。看着很可怜,就抱过来了。"

孩子这时哭闹起来,妻子不再说话,凝神看着,脸上渐渐露出母性似的恻隐。她又好像变回了周铁生从前认识的那个女人。

"亚姐脑后的那玩意儿是什么呢?"周铁生呆呆看着亚姐头部后面的一个十字型的金属支架。

这时,一个男人的低沉声音响起来:"不认得么?就是活体取脑机。它可以从头顶和脑后钻孔,在她未死前取出脑浆,供科学研究用。"

十八、父亲

周铁生看过去,见到一个秃头老男人,额上扎着一根染血的绷带,不知什么时候,带着一股冷飕飕的阴风钻了出来。这人正与以前躲在周铁生头脑中吼叫的那家伙一模一样。列车上竟然还真有这样一个人呀,而绝不是周铁生的幻觉。他顿感大敌临头。

秃头一个利索的箭步,冲到周铁生妻子身边,贴着她的脸庞,对她暧昧笑道:"你说是吧,亲爱的?"

周铁生的热血喷涌到头顶,拳头也下意识攥紧了。

秃头从周铁生妻子的手袋里，快疾掏出一个化妆包，从里面取出一支除皱笔，在自己的眼角认真描画起来，一边女里女气对周铁生说："你终于还是找到这里来了，挡也挡不住啊。"

"你是谁？"

"认识一下嘛，我叫周原。"秃头向周铁生伸出手。

"周——原——！"

"是呀，我就是你的父亲啊。"

"你不是早死了吗？"

"我还有事情没做完，怎么能死呢？"

"那你为什么抛下我不辞而别了呢？"

"因为听从了列车的召唤，要去做大事业……"

"你现在是列车的主宰者吗？"

"不，不是的。"周原悲戚地说，"我本来已经逃掉了，我可不愿意当什么主宰者，我只想找个角落躲藏起来，继续做一名普普通通的旅客。但是，这女人追上来了，把我推到这个位置。她说，周原，你要承担责任啊。生为男人真无奈呀，尤其是高铁上的男人。大家都不负责，却要我来做这事。这很荒唐。但什么是高铁？我直到今天也无从知道。当然了，原本以为努一下力，还是可以去做的，但那只是停留在美好的假想阶段。当列车的剧变超出所有人预料时，早先的计划就统统失灵了。复制失败了。但院长仍不放过我，她建立了九州研究院，这其实是一个黑社会，她要以此来剿灭异己，统治列车。她要我为她打工，做她一生一世的奴隶。她以为这样一来列车就不会倾覆了。另外，她还一直惦记着，你还在车上呀。"

周铁生心想，放屁。你们何时想过我呢？但他没有反驳男人，而是提心吊胆问："亚姐，她究竟是谁？"

"她的本名叫翠姑，是你的生母……"

"她怎么这样了？"

"哦，是我把她弄成这样的，否则，她最后就要把我杀了。那时我们天天吵架。我实在受不了她。我现在只能用这么一种办法，来维持她的生命——你也可以说，让她看上去具有生命。说到生命，那只是一种对粒子特异运动现象的粗略描述，没有什么了不起。我也想利用她的大脑来做预警。她的皮层深处藏有《读书》的原始资料，预言了外部敌人将从什么地方发起总攻。但是，直到今天，我也没有见到敌人的一根毫毛，我只看到要谋害我的同车乘客在紧追不舍……"

"列车到底出了什么情况？"

"它膨胀或者运行得越来越快，就要以惊人的速度，在空间中收缩为一个柜子。当然了，从理论上讲，打造一个好柜子比什么都重要，其次才是看它的抽屉里面装什么东西。但在此之前，会产生大量混乱。而且，目前的轨道与它并不兼容。"周原口吐白沫，好像无缘无故亢奋起来。

"那么，怎么办呢？"周铁生迷惑地看着这个自称是他父亲的男人，怀疑他是否神经正常。

"没有别的办法。只能争取把列车出售给潜行世界的顾客了。出售就是创造。你知道双赢这个概念吧……"

"什么是潜行世界？"

"就是高等级的世界，进化树上的尖端，以前一直潜藏在宇宙的外缘，最近才被我意外发现了。本来我已准备自杀，但这个发现让我重新振作起来。那个世界中生活着很多与我们不一样的居民，他们比我们聪明。九州研究院有了新的目标，就是探索潜行世界的真相。只有把我们所有用心血制造出来的苦难，一股脑儿出售给那厢的顾客，才能交换到资源，支撑列车再跑下去，实现亚姐的心愿——哦，说到这儿，才发现有一个误会。这其实不是战场，而是市场。这儿只有交易。交易才是制胜的法宝。甚至有一天我们可以与敌人交易，与要谋害我的人交易。说到底，一切不都是钱嘛。咬牙活下来就是为了做这个呀。这可是神也很感兴趣的事情哟。你说是吧，亲爱的？"周原咬着周铁生妻子的耳朵说。成了植物人的亚姐仍然垂着头颅，默然无语。

周铁生妻子幸福地笑起来，说："对啊，对啊，都说这就是自由市场经济嘛。跟从前再不一样了。没有必要弄个你死我活。"她摇了摇手里的 LV 包包。

像吃了昆虫一样，周铁生一阵恶心，又觉得格外性感。

十九、"鹦鹉螺"号

秃头告诉周铁生，高铁外面都是无边无际的海洋，列车正在深深的大海里潜水行进，这个介质层，就是潜行世界。这与以前的理论描述完全不同。在高铁上，一直有各种假说在彼此竞争，目前这个更接近真理。听说过一个叫儒勒·凡尔纳的先知吗？他是《读书》的老专栏作家。终于弄清了，这趟列车名叫"鹦鹉螺"号。设计为潜艇，原本是为了更好地躲避敌人。这是一种非对称作战方式。为此，为它装上了液态隐身衣，消除了伯努利水丘和开尔文尾流。

"不过，我现在才知道它并不是战舰，而是商船，我要通过它来从事全球贸易，来与至今尚未露面的敌人达成和解，从而使得想象中的决战无限延期，乃至永不发生。这是一个突破性的发现。这是一个破除思维惯性的过程，慢慢就习以为常了。"周原说。

周铁生听了,想到妓女爱看的《读书》封面上的军舰,多少放心了些。他以前也有过这样的猜测,难怪车窗外面什么也看不见,早先的阳光只是人造的吧,原来是在深海里。他又偷偷看了母亲一眼,觉得她没有看到今天的这一切,真是可惜。

秃头说着,掏出一张光盘,塞进一台破旧计算机。屏幕嗤嗤啦啦闪亮了,吐出一些乱糟糟的影像,似乎是一群鲸鱼般的棕色巨影,在红艳艳的波涛间可笑地泳动,看上去很不真实。海洋动物的出现让周铁生心动了一下。

"看,看,从车头的地方,释放出了声呐和水下摄影机,好不容易才捕捉到了图像,虽然不甚清晰,但也能看出个大概吧。就像当年通过引力红移、光线偏折、水星近日点进动和雷达回波时间延迟的实验,来完成对相对论的证明,这也是对列车外面存在潜行世界的有力证明吧。以前的一切都是骗人的,现在终于知道了,这些类似于鲸鱼一样的生物,并不是敌人,或许,就是乘客们期待已久的智能设计者吧。他们是宇宙中的天才贸易者。我们也只好把神当作诱饵了,来引发他们对高铁的兴趣。他们对别的都不感兴趣。"秃头柔美地指了指一动不动、木乃伊般的亚姐。

"她真的是神?"

"至少,我把她看作神,这样心里好受些,不那么自责。我向她皈依了。不管她愿不愿意,她现在才彻底受我摆布了。以前是她摆布我。哦,她其实是在看上去有生命之后,才被我升级为神的。她如果不成为神,就不会有人来投奔九州研究院呢。"男人激动而焦躁地双脚乱跺。

"你其实才是这家公司的总经理吗?"周铁生问。他觉得把

"研究院"称作"公司"更合适。这时,他才看到父亲脖子上套着一个带人头的十字架。

秃头也不否认,媚笑着点点头,说:"高速列车本来是用来打通不同世界或者市场的基础工具。我们闭塞太久了。从理论上讲,高铁半小时就能从贵阳驶达伦敦,一个小时就能从上海行至旧金山,比飞机还要快哩。这几乎称得上是无障碍旅行了。但没有想到,却被调度中心封闭起来,不与外部世界发生物理联系,只在海底的一条环线上兜圈子,以为就可以逃脱敌人的打击。这样跑下去,列车自己也会疯掉的。这才是事故的真实起因。现在,遵照亚姐的心愿,我要把列车变成一个开放系统,与所有的可能世界重建联系,与一切智慧生物从事贸易往来。这才是真正的御敌之道呀。为了吸引和凝聚更多的精英参与这项事业,为了让潜行世界的智能设计者支持我们,我把你的母亲制成诱饵。哦,跟广告一样。这也是没有办法的办法。虽然说科学技术是最高意义上的革命力量,但是如果没有神的感应,还是召唤不到粉丝的。"

"为什么要派人来杀我?"周铁生忽然问。

"因为算命的人告诉我,你是一个异形,你长大后,注定要与我竞争。你要来抢夺我的位置。你要反对我的做法。从你的本性来看,你要挑起战争冲突而不是寻求和平共处。我们当中要死掉一个。这就是有性生殖的可悲结局,子代总是企图取代父方。没想到,你今天自投罗网了。"周原空洞地放声大笑。周铁生从他的眼神中,仿佛看到一个老婆婆。她就好像从父亲的大脑中跳出来的,一刻不离陪伴在老人身旁。

周铁生悲哀地心想,杀死我,这毫无意义。我已经感染上艾滋病毒了。但他没有把这告诉父亲。他觉得这便宜了父亲。他还是有些恨父亲把他在那么小的时候就抛弃了,而且对母亲竟然那样。除非,他不是他们亲生的。

这时,外面的车厢中响起人声,不少乘客冲破重重障碍拥了进来,他们脸上布满信仰的新光,唱着周铁生不熟悉的颂歌,要求加入九州研究院。

周铁生眼睁睁看着面前这个自称是他父亲的秃顶男人。他现在确信,是老人诱走了他的妻子,然后又用一种技术遥控了他——大概是自小就在他脑子里植入了芯片吧,不断威胁他,试图支配他,然后又派人杀害他。他看到,那秃头具有狭狭的弧形,一直向后弯去,他还长了一副仿若西域人的黄瓜状面孔,腮帮子刮得青幽幽的,一说话就微微脸红。他流露出知识分子才有的腼腆和残忍,就像一条故作害羞的食人鱼藏在暗流中。周铁生恨不得一拳把这张脸击个粉碎。

但他不敢贸然行动。他重新打量了妻子一眼,觉得她还是那么的娇小玲珑,比浸泡在溶液中的母亲更加灿烂动人。他能不能把她夺回来呢?他想对她说:你必须离开他,回到我身边。但他连这句话也说不出。他不知道怎么向她说清楚他已染上病。他欲哭无泪地保持缄默。她则装作不认识他,只是目不转睛盯着他怀中的孩子看,小家伙已经被周铁生身上渗出的鲜血染得红彤彤的了。

秃头在一侧窥视一会儿,忽然大张声势说:"现在,九州研究院,哦,不,九州集团总公司的一项重点工程,就是根据潜行世界的特点,把列车改造成人工肌肉型的,从车体到盘型制动器,从转向架到牵引装置,都要做成这种样子。在波浪作用下,列车每一个环节都可以伸缩自如,就能高效率发电了,从而为列车提供继续运行的动力,并支持人工太阳东升西落。的确,最近出了一些故障，我们对恒星失控了，车厢里的气温才一会儿热一会儿冷。但这是暂时性的。因此，不仅仅是保持运行，还要通过一系列变革措施，来改变整个环境，让列车生态化，变成会呼吸的交通工具，变成人性化的机器。这样，潜行世界的智能设计者才会放心接受我们，不以我们为非人。乘客数量会越来越多。对了，再向你透露一个秘密，除了人工恒星，还要在车厢里建立大型农场，形成强有力的生物链，解决人口剧增与食物短缺之间的矛盾。没有活性材料可不行呀。你明白吗？"

"你一定有恋物癖……"周铁生死死盯着父亲，好像在寻找他的破绽。他想，这些做法解决不了任何问题。这男人大概是在幻觉中臆想吧。

"什么？我只是证明我是解救列车的那个负责任的男人！谁也无法代替我！"秃头扮了个鬼脸，嘿嘿笑起来，用三根手指对准周铁生做出一个下流动作。

周铁生忍无可忍，把婴儿轻轻搁在地上，咆哮一声冲上去，欲拧断秃头那堆满皱褶的脖颈。但说时迟，那时快，列车壁上伸出来一群像是狒狒前肢的高柔度橡胶体，把他紧紧缠住了。这是一组空气弹簧。它们砰砰作响，把周铁生拉扯过去，闪电般悬吊起来，刚好挂在泡着亚姐的瓶子的正上方。

周铁生像战斗机模型一样，四肢张开，俯视下面的女人，见到她其实也是个秃头，那些长长的白发都是粘在头皮周围的。她似乎死去很久了，那个十字形的金属支架在她头颅上打出了好几排孔洞，血迹早已干涸。从她鼻翼下方，能见着两个尖尖地往前笋出的乳峰，乳头依然红艳艳的，像刚刚摘下的葡萄一样，深浸在浓稠绿液中，令人觉得她仍然活着。但仔细看，又像一个生病而死的动物。她的皮肤似乎是缝合起来的。不知为什么，周铁生感到，这个被称作母亲的女人是合成材料做成的，连内脏也可以根据需要折叠。这，就是作为神的诱饵么？奇异的是，膜拜之情竟从他心底像星光一样滔滔地自动挥洒而出。

秃头恨铁不成钢似的翻眼看了一下周铁生，就不理睬他了。他默默地把周铁生的妻子按倒在地，三下五除二剥光了，自己也迅速脱得一干二净，熟练而麻利地进入了她。两人立即发出要死要活的嚣叫。周铁生的眼珠都快要爆裂了。秃头排山倒海的呼啸尤其显得欢快而轻佻，不仅仅因为占领了女人的身体，而且还因为周铁生悬吊在上面，无法不眼睁睁观看全部过程。周铁生痛苦地闭上眼睛，但那对男女的影像在大脑中反而更加清晰了。他心底嘶喊：快结束吧！或者让我去死吧！过了一会儿，他听到"啊呀"一声惨叫。

二十、高处不胜寒

周铁生睁开眼，看到秃头翻滚在一边，一条大腿已从齐根儿处与身体分离，鲜血喷泉一样冲出来。他哇哇叫着挣扎，却爬不起来。就这么一瞬间的事。周铁生的妻子仰面躺在地上大口喘气，满脸水银般的泪珠。这样一个突如其来的变化，倒没有使周铁生讶异。他在列车上的经历，早已使他有了应对任何不测的思想准备。

卖烧饼的小贩正站在那儿，拎了一把血淋淋的斧头，傻乎乎咧嘴笑着。然后，他快步走到周铁生跟前，冲他举起斧头。周铁生心想，这回死定了。但小贩镇定地挥斧斩断了那些黑色橡胶的网罗，把周铁生放下来。

然后，他把斧头递到周铁生手上，又将他推到呻吟蠕动的秃头跟前。

周铁生抓着斧头,却战栗着不敢动。小贩击了他一掌,才使他仿佛猛醒。周铁生把眼睛朝向别处,像自宫一样,用力把斧头向下挥去,在妻子的惊叫声中,劈碎了父亲的头颅。脑浆和精液溅了他和女人一脸。

周铁生一屁股瘫坐在尸体旁,问小贩:"你究竟是谁?"

小贩说:"我是自学成才者,后来成了真相调查小组组长。别看我卖烧饼,在列车里地位低下,我可是把业余时间都花在研究物质现象上了。探索高铁世界的奥秘,这才是我毕生不懈的追求和爱好。我第一次向车厢尽头看去时,不禁怅惘地问:我是谁?我在哪里?我要向何处去?于是,我组织了一群志同道合的人,用卖烧饼为掩护,一起寻找列车真相。在这个过程中,很多同志牺牲了,但烧饼却一直卖了下去……"

"我吃了你的烧饼,但我当时真的是没钱给你。对不起。"周铁生歉意地说。

"钱?那算什么东西?"小贩满脸不屑地笑道,"我一路不辞辛苦来到这里,难道是为了几个铜板吗?我对办什么公司、当什么 CEO 也没有丝毫兴趣。现在我要告诉你,什么才是列车的真相。"

"一艘潜水艇?"

"什么?"小贩迷惑了,取下眼镜擦起来,"我不知道你说的是什么。关于列车究竟是何物,并不是一下就能认识的。以前,我们小组的所有人,认为通过科学研究,就可以认识真实的列车。但后来发现错了。列车的本质可能已经超出了乘客的理解能力。每当接近一节车厢,就好似来到一个黑洞。对于落入黑洞的乘客,他的最终命运是不确定的。如果从下落者本身来看,他能无障碍穿过黑洞视界,也就是车厢的那道门,在到达黑洞的中心即奇点时被毁灭;但在一个外部观察者看来,这个下落的乘客在视野上也就是进入车门的一刹那,就灰飞烟灭了。那么,到底发生的是哪种情况?根据列车互补原理,这个问题是没有意义的:两种解释都成立。"

"我似乎听说过类似的理论。尽管在乘客看来,列车总是在三维空间中运动,但在另一个车外观察者的眼中,它也可以被等效地看作是在二维表面上滑动的扁平斑点。那么,哪种情况才是真实的?边界还是内部?哦……"周铁生疲惫不堪却莫名其妙顺着小贩的话说。

"所以,根据我们的探索,就有了一种最新的对世界的解释。这根本不是什么列车,而是一座塔。世界不是平的,也不是弯的,而是竖直的。火车并没有往前开,它只是在不断长高,犁开海面,冲出大地,呼噜呼噜一股劲儿往上长啊长,就像千年银杏一样,不,更像是亿万年的造山运动。不知不觉,这儿已是天空的至高处了。"

周铁生不禁感到一种孩童般无常的悲哀,喃喃道:"怪不得这么冷呢,原来是高处不胜寒啊……"

"我们都居住在这座通天塔里。这就是高铁的真相。欲穷千里目,更上一层楼。很大程度上是一个视角问题。"小贩把擦好的眼镜稳稳戴上。

"那么,塔中总共住了多少人呢?"

"哦,很多,很多。据说,这原本就是当作种子库来设计的,外面那个毁灭的世界的幸存者都挤进来了,跟诺亚方舟一样。最初人口不算太多,后来失控了,大量繁衍,充塞到列车每一个角落,膨胀到了十几亿。每次达到极限时,列车中就会发生一场大屠杀,或者我们通常所说的'事故'。"

"为什么要大屠杀?"

"人一多就会弄出事儿来呀,资源不够,环境难以承载,也无法有效管理。你见过网游吧?玩家们一急就把服务器给爆了,就是因为他们人多势众,又缺乏自控力。"

"我当然玩过。但这是游戏吗?"

"所有的都是游戏,所有的游戏都是真的。所有的游戏中,都要设立一个敌人,哪怕他实际上并不存在。"小贩冷酷地说,眼镜后面射出两道寒光。

"是我父亲下令做这事的吗?"

"你父亲也只是列车上的一件普通工具,一个大链条中不起眼的小环节,也称作协议默认程序。"

他们都转眼看了看地上的死人。秃头只是在众多尸体中,增添了一件寻常东西。他的脑浆、精液和污血已经在低温中飞速凝固。周铁生的妻子伏在这些物质上,正卖力而徒劳地舔食。婴儿则坐在一边啼哭。

"难道,真的是我以前看待事物的角度出了问题?还是逻辑本来就不对?"周铁生心神不宁地说。他想,不管怎样,我毕竟找到我的女人了。还有什么可求呢?他的心中终于有了暖意。他不禁想要紧紧拥抱妻子一下。然而她却忙碌着,看也不看他。

"角度或逻辑什么的,说到底也根本不存在,那完全是主观的东西,是可以随心所欲加以改变的。就像用数学方法为我们想象出来的事物建模,以为那便是客观真实的世界,其实是一种幻象。为什么列车恰好是这样?这不是乘客所能决定的。"小贩说。

"高铁,是天下最无聊的东西。"

"不,是我们没有真正理解它。"

"你的意思是不是说,要改变的,只是我们的感受,而不是列车呢?"

"对此我也不能十分肯定,一切还在探索之中,走一步看一步吧,也许连最终的答案本身都是不确定的。但不管怎么说,以前感觉到的,总归不太对劲。我们什么时候有过正确的感觉呢?你不曾烙过烧饼,对此不会有切身体会。因此,才要去调查真相。"

"感觉千差万别,但作为电流的涌动,也差不多吧……"周铁生比较着与妻子做爱及与妓女交欢的不同体验,不禁又想到自己是艾滋病毒携带者。他就沮丧起来,纠结不已地思考着怎么对妻子说明这事。

"至少,根据目前观察到的,这列车再往前行——确切来讲,它再往上长,就要冲出大气层,进入外太空了。那是一个无人去过的新世界。这才是乘客真正应该去到的地方。那里有很多我们不知道的东西。我们对世界的认识,仅仅是小指头这么一点。所幸的是,宇宙中也许还行驶着另外的许许多多高铁,一列又一列,就像无数的星团、星云、星系……大家不应该是敌人,而要结为朋友,一起去探索宇宙。啊,太美妙了!我多么想见到它们。就在那些星星的深处,隐藏着被称作绝对真理的东西。它独立于所有的生命而存在,超越了角度和逻辑,却刺激着我们的艺术想象,让我们感受到纯粹的灵魂冲动。哪怕就此回不来了,也要去呀!"

说罢,小贩就请周铁生把他绑吊在车顶上,这样一来,他就不仅不会杀他,还要免除他欠下的烧饼钱。原来,小贩是想亲身做一件进入太空的试验品,并由此向他崇拜的科学先驱本杰明·

弗兰克林致敬。那是一个美国人，他在四十岁时，冒着生命危险，把一只风筝放到雷霆大作的天空中，把电流导入他随身携带的一个瓶子里……周铁生虽然对小贩的做法不能理解，却感到由衷钦佩，就照办了。

但为什么是外太空？周铁生想到，父亲眼中的世界却是汪洋大海。在那死去的男人看来，这是真实的，或同样是真实的。幸亏列车是抗压的壳体。但如果按小贩说的，是在往无限的外层空间中发展着呢？……然而他们的看法为什么大相径庭？到底是怎样呢？关于究竟是大海还是太空，也许，在这方面没有必要较真。或许它们仅仅是彼此竞争而矛盾着的理论对于世界的近似描述，却不是反映或揭示。这二者可能不一致，但也可能就是一种东西。它们兴许都是额外维度中的事物，只被一层膜遮挡。小贩最终能看到什么，还真不好说，他的选择难保不是连他自己也意识不到的悲剧。并没有什么绝对真理。他或许还是踏踏实实卖他的烧饼为妙，好好照顾家人。他也有妻子孩子吧，他们在哪儿呢？但如今的人们不太在乎这些了。跟生命一样，家庭及其成员什么的，也有可能只是宇宙中一个阶段性的瞬时过程。不过，周铁生却还没有放弃，或伪装着没有放弃。

他便欠下身，把婴儿拾起，感到这肉乎乎的小家伙，才是真实的。他又朝妻子瞥了一眼，见她正把父亲脖子上带血的十字架摘下来，给自己戴上。

二十一、归去

周铁生带着妻子，怀抱婴儿，离开"夔门"。"我们回去吧。"他努力心平气和说。

"去哪儿呢？"

"回到地面，回到我们原来居住的地方。外太空那种地方，太莫测了，充满敌意，需要尽量远离。这样也是对自己有个交代。你不知道吧，我已经染上绝症，快要死了。在这最后的不多时光里，我想跟家人安安生生待在一起。你不要再独自逃走了。你就满足我这个心愿吧。"

"哼。你跑了这老远的路，就是为了达到这个目的吗？我们两个本来就是在一起的呀。至于你自己，辛辛苦苦这么走一程，做成什么事了吗？"她这么说，倒好像并没有为他的疾病太在意。这反而使他感到失落。

"什么也没有做成。但是我都看到了。"他说。

在路上，周铁生找了一扇彩绘玻璃车窗，设法把它打开，伸头看出去，见到各处都是空荡荡的，有一些模糊而稀薄的东西在飞，不像云不像雾，却也不似波涛。他往后看，没有看到料想中的地球，那颗藏在氤氲云气中的蔚蓝色行星，也没有见着人造太阳。只有一个漂浮的物体，像是一只动物，若隐若现，巨型的，嘴角血淋淋的，正远远觇视列车，眼中布满残忍，形似一头独角龙，身体弯弯的像个C字，长满羽翅般的鳍，鳞片像金属一样闪闪发光，柔软的腹部伸出一排短粗的、遒劲的肉腿，脑袋却仿若一台摄像机。周铁生想到摄影爱好者说的："……这就是未来啊。"

他携妻子及婴儿往回走——往下走，要返归自己所来的车厢。但不知道能否抵达，那儿也许已经沧海桑田了吧。

他们还是下到了底部。他们的孩子要在这里成长、死亡。

雷
霆

一、车顶

列车像是养在腐臭池塘里的一条鳝鱼，在夜幕的罗网下疾疾穿行，有时渐渐滑入黑暗的深水区。乘员或会觉得抑郁，便拼命偷偷上浮，一群群水蛭似的，逐次来到车顶，想要透透气，却不顾安危。

迅哥儿也爬了上来，立时感到寒风如鸷鸟扑击，浓稠的尘埃纷纷降下，鸡蛋大的砟石凌乱吹打，夹杂着冰雹，气温大概在摄氏零下三十多度。而他只穿了一身单薄的带密闭头盔的合成纤维防护罩衣，螃蟹般卧伏着一动不动，强睁开疲惫的双眼，往四周打量，为了保持体温，紧缩起身子。他这是第一次来到车顶。

纵目看去，列车裹着厚重的装甲，有着裁纸刀般的锋利，俨然不可侵犯。它足有四十多公里长，三层楼那么高，弯弯曲曲，连连续续。蜈蚣似的无数车轮，合奏出撼天雷霆。眼下行过的，大概是北方的地域，所以才那么严寒，又仿佛在密集而塌陷的钢窟底部跋涉。机车粗暴地吼喘着，掠经尖锐的神经探伤管路，却不留恋那些在辐射中起伏的、颓败而荒芜的基础设施架构。因为无月光亦无星光，也看不清车外景物的究竟。但这总是类似于垃圾场的昏晦之海，钢轨就在其间枝枝蔓蔓延伸，列车的勇气毕竟令人吃惊。

有时，迅哥儿又似若看到，路基两旁的次级区域的接合部，闪过肿瘤一样的块垒，仿佛一个个黑洞，是与列车一样独立的物质世界，其间或许沉睡着没有上得车的人类。但这些黑洞是不会移动的，这趟车也是不停靠的。它是高速快车，要去往前方更大的站点。

胃液和眼泪一起回旋喷涌，在迅哥儿身体的每一个毛孔中涨起酸疼的怅然。但他已习惯了忍耐。他生在列车，长在列车，只能随列车之去而去，人生就像苔藓，在阴道般的车体深处，短促而沉闷地长成。的确，好不容易才爬出来，但能在外面待多久呢？往前方数，再过去十五六节车厢，靠近车头处，隐然有一座半球型瞭望塔，微微突起玻璃钢的鼓包。那里有值守者。迅哥儿早已打听好，今夜当班的是伍小员。这个名字让他心里热乎起来。于是，他开始移动，一寸寸爬过去，沿途小心翼翼避让开重峦叠嶂的、停止工作的太阳能电池板，而众多的风电装置却在起劲运转，像跳舞的机器人一样。车轮在下方十几米处摩挲不止，像要把五脏六腑滚翻出来。

两小时后，终于接近了瞭望塔。迅哥儿冻得快不行了。高铁虽然安装有雷达及红外预警系统，但仍然需要人工值守。行车的外部环境太过复杂险厄。任何一样技术，都依赖人工操控。完全的自动化是不行的。他们已经在长途旅行中接受了深刻教训。

"你不要命了，快回去！"看见迅哥儿从车顶爬来，伍小员在步话机中呼喊。迅哥儿做出调皮的样子，冲伍小员眨眨眼，疼痛的身子却在朔风中抖个不停。从小，迅哥儿就与伍小员要好，他们曾结伴在列车里探险。

"哟……快进来吧。"伍小员把就要冻僵的迅哥儿拉进瞭望塔。塔内只能供一人容身，他们便贴饼似的死死挤作一团。精细绵长而真实可靠的同性气息，火舌一样紧舔过来，迅哥儿感到温暖。他不禁想起童年时，两人一起探险的经历。有一次，进入"深车"——那些因为生态系统故障而被永久关闭的车厢，被彼处的景观吓坏了，两人也这么抱在一起，以减轻恐惧，若不是大人及时发现，他们不可能平安归来。

与伍小员依偎了一刻钟，迅哥儿仿佛唤回了对列车生活的美好回忆，心里面有了些妥帖，于是告别同伴，不舍地钻出瞭望塔，往回爬去。这时，他吓了一跳，原来，还有许多人——都是成年男子，也蠕虫般在车顶缓缓移行，有的人被寒风吹落下去，还有人被风车桨叶切割，身首分离、肠肚抛撒之际，遗下短促尖利的哨音般惨号。

怀着见到伍小员的喜悦，迅哥儿又经过艰难攀越，终于回到了出发的车厢。他看到一个机械时钟，指针显示，时间正在倒流。虽然见过多次了，他也不禁一怔。

这时，他迎面撞上了巡夜的列车长。"睡不着。"迅哥儿装作无事人似的说。大家都管列车长叫唐嬷嬷，近年来，她已萎缩至高不到一米五的身子骨，甩耷着火鸡一样的下巴，泥淖般的眼眶中隐隐射出密织锐光，一个阴蒂状的鼻子总是红红亮亮的，大盖帽遮掩不住蓬乱的花白头发，身上穿的，是从偷袭列车的匪徒尸体上剥下来的铠甲，上面缀着豹皮花纹般的乌血斑块。唐嬷嬷像一头多毛的、失偶的类人猿。年轻乘员都不喜欢她。

"小孩子失眠，可不是什么好事。"唐嬷嬷瞪着小眼睛，一丝不苟检查车厢连接处的电路板。

"这回，我可没有捣乱！"迅哥儿声辩。

"小鬼，是叫周迅吧？记得你十五岁了。"

"自然，这你是知道的。但也算不上好记性。反正，你手中掌握着大家的花名册。"迅哥儿不服气地说。但就在这一刹那，他又觉得全身发冷，软弱无力，便想赶快离开。

"年轻人，不懂事……唉。世界早晚会毁在你们手上的。"

像是用缺血的、抱怨或诅咒的语气说，唐嬷嬷飞快伸出拇指和食指，偷袭一般弹了弹迅哥儿的脑门，鼻腔中喷出一口浓烈的朽败臭气，嘴里好像干笑两声，脸上却没有一丝笑容。然后，她扭着屁股走掉了。迅哥儿看着唐嬷嬷佝偻着的、木乃伊般的背影，忍着头痛，心里骂了一声"老不死的类人猿"，不禁思念起车顶的伙伴，心想见了面，要对伍小员学说一句："世界早晚会毁在你们手上的。"哈哈，真是可笑，大人们总这样吓唬人。

一抬头，就见车厢中悬挂着数不过来的监视器，它们与自由DV的高分子游走神经网联接在一起。自由DV原本只是一团烂肉般的东西，但现在已经进化得很好了，外形像一朵喇叭花。高清晰液晶显示屏上，即时映现出其他车厢的情况，以及列车外部的环境，那些叫作城市的神秘存在，夜暗中不可知的孤岛，龟壳般起伏，四面八方合围过来。列车好像在一个魔王的腹中越钻越深。迅哥儿心里又是一片暧昧。

二、城市

一早，他们接近了一座较大的城市。列车减速并停靠了。晨曦渐明，大致看清了城市的面容。卡在蛇颈龙般无数T形钢梁之间的，是长满红锈的一串串金属球状体，每一个，直径从几百米到几公里不等。列车刚停好在一个大球外缘，就见从它的赤道中部，突突吐出翘曲而可折叠的钢铁站台，一大堆软梯甲板搭过来，像是动物肚肠。长长的金色车身则仿若挂附在叶片上的吸血虫。迅哥儿心中顿然燃满火焰般的期待。

列车的喇叭中传出了响亮的号子声："火车一响，黄金万两！"在唐嬷嬷指挥下，上万名乘员开始紧张忙碌。绞盘运转，钢索伸缩。气密门一道道打开。带式输送机吐出，展开卸货作业。农副产品喜气洋洋排着大队，整整齐齐上路了。米面，大豆，蔬菜，花生，茶叶，猪肉，牛肉，鸡肉……根据分类，集装箱打上了醒目标签，在积雪的映照下，浮着结结实实、令人心醉的寒光。迅哥儿憧憬地看着这一幕。他还没有到参加工作的年龄，但他已在心中勾画自己的未来。这时，天空阴沉沉的，这个季节总是很难见到太阳。

远远地，城里人幻影般飘忽的身形，在球状体的各象限上，穿行于残缺的镔铁护栏之间，火苗一般蹿动，像是没有思维能力的卡通动物。他们正把夜间死亡的同类，一具具抛扔向地面，一边朝列车冷漠打量。迅哥儿心头一凛，却又对他们满怀好奇。城里人贴身穿着柳灰色的迷彩铠甲，外面又裹上一层草绿色的棉质大衣，头戴深黑色面具。除了抛尸技术员，兴许还有等待验收货物的海关工作人员吧？但他们避免与列车直接接触——据说，是担心禽流感和口蹄疫。最后，各种食品滚滚流入了城市。接收完毕，城里人就齐步退去，幽灵一样消失在空洞的球状构架之中。迅哥儿往那厢一瞥，见一团艳光涌溢出来，又仿佛深喉中积满几千年的骨灰。

那正是充斥了神秘感的车外世界。列车上的一切，是简单的、明了的，也是有序的和程式化的。但城市呢？不知道。据说那儿是混乱、莫测而可怕的。谁也没有进过它那并不轻易开启的古老大门。除了物资交接，就再没有别的来往了。城市早已失去客运站的功能。年轻人偶尔想到这个，就觉得人生充满污渍般的缺憾。但将来呢？列车与城市，会永远这样维持一种若即若离的关系吗？

然后，由城市的方向，开始往列车输送货物。肥皂，牙刷，手纸，相框，剃须刀，西药，彩色铅笔，齿轮，螺丝，焊枪，音箱，电子管，照相机，匕首，手枪，突击步枪……所有的工业零部件和生活日用品，都用列车上辛辛苦苦生产的农副产品交换而来。城市已经没有土地了。那儿只剩下恶性循环而效益低下的一些制造业小工厂，勉强支撑，如果不是绿色农业生态列车定期到来，为它们输送肉禽菜蔬，并交换其工业产品，城市早完蛋了。是列车养活了城市。最初设计高铁的人，大概没有想到这个吧。

这时，迅哥儿看到了从瞭望塔上换岗下来的伍小员。摘下头盔的小员有些倦容。这孩子从小眼睛近视，戴一副黑框眼镜，长得像个文弱书生。两人珍惜地交换了一个温暖的眼色。这含意只有他们才懂得。然后，他们手牵手，一起走过连绵不尽的车厢。在经过唐嬷嬷的单人房间时，见那大盖帽正低埋于桌面，大概是在书写废话连篇、无聊至极的行车日记吧——他们的民族志。这女人一夜未合眼，也不休息，那股鞠躬尽瘁的较真劲儿，让人不知说什么好。她忠于职守，天天如此，自打担任列车长后，已这样干了三十多年。她是个独身女人，据说丈夫在她年轻时就意外死亡了，也没有孩子。她也没有再嫁。有不少男人打过她的主意，都被她骂走了。她才真正称得上以车为家。

伍小员捏了一下迅哥儿的手，然后，他们一起喊："一、二、三！类人猿！"冲着唐嬷嬷柴火般的脊梁做出一个鬼脸。待她恼怒地转过头，要找他们算账时，两个男孩已经一溜烟跑远了。

"她昨天说了，世界早晚会毁在我们手上的。"迅哥儿学着唐嬷嬷高压电一般的鼻音腔调，夸张地撇嘴对伍小员说。

"哈哈，这个类人猿是这么说的吗？是正经说的吗？"

"大概，她自己觉得是正经说的啰，还用那只猴爪一样的脏手打了我一下。好疼哟。说我十五岁了。"说着，迅哥儿摸了摸脑袋，好像那儿又痛了。

"别听她的。这死婆娘——都说她是从前'高姐'的私生女呢。"小员不屑地说。他比迅哥儿要大一岁。

"'高姐'？"

"那时候列车上还有'高姐'，模仿城里人的行为，矫揉造作……总之，我们不会再受她管制了。"

说罢，伍小员狂笑不止，那模样与他的年龄不符。一种深藏不露的情绪，从他镜片后面的眼睛中汹汹透出。然后，他又心疼地伸手过来，轻轻为迅哥儿揉了揉脑门。列车上的人都早熟。迅哥儿崇敬地看着面目俊美、纤细清秀的小员。这时，两人心中不约而同染上了一层忧郁，是快要成为大人的那种伤感的情绪。如果用内窥镜仔细观察，则可见到唐嬷嬷脸庞上扭曲而叠复的深深皱纹，正古生代的爬虫一般，懒倦地盘踞在男孩子们青春有力的、粉红稚嫩的肝脏上。

三、农业

从城市交换来的商品数量有限，列车按照不同需求，对它们集中分配。有的，成了公共财产；有的，到了乘客手中。这回，迅哥儿获得一面镜子。这是他想要的。他已经到了接受女孩子选择的年龄。他对自己的容貌比较在乎。镜子这奇巧精致的物件,列车上是制造不出来的,那需要特别的车间和工艺,只有城市能做。虚荣的城里人有做镜子的传统。那是第二产业的权利。而据说在设计这列火车时,就连盥洗间也是不配镜子的,因为这是全新体例的列车,设计者故意以此来唾弃城里人的虚伪、自恋及物欲。虽说连自己的长相都看不见这个事实,让人既难乐观又难以悲观,却可以保持住正向的自然心态,享有一份粗野的闲适。总之,这被称作"生态列车"……但是,如今,对于镜子一类实用性人工制品的向往,又在迅哥儿这样的新一代孩子心中萌生了。这预示着一种什么变化呢?他举起它,照了又照,乐得咧开嘴。

伍小员得到了一包带过滤嘴的香烟,是真正的奢侈品。他抽出一根斜叼在嘴角,显得像个不拘一格的大人,虽然眼镜让他显得斯文,却也掩盖不住尚存的男儿特质。烟叶倒是列车上生产的,但是只有城市的工厂才能加工出香烟,并把它们包装为成品,标注上历史悠久的品牌。在瞭望塔上值了夜班的人,才能得到这样的奖励。而这也代表了列车中正在出现的某种新趋势吧?以前,是坚决拒斥香烟的,认为是危险品,是毒品。但新一代人慢慢成长起来了,唐嬷嬷也开始实行一些柔性管理……现在,到了年龄的男性乘员可以理直气壮去到专门的吸烟车厢。女人则成群结队来到两端的自动玻璃门后,欣赏男人们吞云吐雾的样子,并观察和点评他们的神情和体格,以此鉴定他们的实力。他们则故意装作没有看见女人,只是捏姿拿态大口抽烟,把自己弄得很像回事。而迅哥儿还要等到明年,才有资格参加值班。他渴望着这一天早日到来,那样,他也可以吸烟了。

抽完烟,伍小员打个呵欠,要回去睡觉了。迅哥儿恋恋不舍与他告别，然后，一个人穿越长长的车厢，徒步往自己的村庄走回去。这时他感到孤独，不禁放慢脚步……列车本身是一片肥沃的土地，就像从前城里人做的填海工程，列车也按此法则营造了出来。车轮的还复中，脚下依然踏实。这是一个充气轮胎般的密闭生物圈，也可以经由适时人工调控，包括与外界交换一定的物质与能量，来处理生态失衡问题，维持生物群落的稳定。可以说，全世界最后的一个完整生物圈，就在高铁这儿了。

列车的最外层，包裹着一百二十厘米厚的特种钢板，在关键部位，披覆着坚韧的贫铀装甲。往里第二层是陶瓷。第三层是钛合金。钛合金上附着的是"皮肤"，一种略似女人脂肪的人造土壤，或称"拟土"，是纳米生物技术的聚合物，一个乳黄色的整体"块茎"，从车头铺到车尾，略无遗漏，多细胞生物体一样，牢牢粘连在车壁上，又如同泡沫墙纸，能吸收相当于自身重量一千二百倍的水分，它同时是一种拓扑绝缘体，具有良好的表面导电性，以及优质的透气性和防污功能，能对环境作出即时反应，自主生长，自我修复。每天，全车成员产生的粪便和垃圾，也都根据程序的调节，用于补充人造土壤所需的营养。

在"皮肤"表面，茂密的毛发一般，旺盛地生长着各种农作物，承受不同色温的室内光的照耀，气韵生动地进行光合作用，吸收二氧化碳，放出氧气。这些农作物同时具有转化和储存能量的功能。配合车顶的太阳能电池板和风能装置，植物可以把二氧化碳和其他有害气体分解为燃料，并把能源储藏在根茎里，需要时释放出来，提供应用。利用车轮转动的余热发电，所有的车厢都浸泡在晶莹如宝石的光芒中，像是神仙境界，实际上又混合了华丽流畅的数字合成图像，与车外城市的晦涩阴暗迥然不同。迅哥儿时常想，如果城里人有一天进到列车参观，一定会大吃一惊，他们会发现来到了一个光明永惠的超级大花园，他们有关人类历史发展演化的既有观念也就会从根本上发生改变，包括农业作为落后的生产方式是一定要被更先进的工业生产方式取代的——如今看来，这样的理念显然经不住实践检验。从列车人的角度观察，历史更是循环的，此消彼长，如潮水打击滩头，来来回回。滋养人类几千年的第一产业不仅没有被淘汰，反而以妙不可言的方式复兴了，新农村在列车中稳定了下来，眼见着"落后"战胜了"先进"。看啊，像是美术品一样剪裁精致的田野，上上下下如同四大部洲的火焰海浪，按照非交换几何学的规则遂行空间排列，在宇宙飞船一样的椭圆形车窗周围轻灵飞跃。这里没有自然界的季节交替，气温、湿度、氮量和盐分全靠人工智能调配。而生长过程已实现电气化，并以基因算子和粒子层面管理模式施加控制。绿色植株的每个节点，对应着万兆规模的集成。几百亿条根系的运动被准确跟踪。每一节车厢相当于一个生长基的单元，经过模糊处理，"皮肤"的版型还可以随时整体置换，以适宜特殊作物的生长——包括那些自然界中并不存在的、完全是新品种的合成作物，以满足人们不同的口味和营养需求。

仿佛是要跟上列车的运行节奏，利用生物工程，作物被培育成了定向速成品种，正常情况下，一年有十八次不同规模的收获。现在就正在进行一次这样的作业。蜘蛛状的收割机器人成群结队，沿着"皮肤"表层密布的透明薄膜道路游走。它们体内的微型马达在有力欢唱。割下来的作物被初步打包，流水一样注入粮仓，或直接在集装箱中装好，并根据光谱，自动分门别类。小麦，玉米，水稻，番茄，甜菜，菠菜，油菜，苹果，柑橘……小于自然环境下长成的体量，但营养丰富了许多倍，且不含毒素。而在另外的车厢里，授粉的电子蜜蜂被低压光催醒，列装就绪，待命出击。还有绛色的拟态蝴蝶，本身会发出荧光，象征着不定期来临的"春天"。虹吸装置则忙碌着从经过的路基上汲取水分。虽然世界总体上干涸了，但在北方，如果运气好的话，偶尔还能赶上几趟降雪，就有了充分利用的可能，除了车顶储存，依靠分子剥离技术，也是可以从荒漠和碎石间找到一些水的。水在列车上的宝贵性无与伦比，需要循环使用。

有了水，就可以生产人造肉。这要在专业车厢里进行。通过农产品的交换，早年间，在城市动物园还没有消亡前，从那几头奄奄一息的动物身上弄来了珍贵的肌肉母细胞，置放在培养液中，令其快速生长，接着倒入支架，放进生物反应器里，藉此成功发育出动物肉质纤维。人工培养出来的肌肉，最后被用来制作肉类食品，包括外观像是粉红色凝胶物的牛排和鸡胸肉，在满足乘员需求之余，再向城市供应，就像完成一个反哺过程。在这种加工方式下，禽流感、口蹄疫、猪瘟病以及其他传染性疾病，早被消灭了，城里人的猜疑防范心，还是太重了一些。对他们无法解释。

整列火车，因此就是一个巨型培养基，也是一个生物性活体，拥有灼人而肉欲的勃勃生机，勤劳节俭而格外能干的家庭主妇一般，呵护着艰难时世。是啊，如果不是火车的反哺，这世界上的一座座城市早已经彻底死寂了。而村庄根据不同的功能，就点缀在各个罐车或棚车的车厢中。

全车一共分为八个大型村落，分别是无妄村、复村、震村、颐村、噬嗑村、屯村、随村和益村。迅哥儿是颐村人。这是一个较大的村庄，有一千户居民。他们在分划的辖车中，栽种着一百八十多种粮食和油料作物。只是，迅哥儿小小年纪，已经有些厌倦了千篇一律的农村生活。每当植物们依照时辰的变化，发出不同曲调的奏鸣时,他都会慌乱不已,心门犹如被怪兽踏破。他觉得这个生物圈虽然完美,却充斥一种无以言说的病态,多少有些扭曲,并在安详平和中,孕育着危险冲突。他便去回想城市那异状的球体,那些飘逸的人影。曾几何时,城市才是人类文明的最高形态,是所有人争相前往之处……忽然,音乐响了。车厢中回荡起聒噪的乐声,以正弦波形式传送,没有旋律,更接近于乏味的数学,仿佛是随时供应的免费饮料,据说,是为了平衡车轮的单调节奏,以帮助提升村民们的艺术审美感。然而,迅哥儿每到这时,就情不自禁想到城市表面的红色锈斑和它黑暗的内部身体。那里有一种让人着迷和疯狂的东西,对年轻人产生了意想不到的吸引力。

上午,迅哥儿赶回村里,正值举行祭神仪式。五谷之神是一个肉感的布娃娃女人,跟真人一样大,有一副丰腴的酱黄色胴体,被请到了田埂上。村长婶婶一揿她屁股上的电钮,皮球般的大乳房立时尖叫着喷吐出浓稠的豆浆。人们载歌载舞,纵情欢呼,有几个男孩子被成年女性按住脑袋,揪到神的胯下,仰起头来,伸过嘴去,奉迎从她前胸瀑布般直挂而下的琼液。这也吸引了邻村的人们前来助兴。

迅哥儿看过去,见到五谷之神身边的旗幡上,挂着一长串老鼠的尸体。这展现的是村里灭鼠运动的成绩。老鼠是列车的天敌,它们总在偷吃宝贵的粮食。虽然灭了一茬又一茬,但它们总是不断根。列车的出产还是相对丰裕的,为老鼠提供了充足养料。被捉住的老鼠开膛破肚、血淋淋的模样,令迅哥儿看呆了。

然后,进入男女相亲程序。迅哥儿到了这个年龄,也可以参加了。这时,他远远看见了父母,在一株桃树后面半掩身子,正焦虑而期待地注视他。一直有人说,迅哥儿不是他们亲生的。他的来历是一个谜。

村委会已经给迅哥儿指定了一名配偶——那个来自复村的十三岁女孩。按照仪式，他们先是手牵手，来到五谷之神面前，朝她祭拜三下，然后，村长婶婶把一只鼠头拧下来，切成两半，放在碗里，冲上开水，令他们一人一片吃下去。这就使他们具有了共同的纽带。这一切做完后，姑娘就故意从迅哥儿身边跑开，躲入人群。他则要追过去，把她找出来，才能带回家。这是此间风俗。

迅哥儿在欢笑的人堆中搜寻自己的女人，心中绝望地充满生命的完结感，这与他那悸动着的对异性的渴盼，又是多么的自相矛盾啊。昨晚列车上的寒风，那不一样的世界，令他记忆犹新。

她是一个弱不禁风的少女，名叫莲香，穿着长长的鹅黄色裙袍，踏着一双草鞋，戴着一副印有瓢虫图案的猪肝色头巾，见到男孩的目光茫然扫射过来，就拼命跑开，装作害羞地藏进一块黑麦地。他对自己能不能捉住她，不能确定，却没有办法，只好跟过去，因为知道其实是她相中了他，在高铁上，女人在乘员生命的整个过程中都是主导者。迅哥儿有气无力嘟囔："你在哪里呢？我掘地三尺，也要把你找出来。"

他搜索半天，也没有见到她。但这时，就在面前，有一丛作物在微微摇动。"嘿，在这里呢！"他急忙把它们拨开，却愣住了，因为，他看到的是另一个陌生少女。

四、藏匿

紧身的复合碳纤维黛绿色甲胄，夏奈尔的牌子，靠近领口处有星形城市代码，足蹬耐克气垫鞋，脚踝处露出阿迪达斯黑色弹力棉袜,一身打扮,破旧而褪色,但掩盖不住周身每一个毛孔中窜出的撩人异类气息。

忽然出现在迅哥儿眼前的,正是一名青春年少、健康标致的城市女人。

这真是破天荒。但她是怎么上的车呢?是趁交接货物的空当吗?车载监视器怎么没有发现她呢?

这时,又看清了,女孩的身材像是经过机器塑型,线索分明,条理有致,从胸到臀,由上至下,仿若做了黄金分割,虽然因为饥饿而略有消瘦,但筋肉又如钻出土层的蚯蚓一样结实而活泼,整个人亦脱兔一般伶俐警觉,列车上那些呆头呆脑、骨瘦如柴的村姑可真是没法比啊。这是迅哥儿第一次如此近距离面对城里人。他既很兴奋,又有些害怕。

她凝视他的目光,是镇定的,好像早有准备,眸子里闪耀着都市智慧之光——虽然,只是一种不再辉煌的残存,却是高铁乘员们永远也修炼不来的。

"你,怎么会在这里?"迅哥儿不敢承接少女的眼神,紧张得汗水从额头淌下来。下意识地,他掏出步话机,想要呼唤人。她目光中才透出惧意,猫一样弓起身,似乎准备逃离。迅哥儿循着她侧身的方向,看到了被葡萄叶遮掩的窗口。那是一片彩绘玻璃。景物正在外面模糊不清地飞驰,像一片翻浆的污泥。迅哥儿记得,根据列车的规定,只要发现城市偷乘者,就必须扔出车外。他想象着女孩摔成肉酱的样子,不禁颤抖了。

而此刻的她是一副如此楚楚可怜的神情,又洋溢着令男人心动的异样优越感,迅哥儿可真是第一次见识。情不自禁地,他慢慢把拿步话机的手放下来。这时他意识到,自己关于城市的好奇心正在得到某种满足,这正是多少年来积攒着的,而在今天早上因为那个车站的出现,又一次潮涨起来的蠢动。那便是传说中强大虚幻、精打细算的尘世之美啊。他甚至暗暗想过有朝一日离开列车,像一个叛逆者那样,到城市去周游一遭。

但他又有些失望。总的来讲,她是与列车人一样的人类,并没有多出一对耳朵、一双眼睛,而根据传言,城市中的人类早演化成了奇形怪状的、妖魔一般的生物。那么,她的身体呢?只剩下她的身体了,裹在铠甲里面的,在他的猜想中,大概是奶白色的身体,经过无数道时尚工序整饰过的肌肤,奇姣作媚,夭桃秾李,而不像列车上的女人,都是土黄色的,疙疙瘩瘩,不修边幅,如同一堆爬出地面的马铃薯,最后都像唐嬷嬷那样过早色衰爱弛。

是啊,如果能够瞅上一眼她的身体……血涌上耳根,迅哥儿的脸发烧起来。真是愚蠢啊。而他已经被分配了一个女人。他现在有勇气把她的铠甲剥下来吗?

最后,他决定把她藏匿,像花生妈妈把自己的孩子深埋地下。一片接一片的田地,一个接一个的粮仓,还有腾空的集装箱,以及谷堆、酒窖……让一个人在"皮肤"的皱褶间躲避,绝无任何问题。以前,他和伍小员就这样捉过迷藏。列车上有足够空间,也有充裕食物。但就在做了这事后,迅哥儿还是为自己的行为感到一丝迷乱。

"只是,你要小心自由DV,注意躲开它。"迅哥儿临走之际,关切地叮嘱女人。这时,他觉得自己在城里人面前展示出了一些列车主人的风度,而这是背着唐嬷嬷做的。他便略微自得地暗笑了,但紧张的情绪并未因此从他身上消去。

"什么是自由DV?"迷路的小鹿一般,她好奇地问。

"喇叭花一样的、长有电子眼的机械艺术家,发源于新闻信息聚合器,很好事的,在各个车厢像狂热分子一样游荡,把一切记录下来,以为这就是自己的人生。"

她听了就开心笑了,像野菊开放,从头到脚绽出寥寥的淡红,又有晨曦和浓露的光影交错。这时,迅哥儿注意到,女人的脖子上戴着一个十字形饰物,其一端镶有一个男人的头像,他似曾相识。他不禁看呆了。

他想,村子里可没这样的女人。但等到了下一站,又会怎么样呢?她会被发现,被扔下列车吗?或者,运气好的话,被遣送回城吗?那将是一件多么遗憾的事啊。奶白色肉体的光辉……而他可是在寒冷的深夜中不顾危险爬上过车顶的男人哪。如果她真的走了,他会跟随她,离开列车,到城市吗?这将是一个最为离经叛道的决定。

这时,他就又仿佛体会到了童年的冒险感,而汗水已把男孩年轻秀丽的整张脊背湿透了。这一瞬间,迅哥儿觉得对不起伍小员。

五、晚霞

列车由北向南行驶。渐渐地,嗅到了仿佛是春天的气息。天空依然阴沉,但偶尔能见着几缕阳光,透出云缝;大地不再像北方那样冰冻板结,显得生动了一些;积雪在消融;水分增多了,有的地方汇聚成小溪……途经的城市愈发呈现另类感,幻变出奇诡的姿色,虽然仍是残破的钢窟,但鲜花一般,从上面生长出抛物线形的、肉突状的荆棘,那是五颜六色的天线,据说,是为了呼唤海那边的异族,来把这个世界救离灾难。然而,如今也许仅仅成了摆设,失去了应有功能。至于大海,那是另一个传说……

作为乘务员，必须对这一切保持足够清醒，以抵挡异端邪说的诱惑。有关海那边的故事全都无法得到证实。而维持住城市生命的，毕竟从现实中看，只有他们这些农民。列车才是这世界的拯救者。

各种消息表明，城市的内部正在日益腐烂，到处铺满融化的金属和玻璃，滚滚流淌着剧毒的硅胶体，无数化合物在艳丽地分解，溢出芬芳而致死的浆液。这一切，在列车的工作手册上，有着确切的说明和提示，唐嬷嬷常常也口齿不清却十分坚决地对大家作出指示。她阻止任何人下车，去与城里人接触。

不久后，迅哥儿就找到了颐村祭神仪式上的女子——莲香，并在村委会的监督下，在列车南行的路途中，与她成了婚，并在一周内，让她有了身孕。

虽然，他们在类似黑盒子一样的能确保不被任何袭击摧毁的保险箱内，用数字化方式，建立了精子库，并把前辈卓越人物的思想输入光盘，可以据此设计出全新的人类，但是，那不到万不得已，并不会启用。就日常而言，仍延续传统的婚姻与生育形式，这具有仪式意义，努力保存一种自然的特质或象征，并以此凝聚民族的精神，传承他们引以为豪的文化和艺术。

按照设定，迅哥儿的孩子将在一个月后出生。在不废除自然生育制度的前提下，为了适应列车的节奏，人类的染色体也像植物一样作了修改，令关键的程序加快运转，以免夜长梦多。这也是为了迅速增加人口，因为列车上的死亡率仍然很高。迅哥儿把莲香送入第一百五十七号车厢，这里是智能程控产房。

而哪怕到了此时，他还是不停走神想着那个城市少女。他已经在睡眠中用桃色的梦魇把她的盔甲剥除下来，触摸了她白皙的身体。他终于忍不住，决定去探望她，蹑手蹑足，独自朝那节车厢走去，而把他的新婚妻子孤单地遗留在产房。

他走了一半的路，悄然钻进一个盥洗间，掏出镜子，照了照脸庞，看见吹弹即破的肌肤上面，映现了并不像是将要做父亲的男人的稚气而空虚的火光。他又把浓密飘逸的一头黑发梳理清晰，直到认可自己是一位像伍小员一样的英俊少年，他兔子般怦怦乱跳的心，才稍微平稳了一些。

她在一个空置的干果集装箱里安了家，竟如他梦见的一样，真的脱掉了全身甲胄，整个地赤身裸体了，只剩下那十字架还挂在胸前。果然是奶白色的肌肤，铺了一夜的新霜，清冽而炽烈，又花团锦簇，翠叶盈枝，健美得不像是真实的，如一把瑶草做的利刃，软软地刺伤了迅哥儿纯净的、不设防的眼睛。

乍见之下，他心里不禁"哎呀"一声，像是烙下永恒的缠绵伤痛。十五年来，迅哥儿看多了植物的生殖器官——娇嫩的花儿，艳丽地开放在明处，而他后来才知道的是，人类的生殖器官却藏掖在阴暗角落。这本身是一种无可言说的颠倒，但平时谁去在意呢？只以为这便是自然。然而这来自城市的女人却把真正自然的事物唤了回来，无所顾忌把她最隐秘的部分亮了出来，包括身体的每一处需要敞开来痛快呼吸的要道。她所展示的，与莲香的，竟有着天壤之别。这难道是一个魔鬼吗？她斗胆钻入了列车。高铁从此就要不同起来了吗？

看样子，她已经迅速习惯了列车的生活，在箱子里铺了秸秆作"窝"，知道自个儿偷吃木瓜和蜜桃，还从浇灌器的支架上接了一条水管来清洁身体。迅哥儿不禁暗自吃惊，原来，城里人适应起陌生环境来，竟然像原始动物一样快捷而伶俐。他要是真的到城市去了，还不知道该怎样做呢。

女孩看到迅哥儿过来，纯净的目光中溢满欣喜和感激，又有一层青纱帐般的迷离,却不因为在男人面前暴露了艳秋的身体而有分毫羞涩,就好像她本来就是等着要展示给他看的。还在来这儿的路上,迅哥儿已准备好了冠冕堂皇的言辞,这时竟说不出口了。

"你叫什么名字?"她问。

"我、我叫周迅,他们都管我叫迅哥儿。"

"我叫晚霞。"

晚霞大大方方邀请迅哥儿坐在她身旁。男孩的脸更红了,但他还是坐了下来。他慌乱地想,幸亏自己结婚了,否则就无法自持——但这是不是一种遗憾呢?向往已久的城市女人的娇躯,如今就如假包换摆放在眼前,光芒万丈仿若星辰照耀,他却不敢再多偷窥一眼。男孩像是有些恼火,把不争气的目光落在不远处一株茶树上,但过了一会儿,他就努力克服羞怯,想象自己是一个正经的列车乘员,是一个大人,是一个比城里人高级的农村人,于是,才结结巴巴、一本正经与她叙谈起了彼此的世界。

六、衰败的世界

迅哥儿向晚霞介绍,列车是完形公社的体系。除了基础工业品不能生产,其他的都可以自给自足。设计者为列车预置了超级电脑,让它安排种植和收成。高铁代替了城市,主宰这个世界。唐嬷嬷是大管家。那是一个喜欢饶舌、令人嫌厌的老婆婆。虽然列车很是高贵典雅,但这里的女人大多很糟糕,与城里的姑娘可不能比呀。而且,各种关系十分复杂,纪律也是很严格的,没有自由。这方面,一句半句说不清……关于偷乘者,呃……个人在这里是螺丝钉,各就各位,离开了列车这台大机器便没有意义。

但如果多出了一个螺丝钉呢……不，不是螺丝钉，而是与这机器不协调的一粒砂子……

他似乎没有想好，不知怎么说下去。晚霞却好像并没在意他在讲些什么，只是快活地打断他："嗬嗬，第一天，我就看见了你们列车里的小孩，个个长得细小可爱，撒着脚丫从那边的苗圃跑来。城市里如今可是见不着了。因为从小就要争夺资源，我们的婴儿生下来基本上都是体型很大的，脚和手像狮子一样，脑袋却很小，大家都往怪怪的方向生长。"

那么，她是例外吗？迅哥儿心想，她不但不怪，还长得很标致啊。也许，她说的是城里的男孩，而女孩还是正常的吧。他便说，你看见的那些孩子们，是去上学的。总共在三十多节车厢里，设立了学校。

"最美妙的，是你们的音乐。城里已经没有任何的音乐，人们只是成天对骂、战斗。"她说。

她随着植物的摇曳，自己也摆动起身躯，嘴里跟着它们轻轻哼起来，眼眶竟然有些湿润了。但迅哥儿以前从来不知道音乐好听，只觉得它们躁动不宁，甚至刺耳。他不安地看了看四周，提醒她小声一些。

晚霞见到男孩的窘态，扑哧一笑。迅哥儿又神魂颠倒了。他赶紧正色道："我们可是有信仰的，列车上有五谷之神呢。你们呢？城里人信什么呢？"

"哦，城市里早已没有了宗教。"她的语气立时蔫下来，"上帝死了——上帝就是我们自己。我们以前富裕的时候，每当拿出信用卡，就自动成了上帝。人人都是上帝。虽然有时也心知，这是一种假象，资本、机器和互联网才是上帝。它们代替了人。但这又有什么关系呢？只要装作不晓得就行了。那时，我们白天黑夜都在寻欢作乐……现在,这些不存在了。城市的一切在腐烂发臭。广告牌无人清洗和更换,超级市场人潮褪色,丝袜和胸罩不再如春花怒放,加油站成了残垣断壁,消费者丢失了高贵身份,对货架不再秉持尊敬的态度……在污浊的、废弃的地铁隧道深处,居住着一无所有的下层人,眼睛正在消失,他们互相残杀……大机器停止了运转,互联网断裂了、死寂了……你们火车输送来的食物,被少数几个残存下来的 VIP 占有了。这些人住在高高在上的、不接触地气的钢球里,那是最好的掩蔽体,可以防御市民骚乱……只有趁他们不注意,穷人们才偷偷爬上去,捡得一些垃圾食品……"

"真是让人同情啊。"迅哥儿做出大人那样的深思表情,故意拖长声音发出感叹,忽然为身为列车乘员的事实感到骄傲,也为自己的农民身份而自豪。这时他闻到女人躯体上独有的淡香,它已与那唤起男人心中兽群的音乐形成结盟关系,正是从隐藏在皮肤下面的每一个玲珑剔透的器官深处散发出来的,曾经耗金无数,吸纳了多少名贵的龙涎才凝成此种丰华,此刻,好像饱满的果实回忆着自己逝去的美妙昔日,却无法令农民的后代实际地去体会所谓的城市腐败——那似乎并不真的存在,而只是愈发令人好奇和神往。他想,多么刺激啊。他瞧了一眼女人戴的十字架,问:"这又是什么呢?真好看。"

"我不知道它是什么,一件家传的首饰。是父亲留下的遗物……哦,城市本来是为了世界革命的到来而准备着的,要在机器和信息的基础上产生更加先进的制度,从而让族群复兴……但是,这个过程被莫名其妙打断了。现在,大家都丧失了精神头儿,好像得了不治之症,没有力气和想法……后来,也几乎发生了针对颓败形势的改良,试图恢复各种因素间的平衡,包括与大自然的互动关系……也许需要列车居民来帮助我们……但还没有与你们接洽上，倡导者就遭到残酷镇压。VIP们只答应与列车交换商品和食物，却不允许对列车全面开放……我爸爸是改良运动的同情者。他被抓起来，不经审判杀害了……"

女孩眼中又一次噙满泪水。迅哥儿的一颗心又油浸的皮条般抽紧了。他这才明白了她逃出来的原因。这时，他终于大胆看了一眼她的裸体，然而，这一瞥之下，竟然发现，她的身体没有滋生出初见之时那样强悍的自然气息，说不出什么地方，只闪烁着鲜明的机械感和人工性——或许是因为这个，女人才没有顾虑地把身体展示出来吧？好像这并不是属于她自己的血肉之躯啊，而竟然像是车上的一株玉米了。迅哥儿的心态变得微妙。他不知道该怎么办，于是张皇失措起来。

他听见女人又说，很多人都在往外逃，她还有个弟弟，也在混乱中离开了城市，不知下落。

"但是，到了你们这里，我才感到自在。这是真正的大自然。瞧，棚架上整齐生长的植物，干干净净的水果，盛开的鲜花，还有虫鸣……我终于卸掉了这身盔甲。这里的庄稼是不会伤害我的……"她似乎又开心了，顽皮地噘噘嘴，用力嗅了嗅鼻子，微微闭上湿漉漉的双眼，脸孔上显现出深深的沉醉感，皎洁的身子摇曳出一片满月般的光明，仿佛内脏中盈满五彩夺目、摄人心魄的金属及化合物的毒素，一齐化作杏雨梨云，勾引起迅哥儿强烈的冲动。这时，他多想告诉她，不，不是你想的这样，连我都已厌倦了村子的生活，这儿的一切，其实都是人工的，所有的植物都在电脑的调配下生长，连死亡都不能自主，这只是很像自然界，却早已不是……

"我不想下车。可以吗？"她向他求告。

迅哥儿没有点头，也没有摇头。他不知道怎么回答。他忆想着自己在深夜中不顾生命危险，爬上寒风劲吹、辐射密布的车顶，去寻找方寸间的温暖和慰藉。那正是他对村子的下意识反叛。但除了伍小员，回应他的都是黑暗和寒冷。他复被莫名的悲伤所袭，苍白而沮丧地转过脸，又去看混沌凉郁的窗外。那正是女人来自的世界，不属于他，他毫不了解，也没有发言权，却一直在思量着，此刻，它们正在古怪地、烟云一样起伏……

随后，他知道了，女人比他大三岁，今年刚满十八。

七、梦想列车

列车走走停停，不觉间已进入南方，夏天的感觉逐渐回来了，但并没有酷暑湿热，主调仍是阴冷干涩……沿途一棵树也没有，只能见着少量苔藓和地衣。光秃秃的山岭和丘陵间，沙尘暴混合着陆龙卷在肆虐。一支支放射性的烟柱直冲入对流层，乌黑而粗茁的旋风席地而走，人类的白骨在半空中隐约地缤纷闪烁。铁青着面孔的城市在铁路两侧偶尔露出癞疮似的峥嵘，不少已成了废墟，再也不能挽留过往的列车。零星的秃鹫在盘旋，也许是饿晕了，飞着飞着就啪嗒坠落下来。一切像是到了世界末日，只剩下一列铁甲列车，循着这副濒死躯体上暂时还没有断裂的经络往来穿梭，为大地上的族群输送最后的血液和元气。

这天，唐嬷嬷通过大喇叭向全车发出警告——进入一级戒备，防御武装匪徒的袭击。那些饥荒和恐惧压力下的叛乱者，那些反抗管治的暴民，那些邪教教团成员，他们脱离城市，占据了广阔的野外土地，像狼一样成群结队，四处出没，设下埋伏，企图劫夺列车上的粮食和淡水。

"全体乘员,各就各位,密切注意车外的动静!注意你们身边的变化!这条道路,诸行无常。"唐嬷嬷端着过来人的严正架势,充满责任感地尖声吆喝,又母猪一样撒开蹄子,在车厢里亢奋地来回奔跑,伸长脖子到处嗅闻,像是不放心刚生下的小猪仔,不停喘出老女人肺部特有的腥臭,许久没有清洗的促狭腋窝中发出尿臊气。迅哥儿和伍小员都鄙夷地抽起鼻子。他们从未见过唐嬷嬷身边有过男人。也许有个男人,她就不会像这样子了吧。

但是,类人猿说的确乎不错。不久,果然见到,在一条复轨上,一列由南方回返的铁甲列车已经严重毁坏,它全无生息停滞在荒郊野外,几十节车厢出了轨,车体开膛剖腹,"皮肤"已经枯焦,几千具乘员的尸体随处抛掷。大家看得心惊肉跳,于是都真正警惕了起来。然而,他们仍是有信心的。列车拥有强大的武备。乘员们枪不离手。列车一直实行军事化管理。现在,又增加了瞭望哨……几个匪徒算什么呢?出事的列车,一定是太不小心了。

在这紧要关头,迅哥儿却抽空去探访了新婚妻子。莲香临产了。产房已加装了安全防护设备,并有值班人员严密看守。莲香紧紧拉着迅哥儿的手,眼神朦胧而含情,口齿不清地念叨一些什么,久久不能停下来……迅哥儿说:"你要自己小心一些,我得去守卫列车了。我不是小孩子了。"她说:"我和宝宝等你回来!"

然后,迅哥儿又去看望城市少女。他此刻更担心的,竟是晚霞的安全。而她似乎预感到了什么,流露出新的不安,却也有些莫名兴奋。迅哥儿催促她回到"窝"里待着,这段时间,没有他的指示不得出来。她有些不情愿,赌气地爬了回去。迅哥儿抑制着紧促的呼吸,最后看到的,是她裸露在外的一截清辞丽曲的玉色小腿,还有一只舒展、厚实而长大的脚板,与列车女人的纤弱稚嫩完全不同。他的心脏老鼠般急蹿了一下。

的确,就要有激烈的战斗发生。而他们仍在往南方的僻远处行去。他们要维系住更多的苦难中的城市,否则,一切就会停滞、枯萎、死去,而他们也会失去存在的意义。这似乎是高铁的使命,直到所有列车都失去动力的那一天。

为了舒缓大家紧张的心情,这天晚上,唐嬷嬷特意安排放映了一场电影。各个村庄都挂起了临时银幕。这是农民们自编自导自演的故事片,混合了卡通元素,却基于真实历史,表现的是新型列车的发明。原来,他们的祖先是失地农民,他们千万年来耕耘的土地,都出卖了,用于城市建设。他们便乘坐闷罐专列,来到城市打工,晚上就住在火车站候车厅里,还有人以报废的列车车厢为家。他们一年四季为城里人干活,只在春节回家一次,却发现很难买到火车票……后来,有一位来自中原的农民工提出,为什么不造一列自己的火车呢?这趟车,专门用来运载农民,把他们送到各地去劳作,哪里有活干,列车就奔赴哪里,只向乘客收取最便宜的车费,平时,也可以用作简易旅舍,乃至平价病房。车上有公共食堂,有商店,有学校和图书馆,有体育场,还有剧院和说书场……今后,还可以在列车上种庄稼。在这儿,农民不受歧视,享有公平,生活从此变得美好……真是一趟梦想火车啊。城里人都笑话,然而,提出这个设想的人是认真的。

但就算是真的有了这样的列车,拥挤的城市里还是没有可供它行驶的空间,那儿是汽车的世界,马路拓宽了好几倍,却更堵了。城里人对乡下人,总是瞧不起的,而不管他们拥有什么。而整个铁路网,是被有权有势的铁道部门掌控的,不少官员贪污腐败,压根儿不为农民着想。因此,有一天,那位首倡者就赌气离开城市，回到故乡，自行设计并修建了一条粗糙的环村铁路，在上面跑起简陋的机车，那是用手扶拖拉机和农用三轮车拼装改造的。仿佛是对工业革命的致敬，但在城里的一些学者看来，不过是模仿或戏仿，是为了赌气，特别考虑到，这一切在几百年前就已经由西方的工业革命的先驱者完成了。然而，他们想的并不太对，因为如今的村中列车，其实是有实用价值的，否则，全村人就不会倾巢而出，敲锣打鼓欢迎它了。强烈的时空倒错感使人焦躁而抓狂。城里人不知道农民这是要做什么。也许是发疯了——然而，有人渐渐看出来了，这不就是原生态的、真正的艺术家吗？哦，超一流的装置作品，不是待在城市的工作室里就能弄出来的！……于是，在持续的争议声中，他反而名声大噪，被邀请到全国各地去布展，作品也在国际市场拍出大价钱，所获收入又全部投入研制新的列车和轨道……《时代》周刊将其作为封面文章报道了，激起城里人的愤怒，他们骂乡下人是卖国贼。但为时已晚，不可制止……到了后来，越来越多的村民在发起人的号召下，参与了列车的制作……铁路越修越长，机车越造越强，围绕着村子，一圈又一圈，一层又一层，向外延展，到了镇上，到了县上，到了州上，到了省上……最后，倒把城市的地盘逼得越来越小，这形成了一场遍及全国的声势浩大的运动。农民通过列车，夺回了原本属于他们的、后来却被城里人买去的整个土地。

八、铁道游击队

这天半夜，警报声大作。游击队来了！迅哥儿拿着一支单管半自动猎枪，大气不出趴在窗户边，往外看去，见有许多穿铠甲戴头盔的人坐在掀掉顶盖的轿车和只剩底盘的公共汽车上，在跟着列车狂奔，嗷嗷叫着举起武器射击。感觉上，就像在拍电影。

"重装备，看你们的了！"唐嬷嬷巫婆般挥舞枯枝似的双臂欢欣大叫，仿佛这是她身为主妇亲手安排的一席盛大晚宴。果真有村民从地窖里把大口径机关枪搬出来，又架起速射炮和激光致盲器。人造土壤的版型立时布景一样作了调整。列车装甲上打开一排排射击孔，不停息喷吐出水彩形状的火舌。而车外的大地上，像是有筒状发射器在闷声吼叫。又有几十条优美而恐怖的、竹叶青一般的尾焰远远蹿至。这时，唐嬷嬷下达的果断命令是："红外干扰弹！箔条！"立即响起"嗤嗤"的悦耳声音。在列车上方及两侧，发生了一片片凌空爆炸。弹片纷纷扬扬砸在车体上，陨石雨一样，点点滴滴溅出连续闪光。迅哥儿觉得，大家在共同绘制一幅水墨工笔画。有同伴战死了，血溅到他的身上。列车快速冲过弹幕。随后，又是新的弹幕……这时，喇叭中响起激动人心的号子："大炮一响，黄金万两！"整个夜晚，他们好像沐浴在节日的礼花暴雨中……待到清晨，枪炮声逐渐稀疏，列车行驶速度缓慢下来。透过窗口，迅哥儿看到，广阔的地面散落着烧黑的橡胶状人体，还有打得稀烂的各式汽车，以及从列车外壳上弹落下来的、折断的钢芯穿甲弹。稍远处，则是被摧毁的像是反坦克导弹发射阵地的简陋工事。

乘员们也付出了沉重代价。迅哥儿的父亲，还有其他一些村民，被神秘的武器烤熟了，红通通地卧倒在田地间。敌人好像罕有地使用了微波武器，这是被战争公约禁止的。因为年久失修，防护几节关键车厢的凝胶超导盾出现了漏洞。另外，据说当天的瞭望者也有失职表现，没有提早发现偷袭者。迅哥儿不知所措地看着母亲伏在父亲的尸体上恸哭，不安地想，这一夜，正轮到伍小员值班。但他此刻在哪里呢？他实在着急。

这时，轻型吊车沿着侧壁滑轨走过来，甩出一组高分子蛛网拉钩，把袭击者的尸体拖上列车。死者都是些稚气未脱的男孩子，与迅哥儿、伍小员是同样年龄，甲胄被打得稀巴烂，绽露了裂开的身体，流出花花绿绿的肠子。他们的残躯将被捣碎，然后作为肥料施下。这是传统的做法。农民们相信，人造土壤中加入城里人被放射性元素污染的血肉，五谷之神就会更加喜欢，庄稼长势就会更加旺盛。匪徒的头颅则被作为艺术品切割下来，穿挂在葫芦架上，供大家欣赏。

村长婶婶递给迅哥儿一台相机，推他上前，为尸体拍照。这是艺术实践的难得机会。年底，村里要举行摄影比赛，以进一步提升人们的审美水平。因为他们自认为是世界上最好的艺术家的正宗嫡传，是没有任何修饰和施教、浑然天成的乡村艺术家啊，所以，不愿意被后起的自由DV取代——那机械的、自动化的、鬼头鬼脑的东西，却不知道它是怎么冒出来的。人们讨厌而害怕它，认为它是一路上吸掉了死去的城里人的灵魂，而慢慢聚影成形的怪物，在温暖的车厢中像苍蝇一样找到了栖身处，整日里自娱自乐，并与列车监视系统形成了共生关系。村民们却也不得不对它客气三分，容忍它的存在，却担心终有一天这身携怪异气息的家伙或会使农村再度败落……不管怎么说，村民们拍下的优秀照片，是要送进战争与和平艺术博物馆的，那是设在震村的第一百六十三和一百六十四号车厢。

迅哥儿不情愿地按下快门。在取景框中，敌人的尸体吸引了他的目光，他们的确长得跟变异的野物一样，就算死了，也保持着动物的形状。然而只有他们，是在自由的大地上奔跑的。他不禁想扔下相机，凑近了在他们的身体上抚摸。随后，迅哥儿看到，唐嬷嬷也受了伤——左眼被打瞎了，成了一头看不清东西的类人猿。真是窝囊,还不如被直接烤熟呢。她却中头彩一般哗然笑着,伸出蜥蜴般的舌头舔噬顺脸淌下的污血,那样子好是贪婪,却又携着羞答答的成熟和媚然,尤其那花白的头发,让男人怦然心动。她是第几任列车长了呢?据说,前面的列车长们都是光荣战死的,为高铁而英勇捐躯。唐嬷嬷还在年轻的时候,就选择嫁给列车,终身为保卫列车的安全而服务。此刻,女人沉浸在战胜的兴奋中,忘记了伤痛,也忽略了去追究值班人员的失职。随后,她被送进八十八号车厢的一间手术室,在那儿,乡医摘除了她的眼球。

迅哥儿怀想死去的亲人,也思念快要出生的孩子,但他还是先去看望了城市女人。晚霞坐在箱子里,紧抱双臂,瑟瑟发抖,簌簌流泪,两排银牙几乎咬破嘴唇,像要强抑住感情的山洪暴发。那些被打死的,要作为肥料施下的,最后可能被她吃下的——如果她还要继续滞留在列车上的话,是她的同胞同族。也许,其中就有她那不知下落的兄弟呢。迅哥儿愕然地想要安慰晚霞,却不知怎么开头,就伸出一根电钻似的食指,下意识要去触碰她那清泉一样的胳膊,却见女人的目光中涨起强烈的怯意,人也倏然往后缩去。迅哥儿就停下了,默不作声,呆了好半天,还是没有说话,胸中难过得很,一狠心,转身便要离去。

"你才来啊……"出人意料,女人却在后面怀孕的母牛似的呻吟一声。迅哥儿一惊,猛地回转头,见晚霞正绝望而哀恸地抬眼瞧他,又如同一只受伤的小狗,拼命把温和而富于女性特征的身子缩成一团,潺流般漾起轻愁和感沛的涟漪。"我好冷。"她柔声说。迅哥儿又想起了车顶。巨大的降尘,寒风和冰霜,黑暗中孤独的爬行,还有伍小员热乎乎带有腥味的体息。"抱抱我,好吗?"女人柔肠寸断的声音穿透了钢铁车轮的暴烈轰鸣,张开怀来挣扎着扑向男人。迅哥儿的脑子受到骇人的撞击，像被惊醒。迟疑一下，他俯下身，笨拙地伸出有力的双臂，蜻蜓点水般抱住她，把下巴搁在她罂粟花一样抖个不停的右肩上。

他感受到女人裸露肉体的温度，那是一场吸收一切的冰雪，又霹雳一样击穿了他的防护。乳房给人以原始的哺育感……母兽般饱胀的湿润，吹响神笛，来自全身及下体……生命源泉，是一切伟大和不朽的开始，却是列车上的乡村女人不具备的质感与光感，经过城市的滋养而达到了进化的精致，却眼见着要走向灭亡，又渐渐具备了糟粕似的经典。因而，这肉体的丰厚至此愈加无可否认。就算是世间超一流的机车组合的线条及光泽，与女人身体所独有的寒热交织的内禀相比拟，都要逊色很多啊！再配合凝脂似的肌肤，圆润的双腿和臀部，丰满的乳房，方能完整描绘出一件令人赏心悦目、不可接近的博物馆珍藏品。这是人类走过几百万年的历程，所发自灵魂深处的、带有自卑感的崇拜之情。

迅哥儿转念想到，此刻他怀中的，不也正是城市的钢铁之躯吗？女人胴体上仿佛长出千百只铁犁，使迅哥儿感到全身肌肉和腑脏均被洞穿，搅起阵阵的土腥味儿。这也令他再度意识到，他的确是标准的农民，时光变幻也好，历史循环也罢，都改变不了这个属性。但他期待的是这样一种融合吗？作为农民的单一性后裔，一代代铭心盼望着的，从浊浪翻卷的骨髓里面，褪不掉的，究竟是什么呢？他又能为她及他自己耗散些什么呢？这却不仅仅因为她是这样的一个城市女人。如何进行下去，方能使青春和死亡的阴影远离呢？

因此，小腹中虽然已经灼热难耐，但脑子里却不敢有分毫的非分之想。他体会着金属利器在淤泥般的内脏器官中带着哨音慢慢耕耘过的滋味，想象被一种强大的死亡感抚慰，仿佛投身另一场与匪徒的战争，他要把子弹射入她的战区。心儿怦怦快跳着，闭紧眼睛轻轻拥抱了晚霞一会儿，迅哥儿便把她缓缓放下了。

九、前世

列车继续前行。内嵌在大叶菊体内的高强度电流和低温等离子体共同作用系统，开始紧张工作，清除空气中可能爆发的生物污染，包括致命病毒。唐嬷嬷担心，敌人可能还施放了细菌武器，要在列车中制造生态灾难。对于农业社会来说，这可怕至极。与此同时，一千二百组封存的高灵敏纳米机器人也被开启释放，巡游在田间地头，去探测可能经由破口处被放置进来的超微型定时炸弹。据说，通过改变爆炸物内部的原子结构，就可以阻止起爆。但不少人对此心里并不是十分有底。更大的忧虑是，由于敌人的攻击，列车的风水被破坏了。

这时，下起了暴雨。是空前猛烈的酸雨。城市已经衰败了，为什么会有酸雨呢？没有人清楚。电闪雷鸣。雨水很快冲走了沿途的污血，也浇灭掉列车被毁车厢的火灾。没有被抢运走的铁道游击队伤员们，在野地里哀号着死去，有的被雷电烧成焦炭。残存的匪徒不知逃哪里去了。雨下得昏天黑地，车外的景物是好是坏，都无从辨认。一些人担心能源供应会很快断掉，从而造成植株的大面积死亡。另一些人甚至害怕列车会随时倾覆。迅哥儿却冲动地想又爬上车顶。但末了，他只是与伍小员相偎坐在灌溉渠边，有一搭没一搭聊天，转移注意力，顺便打发时间。伍小员的妻子又怀孕了。两个孩子已经很久没有在一起了。但他们仍渴盼着延续男子汉之间的纯真友情。

"火车怎么跑得这么快啊。"迅哥儿神情恍惚地看着窗外呕吐物一般的风景。

"快？那也不表明你那话儿就因此大一点。女人这样说的。"伍小员眯缝着眼，很有风度地吐着烟圈。

"倒也是。她老喊不够、不够……"迅哥儿坏笑起来，回想着第一次骑在莲香身上的情形。

"爱她吗？"

"为什么这么问呢？真把自己当个大人似的。"迅哥儿无端感到烦闷。对了，"爱"是什么？他从哪儿学的怪词？

"大人就那么讨厌？问问你怎样了。"

"那就问呗。"

"还冷吗？"

"冷？现在好多了。"迅哥儿却觉得，血管深处，还凝聚着从城市女人肌肤那儿转移过来的冰雪颗粒，而不是伍小员身体的暖意。他不禁把屁股往边上挪了挪。

"那天，为什么想到要爬上来呢？想我了？"伍小员说。

"是……也想弄清楚我们是怎么来的。喂，你想过这回事吗？到底谁是我们的真正父母？"

"说到这个，我也颇费思量。只能这么说：不清楚。传说世界上还有另外一些列车，跟我们搭乘的这趟完全不同。说不定，我们真正的父母，就来自那些列车吧。"

"第一次到车顶，感觉很不一样。还以为会见着星星呢。镜子里是看不到的。"

"也是。列车和城市，都在同一些星星下面。值班时，我也会去看星星，它们只在极其偶然的情况下才出现。但有人说，它们已存在了亿万年。另有人说，它们统统是假的……不管了。奇怪的是，我有时也会看见另一样东西。"

"是什么？"

"天空中会出现一块彩绘玻璃，跟列车窗户上的很像，它那样飘着，好神秘。星星仿佛都是它上面沾着的气泡。"伍小员压低声音，递了一支烟给迅哥儿。

"那是什么呀？"迅哥儿赶紧接过来，试着点燃，抽了一口。

"不清楚，就那样静静的，像个幽灵，构成一切的背景。凝神听去，它的后面隐约传来爆炸般的声音，就好像连续不断的雷霆。"

"难道，我们真正的父母乘坐的火车，就在那边运行吗？"迅哥儿感到恐惧。他想到那些火车会不会掉下来，砸到他们头上。

"这时，我会感到害怕……常常想，我们的火车只不过是行驶在另一些火车的附近，但我们看不见它们。有无数的世界，我们只是其中之一。有时我也想，我们的火车是某列已经毁灭的火车，转世投胎而来的。"

"这也太扯了。为什么会这样呢？"

"不知道。好像是为了躲避什么可怕的东西……"

"是啊，我常常也觉得可怕，就好像我们的火车，很快就要完蛋似的。你想一想，看似浩然正气、纯洁光明的阡陌田野，却像罐头中的填塞物一样，裁弯取直地装在一长溜不透气的金属车皮里面，呼吸都困难，这多么的不自然啊。我觉得，待在车厢里，很危险。虽然有那么多的植物，但还是很危险！在我的想象中，村寨应该是建在美丽的山麓的，千万年不动的，炊烟袅袅，牧歌阵阵。但是，现在却在发疯般飞驰，好像要把自己撞碎！"

迅哥儿忽然伸出一只手,紧紧抓住伍小员的胳膊。

"唉,我也这么想,所以,才要往天上看。有时我会看得入痴入迷,会思想开小差,就疏忽了匪徒的偷袭。"

"你是因为这个,而没有发现敌人吗?幸亏类人猿不知道。"

"她当然不知道。她是类人猿么,那么丑,眼睛又瞎了一只。她能看清几颗星星?她怕是从来没有想过这个世界之外还有别的许多世界。这个问题只会令她更加糊涂。哦,说到这里,我的确在思考,真的有无数的世界啊。我看过一本《读书》,上面写道,有基本物质世界,有以速度为特征的马赫世界,有希格斯世界,有弦世界,有阿克夏世界……这些世界里面,不仅生活着人类,还住有外星人。也许所有的世界之上,还有一个总世界,漫漫无际地汇聚了一切生命的意识,就连我们死后,也要去到那里。不过,有时我又觉得,世界本身也许是假的,它从来没有存在过——包括我们自己。"

迅哥儿听了这番话,背上冒出一层寒气,不禁怯惧地摸了摸自己的身体。他清晰地触碰到了皮下血脉的跳动,这令他踏实了一些。他便也去想象彩绘玻璃之外的情状。他还没有觉得这一切是假的。他只是感到,那边的世界没有球状的城市,景色完全是另一种,好像是纯白色。行驶在彼方的列车,车厢中根本见不到农场。在这儿,农场就是一切,但对于那列火车的乘员来讲,完全是多此一举。

"我们的列车也许是彩绘玻璃那头的生物制造出来的。"他无精打采地说,忽然被烟呛得咳了起来。

"当然,不排除这种可能。"伍小员奇怪地看着上气不接下气的同伴。

"他们为什么要这样做呢？"

"不知道……不管怎样，真的也好，假的也罢，我们现在的身份是农民，这一条已经无法改变，就好像是前世的预定。这却并不是因为城市的存在。我们大概只是以此来打掩护的吧。我们就像一群被一股骤起的罡风吹撒下来的蒲公英。"伍小员自我辩护一般黯声说，脸膛上积满残水似的清辉，好像一个正在融化的深海动物。

迅哥儿又听到音乐大作，植物在雨声中嫁儿嫁女般奏鸣，焕发出近似于天文学和几何学的奇异光晕。这真让人难受。太过分了。这也是艺术么？跟摄影有什么关系？这诡美的和声，有一天会不会变成击毁万有的雷霆？列车会不会在这爆炸中化为乌有？但他已无法认真思考这类问题。与城市女人拥抱的细微感受，怎么也难以哪怕以碎片的形式拾捡回来。而列车是不能逃离路基驶到天上的，去看看彩绘玻璃后面的世界。也从来无人见到，星宿与星宿之间，有铁轨穿过。从这一点上说，他们已经被严密地封闭和隔离在了此时此地。

"车轮碾过的，只是掩埋了几千年尸体的坟地吧，曾经也是种植了水稻和小麦的广阔田野啊，是没有转基因的那种庄稼。那才是我们祖辈生存的真实世界。现在，由于被如此沉甸甸的列车碾压，金字塔那样高企的封土堆都夯实了，死人呀、文物呀什么的，大概怎么也发掘不出来了吧。"

"但是，据说，最近在噬嗑村的四十九号车厢的青稞地里，发现了古人类化石，五十万年前的，还有石器和用火痕迹……那时就是母系氏族社会了吧？女人似乎很早就主宰了列车——噢，铁路存在的历史，比我们以为的更早，火车行驶的时间超出了任何人的想象！电影放映的并不真实，我感觉到，还有更大的秘密。"

"有一天，总归会有一个解释。"

"也许永远没有解释。就算有，什么样的解释都让人难以置信。"

"唉。如果我们死了，今后有没有可能葬在星星上呢……"

"我们其实有可能就来自星星……噢，会不会咱们本来就已经死过好几回了呢？现在只是一车鬼魂哪。你，就是幽灵！这可说不好啊。"

他们心惊胆战看着对方，自小就熟悉的人，一下不认得了。这时，他们听到了自由DV在附近游动的声音，就不说话了，一齐转头，去看车窗外沉积的黑暗，它正被无数银光烁然、金属鱼苗一样的雨线划破。列车又跳舞般震动起来。迅哥儿紧紧抱住伍小员，把头埋在他的怀里，好像他才是他的父亲，小猫般凄厉号哭。

十、天涯海角

终于云开雾散，雨过天晴。日头难得地露了出来。抓紧时机，车顶的太阳能采集装置开始了繁忙的工作，配合风车的转动，把每一分微薄的能源蓄存起来。这样就提供了机车动力的一部分，也成了维持农场中各种设施运转所需的辅助能量来源。

又向南行了一程，就看到了海。他们从未见过的海。它竟然真的存在，而不是传说。有一条跨海铁路，直达海峡对面的大型岛屿。那边还有嗷嗷待哺的城市，在焦渴地等待列车的来临。

就在列车通过浮桥、掠越海面的时候，在车厢内的高粱地里，迅哥儿与晚霞交媾。车窗外蒸腾着红色的海水，废铁、橡胶、石油、塑料、金属丝……在熊熊燃烧，无边无际，触目皆是来不及打捞的死尸，皮肤都烧掉了，凸露着脂肪横流的肥肿脊背，敞口瓶子般在盐水中漂流起伏。而在车内，却全是火红的高粱，跟小说中描写的一模一样。人类的肉体和高粱一起，刮起了越界的风暴。女孩的肌肤从冰凉变到温暖，又升至滚烫。她要化作列车中一颗炽热的太阳，把一切按照她的意志来熔化。但男孩甚至期待永远这样下去。他偶尔抬起昏沉的头颅和空白的双目，见有几只孩童模样的畸形海鸥停在车窗上，嘴角挂着丝丝人肉，在沉默而好奇地打量他们。它们的眼睛似乎具有魔力，他一旦与之对视，一股邪气便被吸入体内。天空中是开裂的流云，乏力地飘扬着霾土和烟尘。海面上没有舟船，没有钻井平台，也没有人造岛礁。这是一个完全陌生的世界。像陆地一样，海洋在淤堵并下沉。列车给大海带来了死亡前的回光返照。迅哥儿的动作却越来越呆板郁滞了。

终于到达彼岸。这时，看到了成片的椰树，令人耳目一新。一路上他们还没有在列车之外看到过树木呢。但很快发现，它们全是粗糙的合成塑胶制品，每一株上面镌着售价的标牌。这好像是残存的城里人干的。他们这是想做什么呢？农村人对此不感兴趣，就算买下来也无用。整天，挂满黄金甲的列车在碧绿晶莹的人工椰林中穿行。螺灰色的金属城市胆怯地躲在树木后面，时隐时现。没有人类出来迎接高铁。而这一切的背景，仍然是赭红色的大海，横无际涯。世界成了一幅超现实主义油画。画面上唯一活动着的，只有线虫似的列车，玩具一样，小到几乎看不见……

还在车轮刚刚吻上海岛时，迅哥儿与莲香的孩子出生了。这是农民的纯种下一代。他们将成为列车上新的乘员，来把村庄的遗产继承下去。

最后，他们在南端的那座大城市边缘停下来。确已来到天涯海角。但他们已经无力跨越更辽阔的大洋，到传说中的另一个大陆去，与异族进行贸易，以实现农副产品商品化的最终价值。为对抗这世界的不公平，当年的设计者造出了列车，却没有资源建设海船和飞行器了，这大概便是基于农村背景的无法弥补的先天性缺陷吧。不过，在那个时候，所谓的本民族全球化的蝉蜕，的确是由蓬勃发展着的城市群落来全权代表的，然而，与人们的愿望相悖，城市的命运却一天天走向了崩溃……

列车与衰败的城市又开始了货物交换。这一切做完后，列车就伏卧在海边，咕噜噜地补水，经过消毒和淡化，滤去放射性，供今后一段时间使用。根据气象预报，陆地今年还会大旱，缺水的威胁将更加严重。依靠车轮从路基的石头和残雪中汲取，显然远远不够。

然后，列车掉转头，重新驶向它所来的大陆。

十一、卑俗的本性

在北归的路途上，他们选择了另一条轨道。高铁的线路，原先都有明晰的命名，但后来随着地理和行政版图的剧烈变迁，就不再有人叫了，又都从记忆里湮灭。如今，其实并没有列车时刻表和行车路线图，一切都是随机选择。列车的前程并不确定。

他们注意到一个新情况，这一带的城市，有的竟然会活动，也就是平行着他们走的这条铁路，城市中因为残余核废料泄漏而从冬眠中被激活过来的特殊利益集团，思维结构中重新萌生了从衰退中复兴的想法，偷偷铺就了轻便型的简易轨道，抛弃了他们那些仍在钢球和地道中糜烂的同类，把成千上万辆破旧卡车、面包车和小汽车组装起来，构成新的会走的城市，从倒闭的机械厂里卸下蒸汽机、轴承和滑轮，为其配置上，就在大地上跑起来，企图攒上农民驾驶的高铁。

迅哥儿心想，大概世界已到了最后关头。不想死的人们再不能待在原地被动等待了。由少数精英集团主宰的移动城市，就是他们挽救自己的最后一根稻草吧。

渐渐地，村庄中出现了新抵达的城市人——都跟晚霞一样，是些年轻女人。她们也是被活下去的欲望支使，从破败的家园里逃亡出来的。而列车上那些多少年来都本分规矩的男性村民们，不少人已经在偷偷品尝禁果了，于结发妻子之外，悄无声息拥有了自己的相好，开始了"道德败坏"的经历。其实，这本是他们暗暗渴望着的异域风味，那城市魅惑生活的奇幻映射，他们的打工祖辈们可望而不可即的梦想。只是，现在他们这样偷腥，要做得隐秘一些，不要被自己的农家媳妇，更不要被村长婶婶及唐嬷嬷发现了。

不知为什么，迅哥儿虽然自己也在这么做，却觉得难受，并有一种阴郁的威胁感。有一天，他忍不住，就把这种心情向晚霞说了。"感觉很丢脸。我们这些人啊……本来应该……你一定很介意吧。"他为自己未能娶晚霞为妻而愧怍，更恨自己无法专一。

是的，农村人一不留神就暴露出了卑俗的本性，次等的内设，低级的源流。然而，这却不是他们刚刚接触城市的那一天才有的，也不仅仅是他们才有。这是深藏在这个族类基因中的东西，在他们第一批孙儿孙女通过科举、裹着小脚拥进城里，变身为城市人后，仅仅是潜伏了起来，却最终不可能免去。用于他们进化和变异的时间还是太短。迅哥儿知道，昔日先辈们还待在小山村时，围墙尚没有打破，人还没有出去做工，几千年来，就是这样。后来情况起了变化，造出了自己的列车，可以随心所欲自由行走了，由庄稼的主人变作机器的主人，甚至最后连城市也不放在眼里，就好像把往事忘记了。但遗传的特质，如果有了时机，就会苏醒过来，在任意一个时刻表达。丢脸归丢脸，倒也自然然，并不造作，像是拿回了本该属于自己的一份。包括迅哥儿本人又在做什么糊涂而危险之事呢？他这个有了孩子的十五岁男人。

"你可千万别那么想啊。能在这里有个依托，遇上了你，是我的福气呀。"这回，却是晚霞反过来安慰他，"也许，今后城里人来得多了，与你们结合，有了孩子，分不清谁是谁的，慢慢也就没有城里人和乡下人的区别了。几代之后一定会有变化。"

女人说到这里，脸蛋葡萄酒般嫣红起来，泛出堪能区分昼夜的生动色韵，正好像是从巫师的魔法中复苏，一时间霞光万道，涎玉沫珠。迅哥儿的心被触痛了，不禁又跃起把她搂入怀里。

是的，并不仅仅于此。面对她，他心中时时涌起崇高感和怯懦感的交织。那是因负疚而生的无间融合的冲动。一想到城市女人，庄稼汉们在暗地里多少有些自卑，那是自打拥有了属于自己的、并由老太婆接管的列车之后，逐渐因为障眼法而遗忘了的自卑，但随着城市年轻女人的蜂拥而至，又咕嘟嘟火山泉眼般冒了出来，仿佛一切在循环回复中，即便一时衰败了，城里人也能再度高居其上，形成新的螺旋式循环。然而，乡下人通过这一轮的重新融合，也许可以一步步战胜自己的猥琐，特别是考虑到会走路的城市也主动向他们运动过来了，那小山一样的家伙虽然还只是在蹒跚学步，却像是逐渐恢复了男人的浪子本性，为农村找到了丢失的镜像。实际上，自打上了高铁，农民的野性就一点点消失了。他们的体质和精神都蜕变了。列车反而成了城市。

但今后究竟会怎样呢？如此循环下去，什么时候才是个头呢？孩子们啊……这方面，迅哥儿却一点也想不清楚，也不愿意去深思。他还没有完全进入父亲的角色。他的孩子刚刚出生，正由保育院养育。他那年少的农妇老婆已经火冒三丈，在满世界找他了。

十二、异物

列车被游击队毁坏的部分未能完全得到修复，这主要是因为东南沿海一带的城市都十分凋敝穷困，资源和原材料匮缺，于是要待到达中原的大中城市后，交换到关键的零部件再说。

这天夜里，迅哥儿又独自爬上车顶。少有地，天上竟然是一轮满月，万顷清光沿着彩绘玻璃垂挂下来，由破损的缺口哗啦啦泻入车厢，烂银似的淌流一地。迅哥儿久久看着，一时忘记了前行，不禁瞠目结舌。他仿佛从镜子般的月亮上，看到了另一个陌生的自己。他究竟是谁呢？这个问题，更加严重了。这一带，密封防护屏已被匪徒的钨弹打掉，生态体系必然遭受了严重破坏，人造土壤果然大片脱落，然而，令人吃惊的是，植物却并没有如想象中枯死，反而以一种崭新姿态，更加有力地生长出来，乃至头一次不依赖水分和泥土，攀援着开始了向列车外壁及顶部的行军，也许，是受了大气层中高剂量辐射的激发，产生了所谓的"基因突变"吧。它们的长势更加茂盛，在这里形成局部的独立世界。迅哥儿竟有些感动了，心想，它们与村子中的作物不同，这才是凭靠自己的努力，不依赖智能控制系统，突破了列车的封闭，而成长起来的新生命啊。它们是要逃逸到外面的大地上去吗？那儿的生存，可是极其艰难的。但这些新生代的植株，瞅上去却顽强而勃发，完全消除了病态，也不再有机械感。看其外形，它们像是附着在长长藤蔓上的蘑菇，却又并不尽然，有着斗笠状或半球形的伞盖，呈红、绿、黄、紫、青等鲜艳颜色，又交织着杂色斑点，长满纤毛、环纹、鳞片等丑陋的附属物，密密匝匝，人无以落脚，大步迈过去时，只觉得骨盆间一片凉飕飕、空荡荡。这一带，原先是随村的属地。如今，村民亦都不知所往。好的想法是他们大概已经安全迁移到别的车厢去了。

就外界而言，已是初夏，气温确是有所回升。这次，迅哥儿不再爬行动物般匍匐，而是大着胆子站立起来，才清楚看到，脚下这座茫茫钢铁堡垒，仿佛一直蜿蜒到天边，毒龙般蠕动着它负载万钧的身躯，破碎凋零的大地则成了一片虚渺背景。车轮碾出的雷鸣依然强劲，构成命运的永恒伴奏。不见大一点儿的动物在月光下跑过，大概只有一些小昆虫在勉强活动吧。迅哥儿抬起头，去看伍小员描述的那块彩绘玻璃，却发现它被月亮的辉光吞没。这个月亮非常大，大到不真实，几乎占据了三分之一的天空，而且好像还在膨胀。迅哥儿有些心慌，加快脚步在丛林中穿越，意外看到树荫中蹲着一只怪异的动物，就像一块漆黑的岩石，在月亮下面也不反光。它沉默地看着迅哥儿。他的注意力被它吸引，却又不敢看下去，因为他感到很不舒服，有一种恶心感。他觉得它像是一头老鼠。但怎么会有这么大的老鼠呢？灭鼠运动不是把它们都消灭了吗？他揉揉眼，那动物却随即消失了，好像从未存在过。

他歇息一会儿，犹豫着还要不要走下去。但月光催动着他体内的荷尔蒙涨潮，他便不顾危险，又往前行。

不久，他远远观望到，靠近列车尾部的一节车厢顶盖，不知怎么，竟敞开来了，通过豁口，往上垂直撑出一个圆柱体，有十余米高，如无枝无叶的大树，却不是平时习见的农作物，正顶着硕大的月亮，阴森而放肆地辉耀，与环境颇不协调，就像是在邪恶地挑战这个世界。那是什么呢？也是发生了基因变异的新生代植物吗？他从来没有去过列车后部那个位置，他也不知道它是属于哪个村落。

坚硬如阳具勃起的大家伙让迅哥儿忧心忡忡，这样一来，如果遇到隧道，怎么能够通过呢？列车分明处于极大危险之中，但迟钝昏聩而又瞎了眼睛的唐嬷嬷似乎已经无法觉察这由内部引发的意外威胁了。而看样子，异物并非外界的强加，却正是从列车自身的腔子里面生长出来的。因此，列车也会像城市那样，有一天因为自我的原因，忽然粉碎瓦解吧？不但再不能为城市提供物资，而且本身也彻底不行了。这突如其来从车腹深处遒劲挺立而出的异物，确然是一个不祥之兆。这样的话，也许就得考虑，要尽快离开将要解体的列车，到外面的世界去。但那是前往城市吗？还是有第三种选择？迅哥儿的眼前，又出现了那些不断从光艳温暖的农场中爬出来的、小蛇一样被寒风从车顶吹落的沉寂人体。

十三、探险

迅哥儿把他的发现告诉了伍小员，小员也感到诧怪。为了查证那异物的真相，两人相约前往探险。他们在很小时，就喜欢从事这样的刺激活动。车尾那块让人讳莫如深的地域，仔细形容起来，的确堪称"深车"，只是他们现在已为人父，除妻子外，还都有了情人，行为需要审慎一些，不过，内心的激越慨然，仍如当年。但迅哥儿没有告诉伍小员，他在路途中遇上的那虚实不定的、老鼠一样的异状动物。

说来也奇怪，连续几天都是罕见晴天，彩绘玻璃也一直隐匿着看不见。不禁想到，也许是被伍小员言中吧——就是有关星空的清寂意象了，难道今后真是要葬身到那里去吗？彼处才是他们真实的家园？但这回他们上路，不再目击神话般的月亮，而是见到银河的光芒，微微蓝色的太空盛宴，精度及纯度均极高，稳稳当当临头照耀，从车厢破裂的地方大股浇灌进来，只是燃放着一派不可企及的妖娆。这已经是夏天的银河了，撩动了男性血液中莫名的慌张。

他们像结伴而行的狐狸一样，着急地赶赴那目的地，心中想的是远离村子，亦揣度自己的全部生命正被不知名的某个存在监视着，尽管是在一成不变的列车上，也有着起源性的战栗，却不知道来日的投宿点。甚至连能否平安返回，心里也没有数。

一路上，他们讶异地看到，凡是人类撤离的地方，控制系统损坏之处，都长满不知名的蘑菇状植物，好像是车厢里弥漫开了彩色烟云。他们由此想到城市的实况，那凄美而剧毒的、遍地流布的硅胶和金属岩浆，不禁思绪纷飞。

列车是那么的漫长。他们走过发生激战的车厢，见装甲也被炸开了，地板上有残缺的肉块，不知是城市人，还是列车人，尸体上也长势旺盛地会聚着一丛丛新鲜蘑菇，哺乳动物体内的营养，已大部被吸收掉。死去的人变成了另一种东西。这里，不再是他们熟悉的村庄景观。迅哥儿和伍小员互相看了看，为对方鼓劲。他们把手儿紧紧握着，连体婴孩一般，勇敢地迈过尸体，向前走去。

忽然，伍小员指着旁侧的车窗说："看，那是什么？"

迅哥儿看过去，见是一群僵尸的脸庞，正在银河的光焰下，冲他们微笑。他赶紧低下头。

僵尸一直跟随他们走。他们进入一个车厢后,那些骇人的家伙才消失了。

"我们的孩子,会成为更加专业的探险者吗?"迅哥儿问。

"我其实并不想他们这样。"伍小员好像陷入了迷惘的沉思。

植物愈发茂密了。林木中,有一块残缺的铜牌,上有"西部乐园"字样。

十四、"西部乐园"

"听说过吗?"

"没有啊。"

这时,他们又见到一具骷髅,白骨的手中死死抓着一本《读书》。

伍小员把杂志取下,打开来,见里面记载了一个故事:很早以前,有一位列车长与一位乘务员,双双坠入爱河。他们爱得死去活来,订下了生死不渝的海誓山盟。但在最终的结合之前,他们为一件"小事"发生了争吵。她发现列车正在驶向一座断桥,而他则认为这是她的幻觉。他们第一次红了脸,闹起来。她坚持要让列车停下,或者改变方向。他说这根本不可能。这是由调度中心决定的事情。她说,不能听调度中心,作为列车长,要为全车旅客的生命安全负责,要马上通知司机。他说她荒唐,不可理喻,是个疯子。她一怒之下,杀死了他。

在骷髅身旁,两个孩子看到一张照片,上面是穿蓝色高铁制服的男人,高大帅气,佩戴着列车长的臂章。迅哥儿从不知道,车上还有这样的人。

"真的有断桥吗?"

"怎么可能,列车不是一直在行驶么。"

"这个死去的男人,好像就是那个列车长啊。"

"但死人的手中,怎么会有记载这起谋杀的图书呢?"

"也许,是一篇虚构的惊悚小说吧……"

"或者是一个预言?但是,最后的结果却是另样……"

"似乎,列车的情况,并不比城市妙。"

"很多故事,我们只是不知道罢了。"

"那个女乘务员,还在车上吗?"

"哼,不会是唐嬷嬷吧!"

"即便是类人猿,最后也做不到让列车停下来,或者改变列车的方向哟。"

"但她一定以为,自己成功了呢……"

断桥是一个未被证实的假说。但一座真正的断桥的身影,却虹霓般浮现在了两个孩子的脑海里,闪着凄凉刺眼的光。

他们硬着头皮走下去。树丛中不时有动静。迅哥儿又想到了那些僵尸,还有老鼠般的可怖动物,担心它们会随时蹿出来,不用扑向他们,不用咬断他们的喉咙,而只用那阴森惨然的目光盯住两人,就或会令他们彻底崩溃。

但什么也没有发生。他们又走了一阵,来到"西部乐园"的深处,进入另一节车厢。这里搁放着庞大的、长方形的草绿色集装箱——这颜色,跟城市站台上工作人员身穿的棉大衣是多么相像。仿佛用复合铝板材料制成的箱子静静卧躺着,高有三米多,长则十六七米,每节车厢中只能放置一只,倒有些像是装载巨人尸体的棺材,列车后部连续几节车厢都是这样的。以前,他们从不知道高铁上有这样的安排,不禁迷惑和畏葸,却又不甘示弱,做出满不在乎的样子。

待到走入更后面的车厢,才发现这儿的一口"棺材",已从黑色的转轴基座上竖立了起来,前部箱体如绿叶一样向四方分片打开,里面伸出了粗柱状的、带短翼的结构——椭圆形的巨型金属花蕊,仿佛是玻璃钢或钛合金的质体,篮球运动员一样笔直地探出列车顶棚,大大咧咧顶起了天空。没错,这正是迅哥儿那天晚上远远看到的"勃起的阳具",它的身上印有一个很大的C字。此刻,其周体也层叠爬满了蘑菇状的不明植物,像是皮肤病人身上遍布疮痍,又如腐烂的筋肉外翻,不断分泌出赤褐色的黏稠浓厚液体,发出一股股辛辣异味。蘑菇一样的植物衬托出了异物主干的伟岸与沧桑,看得两个已婚男人自卑地垂下脑袋,不好意思地面面相觑。

那么,它究竟是什么呢?是不同于五谷之神的、列车的真正图腾吗?忽然,周遭浮动出诡异的暗香,如温婉的小曲萦绕。迅哥儿不禁把伍小员的手握紧了。

传来了响动声,像是有人走来,他们急忙躲在了异物的后面。

十五、美少女战士

很快,看到一些人影,树鸭般游进车厢。仔细一看,是女人——那些投靠到列车上来做他们情人的城市女人。两个男孩子方才还害怕,这时松了一口气,像见着救兵,小猴般纵身跳出来,兴奋地向她们打起招呼。她们却愣了一愣,并不回应,只几个人飞快交换了一下眼色,就一齐绷住身体扑上来,把两人按倒。迅哥儿举头看到了晚霞……但不由分说,他们被反绑在了集装箱的钢把手上。

"你们……"迅哥儿委屈地呜咽。他紧紧盯着晚霞的眼睛。

女人们——总共有十三个,不说话,带点恶毒意味,又像是天真无邪地俯视两个男人,仿佛与他们的遭遇是一场意外。她们的表情有些发怔,兼及一点儿气急败坏,又无可奈何。她们转瞬之间变得陌生了,他们都不认得了。不会是在做梦吧。

"搞错了哟。怎么能这样呢?玩游戏哪?"伍小员像是不满地嘀咕。他也在人群中看到了他的城市情人,却见女孩眼中忽然浮动出了隐隐的杀气。他害怕了。"……然而……如果……周迅,我们是不是要赶紧向列车长报告?那样类人猿是不是会笑话?"

女人们一个个沉鱼落雁,却不再赤身裸体,而是一律地重新穿上了残破的铠甲,卡通一样光芒四射,比银河核心还要明艳照人,像是即将奔赴战场的机甲美少女。她们的脖子上都毫无二致地戴着十字架。迅哥儿的眼神青虹一般停落在晚霞被甲胄衬托得小橘灯似的胸脯上,想象着搂抱着她瑟瑟发抖的柔嫩身体,这时看到她那煦色韶光的发际,斜插着一支天蓝色蘑菇。他忽然就有些生气,也不想跟伍小员说话,而他的双手被绑得可是钻心疼呢。温柔感渐渐失去……太唐突了,难道这就是常常被提及的、需要严加注意的身边变化么?这时,有些后悔没有听唐嬷嬷的话了,脑子中回响起女人苍老的声音:"这条道路,诸行无常。"不管多么的奇怪,只能无条件接受现实。高铁世界就是这样设定的吧。于是,迅哥儿才头一次觉出唐嬷嬷作为类人猿的良苦用心。而他们都把她的话当耳旁风了。

"太危险了。就这么乱跑啊。如果三氢化铝泄漏……你们又没有受过防护训练。"一个像是她们头头的女人瞧了一眼那竖起的大家伙,仿佛严肃而关切地开口说话,却把一股寒意吹满听众的全身。什么是三氢化铝呢？迅哥儿心虚地看了看伍小员。

"你们究竟是谁？"伍小员心烦意乱地摆动了几下秸秆似的脖子，壮着胆子问。她们听了，高傲地淡淡一撇嘴，互相看了看，又忍住笑轻轻点起头来。末了，像是头头的女人清脆地吐出一串字句："原来的身份嘛，也正在寻找呢……只知道我们现在是战士，跟你们也有一比呢。正在战争中，却不是匪徒那般，要抢点儿吃的，那是小打小闹。"她伸手摸摸迅哥儿的头发，接着说："但你们还伪装成农民，装作不知道自己是谁，什么意思嘛。"又用葱白的十指来回抚弄金属圆柱体，就像在弹奏一把巨大的竖琴，"瞧，这家伙，就是传说中的'世界审判者'啊，终于找到了。多棒的机动发射平台呀。这儿，柔性摆动喷管，燃气舵，空气舵……推力矢量控制。最多能分离出十个分导式战斗部吧。哦，快射啊……哦，快射吧……噗，噗……"

表面冷静的却是情感丰沛的声音，聆听之下，竟像与亲人久别重逢。迅哥儿从头到脚泛起对钢铁的嫉妒。那是多么的酷烈不堪，惹火上身。不，不是伪装，虽然也打过仗，但他们本来就是农民嘛，这个，她们不应该羞辱他们呀。这样一来，他不禁又想象出了城市女人的温润可感，却桀骜难驯。他们只能甘拜下风。年轻男子实在忍耐不住，在这不适宜的当儿，硬了起来。

"你们这些假农民……受控的啊。被后台那家伙操纵着呢，知道自己的身份吗？你们是战士，是操纵手，是号手，有一天就会使用的。先发制人，或者报复性反击，打那场最后的决战，轰，轰，雷霆在天空大地重新奏响，烈焰熊熊，玉石俱焚……这样才能挽救你们的列车。还是要用这样的手段啊。其他的都试过了，统统不行。至于躲，是躲不了的。就算躲在这儿，建成了新的村庄，也被敌人找到了。你们不知道这个世界早已四面楚歌、深陷危机了吗？真正的敌人就要展开攻击了，那可不是从城市来的匪徒……这是我们共同的命运。你们却忘记了，连自己的身份都记不得了，连自己的技能都荒疏掉了，沉浸在虚假的田园牧歌之中，冷却了热血，丢掉了斗志，迷失了原本的伟大目标。并没有什么农业铁甲列车，这只是迷彩，是伪装的记忆。农村早已消失了，比城市消失得还要早……以前，由于某种原因，我们和你们分开了。如今，要像组成我们身体的碳原子一样，重新结合在一起，情同手足。我们都是C的后代嘛。C，是农村，也是城市。我们潜上车来，是来帮助你们的，是来解救你们的——也就是解救我们自己。我们拿这些破烂城市来做掩护，苟延残喘，撑到今天，就是为了这个啊。"

那像是头头的女人一边说着，一边显露出忧心忡忡的样子，仿佛并不十分确定未来将会是怎样。她张开双臂，孔雀开屏般投身过去，团团抱住了壮硕的"世界审判者"，一遍遍抚摸它，好不缱绻，又把俊俏的脸蛋儿贴在了它冰凉的金属表面上，去亲吻那个C字，就像找回了她失落的另一半，或她在闺房里穷尽一生营造的作品，亦十分性感而经典，却又仿佛这宝贝儿马上就要失去，再不能相见。迅哥儿看到，两道冰清玉洁的小溪从她微闭的黑亮大眼睛中溢流出来，在柱体上缓缓淌下。除了一个地方，男人身上所有的骨头和器官都吱吱滑动了，迅哥儿暗叫一声"不好"。

"……可是，怎么会撞上你们这两个倒霉鬼？我们暴露了！那么，现在，行动只好提前开始了。大家都把武器拿出来吧，攻占指挥车厢哟，先发制人，进行决战……"儿女情长蓦地一扫而光，头头模样的女人变得决毅肃杀，似乎对战友们下达了命令，在迅哥儿看来，那神态的深处竟有几分像是唐嬷嬷了。他愈发以为自己是在一场梦中。

"不得不先委屈你们一下啰,小伙子们。"她们热烈而伤怀地向他们道别。兴许,是要等到大功告成后,再来收拾他们吧。但也许是要与他们重温缠绵吧?那时才永远不再分离了?不,或许是永别吧。恐惧感就像一群杂音,低沉地漫过男人死火山般的血液。

但她们又停下了,迟疑片刻,晚霞和另一个美少女战士步出队列,小鹿般走到俘虏身边,俯下娇嫩的身躯,在各自的男人脸颊上轻吻一下。迅哥儿以为自己的面部也会立时染上清凉液体,就如那金属异物承迎的,但只是一片干涸。

"对不起……亲爱的。"女人仿佛极轻地哼唱出两个三重奏,几乎听不到声音,又像是微温的毒药,令男人的细胞分子发热共振。他们情不自禁,做出了鱼死网破般的挣扎。是啊,在列车里,在村庄中,除了植物,人类并不这么富于音乐感地说话……包括头头在内的其余十一名女人,受了传染似的,刹那间又变得感性了起来,在一边蕨类似的沉静动情地看着。在想什么呢?她们在列车上的农民情人吗?但也许是她们留在城市里的亲人吧?

"请不要伤害我们的妻子和孩子……"伍小员用背诵台词的腔调,空洞地喊了一声,却似乎比什么时候都要真切。他戴着眼镜的样子,显得他是格外的无辜和懦弱。晚霞和伍小员的女人最后看了他们一眼,便归队了。这时,迅哥儿又觉得一切无非是搭出来的布景,却不知道她们是在排练一出什么节目。这些,她们实在是应该对着类人猿去做的,应该在村子里的祭神仪式上去做的。但姑娘们没有再说话,而是英姿勃发地齐齐转过身,仪态万方地持着她们的武器——似乎是伪装成了琵琶、扬琴、二胡、古筝、竹笛、箜篌等的模样，集体展呈出 T 台模特般的战斗队形，意气风发，豪情万丈，齐步走掉了。

于是，四周安静了下来，只除了车轮拉丁舞节奏的轰鸣。两个大男孩好想哭出声。

十六、银河

"究竟是什么样的行动呢？我们到底忘记了什么呢？"过了许久，迅哥儿心中，忽地有了别样的情绪，那竟然像是哀怨的鹅黄色憧憬。仿佛是那个夜晚，他爬上列车顶部，身体所亲近的冰霜刺激。被绑住的手腕部位也渐渐传达出新鲜的受虐快感。他想念着晚霞转身离去时的姿仪，那摇动了他的心旌。他又看了看身边的"世界审判者"，它雄健华美而令男人无地自容的雕塑体魄上，镌有模糊不清的铭牌和纹章，写明它被钦定为作品的标号及代码，或许原是要在拍卖会上等待非本族资深收藏家的举牌。似乎，这才闪耀着他们共有的"身份"呢。目标是在远方，他们看不见的远方，大概是连火车都去不了的大洋彼岸，要在那里找到最后的归宿……

"兴许，我们应该跟她们一起行动。她们说了，我们其实都是战士。只是，我们记不得了。我们忘掉了技能。与匪徒打仗的不算，如果她们说的是真的，那其实只是自己人打自己人。但是，敌人在哪儿呢？是在海那边吗？"迅哥儿眼神朦胧，脸儿绯红，喃喃低语。遥远的记忆似乎从意识底部还魂般攀爬上来，他们和她们，城里人和农村人——这本来只是称谓的符号，很早就是同盟，是一支部队，他们有着共同的敌人，那才是真正的威胁……他有一种担心，如果他们不陪着去，她们将无法完成使命,并遭遇危险;而他们自己,亦将因此而缺失掉这程命运中最核心的。迅哥儿已经不想再回到村子了,现在他知道,那只是虚设的假象。

"但去做什么呢?敌人究竟是谁呢?她们为什么不明白地告诉我们,告诉类人猿,而要以这种方式秘密采取行动呢?"伍小员额上涌现出许多深深的皱纹,却又闪电般消失了。他就像一只失去解剖价值的实验室幼鼠。"我想抽烟,怎么办?"他咬牙切齿说。

"不知道,不知道……不要问我。"迅哥儿一阵心烦意乱,想着女人们手中舵桨般的奇异武器,就好像她们要用一束束音波驾着男人这艘舢板,在无垠无涯的心海中拨弄起滔天弦浪。不知为什么,她们临走时,像是故意忘记了用胶布之类堵塞住两个男孩的嘴巴。不过他们只是有些疑惑,却还沉浸在对女孩的思念中,并不准备叫喊。

银河继续照耀下来——这时才发现,它并不是银河,因为刹那间它如同女人盘起的发髻那样打散开来,飞快拆分成一只只独立的星星,在高空轨道上慢悠悠运行,各有各的路线。那是不是一种更为先进的列车形态呢?谁说天空中不能走火车呢?这就跟那天两个孩子讨论的一样。给人的感觉,它们好像是忽然侦察到了地面的某种动静,在接到一个指令后,才决定这么行动的。迅哥儿唯一能确定的是,它们可不是外星人的飞船。也许,那就是传说中的真正的敌人吧。

这时,他注意到,印有少女泪痕的"世界审判者"就像一株饱满结实的、会唱歌的老玉米,藐视着星星们紧盯不放的鬼祟眼睛,亭亭玉立地生长了出去,周身若有电流经过,向日葵般微微颤动,仿佛要纵身一跃而起。他们很害怕,想要挣脱捆绑,却不能。他们感到了死亡的临近。他们干脆停下不动了。两个热乎乎的青春男儿肉体，便疲惫不堪地倚靠着一具钢筋铁骨的身躯，仿佛重新获得了安全感，很快，连大脑也缠绵起来，进入了真正的梦乡。

十七、身份

他们醒来时，看到唐嬷嬷站在面前。只有唐嬷嬷一人。她弯驼的小磨盘一般的脊背上，负着一个尼龙大网兜，里面盛满血淋淋的一堆头颅，是切割下来的女人的脑袋，一共十三颗。唐嬷嬷腰上还拴着一根绳索，身后拖着另一个大网兜，装的是层层叠叠的铠甲，同样血迹斑斑，昆虫壳体一样交错杂乱，鳞片的缝隙间像是残留着动物的小片残肉。唐嬷嬷的左手上，捏着一把血污的十字架。女人臭烘烘的两腋下面则夹携着一把把形状各异的奇怪武器，彼此碰击，发出环珮的共鸣，犹在仙乐般余音袅袅，荡气回肠，经久不绝。

大力士一般的唐嬷嬷看样子累坏了，风箱一样喘息着，斜身把网兜滑放在地板上，慢慢打开来，像从鸡窝里掏蛋似的，把人头一只只取出来，又抚弄河滩上的鹅卵石一样仔细排列好，再嘴里数着数，把武器和铠甲逐件摆放在她们边上，然后才解开迅哥儿和伍小员手上的绳索。

"把你们认得的那两个，挑出来吧。"雄赳赳地叉开短促的双腿站在战利品后面，端端正正戴着沾满鲜血的大盖帽，唐嬷嬷装作失败者一样耷拉着一只眼睛，像是漫不经心丢下话来。两个年轻男人此时才觉出唐嬷嬷的形象是那么的高大而谦逊，亦明白了什么才是真正的强者，掌控全局，并做到舍己为人。这才是超级英雄啊,资深的卡通人物,艺术家的传人,无私无畏的列车庇护者,笑到最后的那一位……而他们还太幼稚,太不懂事。

迅哥儿怔怔看过去,那曾被他保护、受他爱抚,而最终又施虐一般把他捆绑起来的女人,现在就煞白着脸儿,木桩般用半截脖子端坐在对面,与他默默对视。但她那饱满的身子呢?那里面说不定已怀上了他的孩子!"果然香消玉殒了啊……"迅哥儿心中叹气般轻轻念道,却好像卸下一层负担。女人血污的面孔上沾着一些麦秸,她的发际仍斜插着那朵蓝荧荧的蘑菇,冷若冰霜,含冤怀恨,却又如同她生前一样碧海青天,妩媚动人。她究竟是什么人呢?

见到迅哥儿没有动手,唐嬷嬷就颤巍巍地一把抄起美少女战士的头颅,狠狠擦去她脸上的体液和脏物,并把蘑菇扯下来,用力掷在地上,用脚反复碾碎,又猛地把人头歪斜着塞入迅哥儿的怀中,再把一台照相机扔给伍小员。

"都拿好了,摆好姿势,对准聚焦,拍下来吧。"

然而,迅哥儿好像是怪难为情似的,仍一动不动。他很焦渴。唐嬷嬷见状,就把双手放到女战士的断脖子处,从那里接了一些血,喂给男孩喝。他才好了些。唐嬷嬷又搬动他的手臂和上身,帮助他做出能够上相的仪态,再让迅哥儿把人头持举住,像餐车服务员端盘子一样,平放在左胸前。这时的他便像是一尊鬼斧神工的雕塑了。农民的儿子,终于成了他朝思暮想却又深深恐惧着的艺术作品本身,堪与那金属的异物有一比。

"笑一笑啊。就按城里人的风格拍吧。不是还要参加摄影艺术比赛吗?"唐嬷嬷无限神往地宣布,就像在主持公道正义。随着她的话音,伍小员手抖了一下,咔嗒一声按下快门。唐嬷嬷节制而扎实地拍了几下巴掌,蔷薇花般的嘴角流露出支配性的微笑，又命令他们交换位置拍摄。这回，伍小员的手上，也捧好了人头。纠结一番之后，终于，迅哥儿也按下了快门。

"世界早晚会毁在你们手上的。"唐嬷嬷叽咕一句，抬手理了理自己的鬓角，"但是，无论如何，也得告诉你们一个背景，免得你们死了，连怎么死的都不晓得，连自己是谁都不清楚，跟这些不走运的女人一样——这次，可是早有准备的哦。是一个诱捕计划呢，完美的聚歼。你们这两个诱饵啊，像水田里的鳝鱼一样，专门为这一天而饲养着长大，也不容易呢，辛苦你们了。神不知鬼不觉，花了十几年时间……不然，这些家伙怎么能倾巢出动？城市早不存在了。外面的城市统统是敌人制造出来的幻象，用来迷惑我们，让我们丧失警惕。她们可不是我们的同盟军。她们是最狡猾的特种兵，色情间谍，燕子，是海那边的强敌派遣出来的，企图找到你们这些男人的弱点，乘虚而入，要来摧毁我们的指挥中枢，要来颠覆我们的列车，却正好中了我的计……这场拉锯的战争持续多年了。有人总以为敌人的世界早就烂掉了，敌人已经自我毁灭了，敌人彻底完蛋了，其实根本不是那样。敌人是很难打死的，他们不断复活，他们最阴险，他们欲壑难填，他们一直在想着重新入侵我们，他们越变越强悍，他们总是贼心不死，他们中央情报局的保险箱中，装着搞垮我们的绝密计划……我们总是处在最危险的时候。所幸，又一次，敌人派出的敢死队全部落网了，嚓，一个不剩，都撂倒了……多亏了俺呢，俺这火眼金睛！要换了你们这些天真幼稚的臭男人来掌管这趟列车，哼，早迷糊了，早没戏了。"

像是坚守住了自己的贞操似的，唐嬷嬷疼爱地看了一眼身边的"世界审判者"，伸出两根手指弹了它一下，俯过耳去，闭上独眼，满足地倾听金属表面发出"锵锵"声，竟在一瞬间呈现了蜃影般的闭月羞花之貌。但圆柱物这时并没有飞升起来,相反却展示出了疲软无力的容颜。

迅哥儿脸上,晶晶亮的泪水流淌下来,如受热融化的上等玉石,不可思议的干净透明,怎么也止不住。

他想,原来她们是不共戴天的仇敌呀。可是,他竟是多么地想与敌人待在一起。他又回忆着与晚霞共处时的缠绵,咂了咂充满腥甜味儿的嘴巴。

"一切都是任务……人是为了完成任务而存在的。因为任务,你们才成为了人。"唐嬷嬷困倦地把侏儒般的身子,贴靠在巨人似的金属圆柱体上,继续呢喃着深奥的大人语言,自己也感动得泪流满面。她是不是完成了她所承担的任务呢?

迅哥儿想,自己的任务究竟是什么呢?如女人说的,号手?那唐嬷嬷呢,她是人吗?他悄悄问伍小员:"什么是任务?"

伍小员玩着手指,随便地回答:"不知道。也许就是欺骗吧。"

迅哥儿体味到,自己嘴唇上不停荡漾着异性的柔和与温热。多么残酷的柔和与温热啊。他想,她们也是因为任务,或者欺骗,而成为人的吗?如果不是为了这个,那又是为了什么呢?最狡猾的特种兵、色情间谍、燕子……这就是晚霞的真实身份吗?那印在"世界审判者"身上的、至此时仍没有干涸的泪痕呢?至少,她们不是来劫夺粮食的吧!……他又恍惚觉得,她们并不是来自城市的幻象之躯,而是彩绘玻璃之外的那个世界派来的实体。她们是行驶在那儿的列车上的乘务员。不,唐嬷嬷说得不对,她们不是来毁灭列车的,她们才真正是来挽救列车的。她们要与这儿的人们融为一体,重新结成一个和谐、团结而强大的集群。但这只不过是他一厢情愿的臆想吧。迅哥儿对自己是个什么人,也越来越搞不明白了。

"我们的女人和孩子呢?"忽然,歇斯底里地,伍小员对着唐嬷嬷耍赖般大哭大嚷,就像孩子丢失了心爱的玩具。迅哥儿想,他是在说本村的女人吗?但是,也许同时,美少女战士的肚腹中,也已经播下了大伙儿的种子吧?他于是勉强直起腰板,又努力做出庄重的大人姿态,看了一眼晚霞暗光闪射的脸庞,觉出了那里的英勇神武,心中想着的,却是女人不知去向的身子,柔枝嫩条,却被类人猿当作肥料了吧。他吸入了女人血液的躯体又满怀遗憾地悄然硬了起来。

唐嬷嬷用弹击过"世界审判者"的手指,不断擦拭自己的污浊眼泪,面容上已然换作了坚强的神情,却对伍小员的哭闹置若罔闻,多半是对这种软弱不屑。于是,给年轻人的印象又是,她做的这一切,只是为了报复——报复他们这一路上对她做的鬼脸,他们搞的恶作剧,他们对列车长的不尊重。她的所作所为,都是针对他们的,至于那些少女,她从来不放在眼里,因此也不会嫉妒。因此,其余的,都是借口,都是由头。

果然,她抛过来一根铁丝,命令迅哥儿和伍小员把它撑直,穿进死亡美少女战士的一只耳孔,再捅过她的大脑,从另一侧耳孔中穿出来,然后,再这样编织下一颗人头……严丝密缝地一个个穿上,又把十字架挂在上面。然后,她驱赶两个男孩,一前一后,抬着这一大串沉甸甸的东西,往回走。这当然不是他们想要做的,但这时,却被唐嬷嬷大无畏的气势慑服住,再不敢调皮捣蛋,自作主张,生怕惹出什么事来。

一路上,迅哥儿没有看见一个村民,他们好像预感到什么危险,都躲起来了。不,或许回复了本来的状态,连农民都并不存在。村庄施完肥一般死气沉沉,连虫子的叫声也听不见了,只剩下农作物在咔咔地凶猛生长，都快长成森林了，又摇头晃脑灿烂地合唱起来。而整趟列车就是一个硕大的根系交响乐团，刷刷共振得上面连一只甲虫都待不住。迅哥儿看到，五谷之神的眼睛中流出鲜血。无数老鼠咬着尾巴，在尖叫着奔跑。他心中缠满难以排遣的郁结和追悔。他才觉出每一节车厢都是绝境。他们已经丧失机会。

但是，外面的城市也是一样的吗？究竟是城市在动，还是火车在动呢？是城市是火车，还是火车是城市呢？谁又在跟谁斗智呢？都是这样的法术啊，简直是玩够了法术……

他朝车窗外看去，试图去找那块彩绘玻璃……

这时，却听见身后"砰"的一声，周围的车厢被照亮了，过电般抖动不止。

十八、模板

迅哥儿慢慢掉头，通过车顶的裂口看到，一个巨型的长条物正拖着尾焰，从列车后部悠然升起，垂直钻入夜空，它发出巨雷似的轰鸣，震耳欲聋。物体越爬越高，慢慢变小了。它好像朝着大海的方向飞去。这时，喇叭中又响起号子："大炮一响，黄金万两！"他随即看到，唐嬷嬷的脸色霎时变了，就好像恐怖的终结者妖魔终于现身。

他们三人，一大两小，前后相随，形若祖孙，监押并挑着少女的人头，收工一般，或晚饭后散步似的，慢慢走回去，却在不知不觉间加快步伐。迅哥儿看了一眼列车里的时钟，发现它已经快要走到零点。

这时，游动的星星又聚拢成一条银河，开始落山，从窗外新月一般斜照进来,霞光流溢,让他们的影子越拖越长。但很快,银河便爆炸开来,像从海洋那头的大陆上,同时升腾起千万颗旭日。他们这回都看清了,裂开来的宇宙尽头,浮现了那块似有若无的彩绘玻璃,那后面的确有着另一个世界,与这边是隔绝的,却又整体地包容了他们的一切,维持着强大的信息和物质的交流。他们与那边有割不断的关系。迅哥儿心中哗啦燃放出一片情意,思念起从未谋面的爸爸妈妈。他向彩绘玻璃的方向暧昧地招招手,就好像在缅怀自己的故乡,却感受到了那儿传来的敌意。

他们还没有走回村子,就有大群的星星抵达,勃然穿透车厢,洪水般流布在他们的身体上,又如银色暴雨降下,成了宇宙中最强悍的光源。天雷又炸响了,这回,才好像是真正的审判者莅临。整个天空都在闪亮,化作一个最大的满月,不,不是满月,它比太阳还要耀眼百倍。借此才看清,农作物的森林中,每一支葫芦架上,都开放出了耀眼的人头,仿佛被强烈的直流电充满,蘑菇形状的城市人和乡村人脸孔,像是用了昂贵的洗面奶和洁肤霜,成千上万,无不雪亮透明,在沉静和婉、发自内心地做出不停微笑的各种口型,而老鼠状的动物,则一群群从车底钻出来,疯癫奔跑。

"我就说过,世界早晚会毁在你们手上的……"唐嬷嬷迎着雷霆,恼恨地絮叨不已,失望地打量两个精疲力竭的后生,仿佛为他们的不懂事而放声大哭,也像是为自己的某个失误而追悔。她这时已预知到,迅即,在群星带来的高温中,三个人的身体都将在刹那间化作一团水蒸气,加入机车动力的再造循环,为这世界的运转贡献出最后的有机分子。

制作下一位列车长的工艺,才有可能开始……

时钟上的时间,已经倒流到一个终点,或者拐点。

雷声渐渐平息了，天幕缓缓消失了。只剩下彩绘玻璃，孑然冷落地铺在那里，投下斑驳陆离的黯光。自由DV伸展着藤蔓，在开始融化的车厢里游来逛去，张开花蕊上的摄像头，忙着把整个过程及它包含的所有数据记录下来，作为制造下一个高铁世界的模板。

危楼

一、探险者

车厢用立邦漆刷成发霉的鱼鳞般绿黑色,像是癌症晚期病人腐烂外翻的脏器外壁,倒是符合探险手册描述的老式列车体例,但又有某种说不出的不对劲。有一次,阿辉发现行李架并不是钢质的——触摸仿若纸币,但强度非同寻常,或许是一种新型合成材料,但也可能是阿辉的瞬间幻觉。行李——从进口的高级登山包到国产的劣质蛇皮袋,在货架上垃圾山一样高耸,花团锦簇,冻豆腐一般颤颤巍巍,好像马上要砸下来,带动车厢一起垮掉。总体上讲,不妨称列车为一幢移动危楼,这对于阿辉等探险者来说,构成了极大诱惑。

阿辉上车后,便径直潜入八号软卧车厢,在此顺利安营扎寨。只见车厢尽头有符码闪烁,是液晶显示屏上一行滚动的橙红色字样:

为了保持铁路沿线卫生,本趟新式客车 C

C后面的字断落了,不知道究竟还有什么。但在阿辉看来,这样的一种缺憾美,正是摇摇欲坠的列车里面,所应呈现的史前形态一般的独特风景。他像是自得其乐的春游者,沐入了温暖而略带腥味的和风。

二、乘客

日日夜夜,车轮地动山摇般放送出不间断的纵波及横波。旅客们随时都有可能两眼空洞着醒来。他们又怎能辨识得出潜伏在车厢里的探险者呢?阿辉与蒙在鼓里的乘客共度一个又一个昼夜,这要直到探险结束。但谁都不知道探险什么时候结束,就如同不知道宇宙终结的确切时刻。

乘客在阿辉眼前伸着爬山虎一样的懒腰,又牵牛花一般无知地开放着苏醒过来。上铺是一位七旬老人,醒和睡都穿仿制的军用迷彩服,一对干瘦的脚板伸下来,一只穿袜,一只未穿,踝骨以上部位一片黄色尿渍。下铺的年轻男人与阿辉年纪相仿,穿一身缀满破洞的灰布中式长衫,戴黑色圆框水晶眼镜,脸和脖子都虚汗滚滚,不歇气地往喉咙里灌着大瓶可口可乐。另一个下铺是三十多岁女人,举着铜质小圆镜涂抹口红,上穿假冒外国名牌短衫,开胸很低,乳沟毕露,下穿鹅黄色长裙。这些普通旅客的存在,使阿辉心中滋生了优越感。探险者只是人类成员中的少数。

这是新型号的列车,却配装着老式的上下层窗户,镶着粗糙结实的铜扣,型制古典,漆有红框,双手托举着可以往上打开,只需哗啦一声。阿辉实在憋闷时,便深吸一口气,发力这样开启它,朝窗外斜探出半叶身子,横支着,把这副血肉之躯,置于无际的原野天空,久久保持,实际上,是将自己搁架在高铁这金属的人工造物和混沌的自然界之间，形成一种假想的妥协关系。这是最快意的时刻，但也伴生深入脏器的悲戚。顿时，狂风如同波浪，汹涌而至，把脑袋都要吹掉了。眼屎般的日头下，白云像夜色四散飘飞，滚荡而去。车头方向噼里啪啦吐出一朵朵银灰色的蘑菇云，放射性降尘往后吹进眼睛和嗓子，但被安放在细胞膜中的辛普森纳米过滤器恰到好处挡住。蜿蜒的列车大蛇般前行，外表风化剥蚀得不是一般厉害，又像一个垂暮的、瘦骨嶙峋的老婆婆。

　　阿辉前后看去，见每扇窗户处，都有一个探险者，像他一样，横伸出上身，斜斜往后仰着，嘴角瀑布般飞溅开来亮晶晶的口水，在着迷眺望，意志似要挣脱头盖骨的束缚，宛如雨露喷洒在大气中，获得一劳永逸的自由。暗绿的车身透着化肥似的朴素亲切，而一个个探险者的躯干又从车厢两侧盆景一般以同样的倾角挑了出来，整个景致布满人们期盼中的荒郊露营野趣。农田，牧场，水塘，水库，村舍，厂房，工地，公路，桥梁，标语，电线……皆从乘客头颅外侧，一片一片灰压压飞驰而过，久已冷却低落的肾上腺素，其水平也就随之提升了。

　　这时才明白过来，这分明是一趟高速列车，却不知为何，伪装成了旧型制的普通火车，连密封性也放弃了。在交替往复震耳欲聋的车轮轰鸣中，阿辉忽然记起什么。好像是他的前世。大爆炸，银河化作的星星，刺目的闪光，融化的血肉，废墟……他心里一颤抖，就缩回了车中。

　　八号车厢基本上被一群说粤语的旅客包下了，皆戴二战时期战斗机飞行员用过的小红软帽，在诡秘而紧张地窃笑。他们说的话，阿辉一句也听不懂。他们粗重低压的眉骨，令其像是一种史前生物。这些乘客属于同一个旅行团队。这个时代，随着铁路的发明，特别是高铁的出现，停滞已久的旅行终于复兴了。人们都不想再困在原地，困在城镇，困在乡村，迷恋长途观光的人越来越多。但他们追求的是舒适感，却不像阿辉这样，是为了探险。

三、餐车

餐车是探险手册规定的必访项目。它设在列车的九号车厢。进入时可以见到，两头靠门的位置，分别把守着两名七八岁的男孩，相向而立，开关着各自手中的灯具，尽全力映照对方。那一瞬间，人如金器般惨然透亮。

阿辉看见，灯很奇异，半若台灯，半像手机。实际上，是一型特制煤气灯。像列车中大部分情况一样，也疑是一种仿古游戏，其意义不明，玩耍的精准方式怕已失传，不过，至少在形式上得到保存及恢复。没有看到孩子的家长。每次来餐车，都是这样。阿辉手持一台微型摄像机，把此情此景拍下来，随后又记入探险日志。他注意到，其他车厢里也分布着同样的掌灯孩子。

经过时，阿辉会顺手摸摸孩子额头。冰窖般，也像出土青铜器，狠狠灼他一下。他霍地收回手。但孩子掌灯的节奏已然变化，令观者恍兮惚兮。阿辉记得，他第一次来时，是每过六十分钟，一个孩子摁亮灯，然后，便有三十分钟间隔，另一个孩子再摁亮，作为回应。现在，间隔已缩短至十五分钟。估计下次就会是七分半钟了。总之，是按照这样的级数进行下去的。

吧嗒，吧嗒。这就是生命在加速流逝吧。阿辉惊惧而迷恋地屏住呼吸，想到自己白驹过隙的一生。

他想：我能找到答案吗？我今年多大了呢？我钟意的女人在哪里呢？

餐车破败得美艳,大多数窗户玻璃亦无,呈现虚空之火般的骇人灿烂,尘埃和砾石飞扬弥布。有两溜玉米色的长方桌铺陈,靠窗竖着一长列未开启的青岛啤酒。地板滑腻生涩,刚刚打扫完涂地的肝脑,也无非如此吧。厨房里堆积着腐坏白米,千年虫一般的青铜色肥蛆艰难从米山下面不断爬出,立时被强风吹走。但并没有群集的食客,也没有乘务员。不过,还是能想象当初满满一车人进食的热烈喧腾情形。仿佛是很久以前的事了。这一代探险者已然遗憾地无缘得见。餐车变得像是荒芜的坟地。

阿辉每次前来,都能看到一个胖大和尚独自坐在餐桌旁,是这儿唯一的人气。孩子手中投射出的光线,一去一来桨过和尚头顶,仿若灵虚界的幻影。和尚身穿杏黄色直罩,雪白的衬衫却是笔挺的欧洲名牌。他满脸络腮胡子,鹰钩大鼻,打着青色绑腿,抽中华烟,对于探险者的到来,没有理睬的意思。

"逢面吃面。"和尚捏拳用指关节敲打桌面,腮部及脖子因激怒而涨红,"面条,怎么还不上来?"

自然无人回应。窗外的景色只在按照自己的节奏流逝。米粉色的阳光淡下去,变成油绿色雨雾。狭长的天空很快又隐化入水墨画般的卷幅。仿佛有久淤的闪光就要爆突而出,却忍住了,在云彩的脐肠间闷闷发酵。天尽头跑出稀稀拉拉的雪山。雪山后面是黄土。黄土后面是陨石坑。景色怎能不吸引人?却并非探险者熟悉的。孩子们的灯光忽然发出锣镲的狂狂响声。这令探险者感到意外。阿辉暗叫一声"危险",便快速走过和尚身侧,疾步冲出餐车,闪身进入下面一节旅客车厢。

就这样,阿辉穿越在危险构成的屏风之间,像为轻薄的人生增添着砝码。

四、硬座

在第十车厢,硬座的空间由此开始。阿辉已经多次来过,景色倒不陌生。这里潮湿而阴暗,像是一段地下防空掩体,却少女般绵软。褐色地板破损厉害,稍不留神,脚便会踩空陷入,茬口处车轮声音会陡然涨上来,仿佛做爱喘气。满目翠绿色的直背硬座,莲池中的假山一样,东一个西一个挂着白汤勺似的人脸。在颠簸的气流中,一些乘客踉跄着忙于洗漱。方便面和火腿肠气味飞扬四溢。乘客大多是乡下打扮。由探险者的视角看去,无非是一个古代村庄,全世界人口密度最大的地方,刚从地下火山灰中,被整体发掘出来。甚至有炊烟袅袅,漫山遍野,传出暖和或热烈之意,又带些轻狂,如有岩浆在附近奔涌,就说是地热的潜流,在列车噗噗颤动的地板下哗啦啦运行。或是大洋某处,哥伦布尚不曾远航;大陆某地,瓦特还没有制造出蒸汽机。

这节车厢里的语言要比阿辉常居的八号车厢混杂多姿,仿佛是古山西话、古湖南话和古河洛话的纠杂聚合。人们平静而条理分明地作息,千万年不曾有变。某个居民也会偶尔翻眼看一下身上挂着各种闪光工具、独身一人前来的探险者,又自恋地哼一句歌词之类,就轻笑着背过轻薄的身体。阿辉约莫能听出来,是汉族民歌。但即便有其他民族,也是辨识不出的。他们生活在自定义的生物圈,虽然环境并不如意,却享受得很,安逸得很,不识灾难苦痛。在这里,也有两个掌灯小孩,蝙蝠般倒挂在行李架上,柔术般曲折了身体,向对方频频发射灯光……好在,此地的古老方言,阿辉为了准备这次探险,早已娴熟练习。所以他能够谦恭说着"请多多关照"、"劳驾让让路"一类客气话,一边用摄像机拍摄，一边侧身挤过体臭浓烈却情绪饱满的人群。这样，就进入下一节车厢。

又下下一节车厢。

又下下下一节车厢。

……

无数的车厢，连环画一样没有尽头，或者，是一个正在进行有丝分裂的生物。列车难道不正是一串脱氧核糖核酸链条么？阿辉有时会觉得，自己经历了梦游般的出生和再生，阅遍无数宇宙，所见情景难以言说。真是令人心旌摇荡的列车，较之他已揖别的现实世界，要灿烂辉煌得多！而他究竟是在什么地方和什么年代上的车呢？他记不得，不过这倒不重要了……不知过了多久，就又在朦胧中听到熟悉的广东话。阿辉像从一口废弃枯井中被人抢救捞出，浑身已然冷汗湿透。头畔的红色提醒字符仍在嗒嗒闪耀：

为了保持铁路沿线卫生，本趟新式客车 CR

沿着列车过道，不回头照直走下去，经过梦人儿般的重重旅客身边，到头来就会返归八号软卧车厢。如此这般，悠游的阿辉走回了他出发的原点，就好像绕了一个圆圈。每天周而复始、了无新意的探险行程，至此结束。累得气喘吁吁的阿辉在床铺上坐下休息，又一次觉得一无所获，他却从不抱怨。他注意到，这儿的一页车窗上，装饰着不同于他处的彩绘玻璃，看不清它后面的外界景物。这一直令他迷惑而好奇。他的旅伴，老人和年轻男人，早已把化学溶液一样的康师傅方便面吞噬完毕，彼此作态嬉笑，探头过去检查对方的空空纸碗，满头满脸涂着红紫色浆汁，小小嘴儿却合不拢。他们又抓耳挠腮起来,试探着在对方脸蛋上抓出手印。女人继续擦拭口红,照看铜镜,眼波流转。她究竟想要做什么呢?加上阿辉,三个男人捕食的青蛙一般,匍匐在她身边。至少老年人和年轻男人的突兀举动,似是要引起她的注意。阿辉便十二分留心地观察。

五、盘陀路

每两节车厢的连接处,都挂着一台黑色胶木手摇电话,使用起来很是吃力,发出"俺、俺、俺"的声音。通过它,列车上四处活动的探险者在约好的时间保持联系,互报平安和处境,分享情报和信息。

这次,接阿辉电话的,是一个叫作水晶花的年轻女探险队员,在阿辉的印象或想象中,她永远穿紧身银色连裤服,人体的气味却是瓦蓝色的,披挂的工具都十分小巧别致,把身子内外的曲线叮叮当当勾勒出来,却坚毅如闪长岩。

"辉哥,你还是没能走过来,对吗?"她略显急躁地问。听筒里弥散出老式车厢的坎坎回音。

"是。没能见到你,真是遗憾。我又走回了出发原点——八号车厢。"阿辉歉疚地说。

"他妈的,这盘陀路的火车!"像被现实激怒了,水晶花忽然恶声叫道。

不过,正是这种情况的出现,才使得全国各地的探险者趋之若鹜吧?列车里隐藏着难以言说的众多不明现象,普通旅客却一律蒙在鼓里。这趟高铁平时混杂在大批普通列车中,巧妙避过了安全部门的侦查。根据探险手册的记载,是一个叫作黄飞鸿的探险者最早把它给辨识出来的。

　　实际上，阿辉大学毕业留在城里后，就不断听说一些关于列车的诡异故事。比如，有的地铁永远停不下来。开了多久呢？二十四小时？四十八小时？半个月？一个月？一年？十年？一百年？连这些都不能确定。目的地始终开不到。坐车的人最后都异样了。而这个国家也在它的旅途中悄然发生变化，一天天无法让人认清。城市，是住不下去了；乡村，也是待不长久了。这反过来激发出特殊人群的兴趣。这些人都是孤独的，他们在生活中，不被亲人理解，也没有什么朋友。为了转移注意力并修炼心志，渐渐地，他们放下沤臭了的灵魂包袱，以逃亡者的姿态，叛逆一般离家出走，开始了私下的长途旅行，虽在此过程中逐渐具有了一些组织化色彩，比如结成团体出行，但更多情况下是带着强烈的个人冲动，不给任何人打招呼，就这样不辞而别，登上闪闪发光、无以计数的列车，奔赴祖国的东西南北，踏上探险的征程，却不再像前辈那样计较目的地，一定要抵达某个车站。阿辉就是这群人中的一员。他试图以此为自己了无新意的生活，涂抹上一丝闪亮的色彩，以使将来老死时，还可以有诚实的回忆。

　　阿辉搭乘的这列火车，显然也属于"诡异车族"，在现实中总量不清，尚无准确的官方或非官方统计。这与同样发生了异变的地铁尚有差别，因为，地铁尚不是盘陀路。比如，根据《地铁惊变》一文记叙，乘客小寂最后毕竟到达了车厢的最前端，亲眼看到了令人吃惊的景观，但阿辉在本次列车上仅仅走过了一段路程，便又莫名其妙回到了出发原点。经典路径是：第八车厢（原点）——餐车（僧人占据）——硬座车厢（过渡性质）——更多的车厢（梦游一般）——第八车厢（终点）。这方面可以作为参考坐标系的，还包括《天堂里没有地下铁》，根据该文描述，遇难乘客的后裔五妄和他的族类生活在暗黑的地铁废弃空间，但那总还是有一定方向的，尚有人满怀希望，往前或往上走，哪怕到达了异族盘踞的地界，遭到羞辱的审问，也总算是有了归宿。然而现在，阿辉乘坐的火车，是在地面上行进，而且是高铁，离开城市，窜入野外，它估计还是在往某个目标走吧，但车厢内部却缺省了方向性。所以在伪装成《读书》杂志的探险手册上，已经彻底剔除了"前方"、"后方"、"左边"、"右边"之类词语。因而在诸多异端中，高铁可谓是珠穆朗玛峰那样的绝顶，孤傲神秘，难以接近。这才令探险者前赴后继，纷至沓来。

"辉哥，这辈子，还能见着你吗？"水晶花没好气地问。阿辉不回答，像霎时魇住了。女人急了，扯着嗓子大吼一声："周阿辉！告诉我，你到底在哪里？！"阿辉还是不做声。他也不知她现在究竟待在哪个车厢。他眼底慢慢浸出清凉的泪水。

据幸存下来的前辈探险者讲，队员们上车之后，就四散在各个车厢，分头活动，最终却未能在列车里相遇，甚至，后来连联络都联络不上了，许多熟悉的队友蒸发一般消失了。所以，只有顽强大胆的探险者，才敢于登上本次列车。这是一场人生冒险，一次生命赌博。阿辉是在上车以后，才意识到，自己的勇气，并不像他先前以为的那样大。他多少有些贸然唐突，却无法退缩。而且他不能当着水晶花，表现出自己的怯懦。他查找列车秘密的目的，好像变成了要在女人面前硬挺下去的意思。

六、"苦海"

探险一般从早上开始。晚间，队员们与普通乘客一起睡觉，蓄养体力。一待晨辉如薄雾无声涌入，他们就沐着金光，豹猫一样从床铺上灵敏地纷纷爬下，带上压缩食品、饮用水和工具，小心翼翼向车厢的幽深处进发。而当初在城市中生活时，他们在这个钟点，本来是要疲惫不堪挤上地铁或公共汽车去上班的，年复一年，月复一月，日复一日，在千篇一律毫无个性的生活中，人就飞快老去了。如果不是高铁的出现，他们也就挣脱不出来。

阿辉不是没有注意到，随着时间一天天流逝，列车上也会出现一些细微变化。比如景物方面，会增加一些细节。他上次回来，看到液晶显示屏上"本趟新式客车CR"的字句，就比他离开之前多了一个"R"字，却不知后面还有什么待续。而这天，在靠近窗口的H型金属梁下，垂挂上了一些灰色的椭圆形茧，一个个补丁似的，悬结于半空，仿佛自另一世界转移而来。这就好像是因为车厢里有着缺憾，幕后某个神秘的细心人想要暗中补齐，却又补得过头了。这绝不是探险者所为。探险手册规定，不得干涉、破坏列车的基本结构，不得改变列车的内外观。

但除了探险者和普通乘客，又有谁登上了列车呢？高铁的秘密比料想的要多得多。阿辉又用摄像机把发生的变化拍下来。这台摄像机是他几年前购置的，与一般的同类产品不同，它的机身上有一对龙角似的金属突起。

阿辉再度来到九号车厢，看到和尚还是稳坐于餐车，怨气冲天地叽咕着江浙味的普通话，阿辉还能依稀听懂。而两名孩子的灯光交换间隔，已经加速到需用秒来计算了。其意义，阿辉却不能明白。但目前这还不是探险的焦点。探险者只是在过程中体验和感受，把一点一滴各种现象综合起来，最后才能作出分析和判断。

"等了三个小时了。"和尚冬眠醒来的熊一般，紧张地看着头顶来来去去的光线，嘴里嘟嘟嚷嚷，"可是，还不送面条来。他们答应得好好的。居然,连高铁的服务都这样差劲!"

"那么,乘坐新型的原子能驱动列车,出家人有什么特殊感受呢?"阿辉不动声色地试探。

"就像坐船一样安稳。"

"你的心却不平静了。"

"因为这是在陆地上!"

"在陆地上行驶,不同于水上吗?"

"怎么说呢?你也不能说陆地就不是苦海。人凭一己之力无法渡过,就需要依仗火车这样的一类技术性装置,也就是俗称的方便法门。"

"那么,延伸到天尽头的铁路,就是新近开辟出来的解脱之途啰?"

"惭愧,还没有在车厢中证悟的先例。但这不好说,毕竟,火车是新时代的发明,需要时间来打磨,也需要实践来检验。噫,行到水穷处,坐看云起时!"

和尚口舌伶俐,他圆滑世故而故作深沉地讪笑着,无名指上硕大的戒指金光闪烁,不会是用佛牙打造的吧?阿辉暗自赞叹,不禁吃惊地意识到,和尚看起来也是为了某种目的而上车的哩。他也是因为在寺庙中无法修持了,才来搭乘高铁旅行的吗?那么,这算不算另一种意义上的"探险者"呢?他就是幕后之人吗?这是一个未曾被探讨过的问题。但果真如此的话,也与阿辉们不是一个类别。然而,宗教的辉耀,是与车厢一个颜色的么?佛陀的三身,作为日常生活中具有形体的可感知存在,如果浑身长满了发霉鱼鳞或者流出脓水的癌细胞,那也是不能避免万一的吧?面对无处不在的诸般无常,佛就能够避免衰败变质吗?列车究竟能为修行带来怎样的便利呢?还是与期望的相反?刹那间,阿辉胸腹中猛烈地喷涌出一股作呕的快意。他觉得，自己没有出家，也是很好的，那样做太过麻烦拘谨了。

顿然，窗外飘舞起白色雾霭，是阵雨后的伴生景色。但并不曾下过任何一种雨。有竹林一样的黯黛色集群在哗啦啦迅猛闪耀。可能是南方风景。但雪山又卷云般骤至，半山腰有深棕色小型喇嘛庙隐没，坡后有孤烟徐徐升起。分不清黄昏抑或黎明的景致在交错驿动。至此时，仍与探险手册的描述吻合。有时，会看到卡通造型一般的土坷状动物在山麓行走，爪子拳拳的，舒展而平易，也有些像是剑齿虎的温和变种。大部分时间里，列车所经之地，均荒无人烟。沿途不见一个站台。传说中的卖烧鸡老者，以及售茶叶蛋妇女，俱不见踪影，也就闻不到让人流出口水的异香。到后来，连阿辉也已辨识不出，车窗外的世界，究竟是这个江山辽阔的伟大国家的哪一部分了。

面对这番扑朔迷离，谁也不再敢自称是合格的探险者。

七、世界

有时，路基旁掠过像是无线电发射塔的巨型钢筋架子，还有一座接一座的碉堡般混凝土废墟，边上裸露着气缸和传动器一样的笨重物件，魔兽般逶迤起伏，并有腐味逸出，通过未装玻璃的车窗灌满整个列车。是旧时代遗迹么？有时，一整天都在穿越漫长无光的隧道，也可以说是在大山深腹中持久行进，顽石皆十分狰狞寡味。探险者便去悉心体会当年铁路修建者的艰辛，不禁潸然泪下。工程兵白森森的骸骨早已化作灰色淤泥，失去控制的铜色树木便阴潮地沿时间的藤架疯长，直到遮天蔽日，了无止境，埋葬了人类的苦难和欢欣。隧道入口处岩石上刻着"×铁×局修建"字样，笔迹青涩，难以辨识，只使人对遥远的过去肃然起敬。

乘务员其实还是有的，但只是零星出没，穿着蓝质白章的制服大衣，戴着在潘家园旧货市场也已很难淘到的镶红边儿的呢制青色大檐帽，足蹬黑色闪亮的俄式高筒靴，挺胸昂头起劲走着。他们主要是餐车服务员，推着不锈钢小车，得意洋洋大踏步行进。天气冷，风又大，车上覆盖着厚厚棉被，并不干净。没有一次性饭盒和筷子，用的都是大号的绘有太阳麦穗图案的铝制餐具。旅客吃完就随手塞在椅下，等乘务员挨个回收，一只一只擎在手中，交叉重叠，摞得山高，壮观气派，硬座上的孩子们惊得合不拢嘴。乘务员大都肥胖如山猫，双耳垂肩，手长过膝，厉声呼唤"让让让"，四十五度前倾身子，奋力推动餐车轰隆隆碾来。一般认为，他们才是真正精通此世界的内部知情者。其实以前也有前辈探险者介绍经验说，如果紧紧跟随乘务员而去，就能走遍整个大千世界。阿辉试过一次，但很快发觉跟不上趟，因为乘务员活像神行太保，或者某种装了可伸缩钢芯轮子的机器，受作业程序控制，风儿一样来来去去，眨眼之间就不见了。所以阿辉很是怀疑，真有人走通了世界。这个时代啊，大家都在吹牛皮。但阿辉既然决意做一名勤勉尽职的探险者，他就希望还是要实事求是。水晶花不喜欢浮夸之人。

与探险者头脑中储存的知识能够互相印证的车厢，应该有无穷数目，但进入任何一节并不容易。传说中，有的探险者，在跨越两节车厢边界时忽然死亡，就像被黑洞的引潮力一把撕碎。然而这同样是令探险者兴奋之事，每一节车厢和每一个包房都充满悬念，哪怕潜藏着凶恶锋利的险厄。拉开锈蚀得一触即溃的门把手，迈过连接车厢与车厢的中间地带，步履悬空的一瞬间，真不知道接下来会发生什么,这十分危险,却也实在刺激!有的车厢安装了红外感应式自动门,但已经失灵,需要探险者用很大力气才能拉开,这时便"噗"的一声巨响,尘螨飞扬,像开启一座古墓,要提防里面或会射出针状暗器。

有一次,阿辉费了九牛二虎之力,在正午时分成功潜入一节车厢,发现此处竟已暮色苍茫。乘客大都笔直地坐着睡熟了。占据靠窗座席的,那是最好的位置,趴在小茶几上,人睡得无牵无挂,而有的家伙,独享整整一排椅子横躺着。边上还有乘客伫立,显然争不到位置,先占的也绝不谦让出。但还有几伙打扑克牌的,衣衫褴褛,欢愉或痛苦地尖叫着,不时把脓痰咯出,再伸出脚,用塑料凉鞋把它们搓得稀薄。地上则溢流着稠浊的屎尿,长得麻花一般的旅客们大口吮吸劣质香烟,谈笑风生,空气中迷雾阵阵,格外呛人。柏木地板上,烟蒂积了厚厚的好几层,都红着眼睛还在燃烧,烤得脚臭气砰然升腾,一股股糜集着争相钻入鼻道,直达肺底,使人愈不思睡眠。随眼可见的是花生壳、瓜子皮、果皮、空汽水瓶,还有涂满精液和经血的劣质手纸。有人躺在椅上,装晕车,不让座。还有人坐在自带的小马扎上打瞌睡,另外的人则把铅字报纸随地对铺开来,一屁股坐在上面,与旅途中新结识的伙伴聊得投机,通宵达旦亦无倦意。厕所里面当然也住满了人,拖家带口,在洗手池边搭建了临时厨房,热气腾腾烹煮自带上车的青蛙大腿。走道被背篓、打包的被褥和席地而坐的人们填成了货车车厢一般。这些生动的情形,使久居城市的探险者大长见识。

在一节车厢里,列车骤然变成双层。上承男人,下载女人,皆衣冠楚楚,花枝招展。阿辉见到,不时有表情轻佻、穿明黄色绸衣绸裤的中年男子摇摇晃晃走下扶梯,吃吃笑着把旗袍裹身的年轻女人一个个拽上去。女人刚开始还左一下右一下推搡抵触，后来就顺势倒入男人怀抱，咯咯嗔笑不停。男人便拉着女人，仔细选好座位，手心叠手心坐下来，有一口无一口嗑起葵花子，开讲低俗笑话，却暂时不做那事。阿辉看了啧啧称奇。但他没有时间久等，就又往前走了。

紧接着的一节车厢则空旷得像被榨干了汁水的萝卜，把外面纵横交错的原野阡陌映照得雪白透彻。季节随车厢不同，而纷纷流转。没有空调的污浊车厢里，坐着穿开花灰色大棉袄冻得瑟瑟发抖的旅客。这时候，开窗与不开窗都是两难选择。人们脸上，是连绝望也已经消失的神色，都是不说话的默众，肚子里冰箱般冷藏着五层包裹的故事，烂是烂不掉的，只是不告诉任何人。但一旦走过去，进入后面一节车厢，则立马汗流浃背，热浪滚滚，到了三伏天，食物都搁不住，窗户统统打开，人被八级大风吹得站不稳，要紧紧揪住行李架上的钢条，才不会如蝶翩飞。旅客脱得精光赤裸。有人中暑，仰脖子昏厥过去，还躺在地上船儿一般摇动。阿辉见此情势，也急忙解带宽衣。

有的车厢，只疑是万人坑一角，酱黑色的尸体，堆叠得两三米高，那模样像是中了瓦斯的矿工，尸身上渗出油汗，也一丝不挂，在没有腐败以前，保持了健美性感，是要运回故乡下葬的吧。一名流干眼泪的精瘦中年妇女，单薄旧衫下凸露出琵琶骨，手持醒龊白毛巾，就着一个盛水大红木盆，挺直腰板坐在尸堆中，挨个清洗它们。走在这里，就要蹑手蹑足，深一脚浅一脚，像蹚过草地、沼泽。但这还不是最有探险意趣的。阿辉还到过一节车厢，里面装满自残的乘客，肠子肚子流了一地，腥臭得让人心头苦涩，脚下又连连打滑，好像再也走不过去。据说是列车综合征患者，受不了封闭态的长途旅行，都发疯了，用水果刀和指甲钳绞开身子，以求解脱。生一节车厢，死一节车厢，就这么无穷交替。总之，列车上隐秘或公开的停尸房，探险者是不会错过任何一间的。

然后再度跨入暗夜，人们不打牌了，睡着的醒来了，精神头十足，却蜷缩着不敢稍动，因为，见着昏黄的灯影下，长得书生模样的车匪路霸，个个俊俏，皆戴无框眼镜，文静沉详，着装却破旧老套，手持利刃正在仔细搜身。百余乘客均配合默契，不作反抗。应该是凌晨三四点钟吧。不见乘警。阿辉的忽然出现，令匪徒们哑然失笑，停住手上动作，朝他徐步迎来。阿辉则根据探险手册的提示，从他们黑漆漆张开的胯下，锉身钻过去，再回头扮一个鬼脸，举起摄像机照上一照，对方极为羞怒却毫无办法。阿辉如此轻易逃过了匪徒的魔爪，这本是每一名探险者应该掌握的基本生存技能。

然后就摸入下一节车厢，听这里响起乐器的整齐奏鸣。是西域风味的。有冬不拉、弹拨尔、都塔尔、热瓦甫，以及像二胡一样的萨塔尔、艾捷克，还有手鼓和那格拉鼓，胡西塔马和苏尔奈，一种木唢呐。那么，这其实是一列西行列车吗？音乐虽然炽热如火，却也凄冷哀怨。至于扎嘎作响的列车，本身是一架尚未考证出名字的终极乐器，把和声加温至恰到好处。但并不见充当演员的微醉快乐旅客出场。车厢成了一个无人欣赏的共鸣大音箱，试图召回乐手们赤贫、开朗而风趣的灵魂。当然，也有其他类型的空无乘客的车厢，同样具有世俗艺术感。但在这里，长相仿若克隆体的乘务员数量骤然增多了，皆在迈克尔·杰克逊一般舞蹈着奋力擦地。一片窗明几净。阿辉小丑般跳着脚，上上下下躲避齐挥过来的拖把。乘务员穿着砖红色短裙，个个和蔼可亲，恭敬地向无人的座位添茶送水，托着针线包小药箱试图方便不存在的乘客。在阿辉记忆中,只有进京列车才是这种样子的,或可称作"文明列车"或"和谐列车"。但车厢里面,却又布满峥嵘岩画,仿若创作于史前,以及长乳房的、轻浮荡漾的红色剪纸小人儿。这一切让阿辉产生了淡微的眩晕。在这里,探险者再次获得了在城市中得不到的满足。往昔的烦恼苦闷,再也不值一提。

有一次,刚进入一节车厢,感觉火车停下了,滔滔风景兀然断流,一切困顿在体量无疆的山坳里。断水,不得下人。路基疑被山洪冲毁。阿辉隐约见着车外出现了抢修人员,一律穿着上好的黑色西服,手拿微型步话机,但形象是飘忽的,似可在空中飕飕腾飞。他们身边,有脖子扎着白色毛巾、身穿蓝色对襟棉袄的民兵一样人物,正在呼哧喘气大步巡逻。忽然有飞机声音由远而近,听得出是螺旋桨轰鸣,又有炸弹高高低低一路响开。一位旅客吓得手中竖排的报纸掉落,阿辉瞥眼看见,上面印有年代地点:一九五〇年十一月,葛剑岭……后面的字词缺失了,如同大部分逝去的岁月,在车厢中断断续续,有的干脆形成空白,仅靠自然记忆是无法补续上的。这让探险者百思不得其解。

有一节车厢,布置成肃然正气的大会议厅。没有普通乘客,仅有一个高大敦厚的身影,正倚窗举着一支香烟,女子般美妙地沉思。这正是一位贵宾乘客。久已消失的神圣感,在阿辉心间复现。他擦擦眼角,把摄像机握紧。又见这里布置了许多机械器具,可能是这位贵宾的玩物,有自鸣钟、上发条的鸭子、卡片穿孔机和本生灯等。旁边有一位秘书或警卫模样的年轻男人时隐时现,穿中山装或列宁装。高大的、男人女相的贵宾乘客缓缓侧过脸,眯缝着眼睛俯视了阿辉一下,似要艰难地对他说点什么,但只看见他嘴唇在动,话却一句也听不清。然而阿辉感到,他好像在说,他被困在了这里,出不去了,其他车厢的事他都不知道,因此连他也是无奈的呢,但他的痛苦又有谁知道呢?阿辉看到,对面那张长满老人斑的宽脸上挂了一行清泪,一声沉重的叹息传来。阿辉不忍目睹,从他身边快步掠过去,待回头再看,见那人身后的几排座椅上,坐满奇形怪状的士兵,都穿秦汉时代盔甲,如果不是有人的眼神略微一动,还以为是兵马俑呢。但其实,形象只近于一堆雾罩,聚不成形,鬼气充盈。他们是贵宾乘客重新召回的御林军吧。不是来自空间的,因为各地的诸侯都已坐大自立,故只能从时间的路径上勤王。阿辉感慨不已,不知道怎样才能把这样的一些镜头拍摄好。

但是,这还不是最令探险者惊奇的。有一次,阿辉看到一节车厢里坐着四五十个魔鬼一样的生物,个子不高,围着一堆柴火取暖。他屏住呼吸经过他们,闭眼不敢看,只嗅到了浓烈的恶臭体息。过后才想起,幼时在自然博物馆中,见过他们的复原模型。是元谋猿人。阿辉见着其中有长得像自己的家伙。

哈哈,真有意思。得把这些发现告诉水晶花。但一直没有见着外国人,这一点确信无疑。从古至今,在一列火车上共处的鬼魂与活人,都见到了。但奇怪的是——没有外国人。

八、时间与生命

阿辉又走回到八号车厢。这次他看见,一些茧好像破裂了,从隙口中爬出不少飞虫,一接触空气就变得十分活跃,在旅客头颅四周,无人机一般飞舞,但并不俯冲而下,只形成潜在威慑。它们逐渐陷车厢于苍茫云雾,对面看不清人脸了。无疑,阿辉降生的时代,无非是注定要与异种生物共处的暧昧岁月。那么,外国人是否统统已变成了其他物种,而人皆不识了呢?他们是会用普通乘客不懂得的高超生物工程手段改造自己吧。

"兄弟,你满头大汗,拿着个破摄像机,天天跑来跑去,发现什么了,不累吗?"

包厢里的年轻男乘客显然早已注意到了阿辉的怪异行为,显露出很好奇的样子对他说话,一边把可口可乐瓶子阳具一样深深插进咽喉。

"哦,还行。"阿辉答道。他担心被看出真实身份。

"认识一下吧。你贵姓?"

"我姓周,周阿辉。"

"我姓巫。我是写诗的。"其貌不扬的年轻人扶了扶眼镜,心高气傲地说。

"哦,诗人呀……那么,你对这趟列车上的异常事件有何看法呢?"阿辉做出讨教的样子问。的确,他很累了,不想说话,但既然做了探险者,那就无论如何也要坚持下去,不放过任何一个探究真相的机会。他还要以水晶花为榜样呢。她给了他力量。

"你不会竟一直以为这还是正常的火车吧。"诗人哼哧。

"你说什么?大家不都装作是这样吗。"

阿辉这话说得有些直硬,他颇后悔,诗人却不以为然地笑了,舞起袖子擦了一把虚汗,又咕嘟灌进一大口饮料,肠子深处呃儿一声,歪头九十度打量阿辉,就像一个早产婴儿。而在一侧,穿迷彩服的老者周身一震,随即鸟似的频频点头,把眼屎震落得满膝都是,心里有数地看看腕上的"上海"牌手表,说:

"二十五点了。"

"二十五点了!"下铺的女乘客不知多少次地破声呼应,心烦意乱的样子,"时间越走越快,让人头脑麻酥酥的,跟不上趟啦,也来不及啦。"对于乘客们来讲,大部分时间过得沉闷,因此大家只好都无话找话。这是火车旅行的一个鲜明特征,探险手册上已作过详细说明。

"但我们还没有停靠一个站呀。"阿辉毕竟年少气盛,忍不住,向他们指出。

"……哦,方便面很好吃啊,是海鲜味的,还有牛肉味的呢。"老头儿嘻嘻作笑,好像要转移大家注意力似的,把手表撸下来,置于落满烂碎头发的枕头,然后又戴上,又取下,又戴上,如是反复。阿辉不由得想起,和尚大概还没能吃上面条。这老头儿却仿佛把什么都不当一回事,太过分了。

"奔向未来的火车,全速发动着,前面不知道是什么站,火车却被卸掉了刹车。"老人捋着胡子说。

"不。还是方向问题吧?"

说完这个,诗人冲老人做了一个鬼脸,向下弯曲着两片嘴角涎笑了。老人绷紧鳄鱼似的额头,没好气哼了一声。女人则厌恶地不搭理他们。戴眼镜的年轻男人清清嗓子眼,做出一副卖弄的样子,又挑战般对同龄的阿辉说:

"每天都看着你往别的车厢走。你以为你是谁啊?就你发现异常现象了?很得意么?火车上这种事儿,完全是我们的内政,连联合国也管不着哩。"

可怜,竟还提到联合国。安理会中难道还保留着谁的席位吗?这可是在奔驰的列车上。那么,是不是应该向他们声明,自己是一名探险者呢?但话到嘴边,阿辉还是强忍住了。怎么能跟普通乘客一般见识呢。按照探险手册的规定,他不能随便披露身份。

"嗨,这也总比翻车要好哇。车翻了后,重上轨道就不可能了。"老人用尽浑身力气挺挺蜂腰,把不合体的迷彩服撑满一些,用伪装出来的权威声音,持重而警觉地打断年轻人,"连脱轨的可能性也没有,还担心会有其他什么可能性呢?可笑。"

"难道这车就没有人,想要弄清我们究竟为什么会这样吗?"阿辉同情大家,嘟哝一句。这些人都未能去到其他车厢看看。他们要是看了就不会这么站着说话不腰疼了。对于普通乘客而言,坐高铁旅行本身并没有什么稀奇,但他们却很难从中感受到奇迹,这就不能不说是一件遗憾的事情了。然而就在这时,阿辉一下意识到:虽然身为探险者,但自己不也是应该被划入受同情的行列吗?他走过了那么多的车厢,最后又回到了出发原点,对于列车上究竟发生了什么,何曾弄清楚了呢?他不由地觉得很没有面子。

"弄清楚了也解决不了问题——我的问题。"下铺化妆的女人受到打搅,翻起眼,用抗议的语调说。但阿辉以为,她这样做是为了吸引男人的注目。

果然,女人接着又产后母鸡似的咕咕啼笑一阵,却不再是对着阿辉,三流夜总会演出一般用东北方言欢唱道:"呵呵,时代的列车轰隆隆往前开,我们坐在车上,经过的也许不过是几条熟悉的街衢,可是在漫天的火光中也自惊心动魄。"

这调调似曾相闻,但从长得像是秧鸡的女乘客嘴中说出,就像极了一种过时的东北二人转,却又不同于孩子们的掌灯节目。阿辉又有些来情绪了,忘记了盘陀路制造的烦恼,像是快要找到答案,赶忙掏出探险日志用钢笔飞快记下,又认真问:

"请问,你的问题是什么呢?"

她就哭诉:"我去看男朋友。他得了血吸虫病。这是一种绝症。人说五十年后会找到根治办法。但现在是什么岁月啊!我连火车票都买不到。城市被垃圾覆盖了,瘫痪了。水、电、气都停了。所有人都在逃难。车票空前紧张。我无奈之下找到一个黄牛,他对我说,陪他睡三个晚上,就帮忙弄张车票。我一个无权无势的女人,能有什么办法呢?就照他说的做了,也就三个晚上吧……这才挤上了这趟车。你们说我的命苦不苦啊?但我的心上人又在哪里呢?他知道我为他付出的这一切吗?但我都不晓得火车开到哪里了。火车好像早开过了五十年,进入遥不可期的未来了。你们这些讨厌鬼是不是都在盼望我快些变成黄脸婆啊?你们这些臭男人是不是都在期待我的男朋友早早死啊?"

她又恶狠狠使蛮力照镜子,层积的脂粉下面映透出由毛细血管织就的青色蛛网,冷清而死寂。诗人用力看着,像是心动了,布满血丝的眼睛在镜片后面快速回转,说:"你,还有男朋友。我却被女朋友甩啦。她实际得很哟,嫌弃我没钱,写诗换不来一平方米的住宅。她找了个搞地产的。这世道,修房子最吃香了。我连一处蜗居也买不起,就只好住火车上。这是一座移动危楼,破是破了点,却是廉价出租的,好歹让我有了栖身之地,而且也不用担心飞机失事了。认识你真是三生有幸。"

说罢,他因为女人刚才的唱叨,来了灵感,即兴吟出一首新诗:

火车攫住轨,在黑夜里奔:
过山,过水,过陈死人的坟。

诗人得意地念一句,便偷眼瞧一眼女人。老人像有些嫉妒,阴阳怪气地训导:"孩子,生命就是一列火车,日夜奔忙。不同的是,生命有终点——死亡。但对于火车来说,却是不打紧的。连翻车的那一天也看不到。因此,作为一个过来人我要讲,你要习惯它。我们同病相怜，谁能占谁的便宜呢？自爱些吧。自重些吧。再说这也不是我们的错。要想火车跑得快，全凭车头带。可是车头在哪里呢？你们自己又不能去做车头，因为你们太年轻，不知道哪个时候该刹车，哪个时候该提速。不要再想入非非了。"

阿辉这才意识到，是啊，究竟有没有车头？的确没有一个探险者说起，谁曾光顾了车头。那似是一个无法抵达的艰难处所。大家走过的全都是车厢，从一个车厢绕到另一个车厢，来来往往都在车厢中穿梭，末了回到原点。这是探险者心中的隐痛，谁也不愿明说，大家都强撑着，却没有想到，被一名普通乘客道出了。

他顿然憋闷，心中不禁同时对三位旅客充满厌恶与仇恨这两种相形而生的情绪。

九、水晶花

本次列车上大约活动着五十多名探险者。与普通乘客不同，周阿辉他们自命为"不明列车现象（UTP）民间调查员"，每人深入一个专业领域。比如打字员水晶花研究的课题，在现代物理学上，可称作"封闭的连续性论证"。对此，水晶花解释说，火车车厢就是无限的可能世界，本身又弯曲成一个闭合宇宙。这不是想象出来的，而是一种物理真实。

"听上去，不像是中国人能够造出的火车嘛，以我们目前的工业基础和技术水平。"有时，阿辉会这样半是奚落半是提醒地告诫水晶花。但他其实从来没有真的嘲笑过她。她是他的偶像。

"你这么没志气呀。你甚至可以认为它不是人类制造出来的。"水晶花回敬道,"但它难道就是外星人造出来的吗?可偏偏是辉哥你被选中做了乘客中的探险者,你还不觉得是中了头奖?但话又说回来,蒸汽-原子时代本身有可能是一个阴谋。"

蒸汽-原子时代,这是一个刚刚被命名、正在经历它的开创期的新时代,一眼看上去辉煌灿烂,云蒸霞蔚,却还不够稳定。在黑暗的中世纪结束之后,它忽然生机勃勃、晃晃悠悠地莅临,令亿万民众脸膛上漾起向往的神光,有一阵子,大家为此甚至还手舞足蹈,集合起来,纷纷喊着口号上街游行庆祝。生活于这个时代的办公室职员水晶花,却识破了此中的虚妄,于是成了一位真正值得敬佩的传奇女子,既聪明又勇敢,执着地做了一名探险者,要凭借自己掌握的知识去刺穿假象的迷雾,终要还原事实真相。团体中有不少男人暗恋她,其中也包括了周阿辉。

据说水晶花的研究是所有人中最尖端的,也是难度最大的。连探险手册也无法解释,为什么在同一列火车上,像是来自不同时代的人物,会同时生活在不同的车厢里面,甚至紧紧毗邻的两个包厢,其中的情况,从现象学上观察,也明显区分出了不同时代。明明是异类,都纠集在一起。难受莫过于此。那么,时间的包线究竟在暗示什么?它是怎么形成的?火车相对于路基,车厢相对于车厢,既然互为参考系,却无法产生相干性,这又是出于何种原因?探险者无法把列车一路走通,总是回到出发原点,好像有一道看不见的屏障在关键时刻挡住了他们,这又是哪样机制在起作用?与电磁场的异常有关吗?与量子的涨落有联系吗?为什么每节车厢从细节上都不可重复,但它们的格局又颇为一致?当然可以说这趟列车具有无限性,所以探险者进入列车之后,彼此就再难相遇,简直相当于两颗恒星在宇宙中相撞的概率,但这岂不是表明客观事物超出了探险者的认知能力?不管怎样,探险者无论多么强悍,首先也是属于乘客的集合,而乘客,说到底,是一种不曾启封的货物,始终处于运输环节中,他们是有极大局限性的。那么,这又是由什么力量决定的?总之,火车本身便相当于一个终极问题。它难道是宇宙的化身吗?

然而,不管有多大困难,天真烂漫而一往无前的水晶花,壮志凌云、锲而不舍地追逐事物的真相。她在手摇电话上接上传真机,给阿辉胳膊上安装的下载器发来了一些她收集的最新列车时刻表。这些表格是多么的令人心花怒放,阿辉以前都不曾见过。有的充满了巨大的空间计量,包括使用光年这样的距离单位;有的在时间的维度上漫漫无期,犹如没有尽头的汹涌大河,乃至于要用指数形式来表示,意味着十的后面要跟无数多个零;有的站名从不曾听说过,或是无法予以明确认定,在即时变化之中就会自动生成域名,音节之多,难以用现代人的发音器官读出,仿佛是基于印加人部落的某种古老方言;如此等等。

水晶花把一台电动计算机带上火车,昼夜不歇忙着破译时刻表上的这些信息。有倾慕她的探险队员打听到,据说在她选定常住的一百二十八号车厢里,打印出来的数据纸带堆积如山,这也令作为她旅伴的普通乘客颇为烦恼,不满意这女人干扰了他们的正常休息。水晶花却连一条纸带也不愿扔掉,因为说不定某一个数字里面就隐藏着破解列车之谜的线索。据说由于缺乏睡眠,青春美丽的女人也一天天在纸山中憔悴了下去,这让阿辉一想起来就无比心疼。前些时候听说美国人已发明了图形显示设备,却作为高技术产品限制对我国出口。这便是列车上没有外国人的一个理由么?如果使用图形显示设备,那倒是可以让水晶花的工作轻松一些。

"普通乘客目前还不能像探险者那样去串车厢。他们若要进入其他车厢,就必须在一个公式下完成转换,不,不是洛伦兹转换,而是全新的公式,目前仅仅推导出了三分之一。它不仅描述了物质运动同时性的相对性,也包含了同时性的绝对性——对这一点,我们长期以来认识不清,甚至忽视了。这个公式一旦建立,我们生来就依附的那个简陋的、存在着严重缺陷的当代时空框架就会坍塌。于是运行中的火车就将使世界重新产生出意义。"水晶花顽固而矜持地捍卫自己的信念,使周阿辉常常感动得泪流满面。

"晶晶,我理解你说的转换。"阿辉说,"但是……"

"辉哥,难道你就不想打通每一节车厢,让每一位乘客自由来去和相聚,使列车重新连贯为一个整体吗?这样多好啊,人人都成为事件的参与者,而不是旁观者。这样,列车就会回归为一趟正常的高铁——时代本应是这样子的。到那时我们才可以圆满结束这次探险,放心下车,各回各家,男人踏踏实实到单位上班,女人稳稳当当在家看孩子。再轰轰烈烈的使命,也总得有止息的一天,是吧?披荆斩棘和冲破逆折之后,最终要回到逸适平淡,过上舒心安定的日子。除了快乐和健康,其实我们其他什么都不要。我们劳心费神做的一切不就是为了这个吗?"

这就是水晶花与一般探险者不同之处。根据探险手册的描述,探险者登上列车,最终目的,是为了寻找比时间和空间更深的东西——一种本身在时间和空间里没有位置的东西,这样才能从根本上认识和把握这个世界。但这样的目标显得过于艰深庞大,许多探险者受此引导,最后变成为探险而探险,已经不知道一旦找到列车的答案后,要用它做什么。但水晶花却有自己的想法,她要让一切归原于简易,只要"快乐和健康"!这是十分朴实单纯的理念,却从来没有别人提出过。难道水晶花竟对探险手册规定的目标产生了怀疑吗？她认为那是不可能达到的吗？或者，她觉得即便找到了答案，如果不能和大家的日常生活发生关系，不也就是那么一回事吗？阿辉进一步觉察到，水晶花的内心深处，大概蠢蠢欲动着针对探险手册的反叛。她试图让人成为列车事件的参与者，而手册却不允许对火车作出修改，规定探险者只应该作为观察者而存在。但水晶花，她是水晶花啊！

据说这女人为了探究真相，是狠心抛弃了男朋友才上车的。那个男人长得帅，又有钱，在城市里做一份体面的工作。他失恋后，就在水晶花乘坐的这列高铁通过的地方卧轨自杀了。水晶花与阿辉包厢里那个照镜子的女人是多么不同啊。这就是人生的境界问题吧。阿辉觉得，能在列车上遇到水晶花，已是物超所值。他常常在脑海中构想她的长相，有时觉得她像是一名轮廓分明、肌肉紧凑、让人目不暇接的芭蕾舞《天鹅湖》演员，充满好奇心而智力超群，对事业深怀挚爱，在紧身衣的裸露处，晶光耀眼的锁骨、腿骨和耻骨，无不洋溢着年轻的性感，令整个列车蓬荜生辉。

十、记忆之旅

由前辈队员拟定的世界探险手册之列车分册，强调的并不是打通火车，而是倾向于把车厢和包厢简化为一个一个的记忆模块，每个模块储存的信息各不相同，但又互有联系。由它们组成的整列火车则是一个较大的记忆模块，但它也只不过是更大记忆模块的一个部分，也就是说在无尽时空中还有一套完整的记忆系统。在局部记忆的单元与单元之间，往往就会因为信息交流的热烈频繁，而在比特的海洋中诞生原始生命，或人们通常提到的普通乘客。但世界上任何一个乘客都不能自为载体。这就需要有辅助性旅行工具。火车便是一种由记忆直接结构固化而成的旅行工具，如原子和星系一样，在宇宙中是普遍存在的，并无任何的特殊性。这样一种描述实际上否认了水晶花提到的"正常生活"。它认为一切发生在列车上。

探险者也把包裹记忆的外在刚体假想为"容器世界"，这是一种很难准确界定性质的非永久性存在，类似于某种介质体。经考证，列车的某些部位已经十分古老，在剥蚀过程中遗失了细节，于是，茧这样的冗余物便入侵了。有的版本的探险手册也因此强调，探险者进入的是一座"废墟大脑"，其神经回路表露出异常性，细胞受到电子病原体的干扰，危情随时发生，险厄无处不在。然而，同时又发现，崭新的元素偶尔会在车厢的一些角落呈现，带来突变的惊喜。因此，据说大概每过一千年，探险者中就会出现像水晶花这样的异数，试图去改变列车的既定运行姿态。打通车厢的努力也就死灰复燃了。

阿辉也曾被告知，此前就曾有人试图通过实验手段，把车厢和各个铺位、座席——实际上，它们有可能统统是割裂的、错乱的或正在死去的神经元和脑细胞，重新贯通联结在一起，使之复活。这或会一举获得一个全新的世界。但阿辉和大多数探险者最终还是认为这只是口头说说罢了，要实际做到，比登天还难。因为根据探险手册的描述，各个车厢其实并没有真的死去，它们是一具具带有生命特征的躯体，已被安装了复杂的传感系统，根据测知到的温度、力、电磁和多普勒效应，可以自动对外界干扰作出应变，从而保持列车运行的相对稳定和有序。这是在微观层次上对多重宇宙失控后的一种补偿。因此即便会有变化，那也只能由内部产生，探险者无法从外界入侵或强行施加。只有水晶花这样的女人，才会异想天开提出要让每个人都成为事件的参与者，干涉列车的进程。

当然了,探险手册并不禁止从宏观上做一些理论探索,以便更好理解当前的困境。这里需要提到的是詹天佑猜想。詹天佑是我国第一条铁路的设计者,他认为,一切之所以成为今天这样,是因为蒸汽机车出现得太早了,并且迅速升级成原子驱动方式,这就打乱了宇宙的编程,使其不能产生正常的时空序列。而根据闵可夫斯基可公度表,火车其实应该在两百万年后才会被太阳系外某个行星文明发明。因此,由于地球上错误地出现了火车,在代达罗斯点上,多重宇宙的一个基极耦可能就被破坏了,这样一来,一些重要事件就被不恰当地放大和提前了,包括著名的银河铁道九九九号列车的提速时间表也遭到了不可逆转的更改——那其实是发生在十一维时空中的事件,涉及弦牵引力驱动。总之,火车的进化快过了生命的进化。如何处理因工业革命的提前到来而导致的混乱和失控?这个过程已然导致了什么样的变异?这是一个重大、复杂而敏感的问题,是司机、乘客和探险者都解答和处置不了的。

那么,又怎么看待那些掌灯的孩子呢?这一点在探险手册上没有作详细说明。但不用深入考察就可以直观感知到,他们同样不是普通乘客,无票乘车几乎是肯定的了。但他们并不属于人类中的探险者序列,因此,可能是由于另外某种未知力量的安排,而巧妙布置在车厢里的特殊机关,以形成更大型实验的一种回路吧。但探险者们对此一直颇感陌生,不清楚其具体的工作原理,不了解那种神秘未知力量的来历。它带来悚然的悬念,或可致使探险在中途变味,无疾而终。孩子们手中的灯具看上去十分简单,其实并不简单,那才是改变世界的真正枢要吗?

由于这些问题驱之不去,阿辉是替水晶花担心的,他怕她考虑问题过于实在，把自己置于大家的对立面，陷入非常的困境。须知人是复杂的，即便探险队员，常常也有心计。这种忧虑像浊风一样拂过阿辉心胸时，他立即感受到了一种自慰似的颤抖，令他在伤怀中喜不自禁。

十一、展品

不知又过了多长时间，有一个消息开始在探险者中流传，那就是大家最终怕是没有机会下车了，再也不能返回出发的城市了。这对水晶花的设想构成了直接挑战。

一个名叫秋菊的少女探险者偶然打开了一节由大理石地板、黄铜自动饮水器、桃花心木的洗手间和手绘瓷砖构筑成的无人车厢，此间空气稀薄并气温严寒，之前从来没有探险者到达。秋菊在这里发现了几十枚巴掌大的圆形磁石，有明显智慧生物加工痕迹，阳面上刻有数十个符号或暗码。这刺激了探险者的好奇心。随后，秋菊便也像水晶花那样，用计算机做了一番复杂演算，最终推断出人们登上的根本不是一列火车，而是一个博物馆。确切来讲，是一个在人工智能控制下，严格按程序运行的机动博物馆。每节车厢相当于一个展厅。它根据电子编程一路上收集各种展品，并用奇异的不明现象吸引人们从各地上车，然后把大家也变成展品的一部分，再以此去诱惑更多乘客。

这在探险者中引起舆论哗然。一些人质疑秋菊的思路是否正确或正常，怀疑她被传染上了列车综合征。但计算机提供的结论却是那么的客观简洁，逻辑严密，难以被推翻。若说到计算机的发明，那甚至比火车还要早许多年，最早可追溯到公元前一世纪的安蒂基西拉机器，它是在希腊罗得斯岛斯多葛学派哲学家波塞多尼欧斯创建的学校中制造的。令人惊异的是,该机器能够以纯数学的形式,超越人类的日常经验,模拟宇宙的运行,把据说是真理的结论不分青红皂白活生生置于眼前。但对于这西方的舶来品,一般人看不懂也无法想象,直斥之为巫术。只有探险者普遍接受了计算机,对于机器做出的结论,无话可说。进一步的推论表明,博物馆建立在一台超级计算机的基础之上,它不仅仅是收集文物,而且还利用既存的信息,把历史上死去的居民复活,这实际上把列车记忆系统与思维模拟系统合二为一了。这些再生的古人,被分置于各个车厢或展厅,最终形成一个闭合时空链。这正是阿辉穿越列车时,看到的情形。

但还有一个不太好解释的地方,那就是博物馆为什么要在铁轨上机动呢?秋菊提出了假说:首先,这是博物馆,它的目的是利用其丰富的藏品,尽可能多地汇聚民族智慧——当然是那些古老的、经过历史考验的智慧,以此来抗击外部敌人的入侵;其次,它的奇妙之处就在于可以通过高速运动,让敌人难以搜索到目标,避免一下子被直接命中,从而逃过第一次打击。这是像城市这样的固定目标根本做不到的。这样就能幸存下来,然后,便可以从列车上组织有效的二次反击了。这并不稀奇古怪,只是蒸汽—原子时代的典型战略。

但是,要反击的敌人究竟是谁呢?

某些情况下,敌人总适宜于虚拟。

是的,敌人。这个在悠久的时间长河中似曾听闻的字眼,在此时重新呈现,在列车上引起骚动,亦令阿辉暗暗齿冷。

敌人是虚拟的吗?还是实际存在的?

围绕这个,发生了争论,探险者团队内部吵得脸红脖子粗,最后竟然分裂了,反目为仇。

水晶花对秋菊深怀嫉妒，并对自己的地位有了危机感。她纠集了一批人反对秋菊。阿辉坚定地站在水晶花的一边。

不管怎样，随着探险的深入，诸如此类的隐秘事实被发现，越来越多的古怪猜想也被提了出来，亦令阿辉不时在恐惧中感到亢奋。虽然博物馆、废墟、古墓一类，本身是探险手册上同等重要、不可缺省的项目，但是没有想到，连独立而倨傲的探险者也在不知不觉中成为了展品一类的东西，将永远与列车一道运行，丧失其本来的目的，那是多么的让人不安而雀跃呀。今后在对探险手册进行修改时或许应该注明：任何一种探险都不能在对象内部进行。然而这样一来，探险就完完全全地变质了。对此，大家还能达成一致的意见么？到了这时，原本雄心勃勃的阿辉也只能走一步看一步了。

十二、欧洲

这天下午，原野上出现了无数巨型烟囱，蓝宝石般的天空中倒长出一片葱郁森林，其茂密的根须在大气层中水母般摇曳，悠然向下喷吐出大团的紫色火舌和金色浓烟。有许多银白色充氮飞艇腆着肥胖肚子，绅士般从烟云的河道中缓缓漂流。在它们下面，有一列不同样式的蒸汽火车正在徐徐奔驰，车身上印着俄文字符。

传说中的外国人似乎终于现身了。乘客和探险者围聚在车窗边入神观看。阿辉激动地举起摄像机。

根据此前的知识积累，结合景观，阿辉猜测，他们乘坐的这趟列车业已离开国境，穿越西伯利亚，不知不觉中经过了著名的叶卡捷琳堡车站，进入欧洲腹地，只见城市化运动在这里早已星火燎原。不久,果然出现了车身印有花体德文的列车,开得小心谨慎,车头涂画着威廉二世时代的经典教堂图案,汽笛奏响贝多芬的《命运》交响曲。与之竞相辉映的是更多的印着法文、意大利文和英文的列车,同样祭出了面向新大陆试运营的架势。这些陌生的异邦列车中的一些有时也会恰好朝着阿辉乘坐的列车接近,并在复线上完成瞬间错车,此时便能看见对面车厢中的旅客。他们依然是人类传统面目,生活简单枯燥,无非聊天、打牌,但不吃方便面而吃夹肉面包。金发碧眼的乘客见了阿辉他们,也很惊奇,招手致意。这是工业革命以来,刚刚进入蒸汽-原子时代的中国人,第一次与西方人在世界上相遇。他们都不清楚对方乘坐列车旅行的目的。

这会带来什么后果呢?阿辉吃力思索,直至浑身被汗水湿透。他很少紧张成这样。

从时间包线上来讲,人类似乎正集体向着温情脉脉的十九世纪世界中心——欧罗巴进发,来到火车的起源地。这就好像当初他们在非洲大陆发轫。历史在试图重新找到准确的出发原点,并扩充其含金量。最开始,一切是温情脉脉的,充满向上的普适理想。来自东方的乘客们这才亲眼看到,英国工程师史蒂芬森在一八一四年发明并制造了世界上第一台能够使用的蒸汽机车,随后他的儿子研发出的"火箭"号,则成了第一辆初具现代基本构造特征的蒸汽机车,时速达到五十六公里。又见到了瓦特——是的,这也是一位英国绅士,他在一七六五年到一七九〇年之间,发明了一系列惊世骇俗的玩意儿,包括分离式冷凝器、汽缸外设绝热层、用油润滑的活塞、行星式齿轮、平行运动连杆机构、离心式调速器、节气阀和压力计等,使蒸汽机的效率提高到纽科门机的三倍多,最终研制出现代意义的蒸汽机,为火车时代的正式到来奠定了基础。后来，著名电影导演谢晋在他一九九七年的鸿篇巨制《鸦片战争》中，特意安排了英国维多利亚女王为新式火车剪彩的镜头，作为与封建农业大国的中国（当时以国民生产总值来讲仍是世界第一大国）的鲜明比照。正是在这一点上，艺术家流露出了他潜意识中的趣味。从上述镜头中，阿辉不也真切体会到了谢晋老人内心泛滥的对于火车的复杂情绪吗？那么，谢导其实是一名隐藏了真实身份、悄悄在体制内活动的探险者吗？只能说火车创造了现代世界，也最终把现代世界联系了起来。然而，根据詹天佑的猜想，这一幕本该为两百万年后才会在宇宙中出现。谁对谁错呢？因此从另一层意义上讲，又是提前到来的火车分裂了现代世界，制造了人类与人类、国家与国家、民族与民族之间的仇恨与隔绝，因为大家都还没有准备好，有许多地方出了问题，简单来讲，就是由于接待火车的条件太差了。谢晋老人于二十世纪末，来到曾经的宿敌英国，以影像方式重构了十八世纪的火车，但他却从来没有能够理解火车为什么会产生。作为一名食水稻长大的浙江艺术家，他难以回答为什么史蒂芬森和瓦特他们要苦心孤诣打造出这样的一种超有机体——准确来讲是不可能自行诞生在东方的神器。

在接下来的旅行中，阿辉看到来自不同国家的不同车型的列车交错而过，风驰电掣，龙腾虎跃，而并没有发生让人担心的撞车或追尾事故。列车似乎带来了世界的多元与和谐，这与不少探险者关于敌人的想象并不一样。只见这些列车，它们中有的烧煤炭，是喷射浓烟的蒸汽机车；有的烧汽油或柴油，是不会吐出多少烟圈的内燃机车；也有的车顶支着两根辫子似的电线，那是中规中矩的电力机车；而在远方的雪山之麓，以接近螺旋桨飞机的速度，一条红色的细线在疾行——这应该就是利用液态氮冷却高温超导技术的磁浮列车了，一种被赋予了空前神奇能量的无畏级蜈蚣。当然，还有一种列车，阿辉闻所未闻，它行驶在一种全新的轨道上，这种轨道由两块侧壁组成，中间填充着绒毛般的材料，该材料具有与鹅绒毛同样的弹性。由于火车只有在高速行驶时才能滑动在这些绒毛轨道上，所以它也配有一种可以伸缩的轮子，在启动或停止时能够支撑住整个车厢。乘坐这种火车的感觉就像坐在平底雪橇上。这是未来世界的列车，现在正处于试运行阶段。而大多数的列车呢，跟阿辉所搭乘的一样，是普普通通的原子能聚变列车，在核火的驱动下行进……

阿辉正在看着、拍着，不意诗人走了过来，怀中斜抱一瓶可口可乐，醉醺醺地自言自语："别看环球各地这么多的火车，如今可都是咱们国家生产的、出口的。山寨的又怎么样？不是一样讨得了普天下的欢心嘛。欧元美钞早已贬值。国际铁路联合会对价格最为敏感，提出只采购最便宜的火车，价格是第一考虑。在谈判时他们甚至说，先确定价格，再协商质量。环顾全球，只有我国能给他们便宜货。所以大家笑说，西方市场没有最低价，只有更低价。这是一个没有底线的世界，它被更加没有底线的我们全面占领，叫作收复失地也可以哟，报了一百多年前的一箭之仇。所以，在一个长满溃疡的体系上，一切变得和谐了，这才有了诗歌复兴的基础哪，你看啊，所有呜呜叫的列车都是廉价诗人！地球将被诗句般的铁轨一行行铺满，不留一丝儿缝隙。高铁是为了写诗而造出来的。这是它的唯一价值。狗屁混账的地产商们，今后这世界上不再会有你们的位置！"

失恋的诗人仿佛在一种堕落感中找回了自我，浪声大笑，把口中的黑色可乐像鲜血似的喷了一地。阿辉惊诧莫名，无可置信张着大嘴，鱼一样快速吐气。他又想到谢晋导演，不禁为他哀怜。但他思忖，不管怎样，不同国家的列车，最终都采取了相同的型制，没有谁别出心裁。而所有的列车都真实地具有了内禀的生命，乘客则成了车厢内的完美寄生者。世界比料想的要丰富多彩得多，却又遵循同样的进化规律，毫无例外可讲。然而，他却感到了一种躲藏在假象后面的阴谋感。他深知那些列车是完全不同的，是他永远无法理解的。他便怅惘起来。

十三、火车迷

"你为什么选择火车？"有一天，穿迷彩服的老人忽然向阿辉提出这样的问题。

"坐飞机太贵，浪费时间，坐火车高效、方便、经济而安全。"阿辉按照探险手册给出的口径，不露破绽地回答。理论上是这样的，但其实已并非如此。他想，自己也是被火车选择的。

"没有想象力的答案。大多数国人的苍白想法。"老人朝阿辉挤挤眼，"其实我早看出你不是普通旅客。"他没有直接说阿辉在撒谎，为他留了面子。

"那你说是为什么呢？"阿辉暗自吃惊，警惕地注视老人。

"火车肮脏不堪，却具有最大的隐蔽性，像防空洞一样，是国人最常用的长途交通工具，也是浩劫后的首选。"

老人得意地哗哗抖动身子，配有许多口袋的迷彩服犹如大风中的桦树一阵阵闪耀。直到这个时候阿辉才意识到这也或许不是一位普通乘客，于是打起精神来，问：

"浩劫？什么浩劫？"

"你天天都在研究，难道还不知道么？"老人狡黠地说。

"我不知道啊……"他眼前出现了废墟的景象。是发生在历史上的某次浩劫么？列车之前已经见证了灾难？探险手册上关于这方面的描述，却是一片空白，讳莫如深。

"敌人一直想要搞垮我们，不，灭绝我们。"

"敌人不是虚拟的吗？现在不是开始了和谐世界吗？"

"不，敌人是最真实的存在。你不要相信那些呓语，说什么敌人已经不行了，垮掉了烂掉了，敌人有求于我们啊什么的。敌人永远清醒着，依然强大。"

"那你是因为这个，才选择上火车的吗？"

"我选择火车，可不是为了逃跑。我怎么会害怕敌人？我的血脉里流淌着抵抗至死的基因。我的祖辈参加过保家卫国的战争。确切来讲，不是我选择了火车，而是火车选择了我。我上这趟车，喵，是因为我是一个火车迷。"

阿辉对蒸汽-原子时代的火车迷有所耳闻，并注意到，说到这里，老人在自豪中略显腼腆，青黑的脸蛋上泛出微红的血色，与先前比，换了一个人。他是看出了阿辉的不同，而想要亲近他吗？阿辉不禁震慑而讶怪。列车中真的埋伏着如此之多的异类吗？探险者对眼皮下的人和事太疏忽了。于是听老人说，他早在中学时代，就成了机车迷。他是可以摆老资格的。那时的语文教材上有一篇课文名为《火车的故事》。

"终生难忘的，是身着的确良白色短袖衬衫、年轻漂亮的女老师双手捧着课本，带领大家齐声朗读，她使用的是颂诗般的语调，性感却不轻佻，兼具神性与人性。她的眼色像一朵朵桃花在飞扬，软软绵绵、层层叠叠钻入每一个男生的发丛和腋下，好生痒痒。又似乎，钢铁的机车就是她那谈了多年的男朋友，正咔咔喳喳驶入她印花棉被一般的丰沃身体，在那里来回耕耘。你想想在上个世纪五六十年代，一个年轻人听到这样的讲述，会产生什么反应呢？由此我第一次体会到了生命的本能冲动。不仅仅我呀，当时，许多男生的身体都有了不同程度的反应……正是通过年轻貌美、仿若圣女战士的语文老师讲授的课文，我被启蒙了。我不仅知道了车头、车身这样的表述，还知道了朝发夕至、一往无前等词，也了解到速度、快速、梦想、创新、提高、修理、建立、建设、世界……这些在当时并不被多数人提到的激动人心的神圣概念。火车，是战胜敌人的最强大武器！你听说过师夷长技以制夷吗？"老人唇间激昂地溅出唾沫星子，脸上飞起大片红晕。

"但这一切，在我长大成人之后，都烟消云散了。铁道的走向是由铁道部门那些退伍军人一类的老爷们规定下来的，并被硬生生赋予了旅行之外的意图，呆板而僵化，丧失了战斗意志，只是为了满足和平时代的个人私欲。他们贪污腐败，拿列车做交易，忘记了敌人正虎视眈眈。这一点，普通乘客并不一定清楚。他们自以为旅行生活丰富多彩，激动人心，蕴藏着一往无前的活力，充满了民族自豪感和自尊心。但是，铁轨比他们想象的还要冷酷无情，还要繁文缛节，还要一成不变，还要官僚作派，还要形式主义，还要欠缺进取。这才是最致命的打击，你想想怎么不致命呢？铁路整个缺失了理想主义。运送战略物资的车皮都被一纸批文调度给私营企业偷运黑矿煤炭了。然而，在现实生活中屡屡碰壁的机车迷们一旦看清这个后，并不消极气馁，反而把它视作真理的诱惑和考验，或者是大家决意要去挑战的极限。机车迷心目中有着自设的理想主义铁道，而真正的高铁便成了大伙儿心向神往的白雪公主和白马王子，成了人生的终极归宿。我们虽在江湖民间，却时刻不忘忧思庙堂。你说，这不就成了貌似难以解释但其实很好理解的矛盾统一体？人世间的事物，大凡如此。"

老人上气不接下气说到这里,眼神已是玉兰花般缤纷迷乱,嘴角喷出更多的、乱糟糟的腥臭白沫。

老人的话语震骇了阿辉。是的,"在现实生活中屡屡碰壁的机车迷们一旦看清这个后,并不消极气馁,反而把它视作真理的诱惑和考验,或者是大家决意要去挑战的极限。机车迷心目中有着自设的理想主义铁道,而真正的高铁便成了大伙儿心向神往的白雪公主和白马王子,成了人生的终极归宿。我们虽在江湖民间,却时刻不忘忧思庙堂。"探险手册上不是也有几乎一模一样的表述吗?虽然在具体理解上,队员之间存在分歧,但这难道不也正是探险者的基本哲学吗?其中蕴含着不可言传的大义。想到这里,阿辉吓了一跳:他们这一代的年轻探险者,与老人是什么关系呢?

再次认定,世界确比探险手册中描述的还要复杂得多啊。许多事都出乎意料,不能从书本上找到答案。这也便是探险手册要以《读书》的面目作掩护的用意吧。

老人休息了一会儿,好不容易缓过劲来,分几次咽下一口酸腐的口水,又继续说,在学完课文后,便是做练习作业,题目是设计新型高速列车。

"老师要求学生写出幻想中的新型高速列车,以寄寓那个时代的梦想,重新唤起战斗激情。对不起,那时真的还有梦想。为此必须尽可能释放青春的想象力,以小组为单位,合作设计一列谁也没有见过的未来火车,先用说明文的形式表现出来,然后用彩色蜡笔画在白纸上,同学间进行交流切磋,最后把它变成叙述文,再集体投票,评选出优秀作品。虽然面对这样的火车,实在是难以下笔,但我们既为了实现心中的理想,也为着讨好老师,都使出了吃奶的劲儿。完全不是在应付考试哦。"老人陶醉地回忆着。

这是竞争性很强的工作。他的小组描绘的是"未来"号，一个莫比乌斯环，一种可以在各种复杂情况下自由穿越的列车，车厢里面没有终点，也不需要驾驶员，并且通过安插转基因生物女妖乘务员，把历史上的杰出人物和伟大事件联系在一起，让相关的分子和原子发生高速碰撞，在这个巨型而绵长的试管或者高能加速器中创造新的微观及宏观世界。"我们的未来是技术性的，但这并不意味着未来世界一定是灰色冰冷的钢铁世界。相反我们的技术所引导的未来，朝向的正是一种新生物文明。这将构成我们战胜敌人的基础。"老人说。

新型列车投入运营的时间被暂定为二〇五〇年。根据测算，这是一个极为关键的节点。如果在此时还不能出现突破性的文明转型，那么失败便不可避免。结果，该小组在评选中获得第二名。后来，火车虽然没有在现实中制造出来，但在此基础上形成了爱好者团体，把对青春的追念带入未来，而这也是对毕生难以忘怀的中学女教师矢志不渝的追求和缠绵不尽的回忆吧。然而，列车是有性别的吗？阿辉感觉到了身体深处乌木似的扭曲，又为前辈生活中过强的功利性而叹息。那个时代的爱恋虽然不像今天这样浸透了物质，却也被另外一种残忍的东西劫持。他很想知道，那得第一名的，是什么作品呢？

他问老人："那位语文老师，现在在哪里呢？"

老人说："她后来被关进了监狱。他们刑讯逼供她，要她认罪。她坚决不向他们承认有罪，她说，只向上帝承认有罪。她是他的仆从。这在那时是犯忌的，不允许的。他们宣判她为敌人的间谍，立即执行枪决。行刑前怕她喊叫，又用刀割断了她的喉咙。"

阿辉怔住了。他似乎不太明白老人讲的是什么。那个年代太久远了。他很想知道，老人在知道女教师是敌人的间谍后，有什么感想。但老人好像不愿意再说这事，及时把话头扭转了：

"知道吗？在本次列车上，有我们十几位团体骨干啊，想办法弄到了一张集体车票，把人员分散到各个车厢。我们是在测知了如今确有非凡列车在现实世界中运动之后，才通过铁路部门的内部关系购买了这张车票上车进行考察的，来找回我们的少年梦想！难道，这会是那个得了第一名的小组，最终在这个国家研制出了极限列车吗？他们一定获取了这个领域的核心技术秘密，那便是跟瓦特、史蒂芬森有关的，也与艾萨克·牛顿密不可分。那些人都是虔诚的基督徒，他们勤奋工作，探究神为这个世界制定的秩序和规律，这方面，我们仅得皮毛。但如果他们是敌人，那就难办了，因为我们将不得不与神为敌，这必然要付出更大的代价……唉，暂时不想这个了。还是说高铁吧。上车前一天，我们统统激动得睡不着觉。年轻人，你也许可以这么看，我们大致就是一个秘密的科学团体，却披了魔法师的外衣，在主流社会看来好像在招摇撞骗。但实际上，我们是认真的。我们早年开创的伟大实验并不曾结束，现在，随着火车提速，实验也要加快推进。看看这火车吧，就知道我们后继有人。可是有多少人理解我们呢？都只看我们老了，说我们封闭保守，是变革的阻力。但我们才真正有血性呀，我们是最忠诚的战士，只有我们才时刻准备好了与敌人决战，不管他们以什么样的外在形式出现！"说着，他用青筋暴起的两只枯手咚咚擂起干瘪的胸脯。

阿辉又一次深深震惊，并为老人心中某种他本人也意识不到的矛盾而战栗。他再度想到，不能只认为探险者才是中流砥柱，而把其他人一律视为昏庸无能的普通乘客。列车里的确还潜藏着更多的民间英雄。平凡而伟大的志士都躲匿在恶劣的环境中，坚忍不拔实践着远大理想，毕生也不放弃，哪怕这最终或要以悲剧结束。但问题在于，每个人从自己的角度，都好像看到了什么，却对这个蒸汽-原子时代并没有深入和整体的理解。阿辉一直是悲观的，现在则有了更多迷惘。面对浑身尿渍的老人，探险者惭愧不已，又颇存妒意，便呕呕低哭起来。

老人挥动胳膊吼道："终于有机会乘坐了不起的列车了！而且，据我观察，还有别样的继往开来的科学团体在工作哩，虽然大家不能互相理解，并可能发生矛盾冲突，但这样也好呀！不要怕乱，死几个人算啥，就都理顺了……过去几十年里，我只能以忍耐的心情乘坐普通列车。速度那个慢哪，谁都觉得这样下去是不行的，但只得咬牙等待。记得常常在日落之时，我紧紧抓住车门扶手，斜探出上半身，任呼啦啦的凉风吹拂头发。这便是在无奈之中找到的快意体验，却浸透了对现实的绝望。有时候，我还与朋友们去扒货车，这好像是凡尔纳笔下尼摩船长式的冒险，要打破因循守旧的清规戒律，从中发现一些激动人心的东西，虽然每每失望而归。而现在，那些落后的火车，已经恐龙一样消失了。属于它们的时代结束了。满目都是高速列车，正驶向天地间每一个角落。当常规铁路不约而同面临破产窘境时，高铁却呈现出欣欣向荣的繁华景象，代表着一场惊天动地的崛起，开创了新的纪元，这让人重新热血沸腾……"

"敌人会不会也跟上火车来了呢？"阿辉擦掉泪水，担心地问。

"哦，当然，对此要做好思想准备。敌人总是最凶残、最狡猾、最无耻的，他们什么事都做得出来。多少年了，他们总在企图颠覆列车，而我们一直冒着敌人的炮火前进。这可不是开玩笑。千万不要被他们制造的假象蒙蔽。他们滥印钞票，用最低的价格，在国际市场花外汇购买我们的火车，无非是要用金钱这种所谓的万能工具，来解除我们的武装……我有一种直觉，这只怕是我最后一次乘坐列车旅行了。未来要靠你们了。"

老人这么说着，眼中的火苗弱淡下去，好像消耗完了他毕生的精力。阿辉再一次热泪盈眶。这时，全世界响起了节奏鲜明的碰撞声。仿佛时空隧道一般的场地上，有很多火车接力跑似的在穿行，又像无数交响乐队在大剧院演奏。亿万条长龙，在米粒大小的夕阳下，结成了一道道铂金的蛇形火焰。普天之下除此之外什么也没有了。因此，车族跟民族一样，拥有复杂结构，会生存，能发展，也将衰亡或复兴。但这是由什么决定的呢？阿辉目瞪口呆了。他这时多想见到水晶花啊，听她给出一个解释。

忽然，一列涂着鲜红底色的陌生火车亮着大灯驶过来，车身画得花里胡哨，分明是一个吸毒者的模样。这会是敌人的列车吗？近了，近了，阿辉能感到自己的内心激情从身体的千万个毛孔中恒星般喷涌而出，想着要与那金属怪物相撞，粉身碎骨，天女散花，向整个宇宙播撒。老人也一定是这样的心情吧，因为他吃力地重新欠起身子，把整个面孔贴到车窗上，双手食肉动物一般做成爪状，上扬起来在玻璃表面铺开。这时驶来的火车便"日"的一声，傲然地贴身远去，声音在划过额骨时达到峰值，并接近于失真。这一刻，阿辉看到了对面车厢上画着的一个陌生符号，不禁惊诧莫名，张皇失措，愈加明白，有些东西，是他此生无法接近的。他从中感到悲欢离合的无常，正像列车上乘客们不断述说的故事，却又因此而饱含盎然的生命力，它的底色则是充沛的死本能。因此，这活生生的钢铁大虫，这夺眶而出的无限伤感，怎能不让人把逝去的生命牢牢抓住呢？怎能不让人面对死神而寻欢作乐呢?

阿辉看到,老人的身体仍壁虎般紧紧贴在车窗上,像要与之融为一体,俄顷又儿童一样慢慢转过头来,泪花在眼眶里打转,他哽咽得说不出话,鼻孔和牙缝里喷出一股股不服输的铁锈气。阿辉接近于理解地看着他,却又感到更加不可理解了,就好像他们是两种不同时代的展品。这个余日不多的男人,胸中仍然席卷着风暴,却似乎已经过时,越来越远离中心,最终要被年轻的探险者击败。但他们为什么不能走到一起来呢?

"提速啦,提速啦……"老人眼神如一支红蜡烛,脸色像一朵野蔷薇,用杏花春雨般的唇音焦灼地吐出几个音节。

"有没有可能与敌人达成和解呢?"阿辉大着胆子提出这样一个假想。

"不可能。"老人态度坚决地说,"有人曾尝试过,但那被证明是天真的想法。敌人总是敌人,哪怕他们有时也用我们的产品,哪怕他们有着与我们同样的基因。但从根本上讲,我们势不两立。这正像这辆车上的乘客们无法开展合作一样。在拥挤的车厢中,我们不互相残杀,就不错喽。"

这话一结束,他们面面相觑,转入冷场,乃至感受到了敌意。随后才试图平静下来,开始探讨那些持灯小孩。老人也很困惑,认为这对于列车来讲极不正常,但即便是对于高铁有着深入研究的他也说不出个所以然。未知总是令人畏惧。分布在世界各地的敌人也许会乘虚而入。

十四、地图

谁也没有想到,就在与吸毒者列车错车之际,那个声称要去看望害血吸虫病男友的姑娘,忽然打碎车窗上的彩绘玻璃,试图跳车逃走,跃上对面的列车,结果被当场撞死,只是下半截血淋淋的躯干没能过得去,扎满玻璃碴子,残留在这边的车厢里,作为她曾经存在于世的证据。她为什么要逃走呢?美好的结局似乎总是不能按照人们所向往的来达成。

女人的脑袋和上身一刹那全不见了,肠子肚子也被拉扯得一干二净,这是十分突兀的事情,但不知为什么,同车乘客却从她遗存下来的白皙大腿和空洞小腹那儿,似乎看到了一副真诚无私的笑容。阿辉想,她做了一件大家都意想不到的事情。而做此事是需要极大勇气和想象力的。因此常人必然是做不来的。他为疏忽和怠慢了这位旅伴而后悔。与老人一样,她也不是普通乘客吧?

爱喝可口可乐的巫姓年轻诗人,却像狮子见了猎物,纵身扑到死者铺位上,喷着鼻子,认认真真嗅了一遍羚羊般的残缺尸身,就好像这本是他的女人。然后,急不可耐翻检她的遗物,从旅行包里掏出一个大瓶装的沐浴露、两双高跟鞋、一件吊带裙、一包卫生巾、一只牛角梳、一幅浴巾、一袋化妆品、一串钥匙、两袋点心、几个水果包括不常见的火龙果等。坐火车需轻装,她却携带了这么多东西,颇不好理解,其中一些物品,比如水果,也许是准备送给男友的吧。比较神秘的,是还发现了十几本地图册。它们的封面都是《读书》,打开来却都是地图。真是巧妙的伪装,这令阿辉怦然心动。这位旅行者是一位地图爱好者吗?她是为了确定患病男友的方位,才带了这么多地图上车的吗?但这又有什么用呢?这就能决定列车的行走路线吗?或者,看地图其实是她秘密的专业工作?阿辉的感觉是,女人心中的世界,比起列车车厢要大许多。他们之前未免小瞧了她。但她现在变成了一个永远没有答案的谜。阿辉唯一能做的,是把女人的残尸和地图拍摄下来,留作资料和证据。

他检视到,有世界地图,也有国家地图,国家地图中又有分省地图;有的是人工绘制的,有的是航拍的,有的甚至是卫星地图。但是,所描摹的山川地形和行政区划,是连探险者都不熟悉的。阿辉从来没有见过。死去的女人带走了只有她才明白的秘密,却关系到这个世界的命运。看起来,大家的确是在一个陌生世界旅行。这个世界不是他们设计的。那么,女人会不会又是一位潜伏着的更高层次探险者呢?用《读书》来打掩护,这本身不同寻常。但她已经死了,不会说话了。这也许是敌人的阴谋?阿辉十分不安,并为自己的未来担忧。但遗憾的是,诗人却把这些奇异版本的难得地图全部抛扔出车窗,只保留了女性用品和水果。他又一次伏在遗物上起劲嗅起鼻子,就像在寻找创作灵感。

与记忆中情况不尽符合,却可能反映了世界真相的地图,以及车窗外莫名其妙的古怪风景,给了阿辉一个暗示,那就是他上车之前的那个外部世界,已经不明原因消失了,不光北京、上海、重庆、广州、沈阳、武汉,乃至莫斯科、巴黎、波恩、伦敦、罗马、纽约,这些著名都市,连同一切不知名的乡镇村寨,都没有了。这便是老人提及的浩劫吗?玉石俱焚?如果不是核战争,还有什么能够做到呢?是敌人已经采取行动了吗?列车现在飞驰而过的大地,或许只是一个人工制作的沙盘?而人们的日常生活,莫非已经建立在新奇的、简单的、陌生的技术基础上,简而言之,它就是列车这一个确定世界,在微观与宏观之间保持着平衡?匆匆来往而视时间为过客的旅行者,也不过是生活在记忆里面,生活在博物馆中?而以前所有的历史都被压缩成了一个微小单元,披上了一些似是而非的花哨装饰,按照预制的轨道在大地上移动,被一种外在的不明力量牵着鼻子走?所以,的确无法下车了,这又有什么好大惊小怪的呢?那么,保存下来的记忆也好,移动着的博物馆也好,是为那个已然灭绝的世界而奔跑着准备反击的吧?他们是要向看不见的敌人复仇的吧!逐渐醒悟过来的乘客和探险者需要抓紧时间做好物质和心理的准备,但阿辉却感到空虚失落,什么也不想做。

除了地图,女人还留下了一样另类东西,是一个金属的十字形饰物,一端镶嵌着一个男人的头像。阿辉觉得,这很像是那列擦肩而过的吸毒者列车上刻着的奇异符号。

老人看着这物件,一下怔住,仿佛陷入对往事的追忆。他在瞬间好像变得更加苍老了。

诗人捧着女人的遗物,涕泪横流,说:"现在才明白了,这一定是敌人的伎俩。哦,我之前想错了。我太天真了。我们再怎么弄也弄不过他们啊。他们随随便便使点儿坏,就可以把我们玩死!"

然后,他吟出新的诗句:

  过冰清的小站,上下没有客,
  月台袒露着肚子,像是罪恶。

十五、前兆

孩子手中的灯光越走越快。刚开始,是啪嗒、啪嗒,到后来,成了汽笛般的尖叫,就像发出灾难将临的警报,最后,这声音连人耳也听不见了。流逝的好像已经不再是生命那样简单而粗糙的制品。这使得乘客们重新对列车的深度,产生了原始的敬畏，更不用谈那潜藏着的比时间和空间更深的东西了。这一点就不多说了。人觉得做什么都是徒劳。

可怕的正反馈已然形成。水晶花给阿辉打来电话，通报了她的最新发现："有迹象表明我们正在向一个节点接近。到达那里时，灯光会完成无穷次的交换。列车的未来和我们的命运，都将取决于那一瞬。辉哥，你说说看，哪个孩子手中的灯是最后亮着的？"

在最艰难的境况下，她也始终没有放弃决心和努力。是啊，在那一瞬，哪个孩子手中的灯是最后亮着的？阿辉知道这是根本无法判定的，不禁对操纵孩子的神秘力量心生畏惧。究竟哪个孩子会笑到最后呢？他将改变列车的命运吗？秋菊和她的支持者也许会提出另外一种理论吧？他不禁为水晶花的处境更加忧心忡忡。

"你知道敌人的事儿吗？"他问女人。

"敌人？在哪里？"

"他们藏在暗处，伺机瓦解列车……兴许，我们的探险，就是为了把他们找出来。我越来越觉得这才是我们上车的真正目的。看上去，是去与世界接触交会，实际上却是一趟复仇之旅，为了我们以前经历过的灾难。大家都心照不宣。"

"哼，你的想法很有创造性。像是秋菊那女人的理论呀。"

"不，不是创造什么，而是既成的事实。老人说了，我们无法与敌人和解。敌人是不要脸的。"阿辉急切声辩，结结巴巴。

"烦人，那要怎样呢？"

"说是要冒着敌人的炮火前进哩。"

"听着真假呀。喂，我担心的，却是我们自己人。"

"秋菊吗？"

"浩劫什么的，其实是我们自己弄出来的。"

"我不知道这次的结局会是怎样……"

"阿辉，你是一个悲观主义者。女人不喜欢哭哭啼啼的男人。"

"我悲观么？的确，我承认我有一些抑郁。但从另一方面讲，我已经很努力了。电影《大都会》里，地下城市的时钟每天只显示十小时，以便使每周多出一个工作日，让工人们多干活。高铁的时钟每天显示二十五小时，只有一小时是属于我的，是用来从那痛苦的二十四小时中挣扎出来的，但我知道就连这一小时实际上也并不存在，所以我一直在好好珍惜，加倍工作，以期取得好成绩，盼望有一天能见到你……"

忽然，阿辉意识到，自己其实从未见过水晶花。她待在某节他从来不曾去过的车厢，而且他今后只怕也没有可能抵达。他一直思念着她，却不知道对她的这份感情究竟是什么，能不能叫作爱。另外，他也从来没有见过敌人。敌人真的存在吗？或者这真是一个经久不衰的传说？他心中难抑地涌起无穷尽的悲哀，这令他觉得探险全无意义。

"告诉你吧，"水晶花说，"敌人就在我们身边。"

"谁？"

"秋菊。我已把她杀死了……"

阿辉正要追问，水晶花的声音却小了下去，到后来没有了。

这时，他看到，随着车厢中景观的飞速改变，体量更大的茧开始孵化，这回爬出的已不是飞虫，而完全是蛇形的生物，它们像年轻女人一样，纵着花花绿绿的身子，晶光四射地通过彩绘玻璃上的缺口，往窗外竞相爬出，像要逃难似的，纷争着进入另一个世界。而这个时候，列车锋利的外缘正把外部飞驰的天空大地撕开一些口子。那块陌生的原野就一点点破裂了，呈现出分形的蛛丝状，天际也溢淌出黑血一样的黏稠液体，而动物皆有了前兆反应。它们逃出列车时，有的身体被拦腰扯断，有的拖着长长血迹，有的肚腹剖开了，拽出五颜六色的肠肠肚肚，好像空气中肆意走动着许多奇形刀具。

这时，阿辉不禁想到了古代的笔记小说，那些引人入胜的故事常常描写深夜迷路的孤身客人，被高贵的主人留宿于富丽堂皇的宅邸。但是第二天早晨一看，琼楼玉宇原来是起伏于茫茫荒草中的古冢，抑或山阴之处的深深狐狸洞。阿辉以前认为这些纯粹是古人茶余饭后的空想，现在却觉得它们具有必然的根源。高铁列车第一眼看上去不就是这样的一座华堂宝殿吗，然而实际上却是阴森破败、鬼魂出没的危楼。

广东人眼疾手快，抓住一些蛇形生物，用开水泡来吃掉，使用的是方便面的纸碗。黑乎乎的锅炉边，排上了老长的队伍。乘客们兴奋得不行，神情甜美而暧昧，鸟雀般叽叽喳喳。最后吐了一地骨头，乱糟糟的根本无法打扫，散发出类似于硫化氢的气味。阿辉注意到，这些骨头像是一个个串联起来的戒指。进食完毕，食客们纷纷打着饱嗝，开始玩麻将。他们高呼大嚷。欢乐，无穷无尽的欢乐，似乎要在列车里永恒延续。但不知过了多久，像听到一声口令，他们又一致停下不玩了，静默下来，齐齐抬脸朝向一个方向，眼中露出惊恐之色。姓巫的年轻诗人就用双腿把自己倒挂在床沿，脖子上悬着可口可乐瓶，脑袋冲下嗫嘶着朗诵：

只图眼前过得，咧大嘴打呼，
明儿车一到，抢了皮包走路！

十六、销毁

于是,阿辉倏地站起身来,在旅伴们惊诧的注视中,徒步冲向餐车,看到灯光的确已停止桨动,而孩子也都不见踪影。他已然料定,变化的最终结果,是无法被观察到的,看到的都是表面而虚假的现象世界。他只是来晚了。

和尚还坐在那里,说:"天地一轮……"当了一辈子机车迷的老人趴在餐桌上,好像睡着了。转换难道发生了吗?阿辉急忙给水晶花打电话。有人接了,但不说话,只有微弱的咔咔声,像是计算机正在打出无穷无尽的纸带,或者是亿万个列车茧破裂开来,蛹都蠢蠢欲动了。那个时光便到了。阿辉鬼使神差一回头,像看到车窗外有一道蓝色闪电射过,随后是二道、三道……他便小心翼翼托起老人的脑袋,看到他的面部已整个烧焦了,成了一张黑色烙饼。阿辉把老人的"上海"牌手表摘下来,戴在自己腕上。

他走出餐车,来到下一节车厢,看到一个女人,浑身是血,铸在一只钢模具中。她正是秋菊。乘务员适时出现了,这次有很多集群,绕着死人的模具,一股股潮水般迅烈地来回涌动,脸上的肌肉绷得比钢条还要吃紧。车厢一头响起铿锵铿锵的巨声。乘务员闻之停下脚步,朝着同一个方向僵硬地挺出胸脯,做出迎战的本能姿势。自动门猛烈忽闪一阵,嵌在上面的一块彩绘玻璃便哗的一声震碎,仿佛列车上不同世界间的屏障打开了,立时拥入身穿秦汉盔甲的高大威武士兵,要来抢夺模具。乘务员见状,齐喊一声,挥舞银色餐具勇冲上前,企图阻止僵尸般的古人,于是展开激烈搏斗。阿辉赶紧用摄像机,偷偷把这一幕拍下来。虚胖无力的乘务员很快不敌。这时，八号车厢的广东人刷的一声脱去外衣，从腰间、肋下和屁股后面哗啦啦掏出武器，原来他们是便衣乘警，一直在等待危机爆发。戴着C字臂章的乘警们把催泪弹发射向古代士兵，这才打得他们四处乱窜。幸存的乘务员趁机打开几道应急出口。他们试着把秋菊的模具往外运送。但是，一些急性子的旅客已经挤在了车门边，在瓦解的玻璃风暴中，一串串往外蛙跳。跳车时左手拉着扶手，右脚先试探迈出，着地的一刻迅速松掉左手，落在混凝土砟道上，又循着列车前进方向快跑几步，就骤然消失了。在混乱拥挤中，秋菊的模具被踩碎了。诗人也来了。但阿辉看到他跳下车的刹那，地面就只剩下可口可乐空瓶和一朵十字形水渍。他认为诗人跳入的仅仅是又一列车厢，跟那去找男朋友的女人一样，而那车厢生长在另一个时空层面，一般人从表面是看不出来的。

　　在本趟列车上，乘警很快占据了上风，驱赶着满脸困惑的古代士兵向硬座车厢退却。但很快他们遭遇一群臂戴红袖标的现代年轻人狙击，战斗愈加迷乱而精细。跳车的出口太拥挤了，有的旅客就急不可耐捅开车顶蒙皮爬到上面。那儿一片白光，什么都看不见，很多人一出去，上半身便没有了。阿辉这时也失去镇定，收了摄像机，慌不择路往上爬，只探出头来，就看到有一些三尖树状的东西，扎着带鱼般的黑色领带，虎着赤红的脸儿排队向车头缓缓走来。前面的车顶结构又地震般逐一破坏，出现了很大裂口，又有乘客攀爬上来，没有死去的人们在这里爆发了新的冲突。尸体旋转着飞下列车，也立时在一片豆浆般的雾气中不见踪影。阿辉便又想到那些蛇，而水晶花期待中的一个情节终于成了现实，也就是乘客参与到了事件中来，但这是由她来牵头完成的吗？她找到新公式了吗？似乎带着血腥味儿，结果不太理想，并且难以赢得所有人的赞同，而多半会制造新的分裂和冲突。事情大凡都是这样进行着的吧。谢晋导演又在哪里呢？他躲在锅炉旁哭泣吗？二次反击什么时候开始呢？阿辉紧张地看了看手表。

这时，就在火车的两端，在地平线上鸣闪着雷电，大概是人工的雷电，十分规则，呈方形、矩形、圆形和菱形，多为猪肝色，有先有后到达阿辉眼中。然而，会不会其实是同时发生的呢？相对于路基，即是如此安排吧。这已代替了孩子们的手灯。阿辉猜测这只是某种更本质的物理过程的副效应。宇宙中正在发生一件大事，不知是否与强敌的入侵有关。他又一次想到水晶花说过的话："不要害怕记忆。唤醒它们，就可以创造出一个新的世界。"但阿辉想，似乎先要经历毁灭吧。复活的力量一点点在他的身体中鸣叫着苏醒，人却僵麻着行动不得，是上是下，是走是留，都拿不定主意。阿辉对自己愤怒了。他烦躁地朝破碎的车厢看下去，见一群人形生命正在慢条斯理走过车厢，是半人半机器的怪物，头颅如恐龙蛋，四肢如官司草，足上有三个银光闪闪的利爪，半天才移动一格。他们手持高高的十字形金属武器，架子顶部有一只金瓜，正在搜索幸存者，将其击杀，销毁展品。阿辉想，哦，这便是传说中的敌人吗？终究未能避开他们吗？到底还是来了啊。乘客和探险者还没有找到敌人，敌人却先一步找到了乘客和探险者。二次反击为何还没有开始呢？……但怎么回事啊，这好像是《大都会》的画面……他又看到，怪物的头上都刻着 C 字。这时忽然打下一阵猛疾的金字塔形雷电，当头把阿辉震回了车厢。

十七、集便器中的杀伐

像是胸骨的地方，响起类似于砰砰的爆裂声。阿辉吃痛，赶紧侧身躲入一个卧铺包房，见到里面有四具穿蓝色制服的女尸，面部也都烧得焦黑不见五官，不知是乘客还是队友，但从体形上看不像有水晶花。阿辉又注意到铺位上方有两台液晶平面显示器，上面快速走过的画面怪异而陌生，仿佛是宇宙诞生早期的情形，星系尚没有凝结出幼稚的毛虫状旋臂。阿辉急忙装作第五具尸体躺下。这时，响起了烧开水一样的啸吼声。门好像打开了，有磅礴冰川般的光焰浇落在阿辉脸上，一片刺疼，可能是比手电更强大的照明器具吧。有人说着他不懂得的语言，像鸵鸟嘶叫，也没有热气或鼻息，只是一片极地般寒意。阿辉惧怕到极点，屏住呼吸装死。但很快，来自其他世界的疆界破坏者走掉了。

他们也一定对新的世界感到好奇，乃至畏怖，耐不住在一个地方久驻。但这跟敌人有什么关系？他们究竟是不是敌人？下一步往哪里逃呢？阿辉陷入无助。这时他记起来，唯一的路径，应该是厕所。那是真正进入外部那个更广阔世界的安全通道。那是探险者所来的原始世界。阿辉此刻是多么想回去。他想，水晶花是对的。他在很小的时候，就曾经在学校后面的铁路上一个人行走，惊奇地看到火车驶过之后，一路遗下了无数大便，一堆一堆，热气喷喷，在冷冰冰的路基和钢轨之间，鲜花一样充满活力地盛开。他觉得，这是不同的坐标系之间，唯一可供往来的通行证。

那么，这么说来，车厢的走道原来并不是蓝光闪烁的基因链，而其实是寡黑郁暗的直肠，时刻发出浓烈刺鼻的秽气啰？列车的厕所是幽闭的，对称布置在每节车厢两端，不分男女。这仿佛象征着世界初始时混沌不分的模样。阿辉隐约看见，厕所里也倒伏着许多赤裸的尸首，有的是全家死亡的，面孔都霉灰了，断了他们的宗。但也有逃逸者和延续者经过的迹象。阿辉进入的这间厕所，是东方传统的蹲踞式的，透过碗形的排泄孔，可看见下面滚滚如江河而去的路基，已然久违了，他不由得一阵眩晕，动摇起来。但这时脚下一软，人已是径直掉了下去。

如同通过产道重生一样，阿辉并没有像一截大便，坠落到路基上，他这才明白，其实高速列车已不再是直通排放，刚才看到的路基不过是展厅中又一幅经典名作，被一大片彩绘玻璃镶着，以视频方式呈现，是用来娱乐乘客的。列车已被设计为一个能够自动阻断任何出路的封闭体。它的整个下层被打通成了一只槽状容器，盛装着人类的排泄物，总量达数千吨。阿辉掉入的是巨型集便器，所幸还没有满溢，他才能挣扎出嘴鼻，得空呼吸。这是一个完全自洽、具有独立整套结构的备份世界，反映了列车中更深层次的真实。阿辉看到，四周还有无数的头颅在沉浮，都是逃难者。这里没有敌人。他觉得应该与他们会合，这样才能重新积聚力量，一块儿去找到出路。他便用力划动粪水，向他们游去。那些人也朝他游来，一颗颗脑袋在波涛间挣扎起伏，看上去都很兴奋。一个人朝阿辉欢呼："兄弟！"原来是一位以前认识的队友。阿辉心中燃起更大希望，加快游速。但就在靠近时，那人从粪水中舞起一把臭烘烘、黄澄澄的斧头，朝阿辉斜劈过来。阿辉心里惊叫：敌人！急忙侧身避过，斧刃咔嚓一声斫破了他的左肩。对方吃吃笑了两下，转身逃掉，又回头做起鬼脸。

红色血液混入黄色粪水，成了类似上等咖啡的颜色，这使阿辉的心脏跳得泼泼，性器官也充了血。他一点也不愤怒，只是有些厌倦感，雄心壮志都化作了玩游戏似的懒散情绪。他就花样游泳一般踩水而行，手舞足蹈，嘴里咿咿呀呀，反复念叨"冒着炮火，前进"，一手高举摄像机拍着，一手划水，朝砍他的人追去。没想到很快撵着了，他轻轻松松一把夺过斧头，漫不经心地，把对方三下五除二身首分家，不禁有些晕场。而对方也来者不拒，引颈受戮，乐得死在此时此地。这时混战已在整个集便器中发生，场面壮观，是探险者们的互相杀伐，形成列车中最后一场戏剧性冲突。大家以曾经的同伴为敌，如同玩耍一样，兴致颇为高昂，数不清的斧头像嬉水的海豚一样跃起又跌落，直杀得鲜血淋漓。到处是漂浮的尸身。有的人腹部被剖开，里面的粪便就直接滚流了出来，与外部世界的同类进行着更加盛大的融会联欢。

在这里阿辉找到了水晶花。他虽然从没有见过她，却一眼认了出来，就好像她是他前世的至亲。她浑身光溜溜地浸泡着，身首异处，乳房被不知什么人割走了左边那只，肚子也裂开了一道长长的口子，使阿辉不禁想到二次世界大战中的苏联女英雄卓娅。一瞬间阿辉很想奸尸，而粪水味道的强烈刺激，愈发催化了这仿佛是久蓄的冲动。他于是恍然大悟，水晶花的身体才是探险的最终目的地吧，她便是永恒的敌人，一座真资格的、永无尽头的移动危楼啊。这里每个人都攒足了劲要毁灭她，才能获得无上快感……但在此紧要关头，阿辉一眼瞅见女人身边浸泡着的电动计算机，它银色的机身像一团末日烈火，直接烧入了男人核桃一样粉红的灵魂。他注意到它是"联想"牌的。

他又看看手表，上面的时间令他"啊"了一声，觉得自己陷入一个地狱。这是早安排好的，并非敌人的诡计，而是列车和乘客的共谋。于是他竭力忍住，只痛快地呕吐一阵，胃中涌出的秽物污染了水晶花雪白如梨肉的脸庞，他才看到她那斩断的脖子尽头，也挂着一个十字形饰物。他就把摄像机对准女人的脑袋，细致拍了一气，然后把十字架摘下来，装进自己的口袋。随后他又见到了她体内隐现的子宫，像是精致的铝合金结构，里面藏有一个小小的人形胚胎，却不知是谁的后代。这小家伙还没有长大成人，竟会像机器一样呀呀说话："你们只知折腾……"阿辉吃了一惊，不禁大为愤怒，伸手卡住孩子的脖子。孩子却令人发指地大笑起来。这时，许多蛆虫竞相从女人身体上圣洁的破洞和残孔中爬出来，簇动着挤进阿辉几近淤塞的鼻腔和咽道。他又难受不已，闻到自己的内脏在腐化和朽断，刹那间想到失败的不可避免，但浑身又被莫名的自豪感涨满。是的，他和水晶花都已尽力，不必后悔。他就踹了一脚，把水晶花蹬开。她很快漂流远了，头和身朝不同方向浮游而去，渐渐消失了。

这时，已没有太阳，也看不见星星。暴烈的雷电每一次击中路基，都把粪水激荡得向上亢奋地哗哗跃起，这景观像是生机无限的大海原汤。阿辉期盼雷电能把整列火车击个粉碎，这样大家就全体解放了，或能像量子一样完成一次新的涨落，重新引发进化史上那次著名的大爆炸。现在，好像进入了宇宙创生的黎明前夕……很快，万籁俱寂，各个车厢中，搏斗声和惨叫声停歇了，探险者和乘客都被他们自己杀死了。

十八、观众

但高铁永远不会被击溃，它的坚固无与伦比。在空无一物的大地上，列车仍然在稳如泰山地飞速前行。它究竟有没有目的地呢？这是一个无比乏味的老套问题，乘客和探险者都无从知晓，于是再没有兴趣讨论。

但或许也只是某一个平面上的情况吧？

它仅仅是另一个世界的投影？

列车里搭载的乘客的实际情况，从车外是看不清的，因此无法营救。就连车厢中究竟还有没有残存的活人也成了一个疑问。但好在时间的箭头是错乱的,这就似乎并不产生特别的妨碍。有没有人类,都对历史的进程不构成影响,而历史并不是通常认为的那样。尤其是经过软垫般粪便的缓冲,一切的震荡最终平息下来,列车车顶和两侧很快长出了新鲜的黄色花蕾,重新排列出可视的秩序,皆呈标准的十字形。由于粪便是充裕的,花儿也长得格外茂盛,代替了纤细的人体,衬托着连绵不尽的雪山,美不胜收。看上去,不像是列车,而是浑身插满花枝的一位女妖在原野上裸身奔走。这就是那种所谓充满诗意的路径,又饱含了丰盈的生命,使阿辉顿然意识到诗人之于长途旅行的不可或缺——诗人同样不是一位普通乘客,甚至,是一位更重要的乘客。

这时,在人类无法去到的天空中,聚满了亿万双叹为观止的眼睛。

掌声。掌声。掌声。

的确已分不清,是乘客要紧,还是观众要紧。

后记　未来难以改变

后来被称作"轨道三部曲"的第一部《地铁》在二〇一〇年出版，到今年刚好十年。当时的科幻出版不太容易。《地铁》一开始被一家知名出版社拒绝了。后来历尽艰辛才由上海的世纪文景公司和上海人民出版社出版，这是得到了责编杨越江的力挺，以及果壳姬十三等人的支持，又由飞氘、姬少亭担任特约编辑，布兔绘制封面和插画。这套书中的第三部《轨道》也是在上海出版的，得力于上海科学普及出版社编辑李重民的仗义支持。没有他，这部书就出版不了。以上两部，主要是写地铁，包括写到了北京和上海的地铁。中间一部《高铁》是由北京的新星出版社出版的，责任编辑是陈曦，当时是为了参加一个中日文学交流的项目而约的稿。那是二〇一二年。但由于钓鱼岛事件,签证都办好了,也没能去到日本参加活动。这很遗憾。日本是高铁的发源国,在一九六四年,开通新干线。中国是奥运年的二〇〇八年从京津城际开始有了高铁。同年京沪高铁动工。现在新星出版社也成了中国科幻出版的重要基地。

以上三部书能以"轨道三部曲"的名义,首次集合起来出版,是上海文艺出版社编辑于晨的提议,而把它们称作"轨道三部曲",则是宋明炜教授的首倡。我要向她和宋老师表达由衷感谢。宋老师还专门写了点评"轨道"的学术文章。另外吴岩、贾立元、杨庆祥、张定浩、黄灿、李元等多位老师均有专文论及"轨道",对我此次的修订,有很大帮助。需要提到的是,在此之前,于晨还编辑出版了我的"医院三部曲"以及短篇选集《独唱者》。这些书都是很难编也很难出的。我还记得,二〇一一年十一月二十四日晚,她邀请我和另一位作者在北京王府井的新东安商场吃晚饭,兴致勃勃谈论文学的未来。转眼九年过去了。要是没有于晨和上海文艺出版社及其他方方面面老师朋友的支持鼓励,我很难坚持创作下去。对此我满怀感激。

这十年中,多次有媒体采访我,问为什么写交通主题,而且是地球上人皆能坐的普通交通工具,却不是科幻常备的道具比如宇宙飞船。这太熟悉了,一点科幻的陌生感都没有。我只是大致讲,轨道交通对我们的生活影响太大了,可以看作这个国家快速工业化和城市化的缩影。我一九八九年第一次来北京时,全国只有这座城市有地铁,而且仅有一号线二号线,从火车站出来,就上地铁,我永远难忘那一瞬间的感受:我被排山倒海的人流哗地从车门一侧推拥到车厢另一侧,像纸一样紧紧贴着,丝毫动弹不得。现在北京地铁已是纵横交错四通八达。上海也如此。中国的大多数省会城市也都开通了地铁和轻轨，我故乡重庆的轻轨还成了网红景点。这些，还不够科幻吗？中国的现实已经超过科幻了。

火车这种由英国人发明的交通工具，最早在清朝末年进入中国，那也是鸦片战争后输入古老中华文明的诸种道具之一，包括科幻。当时修铁路，害怕惊动皇陵中的祖宗，不敢走直线，而要绕行。我第一次坐火车，是上世纪七十年代初，五六岁时，父母带着，从重庆菜园坝火车站坐到九龙坡站，留存的印象是车窗外的滚滚黑烟和灰渣。后来到武汉上学，回家要坐二十四小时火车，全程硬座。后来，经历了火车从蒸汽机到电力机，又有几次提速。但直到《高铁》出版前，我仅坐过京津高铁，那种飞一样的感觉难以忘怀。为写高铁题材的科幻，我买下了能找到的几乎所有高铁方面的技术出版物。这让我惊叹中国已进入一个高铁时代。后来就有了各种线路的高铁。现在中国高铁里程已是世界第一。二〇一八年，我到长春的中国高铁制造基地北车长客参观，爬上流水线上正在组装的列车，才真正体会到"重器"的震撼。那地方更像一个宇宙飞船的制造车间。

火车、地铁和高铁，成了一个多世纪来深刻改变中国人生活和精神的新物质力量。在我看来，科幻本质上是一种现实主义文学，应该描写这样的一种发生在身边的时代剧变。交通工具的演进，折射着国家的变化。从两千多年前的秦代起，车同轨，修驰道，便是统一的象征。现在，新的路网和交通工具，再次深刻影响了亿万人的衣食住行，促进了经济变迁，再造着政治和社会版图，也重塑了人们的思想观念。通过科幻，我看到了历史、现实和未来的脉络。另外，则是中国与世界的关系也发生了很大变化。在写作"轨道三部曲"之前，我出国机会很少。但是二〇一〇年后，我几乎每年都去一些国家旅行。在那里，也搭乘了当地的轨道交通工具。我在美国、英国、德国、日本、俄罗斯、挪威、瑞士、芬兰、埃及都坐过地铁或火车，这里面，英国是火车和地铁的发源国。我看到了越来越多的中国人在国外乘坐异邦的交通工具旅行，到处是汉语。我得以把中国的轨道交通，与外国的进行比较，从中也唤起了新的科幻趣味。这时中国的科幻也大量出海了。

在地铁和高铁的拓展过程中，中国成了世界第二大经济体，制造业产值超过美国，城市人口超过农村人口，几百种产品数量达到世界第一。这些都是划时代的事件，从数据和观感上，把当代中国跟几千年来的中国区分开来。这种情形下，文学题材是会有变的。科幻便是这方面的一个代表吧。它毕竟是反映科技和未来的文学。如今，科技和未来对现实构成了双重入侵，让人眼花缭乱，并一定程度上正在创造出新的人性。我们都要尽力适应这样一种变化，并找到新的表现方式。作为工业文明和信息文明的载体，科幻可以在更多方面多施展它的魔法，从而在传统题材之外再造一点奇观，为读者带来一些新的神思。

但科幻并不尽是讴歌现代技术文明的。"轨道三部曲"其实也是灾难文学。这与世界上大部分科幻的主题相一致。它是要为未来预警的，反映车轮滚滚高歌猛进中暗藏的危险。这里有个小插曲：在我对《高铁》进行修改的某天晚上，忽然传来了甬温线动车出轨倾覆造成重大伤亡的新闻。而这部书的首章，正是以列车事故开头的。我们仍然生活在一个危机四伏的世界。很多东西是不友好的，平时潜伏着，却可能忽然爆发，大难临头。但这种预警也不能说它就是科幻的内在功能。科幻本身并没有调研报告或未来学文献的作用。它作为小说，仍然是作者情绪及观感的表现和宣泄，反映个体面对时代快速变化带来的不确定性时，所激发的勇气或恐慌。

科幻是变的文学，也是不变的文学。一八一八年的《弗兰肯斯坦》今天还在再版，一九三一年的《美丽新世界》正被翻拍成电影。今天的现实，跟十年前相比，变化很大，但本质上又没有太大变化，甚至跟百年前一些情形比起来，也没有根本改变。本来，"轨道三部曲"再版时，我是想做较大内容修改的，但后来放弃了，而仅仅在文字上进行主要的修订。第三部《轨道》修改稍多一些。对它倒是做了较多删节，不过在今年春节过后将交稿时，我忽然感觉到并不是那么一回事，便又在体量和结构上复原了，乃至保留了原来的大标题和小标题。因为，我看到，今天发生的，正符合我十年前想象的。而今后大抵也会如此。未来已然注定，很难加以改变。

韩松
二〇二〇年六月一日

图书在版编目（CIP）数据

高铁 / 韩松著. -- 上海 : 上海文艺出版社, 2020
ISBN 978-7-5321-7559-8
Ⅰ.①高… Ⅱ.①韩… Ⅲ.①幻想小说－中国－当代
Ⅳ.①I247.5
中国版本图书馆CIP数据核字(2020)第068323号

发 行 人：毕　胜
责任编辑：于　晨
装帧设计：韦　枫

书　　名：高　铁
作　　者：韩　松
出　　版：上海世纪出版集团　上海文艺出版社
地　　址：上海市绍兴路7号　200020
发　　行：上海文艺出版社发行中心
　　　　　上海市绍兴路50号　200020　www.ewen.co
印　　刷：苏州市越洋印刷有限公司
开　　本：889×1194　1/32
印　　张：11.75
插　　页：2
字　　数：274,000
印　　次：2020年7月第1版　2020年7月第1次印刷
Ｉ Ｓ Ｂ Ｎ：978-7-5321-7559-8/I.6015
定　　价：45.00元
告　读　者：如发现本书有质量问题请与印刷厂质量科联系　T：0512-68180628